Gaby Hauptmann

Traum vom besseren Leben

Gaby Hauptmann

Traum vom besseren Leben

Die Frauen vom See

Roman

PIPER

Mehr über unsere Autorinnen, Autoren und Bücher:
www.piper.de

Wenn Ihnen dieser Roman gefallen hat, schreiben Sie uns unter Nennung des Titels »Traum vom besseren Leben« an *empfehlungen@piper.de*, und wir empfehlen Ihnen gerne vergleichbare Bücher.

Für Renate und Peter Fischer –
aus einem lockeren Gespräch über meinen damals neuen Roman
»Nur ein toter Mann ist ein guter Mann« wurde
eine achtundzwanzigjährige enge Freundschaft.

Von Gaby Hauptmann sind im Piper Verlag 31 Bücher erschienen, u.a.:
Suche impotenten Mann fürs Leben
Unsere allerbeste Zeit
Das größte Glück im Leben
Hoffnung auf eine glückliche Zukunft (Die Frauen vom See)

Unser Versprechen für mehr Nachhaltigkeit
Klimaneutrales Produkt
FSC®-zertifiziertes Papier
Hergestellt in Europa

FSC
www.fsc.org
MIX
Papier | Fördert gute Waldnutzung
FSC® C083411

ISBN 978-3-492-06525-2

Illustrationen: Designed by Freepik
Satz: psb, Berlin
Gesetzt aus der Bembo
Druck und Bindung: CPI Books GmbH, Leck
Printed in the EU

Prolog

Frühjahr 1950

Karl drehte sich um, als die Ladenglocke hinter ihm klingelte. Er hatte gerade einen Schweinenacken aus der Wurstküche hereingetragen, den er für den Verkauf vorbereiten wollte, und legte ihn ab, als er sah, wer seinen Fleischerladen betreten hatte.

»Grüß dich, August.«

Karl wischte sich die Hände an seiner weißen Schürze ab. Dann schüttelten sich die beiden Männer über die Wursttheke hinweg bedeutsam die Hände, während sie sich in die Augen sahen.

»Mein Beileid«, sagte Karl. »Anna war eine wunderbare Frau. Immer tüchtig, immer hilfsbereit, immer freundlich.«

»Ja«, erwiderte August langsam, »ja, das war sie.«

Sie schwiegen. Dann räusperte sich August. »Und nun ist das Problem, dass sie fehlt. Nicht nur mir, der Familie, sondern natürlich auch … als Wirtin!«

Karl nickte. »Wie ich hörte, ist ja Maria zu euch in den ›Hirschen‹ zurückgekehrt.«

»Ja«, sagte August, »Annas Tod ist ja auch schon wieder eine Weile her …«

»Ja, entschuldige«, unterbrach ihn Karl schnell, »ich habe es seither einfach nicht nach Horn geschafft …«

August winkte ab.

»Maria ist eben meine Älteste, da lag es nahe, bei fünf Töchtern. Zudem ist sie ja Witwe, nachdem ihr Mann im Krieg gefallen ist.«

»Wenige Monate nach ihrer Hochzeit«, ergänzte Karl nachdenklich und nickte wieder.

August zuckte mit den Achseln. »Das Leben spielt sein eigenes Spiel. Aber nun ...«, er hob den Blick und sah Karl in die Augen, »braucht sie einen Mann. Und ich einen Schwiegersohn.«

Karl runzelte kurz die Stirn.

»Sie *braucht* einen Mann? Oder sie *will* einen Mann?«

»Das kannst du sehen, wie du willst.« August machte eine kurze Pause. »Du wärst schon der passende Schwiegersohn, finde ich.«

»Ich?« Karl starrte August überrascht an.

»Ja, gefällt sie dir denn nicht?«

»Doch, ich ...« Karl fiel im Moment nichts dazu ein. Er hörte seine Schwester im Nebenraum rumoren und senkte die Stimme. »Das ist doch nicht dein Ernst?«

»Doch, gerade schon!«

»Es ist ja nicht nur«, Karl holte Luft, »dass sie mir gefallen muss, ich muss ihr ja auch gefallen.« Er stutzte. »Weiß sie überhaupt von deiner Absicht?«

August zuckte noch einmal die Schultern. »Du lädst sie demnächst mal zum Essen ein. Dann ergibt sich das.«

Karl schüttelte den Kopf.

»Du heckst da einen Plan aus ...« Er drehte sich nach seiner Schwester um, die mit einer Wurstplatte hereinkam.

»Oh, grüß Gott, August«, sagte sie. »Das war wirklich eine schöne Beerdigung. Dazu so ein schöner Frühlingstag, Anna hätte es gefallen.« Sie stellte die Platte in die Auslage. »Gott sei ihrer Seele gnädig.« Sie blickte auf. »Was können wir für dich tun?«

»Danke«, sagte August, »es war nur ein kurzer Plausch mit deinem Bruder.«

»Plausch?« Irma sah ihren Bruder fragend an.

Der zuckte die Achseln, während August sich zum Gehen wandt. »Euch beiden noch einen schönen Tag«, wünschte er und war draußen.

Verlockung

Es war ein schöner Sommertag, geradezu geschaffen für ein paar Stunden, in denen man nur im warmen Gras sitzen und in die langsam dahinziehenden Wolken hinaufschauen wollte. Genau das tat Maria und lehnte sich dabei an die warmen Quadersteine der Kirche, die hoch über der kleinen Ortschaft Horn thronte.

Sie beobachtete eine kleine Eidechse, die über die unebenen Steine flitzte und an einer sonnigen Stelle verharrte.

Ihr gefällt es auch, dachte Maria und spähte an dem Tier vorbei die Kirchenmauer entlang, ob Horst wohl kommen würde. Versprochen hatte er es ihr nicht, aber er wusste, dass dies ihr Lieblingsplatz war – wann immer sie sich von der Arbeit frei machen konnte, war sie hier.

Maria zog die Beine an und strich den geblümten Stoff ihres neuen Sommerkleides über den Knien glatt. Ihre jüngere Schwester Cecil hatte es für sie genäht. Sie hatte die Schnittmuster in der neuen Zeitschrift Burda-Moden entdeckt und war nun ganz wild darauf, alle möglichen Vorlagen auszuprobieren und für jede ihrer vier Schwestern ein todschickes Kleid, wie sie sagte, zu schneidern.

So hatte Maria hübsche Garderobe, und das war ihr sehr recht, denn schließlich wollte sie Horst, dem etwas eigenwilligen Maler aus dem kleinen Weiler oberhalb von Horn, gefallen.

Sie verschränkte ihre Arme auf den Knien und legte das Kinn auf ihren Unterarmen ab. Ihr Blick glitt den Hang hinunter zum See, der verlockend glitzerte, wanderte über die vereinzelten Boote hinüber zum Schweizer Ufer und von dort aus weiter zu den schroffen Felsgipfeln der Alpen, die sie undeutlich in der Ferne sah. Die sommerliche Hitze ließ die Luft flirren, und da sich kein Lufthauch regte, wurde es Maria langsam zu heiß. Auch die kleine Eidechse hatte sich inzwischen ein Schattenplätzchen zwischen den Steinen gesucht.

Gerade wollte Maria ein bisschen enttäuscht aufstehen, um wieder an ihre Arbeit zu gehen, als sie Schritte auf dem Kies hörte. Und kurz darauf bog Horst um die Ecke. Er trug eine modische weite Bundfaltenhose und ein weißes Hemd, das er nachlässig hineingestopft hatte. Seine dichten, dunkelblonden Haare hatte er über der Stirn zurückgestrichen, und wie er so auf sie zukam, erinnerte er sie an diesen jungen Schauspieler aus Amerika, Lex Barker, der ihre Schwestern gerade so verrückt machte. Aber es stimmte ja auch, so ein Typ Mann war einfach aufregend. Und Horst war es auch.

Sie spürte ihr Herz schneller schlagen.

»Wartest du schon lange?«

Er warf ihr einen Blick zu, der ihr durch Mark und Bein ging, dann hauchte er ihr die Andeutung eines Kusses auf den Mittelscheitel und setzte sich neben sie. »Ich hatte endlich mal einen Kunden, der echtes Interesse zeigt.«

»Oh, Horst«, sagte sie schnell und war versucht, nach seiner Hand zu greifen, hielt sich aber zurück, »das wäre einfach himmlisch, wenn deine Bilder ankommen würden …«

»*Endlich* ankommen würden!«, sagte er in etwas trotzigem Ton. »Verdient hätten sie es ja schon lange!«

Maria erwiderte nichts. Sie konnte mit seinen abstrakten Gemälden nicht so sehr viel anfangen. Eine blaue Leinwand mit ein paar gelben Klecksen als sich im Wasser spiegelnde Sonne vermittelten ihr eben nicht die Schönheit des Bodensees, den sie zu ihren Füßen sah, so sehr sie sich auch bemühte.

Aber sie war verliebt, und deshalb wünschte sie ihm vor allem ganz viele Käufer, denn das war es, was er am dringendsten brauchte. Und, das hatte sie sich bereits in vielen Tagträumen ausgemalt, es könnte auch die Basis für sie beide sein. Das war ihr sehnlichster Wunsch.

Horst legte eine Hand auf ihr Knie.

»Schöner Stoff«, sagte er. »So lebensfroh. Tolle Farben. Rot und gelb, Sommerfarben!« Er lächelte ihr zu. »Es passt zu dir, frisch und immer gut gelaunt. Und so ein fröhliches Kleid macht ja auch gute Laune.«

Maria freute sich, aber noch mehr hätte sie sich gefreut, wenn er etwas Nettes über sie gesagt hätte. Über das, was in dem Kleid steckte.

»Hättest du Lust, mich heute Abend zu besuchen?«, wollte er wissen, »Auf ein Gläschen Wein? Im Atelier?«

Das war verlockend, aber auch gefährlich. Horst wohnte in seinem Atelier, wobei das Wort wohl etwas hochtrabend für die umgebaute Scheune war, in der es im Winter ordentlich zog, wie Horst ihr verraten hatte. Das konnte sie sich gut vorstellen, erlebt hatte sie es noch nicht, denn sie hatte ihn erst vor knapp vier Wochen kennengelernt und bisher nur einmal kurz bei ihm Kaffee getrunken – und sich ziemlich rasch in seine unkonventionelle Lebensweise verliebt. Und in ihn.

Trotzdem … ein Glas Wein, sein Bett in der Nähe, ihre Gefühle, sie traute sich selbst nicht. Aber sie war auch nicht sicher, was er für sie empfand. Ging es um eine kleine Romanze oder um mehr?

»Maria?«, fragte er nach.

Sie wandte ihm das Gesicht zu.

»Ich erwarte dich!«

Er war so nah, duftete nach einem herben Rasierwasser, und

es war so schön, seinen Arm zu spüren, der sie an sich zog. Als er sie küsste, dachte sie, dass sie heute Abend jeden späten Gast aus der Wirtschaft jagen würde, nur um in seinen Armen liegen zu können.

Als Maria eine halbe Stunde später die schmale Kirchgasse zum »Hirschen« hinunterging, hatte sie ein schlechtes Gewissen, weil sie so lange ausgeblieben war, aber fand das Leben schön. Sie war dreißig Jahre alt, seit fünf Jahren Witwe. Sie hatte Alois geliebt und als er 1945 auf Fronturlaub kam, hatten sie geheiratet, und sie war zu ihm nach Öhningen gezogen.

»Es wird nichts mehr passieren«, hatte er ihr während der wenigen Tage daheim versichert. »Egal, was sie jetzt noch propagieren, es wird keinen Sieg für Deutschland geben! Das Spiel ist aus!«

Maria hatte ihren Zeigefinger erschrocken auf seinen Mund gelegt, die Wände hatten Ohren. Und auf Volksverhetzung stand der Tod. Er hatte gelacht und sie in die Arme genommen.

»Bald bin ich wieder da, und dann können wir unser Eheleben so richtig genießen. Keiner will mehr diesen sinnlosen Kampf!«

»Sinnlos war es schon immer!«, hatte Maria geantwortet. »Max, der Bruder meiner Mutter, ist sinnlos im Ersten Weltkrieg gestorben. Er war noch so jung und liegt irgendwo in Frankreich verscharrt.«

»Ich weiß!« Alois hatte sie auf die Stirn geküsst. »Das war furchtbar für deine Familie. Jeder Tod ist furchtbar!« Und dann hatte er ihr direkt in die Augen gesehen. »Du trägst meinen Ring. Und wir beide werden es schaffen!«

Kurz danach war sie Witwe geworden. Und der Krieg zu Ende. Es war so unfassbar gewesen. Doch nun waren über fünf Jahre vergangen, es war Hochsommer 1950, und in ihr pochte das Gefühl, wieder leben zu wollen. Ausgehen, fröhlich sein, lieben. Nicht nur arbeiten, wie sie es seit dem Tod der Mutter im »Hirschen« tat. Sie war nicht nur für das Florieren des Wirtshauses zuständig, sondern auch für den Haushalt, die Landwirtschaft und ihre vier jüngeren Schwestern. Sie war die Älteste, und es war ihre Aufgabe, ihre Pflicht, sie wusste es. Und trotzdem war es eine große Bürde, die ihr da auferlegt worden war.

Mama, dachte sie, du bist einfach viel zu früh gegangen. An Überanstrengung gestorben in den Kriegsjahren, hatte ihr Vater gesagt. All die vielen evakuierten Frauen und Kinder, die nach der Bombardierung deutscher Städte im »Hirschen« zwangsuntergebracht waren, dazu die ständige Überwachung durch die Gestapo, und nach dem Krieg kamen die Flüchtlinge und nach ihnen auch noch die Franzosen, die den »Hirschen« besetzten, bevor sie ihr Quartier im nahen Marbach aufschlugen. Das alles war zu viel, Anna erlitt einen Nervenzusammenbruch, an dessen Folgen sie starb. Vielleicht, hatte ihr Vater gesagt, vielleicht, wenn es die richtige Medizin gegeben hätte … aber trotz seiner Beschaffungskünste konnte ihr Vater die nötige Arznei nicht auftreiben.

Maria schüttelte die Gedanken ab und stieß die hintere Wirtshaustür zur Küche auf.

»Ich bin wieder da«, rief sie und hätte es sich auch schenken können, denn niemand war da, der den Gruß hätte erwidern können. Und so band sie sich ihre Schürze um und sah auf die Uhr. Bald würden die ersten Kaffee- und Kuchengäste kommen, zudem musste sie Vorbereitungen für den Abend treffen. Die allgemeine Aufbruchsstimmung war auch auf die Höri geschwappt, auf die malerische Halbinsel zwischen Radolfzell und Stein am Rhein.

Der »Hirschen« hatte seit Monaten stetig stärkeren Zulauf, was am schönen Platz nahe dem Bodenseeufer, aber auch am guten Essen lag. Und Marias Küche war beliebt, das Kochen hatte sie bei ihrer Mutter gelernt, die eine ausgezeichnete Köchin gewesen war. Und während sie das Gemüse aus der Speisekammer holte, wurde Maria wieder einmal klar, sie liebte den »Hirschen«, hier war sie mit ihren Schwestern aufgewachsen, hier hatten sie ihre Jugendjahre erlebt.

Es war alles gut – nur, dass sie für eigene Entscheidungen nicht frei war.

Maria dachte an Horst. Wie könnte das zusammengehen, sie als Wirtin und er als Künstler? Warum nicht, überlegte sie im selben Atemzug. Sie würden sicherlich eine Lösung finden, wenn er sie liebte ... Und das würde sie heute Abend herausfinden.

Die Fleischbrühe köchelte, es stiegen kleine Blasen auf, und Maria schöpfte gerade den Schaum ab, als Hilde hereinkam. Manchmal erschien es Maria etwas seltsam, denn Hilde hatte schon auf sie aufgepasst, als sie zwei war. Maria war damals mit ihren Eltern aus Steckborn nach Horn gekommen, und Anna und August hatten sich als junge Eheleute in das Abenteuer »Hirschen« gestürzt, nachdem sie 1922 den Kaufvertrag unterschrieben hatten.

Hilde, das Nachbarmädchen, hatte damals nicht nur auf sie, sondern später auch auf ihre jüngeren Schwestern aufgepasst. Für Maria war sie mehr ältere Schwester denn ihre Mitarbeiterin, die für den »Hirschen« arbeitete.

»Der Garten ist schon fast voll besetzt«, erklärte Hilde und zog die beiden Kuchen aus dem Ofen, die sie am Morgen gebacken hatte. »Mal sehen. Gedeckter Apfelkuchen mit Streusel und gemischter Beerenkuchen. Der Zwetschgenkuchen gestern war in kürzester Zeit weg. Eigentlich sollten wir drei Kuchen täglich backen, es werden immer mehr Gäste.«

»Das Wirtschaftswunder lässt grüßen.« Maria zog eine Augenbraue hoch. »Alle wollen gut essen ...«

»… und einen gestandenen Mann haben«, ergänzte Hilde und deutete einen riesigen Bauch an.

»Der nichts anderes als furchtbar fett ist«, setzte Maria noch eins drauf. Sie lachten beide.

»Nichts für uns«, sagte Hilde, deren Mann groß und hager war.

Maria dachte an Horst und nickte.

»Sie verwechseln Dicksein mit Erfolg. Na ja.« Sie seufzte, denn erfolgreich war Horst leider nicht. Bisher, tröstete sie sich sofort. Vielleicht fehlte ihm nur die richtige Frau, die hinter ihm stand.

»Deine Kuchen sind eben richtig gut«, sagte sie zu Hilde, die sie gerade in gleich große Teile schnitt. »Und wenn du fünf machen würdest, wären die spätestens um fünf auch alle weg.«

Hilde wiegte den Kopf. »Ist mir aber zu langweilig. Ich helfe dir nachher lieber Spätzle schaben und die Kartoffelbällchen vorbereiten. Dabei kann man die Gedanken so herrlich schweifen lassen.«

»Wohin schweifen sie denn?«, wollte Maria wissen und hievte den Korb mit Kartoffeln auf die Arbeitsfläche ihres großen Tisches.

»Warum du so schönes kastanienbraunes Haar hast und ich nur so eine fahle Hundefarbe.«

»Unsinn!« Maria warf ihr einen Blick zu. »Das glaubst du ja wohl selbst nicht. Du bist dunkelblond, das ist eine sehr ansprechende Farbe!« Wieder gingen ihre Gedanken kurz zu Horst. »Also, worum kreisen deine Gedanken wirklich?«

»Ob meine beiden Racker auch brav die Hausaufgaben machen!«

Maria schüttelte den Kopf. »Das glaube ich dir nicht.«

Hilde richtete Sahne und Rührgerät für die Schlagsahne her, dann sah sie auf. »Also gut. Sie kreisen um dich!«

»Um mich?«

Maria warf ihr einen Blick zu. »Warum denn um mich?«

»Na«, Hilde machte eine allumfassende Bewegung. »Mit dem allem hier. Dem ganzen Betrieb, der Feldwirtschaft, Haushalt, deine Geschwister ... Du bist mit allem doch ganz schön alleine gelassen!«

Maria holte tief Luft. »Mag sein. Aber das war Mama auch. Es war uns bloß nicht so klar, weil immer alles so reibungslos lief.«

Hilde nickte. »Und weil sie sich nie beklagt hat, nie etwas gefordert hat, dem August nie ... entschuldige ... in den Hintern getreten hat, ist sie am Schluss an Erschöpfung gestorben. Das macht mir Sorgen!«

Maria erstarrte. Sie musste sich kurz sammeln.

»Sorgen?«, fragte sie nach und fügte schließlich hinzu: »Und was schlägst du vor?«

»Du brauchst jemanden an deiner Seite. Am besten einen Koch, damit du dich um alles andere kümmern kannst. Oder einen Landwirt, der irgendwie alles kann. Jedenfalls kannst du nicht alle Last dieses Unglücks auf deinen ...«, sie zögerte, »zarten Schultern tragen. Das kann nicht gut gehen.«

»Ach, Hilde.«

Gerührt putzte Maria ihre Hände an der Schürze ab und ging auf ihre Freundin zu. Hilde kam ihr entgegen, und kurz darauf lagen sie sich in den Armen.

»Es ist so gut, dass es dich gibt«, sagte Maria, den Tränen nah.

»Es ist auch gut, dass es dich gibt!«, echote Hilde und drückte ihr einen Kuss auf die Wange. »Wir brauchen einen geeigneten Mann für dich!«

»Wäre eine Frau nicht geeigneter?«

Hilde musste lachen. »Stimmt. Aber eine Frau heiraten?«

Maria löste sich von Hilde und zuckte die Achseln. »Dann hätte Horn jedenfalls mal eine waschechte Sensation!«

Hilde griff nach der Kuchenplatte. »Hältst du mir mal kurz die Türe auf? Ich denke, da draußen stehen sie schon Schlange.«

Erst abends kam Maria wieder dazu, über Hildes Worte nachzudenken. *Am besten einen Koch oder einen Landwirt,* hatte sie gesagt. Wäre ihr Horst eine Hilfe? Natürlich nicht. Eher wäre er neben ihren Schwestern eine weitere Aufgabe, denn sie konnte sich nicht vorstellen, dass er je eine Familie würde ernähren können. Vielleicht tat sie ihm aber auch unrecht? Vielleicht fehlte tatsächlich nur eine treibende weibliche Kraft?

Sie erinnerte sich an ihr Versprechen, das sie sich am Mittag selbst gegeben hatte: Sie würde heute Abend herausfinden, was Horst wirklich für sie empfand. Ob es nur eine Liebelei war. Oder ob er ernste Absichten hatte. Vielleicht wusste er es ja selbst noch nicht so genau. Aber sie. Und sie war gewillt, ihm da auf die Sprünge zu helfen.

Es war kurz nach neun, als Maria ihre Schürze abnahm und den Rest Emml überließ, einer resoluten Frau um die fünfzig, die abends einsprang, wenn Hilde alleine nicht mehr nachkam oder wenn es zu spät wurde.

»Geh nur«, winkte sie, »mit der gierigen Meute werde ich auch alleine fertig!«

Das war ihr leicht anzusehen, dachte Maria, denn Emmls kräftige Statur und ihre entschlossene Miene hatten schon so manchen späten Zecher vor die Wirtshaustür gebracht.

»Danke«, Maria winkte ihr zu und war froh, dass Emml nicht nachfragte. Nur ihr Blick unter dem tief in die Stirn gezogenen Kopftuch zeigte Maria, dass sie es doch gern gewusst hätte.

Maria ging schnell hinaus und traf in der Scheune, wo sie ihr Fahrrad aus der Ecke herausschob, auf ihren Vater.

»Holla!« August musterte sie. »Wohin des Weges?«

»Und was machst du da in der Ecke?«, stellte sie die Gegenfrage.

»Luftschnappen ist nicht schlecht«, sagte er schnell. »Zumal an so einem lauen Sommerabend. Aber es dunkelt schnell, pass also auf!«

»Aufpassen? Auf lauernde Banditen am Straßenrand?«

»Du bist eine hübsche junge Frau …«

»Danke«, sagte Maria und schwang sich auf ihr Fahrrad. Über Augusts dunkle Geschäfte hatte ihre Mutter schon geklagt. Und seit es Penicillin in der Schweiz gab, in Deutschland aber nicht, versorgte August die Kliniken und Arztpraxen, wie es hinter vorgehaltener Hand hieß. Früher, hatte ihre Mutter erzählt, waren es die Gegauf-Nähmaschinen aus Steckborn, die er über den See geschmuggelt hat. Immer gemeinsam mit Hans-Ueli. Mehr wollte Anna davon gar nicht wissen, zumal sie an ihrem fünften Hochzeitstag mit August und Hans-Ueli auf der Rückfahrt von Steckborn fast ertrunken wäre, als das Boot von Grenzpolizisten beschossen worden war.

Jedenfalls hatte August nach dem Krieg, als es noch kaum etwas gab, für eine volle Kasse gesorgt, und das war bei einer siebenköpfigen Familie Gold wert, das hatte ihre Mutter immer wieder betont. Vor allem, weil der »Hirschen« nach der Zwangsrekrutierung und französischen Besetzung wirtschaftlich schlimm am Boden gelegen hatte.

Anna hatte nie nachgefragt, und das wollte Maria auch in Zukunft nicht tun.

Gedankenverloren war sie die fünf Kilometer geradelt und schneller in dem Weiler, in dem Horst wohnte, angekommen als gedacht.

Es war eine kleine Ansammlung von Häusern, sie standen eng aneinandergeschmiegt, und im hintersten, mit Blick auf die weiten Wiesen, hatte Horst sein Atelier. Maria war bisher nur einmal hier gewesen, ziemlich am Anfang hatte sie ihn einmal begleitet, hatte einen Kaffee bei ihm getrunken, aber vor lauter Aufregung kaum etwas wahrgenommen. Außer eben, dass es mehr einer ausgebauten Scheune als einem wirklichen Haus glich.

Ihr Puls raste, als sie ihr Fahrrad neben den Eingang an die Hauswand lehnte, also hielt sie zur Beruhigung kurz den Atem an, strich sich durch die Haare und rieb kurz ihre Wangen, um sie rosiger werden zu lassen, schließlich klopfte sie.

»Komm rein, die Tür ist offen.«

Das war nicht gerade die romantische Begrüßung, die sie sich erhofft hatte, aber Maria schob die Türe auf und trat ein. Vom kurzen Flur ging es ins Atelier, wo sie überrascht stehen blieb.

Kerzenlicht, wohin sie sah, ein einziges Geflacker. Sie versuchte, sich zu orientieren, dann sah sie ihn. Horst kam ihr mit einem Glas Wein entgegen.

»Willkommen in meinem Reich.«

Er reichte ihr das Glas.

»Danke.«

Maria nahm es und wusste nicht, wie sie reagieren sollte. Wie sollte sie ihn begrüßen? Und was hatte er denn da an? Ein schwarzes, fließendes Gewand. Einen Morgenmantel?

»Hab ich dich erschreckt?«

»Nein, nein«, erwiderte sie schnell. »Ich muss mich nur … ich bin überrascht.«

»Komm.« Er reichte ihr die Hand und führte sie zwischen den Kerzen, die am Boden standen, durch den Raum hindurch. Langsam gewöhnten sich ihre Augen an das zuckende Licht, und sie erkannte, worauf er zusteuerte. Auf einem kleinen Tisch neben dem großen Bett hatte er ein längliches Holzbrett mit aufgeschnittener Wurst und gewürfeltem Käse gerichtet, daneben stand eine Flasche Wein.

»Komm, setz dich«, sagte er und rückte ihr den Stuhl zurecht.

Maria versuchte, ihre Fassung wiederzugewinnen.

»Gefällt es dir?«, wollte er wissen.

»Ja, so etwas habe ich noch nie gesehen«, sagte sie, »es ist aufregend.«

»Aufregend ist gut!«

Horst hob sein Glas, um mit ihr anzustoßen. Das Kerzenlicht warf unheimliche Schatten auf sein Gesicht, und hätte sie es nicht besser gewusst, hätte er auch das »Phantom der Oper« sein können, zumindest hatte sie ihn sich beim Lesen des Romans so vorgestellt.

»Es ist schön, dich hier bei mir zu wissen«, sagte er, und Maria spürte einen Schauder, der ihr über den Rücken lief. Was war es? Sie konnte es nicht deuten.

Sie tranken einen Schluck, dann senkte sich Schweigen über sie. Maria suchte krampfhaft nach einem Thema, aber ihr fiel nichts ein.

»Was denkst du?«, fragte Horst, der noch immer regungslos da saß.

»Ich denke«, antwortete Maria langsam, »dass ich gerade nichts denke.«

»Aufregend, hast du gesagt. Oder ist dir das eher unheimlich?«

Er machte eine Handbewegung über das Lichtermeer.

»Ich weiß nicht.« Maria überlegte. »Ja. Nein ... eigentlich ...« Sie ließ den Satz in der Luft hängen.

»Begib dich in eine andere Sphäre.« Er sah sie unbewegt an. »Mach dich frei von der Anziehungskraft, von der Schwere der Erde, den kleinkarierten Aufgaben des Alltags.«

Maria schluckte und rutschte auf ihrem Stuhl in eine andere Position.

Horst stand langsam auf. Wie er so in seinem schwarzen Seidenmantel, von Kerzen beschienen, dastand, glaubte sie wirklich an etwas Überirdisches, an eine andere Macht.

Sie war sich nur nicht sicher, ob gut oder böse.

»Dies hier«, und Horsts Stimme klang beschwörend dunkel, »ist eine Illusion. Eine Form von Kunst.«

Nachdem Maria nicht antwortete, fuhr er fort. »Wenn du

eine Weile über die vielen Flammen hinwegsiehst, die sich bewegen, züngeln, zischen, lebendig scheinen, dann beginnt sich auch deine Fantasie zu regen, entwirft Bilder, nimmt dich mit.«

Maria versuchte es, sah an ihm vorbei über die Flammen hinweg, aber sie sah nur sehr viele Kerzen, die Horst irgendwie auf die Bretterdielen des Fußbodens geklebt hatte. Und in ihr regte sich ein völlig anderes Gefühl – sie saßen in einer Scheune. Was, wenn eine der Kerzen umkippte und sich die Flamme in das viele Holz fraß? Sie hatte erlebt, wie der »Hirschen« im April 1927 abgebrannt war, da war sie gerade acht Jahre alt gewesen. Die am Holz leckenden hohen Flammen würde sie ihr Lebtag nicht vergessen, das Ächzen der gewaltigen Balken, als sie zusammenbrachen und der mächtige Dachstuhl herabstürzte.

Sie wollte gerade aufstehen, da begann Horst eine Kerze nach der anderen zu löschen. In die plötzliche Dunkelheit hinein knipste er eine Lampe an. Das grelle Licht ließ Maria blinzeln, und sie schirmte ihre Augen mit der Hand ab.

Horst kam lächelnd auf sie zu.

»Verstehst du, was ich meine? Kunst hat Flügel, Kunst muss frei sein, Kunst ist eine Göttin der Uneingeschränktheit, der Unvoreingenommenheit, ist transzendental. Raum und Zeit sind reine Formen menschlicher Intuition, sagt Kant. Oder klarer, er bestreitet, dass wir die Wahrnehmung der Dinge besitzen können, wie sie in sich selbst sind.«

Horst nahm sein Weinglas vom Tisch und ging zum Bett, dort legte er sich hin und klopfte aufs Laken.

»Komm, Maria, erzähle etwas über dich. Wir kennen uns nun seit vier Wochen, aber eigentlich kennen wir uns noch gar nicht.«

Maria drehte sich auf ihrem Stuhl nach ihm um. »Also, ich …«

»Komm doch! In meinem Arm liegt es sich bequemer.«

»Mein Leben ist«, begann Maria und kam sich plötzlich

furchtbar normal vor, »einfach ganz anders als deines. Ich ... na ja, eigentlich bin ich nun Wirtin. Und stehe einem Haushalt vor ... und ...«

Horst unterbrach sie. »Ich möchte dich malen. So, wie du mich jetzt ansiehst. Etwas unsicher, etwas eingeschüchtert und doch mit der Stärke einer Frau, einer Frau mit der Kraft des Universums.«

Maria dachte an das Bild, von dem ihr Vater heute noch sprach. Der berühmte Maler Hans Sturzenegger hatte ihre Mutter in ihren Jugendjahren in Steckborn gemalt. Es war wohl eine zufällige Begegnung am Bodenseeufer gewesen, wie Anna ihren Töchtern erzählt hatte, und dunkel konnte sich Maria noch an dieses prachtvolle Gemälde im schwarzen Rahmen erinnern. Sie hatte als Kind oft davorgestanden, weil es so schön war und Anna so mädchenhaft im Sand saß. Das Bild war bei dem schicksalhaften Brand leider auch in Flammen aufgegangen.

»Weißt du, dass Hans Sturzenegger meine Mutter gemalt hat? Sie war damals so etwa 18 Jahre alt.«

»Hans Sturzenegger? Ein berühmter Mann. Leider schon gestorben. Ein Maler der alten Schule.« Er wies zu seinen Bildern, die überall standen oder hingen. »Realismus ist aber nicht meine Sache. Wir leben in einer Zeit des Umbruchs, abstrakter Expressionismus in Amerika, informelle Kunst und Tachismus in Europa, Kubismus, Surrealismus, neue Denkweisen, neue Stile, Experimente sind gefragt, jeder muss einen Weg finden, jeder Maler muss Überzeugung in das legen können, was er tut und auf die Leinwand bringt.«

»Hast du reiche Eltern?«

Marias spontane Frage brachte Horst zum Stirnrunzeln.

»Wie kommst du jetzt darauf?«

Von irgendwas musste man ja auch in einer solch verrückten Welt leben, hatte sie sich einfach gedacht. Sie wusste aber nicht, wie sie es nun vorsichtig formulieren könnte.

»Du wohnst und arbeitest hier auf der Höri. Aber wir haben vor allem Landwirte hier. Die hängen sich höchstens ein Kruzifix in die Essecke. Gehört deine Kunst nicht eher in eine Großstadt? Nach Berlin?«

Horst schüttelte nachdenklich den Kopf.

»Es ist ein begnadetes Stückchen Erde, um als Maler zu arbeiten«, sagte er schließlich. »Hier finde ich die Inspiration. Und, du weißt ja, ich bin nicht der einzige Künstler, der auf der Höri lebt ... Schriftsteller, Maler, Denker, Dichter, die Höri zieht sie alle an.«

»Ja«, Maria nickte, »das mag schon sein ... aber von irgendwas müssen auch Maler und Denker leben.«

»Von Luft und Liebe?«, spöttelte Horst, richtete sich auf und fasste nach ihrem Arm. »Jetzt komm schon. Lass uns die Welt ein bisschen öffnen. Über unseren kleinen Horizont hinausblicken.«

Maria schwankte. Sein Blick war verführerisch, sein Mund zum Küssen nah. Und doch sollte sie besser ...

»Ich tu dir nichts«, beschwor er. »Lass dich einfach sinken.«

Und das tat sie. Maria machte den kleinen Schritt zum Bett hinüber, streifte ihre Schuhe ab und legte sich in seine Arme.

»Schon besser«, sagte er, und sie spürte das weiche Material seines Morgenmantels an ihren nackten Oberarmen. Es war ein sinnlicher Stoff, fand sie.

Horst roch an ihrem Hals.

»Du riechst so gut. Nach Frische, nach wilden Blumen, nach Kräutern im Sommerwind. Dein Duft schenkt mir Inspiration.«

Maria wagte nicht, darauf etwas zu antworten. Sie befürchtete, es hätte einfach nur platt geklungen.

»Was inspiriert dich, Maria?«, fragte er dann und begann an ihrem Ohrläppchen zu knabbern.

»Oh!«, entfuhr es ihr, denn das war eine Stelle, die kleine, spitze Stromschläge durch ihren ganzen Körper sandte. Sie wand sich.

»Horst«, sagte sie und spürte seine warme Hand leicht über ihren Hals bis zu ihrer Brust gleiten, wo sie liegen blieb.

»Gibt es etwas Schöneres als einen Frauenkörper?«, hörte sie ihn sagen und machte sich darauf gefasst, dass er nun doch mehr wollen könnte, als nur über den kleinen Horizont hinauszublicken, aber er ließ seine Hand auf ihrer Brust liegen und forschte nicht weiter.

»Wenn du jemand anderes sein könntest, wer wolltest du sein?«, wollte er wissen.

Maria entspannte sich. Er wollte also wirklich reden. Philosophieren hatte ihre Mutter das genannt. Und ihr verraten, dass sie Tagebuch schrieb, weil sie zwischendurch einen Gesprächspartner gebraucht hätte, der nicht nur über die Tagesarbeit redete. Und nun hatte sie, die Tochter, jemanden gefunden, der genau das tat.

»Ich habe noch nicht darüber nachgedacht.«

»Ich schon. Pablo Picasso. Nicht nur seine Kunst, sondern auch sein Leben ist atemberaubend.«

»Aber er ...«, Maria dachte nach, »seine Kunst unterscheidet sich doch ziemlich von deiner?«

Sie deutete zu den einfarbigen Bildern mit den Klecksen, Strichen, Kreisen und Linien.

»Ich bin noch in der Entwicklungsphase...« Horst lachte und fuhr ihr mit seiner Nase spielerisch durch ihr Haar.

»Wie alt bist du eigentlich?« Jetzt wollte sie es genau wissen.

»28. Also habe ich noch etwas Zeit, um mich zu entwickeln. Und du?«

»Ich werde am 7. September 31.« Sie überlegte. »Ich fühle mich schon ziemlich entwickelt.«

Sie spürte, wie sich seine Hand kurz über ihre Brust wölbte. »Stimmt!«

»Ach, du…!« Maria musste lachen, und nach ihrem anfänglichen Unbehagen begann sie, die Situation zu genießen.

»Also, hast du nachgedacht, wer du gern sein möchtest?«, griff er den Faden nach einer Weile wieder auf, in der sie beide geschwiegen hatten.

»Eigentlich bin ich ganz gern ich selbst. Als Frau. Aber Wirtin? Ich hätte lieber eine andere Rolle.«

»Und welche?«

»Die einer verrückten jungen Malerin mit dem Pinsel quer im Mund und dazu ein sorgloses Leben.«

»Und das Ganze an meiner Seite, stimmt's?«

Maria nickte still, ohne etwas zu sagen.

»Also quasi Olga.«

»Olga?«

»Olga Picasso!«

Illusion

Am nächsten Morgen erschien Maria die vergangene Nacht wie ein Traum. War das wirklich geschehen? Das Kerzenmeer, die Gespräche bis in den frühen Morgen, das Gefühl, irgendwie überirdisch zu sein?

Jetzt, da sie noch schlaftrunken im Bett lag und auf den Wecker sah, der gleich läuten würde, konnte sie die Stunden mit Horst nicht einordnen. Lag es am Rotwein? Immerhin hatten sie eine ganze Flasche getrunken. Und eigentlich hatte sie ja vor allem herausfinden wollen, ob er für die Ehe taugte.

Er war ein Freigeist, das hatte er ihr gesagt. Er wünsche sich eine echte Verbindung mit Maria, aber bitte ohne Verpflichtung. Was das heiße, hatte sie ihn gefragt, wie solle so eine Verbindung aussehen?

Liebe ohne Trauschein, war seine Antwort.

Liebe ohne Trauschein, das war auf die Dauer nicht möglich, das war ihr klar. Eine wilde Ehe. Und das in Horn. Womöglich noch mit Kindern, denn wer konnte das schon verhindern?

Sie nahm den Wecker und stellte ihn ab, sie wollte ihn nicht klingeln hören. Sie hasste dieses scheppernde Geräusch.

Und sie selbst, fragte sie sich, wie waren denn nun ihre Gefühle zu ihm?

Sie fand ihn noch aufregender als zuvor, das musste sie zugeben. So aus der Distanz war dieser Abend ungeheuerlich gewesen. Ungeheuerlich anders.

Maria dachte an Alois zurück. Obwohl es unfair war, die beiden zu vergleichen, waren die ersten Stunden mit Alois doch eher … hausbacken gewesen. In einer kleinen Wirtsstube am Tisch, wo sie am Anfang nach gemeinsamen Themen gesucht hatten. Tiefsinnige Gespräche, Maria wäre gar nicht auf die Idee gekommen. Und Alois schon zweimal nicht. Es ging um Alltägliches, um den Krieg, um Essensrationen und die Beschaffung von Dingen, die man zum Leben oder Arbeiten brauchte.

Aber es war auch eine andere Zeit gewesen.

Maria schlug die Decke zurück und sah zum Fenster. Die Sonne stieg langsam empor, färbte den Himmel hinter der Kirchturmspitze rötlich. Sie hörte unten auf der Wiese den Hahn krähen und gähnte herzhaft. Ihr Privileg war, dass sie oben im »Hirschen« ihr eigenes Zimmer hatte. Die beiden Schwestern nach ihr, Cecil und Trudi, waren mit ihren 27 und 26 Jahren schon ausgezogen, beide längst verheiratet. Lotti und Elli teilten sich seit vielen Jahren ein Zimmer, worüber sie immer wieder klagten, denn mit 24 und 23 Jahren fanden sie sich zu alt für ein Kinderzimmer. Aber es gab eben nicht mehr Platz. Ein weiteres Zimmer gehörte ihrem Vater, alles andere waren Gastzimmer. Und wenn im Sommer Hochbetrieb herrschte, mussten sie auch schon mal weichen, auf dem Speicher schlafen und ihre Zimmer zur Verfügung stellen. Bis heute hatten sie kein eigenes Haus, sondern wohnten noch immer im »Hirschen«.

Und wenn man es genau nahm, waren sie es von Kindesbeinen an so gewöhnt, und was man nicht anders kennt, vermisst man auch nicht. Zumindest hatte ihre Mutter das oft gesagt, wobei Maria ganz genau wusste, wie schön ihre Mutter Hildes Elternhaus gefunden hatte. Der Bauernhof mit der großen Wohnküche, in der meist die ganze Familie versammelt war, Hildes Eltern, die drei Brüder und häufig auch noch die ganze »Hirschen«-Kinderschar, weil Hilde schon als junges Mädchen auf die »Hirschen«-Kinder aufgepasst hatte und Hildes Eltern und ihre befreundet waren.

Maria seufzte, stand auf und zog ihr langes Nachthemd wieder in Form. Sie musste unruhig geschlafen haben, es war ganz verdreht. Dann streckte sie sich, zog ihren Morgenmantel an und ging zum Nebenzimmer, um zu klopfen.

»Lotti, Elli, aufstehen. Es ist Zeit!«

Die eine machte eine Ausbildung zur Sachbearbeiterin im Rathaus, und die andere arbeitete in einer Bäckerei. Und dazu mussten beide den Schulbus nach Radolfzell erwischen. Sie hörte nur unwilliges Stöhnen.

»Gibt's schon Frühstück?«

»Kaffee?«

»Bis ihr unten seid, gibt es Kaffee«, erwiderte Maria, ging nach unten in die Küche, füllte die Kaffeemaschine mit Wasser und stellte sie an. Dann richtete sie für die beiden Butterbrote mit Marmelade, stellte alles auf den großen Küchentisch und ging nach oben, um sich anzuziehen. Als sie in ihrem Zimmer ihren baumwollenen Morgenmantel auszog, dachte sie kurz an Horsts Seidenmantel. »Ein japanischer Kimono sei das«, hatte er ihr erklärt. Von Hand bestickt. Aber dann gingen ihre Gedanken weiter.

Sie hatten sechs Hausgäste, also würde sie ein entsprechendes Frühstück auftischen, erfahrungsgemäß kamen alle etwa gegen neun Uhr in die Wirtsstube. Danach galt es den Mittagstisch zu richten, die Vorräte zu überprüfen, einen Speiseplan für die nächsten Tage aufzustellen und entsprechend einzukaufen. Gegen 10 Uhr würde Hilde kommen und ihre Kuchen backen. Dann mussten sie die Gästezimmer säubern und, falls es einen Wechsel gab, die Betten frisch beziehen. Und das Getreide war reif und musste eingebracht werden.

Außerdem schoss in Annas Gemüsegarten sicher auch schon alles ins Kraut. Falls das Unkraut ihn noch nicht überwuchert hatte.

Der Tag hatte begonnen.

Was wohl Horst gerade tat?

Hilde hatte frische Aprikosen und Pflaumen mitgebracht.

»Mal sehen, wer heute das Rennen macht«, sagte sie, während sie die beiden Körbe auf den Tisch stellte. »Gestern lag der Beerenkuchen vorn. Sonst stehen immer alle auf gedeckte Apfelkuchen. Seltsam, nicht?«

»Ich tippe mal auf Aprikosenkuchen, den bekommt man nicht überall.«

Hilde zuckte die Schultern und band sich ihr Kopftuch um.

»Und was gibt es bei dir Neues?«

Maria fühlte sich überrumpelt. Hatte sich ihr Besuch bei Horst etwa schon herumgesprochen? Wie konnte das sein?

»Na ja«, sagte sie, »was macht man an so einem schönen Augustabend? Was macht denn ihr? Du und dein Mann?«

»Toni?« Sie musste lachen. »Er ist der pure Romantiker, das kannst du dir ja vorstellen. Das Getreide muss rein, das war seine gestrige Liebeserklärung. Und das Wetter findet er wichtig, und er liebäugelt mit Sonne und Regen, je nachdem, was er für seine Felder gerade braucht.«

Maria lachte mit, doch offensichtlich machte das Hilde nachdenklich.

»Wie geht es denn dir?«, fragte sie mit leicht schief gelegtem Kopf. »Denkst du oft an Alois und wie es sein könnte, wenn er noch leben würde?«

Alois, dachte Maria. Was sollte sie nun sagen?

»Schöner wäre es zu zweit.« Maria stockte. »Aber es ist nun über fünf Jahre her, und das Leben geht weiter.«

Hilde nickte. »Ja, du bist noch jung, da kann noch allerhand passieren. Und ihr hattet keine Kinder, das macht die Sache vielleicht leichter.«

Maria füllte einen großen Topf mit Wasser. »Darüber habe

ich nie nachgedacht. Aber du hast natürlich recht. Wäre es passiert, wäre das Kind jetzt schon vier …«

Sie wollte nicht darüber nachdenken, sie wusste auch nicht, welche Gefühle das auslösen könnte.

Hilde schwieg, wusch das Obst und begann, die Früchte zu entsteinen.

»Wie ist es denn bei euch beiden«, begann Maria nach einer Weile, in der jede konzentriert ihren Aufgaben nachgegangen war, »über was redet ihr denn, wenn ihr zusammen seid? Also, ich meine nicht Ernte oder Wetter?«

»Oje«, Hilde begann wieder zu lachen, »du meinst, so richtige Gespräche, wenn die Kinder nicht dabei sind?«

Maria nickte.

»Na, zunächst mal ist Toni sowieso nicht der gesprächige Typ. Zudem komme ich abends ja oft spät heim, die Kinder sind im Bett, und Toni schläft meist auch. Morgens ist er schon im Stall, und am Sonntag … ja, manchmal sind wir zum Kaffee bei meinen Eltern oder auch bei seinen, die Kinder spielen und abends beim Abendbrot …«, sie überlegte, »ja, eben doch Alltägliches. Aussaat, Ernte, eine kranke Kuh, irgendwas ist immer.« Sie richtete sich auf. »Wieso fragst du?«

»Ich«, Maria wusste nicht so richtig, wie sie es erklären sollte, »meine Mutter hat mir oft erzählt, dass sie jemanden vermisste, mit dem sie … philosophieren könne. Einfach über den Tellerrand hinausblicken, auf andere Sachen eben.«

Sie wandte sich von den halben Hühnchen ab, die sie gerade vorbereitete, und sah zu Hilde hinüber. »Mama sagte, sie habe deshalb in frühen Jahren Tagebuch geschrieben. Ihr habe oft jemand zu so einem Austausch gefehlt.«

Hilde nickte. »Ja, meine Mutter vermisst Anna auch. Sie sagt, Anna sei besonders gewesen. Deshalb wollten Vater und sie deine Eltern, damals, als sie frisch nach Horn kamen, auch gern unterstützen.«

»Das haben sie getan«, Maria lächelte versunken, »und du auch, Hilde. Ohne eure Hilfe … ich glaube, Mama wäre noch sehr viel früher erschöpft gewesen. Ihr wart eben immer für uns da.«

»Das war selbstverständlich.«

»Nein, eben nicht!«

»Doch! Für meine Eltern schon. Und für mich auch.«

Maria dachte an Hildes Eltern und wie schön sie es als Kind bei Christine und Ludwig in der großen Wohnküche gefunden hatte. Es war ein richtiges Zuhause gewesen. Warm – und immer fröhlich.

»Ach, Hilde«, entfuhr ihr ein Seufzer. »Es war eine harte, aber für uns Kinder eine wunderschöne Zeit, obwohl wir viel mitgeholfen und schon als Kinder viel gearbeitet haben!«

»Und nun bin ich 36«, sagte Hilde mit einem ungläubigen Kopfschütteln. »Habe einen Mann und selbst zwei Kinder. Manchmal kann ich es selbst kaum fassen.«

Maria bekam es den ganzen Tag nicht aus dem Kopf. Überall waren die Gesprächsthemen alltäglich. In jeder Ehe, an jedem Tisch, auch zwischen ihrem Vater und ihr. Und selbst, wenn sie sich mit ihren Schwestern unterhielt. Keine von ihnen schien das Bedürfnis zu haben, mal über sich selbst hinauszufliegen. Keine hatte Mamas Art im Blut.

War es das, was sie an Horst so anziehend fand? Mamas Art? Das Dach über sich zu öffnen und hinauszufliegen, weit weg, hoch zu den Sternen? Horst, der gestrige Abend, die Nacht. Das Lichtermeer, die Illusion, diese völlig andere Welt. War das verrückt?

Was ihr Vater sagen würde, ahnte sie: ein Spinner, völlig lebensuntüchtig.

War er vielleicht einfach am falschen Ort? Wenn er dort wäre, wo auch andere ihrer Intuition folgten, wie Picasso in

Spanien oder in Frankreich, irgendwo am Meer, wo die Farben sicher anders waren als hier, heller, strahlender, stellte sie sich vor. Würde sie ihm folgen, wenn er es ihr anböte? Komm, Maria, lass uns frei sein. Ein Brot, etwas Käse, eine Flasche Rotwein, mehr braucht man nicht in diesen Ländern, in denen die Sonne scheint und das Leben nicht so freudlos ist wie hier, sondern ein täglicher, aufregender Tanz. Würde sie mitgehen? Wäre sie mutig genug?

Maria räumte auf der Terrasse einen der Tische ab und sprach freundlich mit den Gästen, aber sie tat es wie in Trance. Ihr Geist war woanders, und sie ertappte sich, wie sie mit dem Tablett in der Hand stehen blieb und zur Kirche hochsah. Ob er heute wohl gekommen war, am frühen Nachmittag dort gesessen hatte? Vielleicht in der Hoffnung, dass sie kommen würde?

Hirngespinste, sagte sie sich und riss sich zusammen.

»Ist etwas mit dir?«, wollte Hilde wissen, als Maria geistesabwesend eine Speise für einen Tisch richtete, den Hilde schon bedient hatte.

Maria zuckte zusammen.

»Ich weiß nicht«, sagte sie, »mir schießen heute ständig verrückte Gedanken durch den Kopf.«

»Vollmond«, erklärte Hilde und machte eine entsprechende Geste, »da spielen manche verrückt. Sogar die Kühe, sagt Toni.«

Maria nickte. »Ja«, sagte sie, »das ist eine Erklärung. Der gute alte Mond. Wenn er die Kraft für den Wechsel von Ebbe und Flut hat, dann ist kaum verwunderlich, dass er noch mehr bewirken kann.«

»Vielleicht gehst du heute einfach mal früh ins Bett?«

»Oder ich gehe zur Kirche hoch, setz mich an ihre Mauer und schau hoch zu ihm.«

»Brrr!« Hilde schüttelte sich. »Das wäre mir zu gruselig.

Nein, da gehe ich dann doch lieber ins Bett und kuschle mich an Toni!«

Die nächsten Tage hatte Maria keine Zeit, um an ihren geheimen Treffpunkt an der Kirche zu gehen. War Horst dort gewesen? Und würde sie, weil sie nicht gekommen war, von ihm ein Zeichen bekommen? Und gerade, als sie sich entschieden hatte, abends einfach zu ihm hinzuradeln, kam Lotti mit einem verweinten Gesicht nach Hause. Sie wollte sich nach oben auf ihr Zimmer schleichen, aber Maria hielt sie auf.

»So früh? Was ist passiert, Lotti?«

»Ach, nichts!« Lotti versuchte sich an ihr vorbeizudrücken, doch Maria hielt sie am Arm fest.

»Lotti! Ich sehe doch, dass dich etwas bedrückt. Komm, wir gehen in meine Kammer, und du erzählst mir, was es ist.«

»Du hast doch gar keine Zeit«, schniefte Lotti und fuhr sich mit dem Handrücken unter der Nase entlang.

Wie jung sie aussieht, dachte Maria, mit ihren langen braunen Zöpfen, dem schmalen Gesicht und der zierlichen Figur. Wie verletzlich! Es war wieder einer der Momente, da sie einfach nur an ihre Mutter dachte. Oh, Mama, wo bist du nur?

»Doch, für dich habe ich Zeit.« Sie strich ihrer jüngeren Schwester kurz über die Wange. »Komm!«

In Marias kleiner Kammer setzten sich beide aufs Bett, und Maria warf einen Blick in den Spiegel, der gegenüber auf der Kommode stand. Zwei Schwestern, dachte sie. Wie oft hatten sie früher alle miteinander im Bett gelegen, herumgealbert, gebalgt und gelacht. Fern aller Sorgen. Sie seufzte kurz, legte einen Arm um Lottis Schultern und zog sie an sich.

»Wo drückt der Schuh?«

Aber statt einer Antwort weinte Lotti nur. Maria drückte ihren Kopf an sich, so wie es ihre Mutter getan hatte, wenn sich eine von ihnen das Knie aufgeschürft hatte.

»Na, na«, sagte sie, »es wird nicht so schlimm sein, es gibt nichts, was sich nicht heilen ließe.«

»Es lässt sich nicht heilen«, flüsterte Lotti, und Maria griff nach einem Taschentuch in ihrer Schürzentasche.

»Schnäuz dich erst mal. Und dann erzähl in aller Ruhe, was passiert ist.«

Es dauerte eine Weile, bis Lotti sich beruhigt hatte, und Maria dachte, obwohl sie sich das gleichzeitig verbot, an die vielen Gäste an den Tischen, doch schließlich sagte Lotti leise: »Die Bäckersfrau, sie konnte mich von Anfang an nicht leiden. Ich weiß nicht, warum, aber schon, als ich die Lehre bei ihrem Mann gemacht habe, war sie immer giftig. Sie trug mir mehr auf als den anderen, ich konnte ihr nichts recht machen, sie nannte mich eine *typische Dorfgans*, von der man ja nichts Besseres erwarten könne.«

»Hast du das Mama mal gesagt? Oder Vater?«

»Mama hatte genug um die Ohren. Und außerdem habe ich gehofft, dass es schon irgendwann besser werden würde. Aber es ist eigentlich nur schlimmer geworden.«

Sie zog kurz die Nase hoch, dann richtete sie sich auf.

»Und heute hat sie mich vor allen anderen beschuldigt, Geld aus der Kasse genommen zu haben! Ich! Ich würde so etwas nie tun!«

»Ja, da bin ich sicher…«, sagte Maria sanft. »Das glaubt ihr doch keiner!«

»Ich war so fassungslos«, sagte Lotti erregt, »ich bin einfach davongerannt!« Sie sah Maria an. »Und weißt du was? Da rief sie mir hinterher, ich bräuchte auch gar nicht mehr zurückzukommen!«

Maria nickte und nahm ihre kleine Schwester fest in die Arme.

»Mach dir keine Gedanken, wir finden eine Lösung!«

»Ich gehe dort nicht mehr hin.«

Maria wiegte sich mit Lotti leicht hin und her, so wie es Mütter mit ihren kleinen Kindern tun.

»Das brauchst du auch nicht. Wir finden etwas anderes für dich. Du hättest mir das viel früher sagen müssen.«

Lotti blieb stumm, offensichtlich genoss sie das Gefühl der Geborgenheit, und Maria spürte, wie sehr auch ihre Schwestern ihre Mutter vermissen mussten. Anna war stets der Fels in der Brandung gewesen. Sie hatte wenig Zeit und war von frühmorgens bis spätabends beschäftigt gewesen. Trotzdem hatte jede von ihnen die Gewissheit, dass sie da war. Und wenn es auch nur für eine kurze Umarmung, für einen aufmunternden Klaps war.

»Ist es jetzt wieder gut?«

Auch das waren die Worte ihrer Mutter.

Lotti wischte sich mit Marias Taschentuch die Tränen ab und nickte. »Ja, wenn ich dort nicht mehr hin muss, dann ist es gut.« Gleich darauf schien ihr ein anderer Gedanke zu kommen. »Und wenn sie mich anzeigt? Wegen Diebstahl?«

»Das ist lächerlich«, beruhigte sie Maria. »Aber ich denke mal, dass du noch Lohn bekommst. Es ist bald Ende des Monats, also werde ich hingehen und mit ihr reden.«

»Das tust du?«

»Das hätte ich sowieso gemacht.«

»Gut«, sagte Lotti und streckte sich, »dann helfe ich dir jetzt in der Küche. Du weißt, dass ich das kann.«

Wiedersehen

An diesem Tag schaffte Maria es nicht mehr, aber am nächsten. Sie hatte sich, wenn sie schon in Radolfzell sein würde, gleich eine ganze Einkaufsliste zusammengestellt, denn es gab immer etwas zu besorgen.

August hatte ihr am Küchentisch kurz über die Schulter geschaut und vorgeschlagen, gemeinsam zu fahren, aber Maria hatte keine Lust, ihn einzuweihen. Und außerdem war ihr seine Fahrweise in dem alten französischen Militärjeep zu ruppig. Und da sie nicht so genau wusste, wie August überhaupt an diesen Laffly gekommen war, wollte sie lieber nicht von den französischen Besatzern im Nachbardorf danach gefragt werden.

So war sie mit zwei Einkaufskörben am Nachmittag zur Kaffee- und Kuchenzeit in den Bus gestiegen und hatte sich während der Fahrt ihre Gedanken gemacht. Horst hatte sie seit dem denkwürdigen Abend in seinem Atelier nicht mehr gesehen. Hatte er kein Interesse mehr an ihr? War sie zu spröde gewesen, die kleine Landpomeranze, statt die weltgewandte Muse, die sich sicher bei Picasso auf dem Sofa rekelte? Dabei wollte er sie doch malen, das hatte er gesagt.

Ihre Mutter hatte auch gern gemalt und oft gezeichnet: *»Wenn du schreibst oder zeichnest, bringt dir das ein Stück Glückseligkeit. Das ist bei Menschen, die ein Instrument spielen oder singen können, auch so. Betrachte ihre Gesichter dabei – sie werden meist von Glück durchflutet.«*

Ihre Mutter hatte nur die Volksschule auf dem Land besucht, aber sie hatte eine Herzensbildung, einen gesunden Menschenverstand. Maria dachte an ihren Vater. In ihm hatte ihre Mutter das Rädchen gefunden, das zu ihr passte. Sie waren viele Jahre ineinander verzahnt gewesen … obwohl sie, von außen betrachtet, völlig unterschiedlich waren.

Maria saß am Fenster und betrachtete die vorbeiziehende Landschaft, ohne etwas wahrzunehmen. Könnte sie sich mit Horst auch so verzahnen, so eins werden? Er, der Künstler, sie, die Wirtin? Sie versuchte, sich den Alltag vorzustellen, aber es gelang ihr nicht.

Sie musste über das, was war, hinausdenken. Ihre Fantasie fliegen lassen, ganz so, wie Horst es gesagt hatte. Sie könnten den Anbau umgestalten, eine Art Atelier … aber er bräuchte eine Heizung. Bisher war es eher ein Geräteschuppen. Und wo kämen dann die Geräte im Winter hin?

Man könnte neu dazu bauen. Ein schönes, beheizbares Atelier mit großen Fenstern, also gleichzeitig eine Art Galerie. Horsts Gemälde, die Bilder anderer Künstler, eine Vernissage nach der anderen, zu der sie die Häppchen machen würde, viele Käufer, die ihre frisch tapezierten Wohnzimmerwände mit etwas Besonderem schmücken wollten … Maria verlor sich in ihren Tagträumen, und als der Bus nach einer Weile am Bahnhof hielt und sie in die Realität zurückkehrte, dachte sie nur: August – die Meinung ihres Vaters kannte sie: brotlose Kunst.

Sie holte tief Luft, stieg aus, orientierte sich und schlug den Weg zu der Bäckerei ein. Sobald die kleinen Schaufenster des steinernen Gebäudes in Sichtweite kamen, blieb sie stehen, straffte die Schultern und richtete sich auf. Dann atmete sie zweimal tief durch und ging entschlossen darauf zu, die Steintreppe hinauf und trat ein. Das Glöckchen an der Tür schepperte unmelodiös, und kurz stand sie, die ausgelegten Backwaren betrachtend, alleine vor der Theke, bis ein junges Mädchen in den Verkaufsraum trat.

»Ja, bitte?«, fragte sie, »was darf es sein?«

Maria musterte sie kurz. Sie war um einiges jünger als Lotti, sie schätzte sie auf höchstens siebzehn, sie hatte eine leichte Hasenscharte, die ihr ansonsten schönes Gesicht entstellte.

»Ich möchte die Chefin sprechen, Frau Wachter.«

Die Kleine nickte. »Meine Mutter ist gerade in der Backstube. Was soll ich ihr sagen?«

»Lottis Schwester ist da, Maria Ruggli.«

Maria registrierte ein Zucken in dem Gesicht des Mädchens, bevor es sich umdrehte und zur Tür zurückging, aus der sie eben getreten war.

Kurz danach schnaubte Frau Wachter herein. Maria hatte sie bisher nur einmal gesehen, aber das war schon Jahre her. Nun erschien sie ihr doppelt so dick wie damals.

»Kommen Sie, um die Beute Ihrer Schwester zurückzubringen?«, fauchte sie, bevor sie überhaupt an der Theke angekommen war, »das will ich der Kleinen auch geraten haben!«

Maria schwieg und maß Frau Wachter nur mit Blicken, worauf sich die Bäckersfrau wie eine Preisboxerin in die Brust warf.

»Ich denke nicht, dass meine Schwester Sie in irgendeiner Weise bestohlen hat. Ich denke eher, dass sie hier zu einem ausbeuterischen Lohn gearbeitet hat. Und nun hätte ich gern ihren Lohn bis zum heutigen Tag mitgenommen.«

Hinter ihr klingelte die Türglocke, und Maria drehte sich um. Den Kunden, der hinter sie trat, glaubte sie zu kennen. Sie wusste aber nicht so recht, woher. Wahrscheinlich aus dem »Hirschen«. Er schien sie auch zu erkennen, denn er machte aus Überraschung einen kleinen Schritt zurück.

Frau Wachter hatte schon zu einer entsprechenden Antwort ausgeholt, doch jetzt verzog sie ihr Gesicht zu einem angestrengten, falschen Lächeln.

»Herr Amann«, sagte sie schnell, offensichtlich aus dem Konzept gebracht. »Wie kann ich ...«

Amann, überlegte Maria, ihr Metzger aus Bohlingen hieß Amann.

»Ich wollte mich nicht vordrängen.« Karl wies auf Maria. »Die Dame war vor mir dran.«

»Die Dame«, nahm Maria den Faden auf, »verbittet sich gerade, dass ihre kleine Schwester als Diebin bezeichnet wird und möchte den fälligen Monatslohn für Lotti abholen.«

»Lotti? Eine Diebin?« Karl trat einen Schritt vor und stand nun neben Maria. »Wie kommen Sie denn auf diese Idee, Frau Wachter? Ich kenne die Ruggli-Töchter seit Langem, da würde jede Einzelne eher etwas dazulegen, als etwas zu nehmen.«

»Na ja ... ich ...«

Er kennt uns seit Langem? Maria überlegte kurz und wandte sich ihm zu. »Vielen Dank«, sagte sie, »aber es scheint so, dass dies geklärt werden muss. Wenn Frau Wachter meint, Lotti habe gestohlen, möchte ich das von der Polizei aufklären lassen.«

Frau Wachter schnappte nach Luft, und Maria bemerkte, wie ihre Tochter halb verborgen hinter der Tür zur Backstube stand.

»Haben Sie mal an Ihre eigenen Kinder gedacht?«, fragte da Karl, der das schmale Mädchen am Türrahmen auch entdeckt hatte.

»Meinen Egon?«, platzte da Frau Wachter heraus, »schöne Augen hat sie ihm gemacht, meinem Jungen! Von Anfang an. Einschmuggeln will sie sich. Und selbst mein Mann schaut ihr hinterher!«

Karl warf Maria einen bedeutungsvollen Blick zu, und zum ersten Mal nahm sie ihn richtig wahr. Amann. Karl! Sie wusste, dass ihr Vater Fleisch und Wurst von Amanns Metzgerei bezog. Und dass der Sohn dort nun auch arbeitete. Aber sonst?

»Wenn ich's nicht besser wüsste, liebe Frau Wachter«, sagte er nun betont eindrücklich, »dann würde ich in diesem Fall eindeutig von Eifersucht sprechen.« Nach einer bedeutungsvollen Pause beugte er sich etwas über den Tresen, um sie direkt aufs Korn zu nehmen. »Sie sind eifersüchtig! Das ist alles! Deshalb schieben Sie der kleinen Lotti nun etwas in die Schuhe, das sie nie gemacht hat. Verleumdung nennt man so etwas. Das, was Sie hier anzetteln, ist eindeutig eine Straftat! Und ganz gewiss werde ich mein Brot für die Metzgerei in Zukunft von einer anderen Bäckerei liefern lassen.«

Er richtete sich auf.

Der Bäckersfrau war die Röte ins Gesicht geschossen.

»Nein, nein«, beschwichtigte sie, »das hat doch nun gar nichts mit Ihnen zu tun. Natürlich werden wir weiterhin die Brötchen zu Ihrer Zufriedenheit liefern.«

Maria schüttelte den Kopf. »Sie sind bemitleidenswert, Frau Wachter. Solche Gefühle zu haben muss scheußlich sein. Nun zahlen Sie mir bitte Lottis Lohn aus, und danach sehen wir uns, hoffentlich, niemals mehr wieder.«

Karl warf ihr einen kurzen, bewundernden Blick zu.

»Und am besten legen Sie noch etwas obendrauf, als Wiedergutmachung für die Anschuldigung!« Er drehte sich leicht zu Maria. »Lotti kann jederzeit bei uns anfangen. Wir suchen schon lange eine tüchtige Kraft, ehrlich, loyal und flink, eben wie Lotti!«

Maria war sich zwar nicht sicher, ob Lotti in einem Fleischerladen würde arbeiten wollen, aber sie erwiderte sein Lächeln.

»Vielen Dank. Vielleicht wollen Sie ihr das selbst sagen?«

»Wenn es heute Abend passen würde?«

Maria nickte.

Karl wandte sich wieder an die Bäckersfrau. »Und jetzt warten wir noch gemeinsam, bis das entsprechende Geld da ist, Frau Wachter, und danach wünschen wir Ihnen und Ihrer Familie einen schönen Tag!«

Als sie etwas später gemeinsam das Geschäft verließen, sah Maria es nicht, aber sie spürte den hasserfüllten Blick der Bäckersfrau in ihrem Rücken und schüttelte sich. Gut, dass Lotti da niemals mehr hinmusste.

Sie gingen die Gasse hinunter, und plötzlich fiel Maria auf, dass sie ihn gesiezt hatte, dabei kannten sie sich ja wirklich. Sie musste lachen, und auf Karls verwunderten Blick blieb sie stehen.

»Karl, dieses Gesicht! Danke, dass du dich auf meine Seite gestellt hast! Aber darauf war sie nicht gefasst, die liebe Frau Wachter! Ich würde gern hören, was ihr Mann dazu sagt, dass du die Geschäftsverbindung gekappt hast!«

»Ja. Er wird höchst erfreut sein!« Karl lachte mit. »Wir bieten für die Handwerker ein handgerechtes Vesper um die Mittagszeit an, da sind aufgeschnittene Brötchen praktisch! Und ich habe halt die alten Verbindungen meines Vaters weitergeführt.«

»Ist das nun ein Problem für dich?«

»Es gibt genug andere Bäckereien.« Er schwieg kurz, und Maria bemerkte seinen schüchternen Blick. »Dort steht mein Wagen. Kann ich dich irgendwo hinfahren? Zurück zum ›Hirschen‹?«

Maria schüttelte den Kopf. »Ich habe noch einige Besorgungen zu machen, die Bewegung tut mir gut, Karl, einmal durch Radolfzell und wieder zurück.«

Er lächelte. »Das kann ich gut verstehen. Immer nur stehen ... mir geht es auch so, seitdem ich den Laden übernommen habe.« Er reichte ihr die Hand. »Dann sehen wir uns also heute Abend.«

Sein Händedruck war kräftig und warm, und Maria sah ihm kurz nach, als er in Richtung einiger Autos ging, die am Straßenrand geparkt waren. Er war groß gewachsen, breitschultrig, sein Gang war zielstrebig. Ein netter Kerl, dachte sie. Wie er ihr sofort beigestanden hatte, obwohl sie sich ja kaum kannten. Oder doch? Als Kinder vielleicht. Oder als Jugendliche. Sie konnte sich nicht so recht an ihn erinnern. Nur an seinen Vater, der war häufig im »Hirschen«, weil er August die entsprechenden Fleischbestellungen geliefert hatte.

Und er? Karl? Irgendwie hatte sie da eine Gedächtnislücke. Wo kam der Sohn plötzlich her?

Sie schüttelte den Gedanken ab. Immerhin würde sie ihn heute Abend ja selbst fragen können. Ärgerlich war nur, dass sie sich mit dieser Zusage selbst ein Bein gestellt hatte. Nun konnte sie Horst schon wieder nicht besuchen. Aber sie könnte ihm etwas Schönes kaufen. Eine kleine Überraschung. Sie überlegte, was es sein könnte? Vielleicht würde ihr bei ihrem Gang durch die Geschäfte etwas Passendes ins Auge stechen.

Es war ein eher gemütlicher Dienstagabend, der letzte Gast war eben gegangen, und deshalb schickte Maria Hilde schon um acht Uhr nach Hause.

»Was jetzt noch kommt, kann ich gut alleine bewältigen. Deine Familie freut sich, dich mal früh zu sehen.«

»Sie werden sich eher erschrecken …« Hilde band augenzwinkernd die Schürze ab. »Übrigens«, sie griff in ihre Rocktasche und holte ein arg zerknittertes Bild heraus, »das habe ich aus einer Frauen-Illustrierten ausgeschnitten, schau mal die Frisur.« Sie hielt Maria das kleine Blatt hin, »meinst du, das könnte mir stehen?«

Maria strich den Ausschnitt glatt, bevor sie aufsah.

»Wie lange trägst du das denn schon mit dir herum?«

Hilde zuckte lachend die Achseln.

»Lange genug, um mich mal dafür und gleich wieder dagegen zu entscheiden …« Sie zog an ihrem dicken, hüftlangen Zopf. »Das ist ja nicht mehr zeitgemäß!«

Maria, die ihre kastanienbraunen Haare schon längst hatte schulterlang schneiden lassen, weil ihr die langen Haare einfach zu aufwendig waren, betrachtete die Frisur auf dem Bild eingehend. Seitlich der Stirn war eine große Haarlocke hoch aus dem Gesicht geföhnt worden, die von dort in einer weichen Welle zu den dichten Locken, die sich im Nacken kräuselten, herunterfiel.

»Sieht jedenfalls sehr schick aus«, meinte Maria und fuhr sich unbewusst durch ihre Haare, die keinen besonderen Schnitt hatten. Und meist hatte sie sie sowieso zusammengebunden oder in der Küche unter einem Kopftuch gebändigt.

»Probier's halt!«, ermutigte Maria sie. »Allerdings«, sie zögerte, »brauchst du dafür einen guten Friseur … und Locken, die muss er dir ja auch brennen.«

Hilde schüttelte den Kopf. »Nein, nein, Locken habe ich von Natur aus. Die sieht man im Zopf nur nicht.«

»Na, dann!« Maria gab ihr das Foto zurück. »Dann hältst du ihm das unter die Nase und bringst ihn um, wenn er es nicht hinbekommt!«

»*Toni* wird mich umbringen, er liebt meine Haare.«

»Er muss sie ja auch nicht pflegen«, gab Maria trocken zurück. Hilde lachte zustimmend und umarmte Maria in einem seltenen Anflug von Zärtlichkeit.

»Du bist eine wahre Freundin!«

Sie sahen sich kurz in die Augen, bevor sich Hilde löste und zur Tür eilte.

Gleich darauf stand sie wieder da.

»Im Gastraum steht ein Mann. Mit Blumen. Und augenscheinlich will er zu dir.« Sie legte kurz den Kopf schief, warf Maria eine Kusshand zu und verschwand wieder.

Ein Mann mit Blumen, überlegte Maria irritiert, band ihrerseits die Schürze ab, fuhr sich mit beiden Händen durch das offene Haar und ging hinaus.

Im Anzug, sogar mit Einstecktuch, stand Karl neben dem Tresen und wurde unter Marias forschendem Blick sichtlich verlegen.

»Ich wollte unsere Geschäftsverbindung erneuern. Nachdem du jetzt die ›Hirschen‹-Wirtin bist und ich der Fleischlieferant, ist dies ein Antrittsbesuch!«

Maria musste lachen.

»Das ist ja mal eine nette Idee«, sagte sie und nahm ihm die Blumen ab, die er ihr etwas unbeholfen entgegenstreckte. »Machst du das mit jedem Geschäftspartner so?«, fragte sie mit leicht ironischem Unterton.

»Fast jedem«, gab er zur Antwort und grinste.

Schlecht sieht er ja nicht aus, dachte Maria, ein gut geschnittenes, ovales Gesicht, wobei seine vollen Lippen und die dunklen Augen unter den starken Augenbrauen eine schöne Einheit bildeten. Über der hohen Stirn hatte er sein dichtes dunkles Haar schnittig nach hinten gekämmt.

»Setz dich doch schon mal«, sie wies zu einem der Tische am Fenster, »ich stelle nur schnell die Blumen ins Wasser.«

»Und Lotti? Konntest du schon mit ihr reden?«

»Sie ist noch draußen, füttert die Tiere. Kommt aber gleich.«

Maria betrachtete die großen hellroten Blüten, während sie die Nelken in die Küche trug. Hübsch sind sie ja, dachte sie, aber eigentlich sind es ja Grabblumen. Jedenfalls aber eine nette Geste.

Kurz danach kam sie mit der Vase zurück und stellte sie vor Karl auf den Tisch.

»Da machen sie sich gut«, entschied sie, »wir haben ja kein privates Wohnzimmer. Was darf ich dir bringen?«

»Gern ein Bier. Es ist noch immer ganz schön heiß.«

Das stimmte, selbst ihre Terrasse, sonst Anziehungspunkt für viele Sommerfrischler, war während der vergangenen heißen Tage auffallend leer geblieben. Maria ging zum Tresen und hatte das deutliche Gefühl, dass Karl ihr nachsah.

Sie zapfte ihm ein Bier und schenkte sich ein Glas Wein ein.

»Kann ich dir etwas zum Essen anbieten?«, fragte sie, während sie die Getränke abstellte. Aber bevor er antworten konnte, wurde die Türe kräftig aufgestoßen, und August kam herein. Bei Karls Anblick blieb er stehen und stemmte die Hände in die Hüften.

»Ei, wen haben wir denn da?«, fragte er so gespielt unecht, dass Maria die Stirn kräuselte.

»Du wirst ihn doch wohl kennen, wenn du unser Fleisch bei ihm holst.«

August achtete gar nicht auf sie.

»Ja, wie schön, Karl, herzlich willkommen!« Er schüttelte ihm die Hand. »Ja, und dann ...«, er sah kurz zu Maria, »will ich auch gar nicht weiter stören ...«

Damit verschwand er in die Küche.

»Was war denn das jetzt?«, fragte Maria und sah verwundert, dass Karl die Gesichtsfarbe gewechselt hatte.

»Wahrscheinlich ist er überrascht, dass ich hier bin. Die letzten Jahre hat er doch immer mit meinem Vater ...«

»Ja.« Maria setzte sich ihm gegenüber hin. »Das wäre meine nächste Frage gewesen. Ich habe heute versucht, mich zu erinnern. Aber irgendwie will es mir nicht gelingen ... wir kennen uns doch von früher, oder?«

Karl nickte. »Ich war als Kind oft dabei, wenn mein Vater Ware ausgefahren hat. Und dein Vater und er hatten immer irgendwelche Geschäfte laufen, Viehhandel, schlachten, ich durfte nie zuhören.«

Maria zuckte die Achseln. Karl sah es und fuhr fort: »Ihr hattet damals kein Auge für mich. Fünf Schwestern, dazu die Nachbarkinder, ihr habt euren Eltern oft helfen müssen, das weiß ich noch gut, und wenn ihr mal lustig miteinander gespielt habt, stand ich immer alleine herum.«

»Oh, tut mir leid«, Maria hob ihr Glas, »Kinder können grausam sein.«

»Ich denke, ihr habt es nur nicht gemerkt.«

Sie prosteten sich zu.

»Und dann?«, wollte Maria wissen.

»Metzgerlehre und den Meister in Singen, Krieg, Gefangenschaft, Heimkehr, einer zu viel an Mutters Küchentisch, Vater mit Tochter und Lehrling in unserem Fleischerladen, da bin ich erneut nach Singen.«

»Und seit wann bist du zurück?«

Karl nahm einen tiefen Schluck und wischte sich mit dem Handrücken den Schaum ab. »Seitdem mein Vater die Arbeit nicht mehr bewältigt. Kleiner Schlaganfall.« Er sah kurz auf seine Hände. »Nun bin ich wieder recht.«

»Das Leben spielt einem manchmal übel mit.« Maria legte kurz ihre Hand auf seinen Handrücken.

»Besonders übel ist, wenn dir deine Jugendjahre durch einen sinnlosen Krieg gestohlen werden. Die gibt dir keiner mehr zurück.«

Maria nickte.

»Aber was rede ich«, er beugte sich etwas über den Tisch, »deine Mutter ist gestorben. Du musst vielleicht auch in Fußstapfen treten, die noch zu groß sind.« Er überlegte. »Und vor allem hättest du selbst vielleicht ganz anders entschieden?«

Maria kniff kurz die Lippen zusammen. Sie sah Horst vor sich. Im Gras liegen, malen, Kunst.

Frei sein.

»Vielleicht«, gab sie zu. Dann richtete sie sich mit einem Seufzer auf. »Aber nun ist es eben so. Und ich liebe den ›Hirschen‹ seit meiner Kindheit. Wahrscheinlich hätte ich ihn sowieso übernommen«, sie winkte ab, »nur eben später.«

Hinter ihr öffnete sich die Tür, und Lotti kam in ihrem geblümten Dirndl herein, schwang dabei ihre grüne Schürze auf und ab, um sich Luft zuzuwedeln.

»Selbst die Ziegen schwitzen«, rief sie, sah sich kurz um

und entdeckte ihre große Schwester am Tisch mit einem Fremden.

»Kommst du mal zu uns herüber?«, rief Maria.

Nachdem sie Lotti über Karl und die gemeinsame Vergangenheit in Kindertagen aufgeklärt hatte, bot Maria ihrer Schwester einen Stuhl an und stand auf. »Ich richte uns ein Abendbrot«, sagte sie. »Und in der Zwischenzeit könnt ihr euch in Ruhe unterhalten.«

Als sie etwas später zurückkam, Brot, Käse, Speck und Wurst auftischte, Lotti einen Apfelsaft und Karl ein frisches Bier brachte, war sie gespannt.

»Karl hat mir das gerade erzählt«, Lottis Wangen glühten, »da hat die Frau Wachter aber mal richtig was zu hören bekommen!«

»Ja, Karl hat mich sehr unterstützt!« Sie verteilte drei Holzbrettchen. »Hat er dir auch schon von seinem Angebot erzählt?«

»Hat er«, antwortete Karl an ihrer Stelle, »Lotti kann nicht so mit toten Tieren, sagt sie.«

Lotti nickte. »Du weißt doch, dass ich kaum Fleisch esse und jeden Käfer aus der Wassertränke im Hof rette. Ich könnte im Leben nie beim Schlachten dabei sein.« Sie sah zu Karl. »Aber trotzdem vielen Dank für das gute Angebot!«

Maria setzte sich. »Und was schwebt dir dann vor?«

»In Singen gibt es ein Konfektionshaus. Mit Kunden umgehen und verkaufen, das kann ich ja. Es ist doch egal, ob Brötchen oder Kleider.«

»Darf ich?« Auf Marias Nicken hin griff Karl nach dem Messer und schnitt den Speck.

»Ja«, sagte er zu Lotti, »eine tüchtige Verkäuferin ist was wert.« Er fächerte die Speckstückchen gekonnt auf. »Wie viele wart ihr denn in der Bäckerei?«

»Greta, die Tochter, Egon, der Sohn, und Katharina, die ist aber schon vor mir gegangen.«

»Sie sagt, du hättest Egon schöne Augen gemacht.«

Lotti prustete los. »Habt ihr den Egon gesehen? Wer dem schöne Augen macht, muss blind sein.«

Maria und Karl mussten lachen.

»Aber das Mädchen ... die Greta«, begann Maria, worauf Lotti abwinkte. »Die ist die Ärmste überhaupt. Und wenn Geld fehlt, dann war sie es, und sei es nur, um sich an ihrer Mutter zu rächen, diesem alten Drachen.«

»Vielleicht sollte ich ihr die Arbeit anbieten?«, überlegte Karl, »eine Verkäuferin könnten wir nämlich wirklich gut gebrauchen, sonst muss meine Schwester ständig im Laden stehen. Und die hat Familie und kümmert sich auch noch um die Eltern.«

»Das kannst du machen«, sagte Lotti sofort. »Damit versetzt du der Alten den Todesstoß – ein für alle Mal!«

Als Karl ging, sah Maria ihm nach, wie er in seinen Volkswagen stieg und zum Abschied die Hand hob, ging in die Wirtsstube zurück und blickte gleich darauf zur Uhr. Zehn. Es war noch immer sehr warm, offensichtlich wollte der August mal so richtig zeigen, was in ihm steckte. Aber es war auch genau die Nacht, die sie sich mit Horst vorstellte. Raus, ins Freie, eine Flasche Wein, zwei Gläser, sonst nichts. Gar nichts. Vielleicht auch keine Kleider. Der Gedanke erregte sie, und sie ging schnell in ihre Kammer. Den Tag über hatte sie ein luftiges Arbeitskleid getragen, aber nun sollte es schon etwas anderes sein. Aufregender.

Sie stand gerade vor ihrem Kleiderschrank, als es klopfte. Bevor sie reagieren konnte, stand schon Lotti in der Tür.

»Ich wollte mich bedanken«, sagte sie und kam schnell auf Maria zu. »Für eure Hilfe, für den Lohn, das war wirklich fantastisch von euch!«

Maria nahm sie in den Arm.

»Du hättest mir diese Situation viel früher schildern müssen.«

Lotti zuckte die Schultern. »Ich wollte euch keinen Ärger machen, du hast im Moment ja sowieso … und wie Vater reagiert, weiß man auch nie, es war immerhin eine feste Anstellung.«

Maria schüttelte den Kopf. »Aber nicht unter diesen Bedingungen.«

Lotti machte einen Schritt zurück und lächelte schräg. »Der Karl … ich glaube, der ist ganz schön verschossen in dich.«

Maria runzelte die Stirn. »Bestimmt nicht. Wir haben uns heute ja überhaupt zum ersten Mal wiedergesehen … nach … keine Ahnung, wie lang das her ist.«

»Aber die Blumen. Und seine Blicke …«

Maria winkte ab. »Er ist nett. Sonst nichts.«

»Und du gehst noch aus?« Sie deutete auf Marias offenen Kleiderschrank.

»Ein bisschen frische Luft schnappen.«

Lotti nickte wissend und machte ein paar Schritte zur Tür.

»Ach, übrigens, Maria, wegen dieses Konfektionshauses in Singen, kannst du mir da helfen?«

Maria drehte sich ihr zu. »Und wie?«

»So ein Antrittsbesuch vielleicht … ich fühle mich stärker, wenn du dabei bist.«

Maria nickte. »Mache ich gern.«

Nachdem Lotti die Tür hinter sich geschlossen hatte, dachte sie über Lottis Worte nach. Karl? Sie hatte nichts bemerkt. Und die Blumen waren ja auch keine Liebesblumen, sondern einfach nur eine nette Geste. Sie schob ihre Kleider auf den Bügeln hin und her. Plötzlich kamen ihr alle ihre Kleider hausbacken vor. Selbst Cecils neueste Kreationen. Vielleicht war ein Besuch in einem Konfektionshaus gar keine so schlechte Idee, sie könnte auch mal wieder etwas Ausgefalleneres gebrauchen.

Schließlich zog sie ein rotes Kleid heraus, das sie sich in Vorfreude auf Alois' Heimkehr vor Jahren genäht hatte. Seitdem hing es im Schrank ganz hinten, denn es weckte nur ungute Erinnerungen. Mit einem leichten Seufzer zog sie es vom Bügel.

Es war endgültig Zeit, nach vorn zu blicken. Und wenn das Kleid Alois schon nicht mehr erfreuen konnte, dann nun vielleicht Horst.

Es passte noch immer perfekt, und als sie sich vor dem Schrank drehte und den Rock schwingen ließ, vereinte sich Trauer mit Freude. Sie schluckte den Kloß im Hals hinunter, nickte ihrem Spiegelbild zu und legte kurze Zeit später eine Flasche Wein in ihren Fahrradkorb.

Die Sonne war schon lange untergegangen, aber es war eine mondhelle Nacht, und sie sah ihren Vater alleine auf der Terrasse sitzen. Er hatte sich ein Bier gezapft und genoss den sternenklaren Himmel. Maria war froh, dass sie ihm nichts erklären musste, und fuhr leise davon.

In Horsts Weiler angekommen, beschlichen sie leichte Zweifel. Sie hatte sich ja nicht angemeldet, was, wenn er gar nicht da war – oder noch schlimmer, Besuch hätte? Maria stieg die letzten Meter ab und schob ihr Rad um die Hausecke.

Die Haustüre stand sperrangelweit offen, Licht fiel heraus. Zumindest war er zu Hause, dachte Maria und atmete auf. Sie wollte gerade nach ihm rufen, als er in einem nachlässig geschlossenen, bekleckisten Malerkittel herauskam, einen runden Behälter in den Händen, aus dem lange Pinselstiele ragten.

»Na, so was«, sagte er, als er Maria erkannte, und blieb stehen. »Da kommt meine Erlöserin, meine Erlöserin in Rot!«

»Erlöserin?«

»Du erlöst mich von meiner vielen Arbeit. Und wie ich sehe«, er machte eine leichte Kopfbewegung zu ihrem Korb, »hast du auch ein Feierabendgetränk dabei.«

Maria atmete auf, stellte ihr Rad ab und griff nach der Flasche.

»So eine schöne Nacht«, sagte sie und machte eine Bewegung zum Himmel hin. »Mondhell und warm. Da kann man nicht einfach ins Bett.«

»Nein?« Er warf ihr einen Lex-Barker-Blick zu, so nannte sie ihn heimlich, diesen lasziven Männerblick von unten herauf.

»Nein!«, erwiderte sie fest und freute sich. Offensichtlich war er in bester Stimmung.

»Dann ...«, er stellte den Behälter ab und wies zu der Bank an der Hauswand, »mach's dir gemütlich, ich hole zwei Gläser.«

»Und einen Korkenzieher«, warf sie ein.

»Selbstredend.«

Maria hätte gern einen Blick in sein Atelier geworfen. Wie sah es aus, wenn er keinen Besuch erwartete? Aber sie zähmte ihre Neugierde, setzte sich auf die Bank und fächerte ihren Rock etwas auf.

Horst kam gleich darauf mit Gläsern, einem Korkenzieher und einem Teller mit kleinen belegten Broten heraus und stellte alles auf den Holztisch vor Maria.

»Du siehst toll aus.« Er zeigte auf ihr Kleid. »Trägst du da was darunter?«

Maria fiel keine spontane Antwort ein. Er zeigte auf seinen nur an drei Stellen zugeknöpften Malerkittel.

»Ich nicht.«

Maria fiel noch immer nichts Schlagfertiges ein.

»Wir könnten uns auch ganz ausziehen«, er zeigte zum Nachbarhaus, das zu dieser Seite keine Fenster hatte, »es kann uns niemand sehen.«

Es wäre doch sehr unschicklich, dachte Maria, verbot sich den Gedanken aber gleich wieder.

»Was sagst du dazu?« Er sah sie an. »Den ganzen Tag habe ich jämmerlich geschwitzt. Auftragsarbeit. Eigentlich wollte ich jetzt zum See radeln, mich abkühlen. Waschen ...«

»Das wäre von uns aus näher gewesen«, warf Maria ein.

»Tja.« Horst hob beide Hände. »Und jetzt?«

»Soll ich dir einen Eimer Wasser über den Kopf gießen?!« Sie lachte. »So haben wir das früher immer gemacht. Unser Vater hat sogar eine Vorrichtung im Garten gebaut … wir konnten an einem Strick ziehen, und der eiskalte Schwall kam direkt auf einen herunter.«

»Das war sicherlich ein Heidenspaß!« Horst stand noch immer am Tisch, unentschlossen, wie es Maria schien.

»Dann lass uns doch zum See radeln«, sagte sie schnell, »und das alles nehmen wir einfach mit. Und eine Decke noch dazu.«

Horst schien sichtlich erleichtert.

»Perfekte Idee, ich hol nur noch schnell ein Handtuch.« Er sah zu Maria. »Zwei vielleicht?«

Maria nickte und stand auf.

»Darf ich vielleicht«, sie zögerte, »deine Auftragsarbeit sehen?«

Horst wies zur Tür. »Aber sicher doch. Komm mit rein.«

Es war stickig in dem hohen Raum, mehrere neue Bilder standen nebeneinander an der Wand, zwei waren auf einer Staffelei. Maria blieb stehen und betrachtete nacheinander die Bilder. Alle zeigten eine junge Frau in unterschiedlichen Posen. Horst trat neben sie.

»Gelungen, findest du nicht auch?«

»Ziemlich …«, Maria suchte nach dem richtigen Wort, »… freizügig.«

»Na ja«, er zeigte auf die ersten Bilder, »sie wollte das so. Erst den Träger runter, dann rückwärtig kokett mit freiem Rücken über die Schulter schauend, die nächste Idee war, sich ihr Oberteil auf den Busen pressen … die langen Haare offen darüber.«

Er zuckte die Achseln. »Sieben Bilder.«

»Und was will sie damit machen? Hat sie dir das erzählt?«

»Ihrem Verlobten zur Hochzeit schenken.« Er warf Maria einen schrägen Blick zu. »Ich weiß nicht, ob das eine gute Idee ist.«

Maria betrachtete seine nachlässig nach hinten gekämmte, dunkelblonde Mähne, sein kantiges Gesicht und die tiefblauen Augen. Er war ein Bild von einem Mann, und wie er jetzt so dastand, hätte er in jeder Illustrierten für Furore gesorgt.

»Und wieso?«, fragte sie nach. »Sie sieht doch gut aus – sehr ansprechend.«

Horst zog kurz die Augenbrauen hoch. »Er ist eifersüchtig, hat sie mir erklärt. Und ich habe ihr gesagt, an ihrer Stelle würde ich mir das noch mal überlegen!«

»Du meinst, ihr Verlobter denkt, ihr hättet … vielleicht …«

»Ich geh davon aus.«

Ich auch, dachte Maria, warf einen Blick auf das zerwühlte Bett und das Geschirr, das sich auf einem kleinen Tisch vor der Küchenzeile stapelte.

»Hat sie hier gewohnt?«, rutschte ihr heraus, obwohl sie eigentlich nichts mehr dazu sagen wollte.

Horst schüttelte den Kopf und öffnete die drei Knöpfe seines Malerkittels. »Nein, natürlich nicht, aber sie war oft da. Das Bild auf der Staffelei ist noch feucht, ihr hättet euch eigentlich auf der Straße begegnen müssen.«

Maria schüttelte den Kopf. Ihr war niemand begegnet. Außerdem kannte sie die Frau nicht.

Er warf den Mantel über eine Stuhllehne.

»Ich hol nur kurz die beiden Handtücher.«

Maria sah ihm im Hinausgehen auf seinen nackten Hintern. Er hatte unter dem Malerkittel nichts an. Und diese Frau war hier halb nackt vor ihm herumgetanzt, das zerwühlte Bett und ihr auffordernder Blick auf dem letzten Bild sprachen Bände. So einen lasziven Ausdruck hatten die Fotomodelle in ihren Zeitschriften. Sie müssen das Kameraauge lieben, mit ihm flirten, es reizen, hatte sie gelesen, sonst wirken die Bilder nicht.

Wahrscheinlich galt das auch für ein Porträt. *Du musst den Maler lieben, mit ihm …*

Horst unterbrach ihre Gedanken.

»Auf geht's«, forderte er sie auf, eine Militärdecke und zwei Handtücher unter den Arm geklemmt. Er trug nun eine kurze Hose und ein offenes, weites Hemd.

»Und übrigens«, er blieb stehen und betrachtete Maria, »hab ich dir das ja schon einmal gesagt. Dich würde ich auch gern malen. Aber nicht so halb-halb, sondern als richtigen Akt.«

Maria holt tief Luft, doch er schien auf keine Antwort gewartet zu haben und war schon zur Tür hinaus.

Zu ihrer Erleichterung hatte Horst ein Stück Ufer gewählt, das vom »Hirschen«-Badestrand einiges entfernt lag. Sie hatten ihre Fahrräder vor einem hohen Gebüsch abgelegt, und er hatte auf einen Trampelpfad gezeigt, der in der Dunkelheit erst auf den zweiten Blick auszumachen war.

»Das sieht von Weitem wild zugewuchert aus«, erklärte er, »wahrscheinlich früher Schmugglerpfade ... oder so.«

Maria wusste, dass ihr Vater noch immer schmuggelte. Vor allem Penicillin. Aber alles andere, was Geld brachte, auch. Und sie erinnerte sich, dass ihre Mutter einmal von so einem Pfad erzählt hatte.

Es hatte Maria bei dieser Erzählung stets geschaudert. Und außerdem war ihr diese Geschichte wie ein Räubermärchen erschienen, aber ihr Vater hatte es bestätigt. Sie hatten sich damals nur mit Mühe ans Ufer gerettet. Es sei an ihrem fünften Hochzeitstag im Dezember gewesen, das Wasser also entsprechend eisig.

Beinahe wäre sie also als Waise aufgewachsen, hatte Maria damals geschlussfolgert, und Anna hatte genickt. »Ja, es war nah dran!«

Daran dachte Maria nun, während Horst eine Taschenlampe anknipste und sie ihm mit ihrem Korb ins Dickicht folgte. Die Konzentration, die Schritte richtig zu setzen auf dem unebenen

Boden und mit ihren bloßen Armen an keinem der dornigen Zweigen hängen zu bleiben, verdrängte die Erinnerungen an ihre Mutter. Dafür schoben sich Schritt für Schritt die eben gesehenen Porträts in den Vordergrund.

»Es wird gleich wieder heller«, verkündete Horst. »Noch eine Biegung, und du wirst staunen, was der Mond auf den See zaubert, eine richtige Lichterstraße!«

Maria antwortete nicht. Sie bekam einfach diese junge Frau nicht aus dem Kopf, während sie ihm vorsichtig hinterherging. *Wir hätten uns begegnen müssen?* Also war sie auf der Straße nach Horn gefahren. Aber sie war keine aus Horn, das hätte Maria gewusst. Und im »Hirschen« war sie auch noch nie gewesen. Wo kam sie nur her?

»Was sagst du dazu?«

Horst riss sie aus ihren Gedanken, trat zur Seite, und Maria blieb neben ihm stehen. Es war tatsächlich atemberaubend, wie die Mondstrahlen in einer immer breiter werdenden Spur über den See direkt auf sie zuflossen.

»Es ist, als könnte man in diesen Strahlen baden«, sagte sie ehrfürchtig, »hunderttausend kleine Diamanten, die da tanzen. Ein richtiges Lichtermeer! Wie schön das ist!«

»Ja, genau. Es ist die Hornspitze, die uns das schenkt. Von eurem Badestrand aus hat man diesen Blick in die Ferne nicht.«

Maria stellte ihren Korb ab und sah im Mondlicht zu, wie Horst die Decke ausbreitete und die Handtücher bereitlegte.

»Und nun ab ins Wasser.«

Er trat hinter Maria, die sich noch nicht gerührt hatte.

»Darf ich dir helfen?« Sie spürte seine Hände an ihrem Reißverschluss und hielt kurz inne.

»Ein wirklich schönes Kleid ...«

Sie spürte, wie es an ihrem Körper hinab nach unten glitt.

»Eine wirklich schöne Frau.«

Seine Finger hakten ihren BH auf, danach streifte er ihr das

Höschen ab. Maria wollte etwas sagen, aber sie spürte seinen Körper an ihrem Rücken und, als er sich kurz an sie presste, seine Erregung. Gleich darauf trat er wieder zurück.

»Ich muss mich zuerst waschen. Alles muss weg, der Schweiß, die Farbe, die vielen Stunden im Atelier … kommst du?«

Die Farbe? Hatte er nackt gemalt? Horst kam um sie herum und streckte ihr die Hand hin.

Anders als ihre Mutter war Maria eine recht gute Schwimmerin, trotzdem machte ihr die Strömung an dieser Stelle ein bisschen Angst. Sie hörte es um die Felsnase herum gurgeln, und sicherlich gab es da auch einen kleinen Strudel.

»Gehst du hier öfters baden?« Sie ergriff zögernd seine Hand.

»Es geht flach hinein, du solltest nur nicht weiter hinausschwimmen, da packt dann der Strom zu.« Er zupfte leicht an ihrer Hand. »Bleib einfach bei mir. Es tut gut, du wirst sehen!«

Maria war kein ängstlicher Typ, das war sie auch damals nicht gewesen, als sie als Achtjährige in den brennenden »Hirschen« hineingelaufen war, um die Geldkassette vor den Flammen zu retten. Trotzdem war ihr das dunkle Wasser unheimlich.

»Gut«, machte sie sich selbst Mut und ging hinter Horst hinein. Und wie das Wasser um ihre Fesseln, dann um ihre Waden, ihre Beine und schließlich um ihre Hüfte floss, fühlte es sich wunderbar an, fast als würde es sie liebkosen.

Horst warf ihr einen Blick zu. »Alles okay?«

»Ja, es ist wunderbar!«

Er ging etwas weiter hinein, tauchte unter, kam prustend hoch und wusch sich mit einem Stück Seife. Selbst die Haare schäumte er ein.

Maria ertastete mit den Füßen ein rundes Felsstück, setzte sich und genoss, wie das Wasser an ihren Schultern entlangfloss, warm und stetig. Sie sah hinauf zum großen, hellen Mond, betrachtete sein Gesicht, das sie als Kind schon geliebt hatte, und fühlte sich nach einer Weile völlig eins mit ihm, den vielen Sternen am Himmel und dem ganzen Universum.

Es war so stimmig, so richtig, alle Sorgen, alle Gedanken fielen von ihr ab, und als sie Horst hinter sich spürte, der sie im Wasser hochhob, einige Schritte mit ihr ins Tiefere ging und sie dann umdrehte, sodass sie mit ihren Beinen seine Hüfte umklammern konnte, war diese Vereinigung etwas, das ihr wie das normalste der Welt erschien. Eine Zeit lang blieben sie so, gaben sich mit leichten Bewegungen der Schwerelosigkeit im Wasser hin, bevor sie beide schneller wurden und schließlich lautstark die Erfüllung genossen. Kurz verharrten sie noch, dann ließ Horst ihre Füße sacht auf den weichen Grund zurückgleiten. Vom warmen Seewasser umspült, standen sie umarmt da, bis ihr Horst einen Kuss auf die Stirn gab.

»Ein Bad in den Sternen. Ein Sternenbad«, flüsterte er ihr leise ins Ohr.

Maria schmiegte sich an ihn. »Es wird mir unvergesslich bleiben.«

Er lachte leise. »Wir können das noch viele Male tun, wenn du es willst.«

Maria verbot sich den Gedanken, er war aber trotzdem da, sie sah den »Hirschen«, die Felder, den Haushalt vor sich.

»Wenn es die Zeit erlaubt«, sagte sie.

»Wenn es die Wassertemperatur erlaubt«, entgegnete er. »Komm, lass uns den Wein genießen. Das passt zu diesem Abend.«

Schmetterlinge

Am nächsten, frühen Morgen fühlte sich Maria wie ferngesteuert. Ihr Kopf war noch weit weg, und trotzdem erledigte ihr Körper alles automatisch. Sie weckte Elli, damit sie rechtzeitig zum Bus kam, ließ Lotti schlafen, richtete anschließend das Frühstück für die Hausgäste und wurde überhaupt erst munter, als Hilde kam und ihr von ihrem Friseurtermin erzählte.

»Morgen«, flüsterte sie geheimnisvoll, als ob sie nicht ohnehin alleine in der Küche gewesen wären. »Es soll der beste Friseur in Singen sein. Ich bin extra zum Telefonhäuschen geradelt, denn daran sieht man, dass die dort wirklich fortschrittlich sind, die haben schon ein Telefon!«

Maria unterbrach sie. »Du hättest doch von hier aus anrufen können …«

»Damit alle mithören?« Hilde runzelte kurz die Stirn »Nein, ganz sicher nicht! Aber hör: Also, ich hab angerufen und meinen Wunsch beschrieben. Sie wollen es probieren.« Sie hielt den Kopf etwas schief. »Das wäre um zwei Uhr. Kann ich …«

»Aber ja. Kaffee- und Kuchenzeit, das bekommen wir schon hin. Aber lass dich anschließend sehen, ich bin gespannt!«

Hilde hob ihren schweren Zopf hoch.

»Adieu, alte Zeit. Wir werden jetzt auch modern!« Sie lachte so fröhlich, dass es ansteckend war. »Klar«, sagte sie, »abends helfe ich dir. Und wenn mich Toni rauswirft, brauch ich sowieso eine Unterkunft für die Nacht.«

Maria sah vom Kartoffelschälen auf. »Das wird sicherlich nicht passieren, es ist …«, sie unterbrach sich selbst, weil die Küchentür kraftvoll aufgestoßen wurde und ihr Vater hereinkam. August sah mit seinen 54 Jahren noch immer gut aus, fand sie, kräftig und bisher ohne ein einziges graues Haar, nur irgendetwas in seiner Miene stimmte heute Morgen nicht.

»Magst du einen Kaffee?«, fragte Maria, was er mit einer unwirschen Handbewegung abtat.

»Beim Holzhacken kam gerade der Hans vorbei – bleibt extra stehen, um mir zu sagen, du seiest gestern mit diesem Tunichtgut aus dem Weiler gesehen worden. Nachts in Richtung See. Recht lustig und laut.«

Maria ließ die Kartoffel, die sie gerade in der Hand hielt, in die Schüssel plumpsen und spürte Hildes Blick auf sich. Und merkte zu ihrem Ärger, wie ihr das Blut in den Kopf schoss.

»Was sagst du da?«, fragte sie, um Zeit zu gewinnen.

»Dieser Kerl, dieser Maler, von dem keiner weiß, wovon er lebt. Jedenfalls von keiner redlichen Arbeit, das ist mal sicher!«

Maria schluckte. »Ich weiß überhaupt nicht, von wem du sprichst!«

August warf ihr einen misstrauischen Blick zu. »Das will ich dir auch geraten haben. So ein Kerl kommt mir nicht ins Haus. Noch nicht mal als Gast!« Er stemmte beide Fäuste auf den Anrichtetisch. »Haben wir uns da verstanden?«

Maria nickte nur.

»Ob wir uns da verstanden haben?«

»Ja. Aber ich …«

»Da braucht es keine Widerrede. Das ist einfach Gesetz. Keine brotlosen Künstler!«

»Hesse ist auch Künstler. Und weiß Gott nicht brotlos!«

»Aber schau dir den Dix an! Drei Kinder, die er mit seinen

Bildern ernähren muss. Und wie oft war er schon hier und hat uns mit Zeichnungen beehrt, von denen man nicht weiß, wie rum man sie aufhängen soll. Alles ...«

»Er ist ein bedeutender Maler.«

»Mag sein, aber trotzdem bezahlt er seine Zeche zwischendurch mit seiner Kunst, weil er kein Geld hat.«

»Uns hat er oft bei den Schularbeiten geholfen. Auf Bierdeckeln hat er uns so manches erklärt ...«

»... die man danach allesamt wegwerfen musste. Nichts gegen den Otto, ein netter Mensch, aber trotzdem, Maria, mein Wort gilt!«

Er stapfte hinaus, und Maria drehte sich zu Hilde um, die dem Gespräch regungslos gefolgt war. Sie legte den Kopf schief. »Ist da was dran?«

Maria wusste nicht, wie sie reagieren sollte. Sie wollte Hilde nicht anlügen, auf der anderen Seite, wer wusste schon, wem Hilde eine solche Neuigkeit erzählen würde? Sie zuckte mit den Schultern.

»Oje!«, sagte Hilde nur, kam um den Tisch zu ihr hinüber und nahm sie in die Arme. »Mein armes kleines Mädchen. Ausgerechnet in diesen Kerl verliebst du dich.«

Maria kamen bei Hildes Geste die Tränen. »Was heißt denn *ausgerechnet in diesen Kerl?*«

Sie schniefte kurz und sah auf.

»Wohnt er nicht dort oben in so einem Liebesnest, in das sich jede Menge junger Mädchen verirren?«

Maria streckte sich und trat einen Schritt zurück. »Wie kommst du denn auf so eine Idee?«

»Na ja, so heißt es doch im Dorf. Zuletzt ist die Marianne aus Hemmenhofen öfter bei ihm gesehen worden, sie heiratet demnächst. Frage ist nur, ob der Bräutigam das noch will, wenn er es herausbekommt.«

»Aus Hemmenhofen?«, wiederholte Maria und senkte die

Stimme, »da geht es um ein Hochzeitsgeschenk für ihren zukünftigen Mann. Ich habe die Bilder gesehen.«

»Und sonst um nichts?« Hilde zog eine Augenbraue hoch. »Er soll schließlich ein sehr attraktiver Bursche sein.«

Maria dachte an die vergangene Nacht, an das rauschhafte Gefühl mit ihm im Wasser, das ganz Besondere an diesen Begegnungen mit ihm.

»Er ist besonders«, sagte sie nur. »Anders als die Burschen hier im Dorf. Nicht so … kein Landwirt halt. Feinfühlig, nachdenklich, ein Philosoph.«

»Manche sagen auch: ein Spinner.«

Maria presste die Lippen zusammen. »Wenn jemand nicht der Norm entspricht, ist er hier bei uns gleich ein Spinner. In Berlin wäre er wahrscheinlich der Liebling aller Frauen und …«

»Das ist er hier auch, wie man hört«, schnitt Hilde ihr das Wort ab, grinste kurz, um gleich darauf eine Hand auf Marias Arm zu legen. »Lass dich nicht verrückt machen. Wenn du Freude mit ihm hast, dann genieß das. Aber lass dich nicht erwischen«, sie legte vielsagend ihren Zeigefinger auf den Mund. »Ich werd's keinem sagen.« Sie schüttelte den Kopf. »Aber irgendwann wird sowieso der Moment der Wahrheit kommen.«

»Wie meinst du das?«

»Na ja, fern aller Hirngespinste, seien sie auch noch so schön. Ich meine, irgendwann wird der richtige Kerl kommen, ein handfester Typ, mit dem du hier an einem Strang ziehen kannst. Wirtschaft, Landwirtschaft … alles halt.«

»Meine Mutter hat Tagebuch geschrieben und gern gemalt. Sie hat mir von diesem Schreibgeschäft in Schaffhausen erzählt. Sie hat es geliebt. Und die Besitzerin hat ihr damals sogar, da war sie noch sehr jung, eine Berufsausbildung angeboten. Aber sie war im Hotel ›Krone‹ in Steckborn angestellt und sah ihre Zukunft in der Gastwirtschaft.«

Hilde nickte. »Ja, ich weiß. Meinst du, sie hat diese Entscheidung bereut?«

Maria wiegte den Kopf. »Sie hat sich für Musik und die Kunst interessiert. Wer weiß, ob sie ihrem Herzen gefolgt ist?«

»Bei August schon.«

»Ja, er war ihr Leben. Aber ihr eigenes?«

Die beiden Frauen sahen sich wortlos an.

»Ich denke, dass nicht mal Toni sein eigenes Leben hat. Er hat als Ältester den Hof übernommen. Ich glaube nicht, dass er je über diese Pflicht hinausgedacht hat.«

Maria nickte. »Und du?«

»Ich habe mich in ihn verliebt, bin noch immer im ›Hirschen‹, nebenher helfe ich Toni bei der Landwirtschaft, mach den Haushalt, bin Mutter zweier Söhne.« Sie sah Maria in die Augen. »Ich bin zufrieden.«

»Aber glücklich?«

Hilde zuckte die Achseln. »Glücklich, Glück, was ist schon Glück. Ich hätte es schlechter treffen können.«

»Ich war schon mal glücklich, und es wurde ein Unglück draus.«

»Ja, dein Alois.« Hilde nickte grimmig. »Krieg, Krieg, Krieg. Welcher Irrsinn. Und schau sie dir heute an – alles verdrängt. Und die Kriegsversehrten will keiner sehen, schöne heile Welt!« Sie drehte sich zur Anrichte um, griff nach dem Backblech mit dem Pflaumenkuchen. »Deshalb genieß deine Freiheit, solange du kannst!« Sie unterstrich ihre Aufforderung mit einem kräftigen Nicken. »Machst du mal kurz den Backofen für mich auf? Der und der Beerenkuchen müssen jetzt in den Ofen, und dann helfe ich dir bei den Kartoffeln, sonst werden wir heute nicht mehr fertig.«

Am frühen Nachmittag stand Maria auf der Terrasse und betrachtete den Himmel. Es hatte abgekühlt, und hinter der Kirchturmspitze ballten sich dunkle Wolken zusammen. Sie würde die Tische, die nun von den wenigen Mittagsgästen verlassen worden waren, also nicht neu richten. Wenn überhaupt jemand zum Nachmittagskaffee kam, dann in die Gaststube. Und dort gab es vor allem blanke Holztische, denn für viele Gäste aus der näheren Umgebung waren weiße Tischdecken etwas für besondere Tage. Hochzeiten oder Beerdigungen. Ansonsten bevorzugten sie das blanke Holz. Maria war es recht, so hatte sie weniger Arbeit.

Sie ließ den Blick zu dem Hausgarten schweifen, den ihre Mutter mit so viel Liebe angelegt hatte. Anna hatte den grünen Daumen gehabt, alles wollte unter ihrer Obhut wachsen, und mit Hildes Vater Ludwig hatte sie stets einen Freund, der ihre Zwiebeln, die berühmten Höri-Bülle, nach Radolfzell auf den Markt gefahren hatte, genau wie ihre Bohnen, Gurken, Tomaten, Rettiche und Radieschen. Zudem pflegte ihre Mutter ihren Kräutergarten, setzte Oregano, Thymian und Rosmarin, Petersilie, Dill und Koriander und ging dann auch noch auf die Felder, half beim Säen oder Ernten.

Maria lief hinaus zu dem alten, niedrigen Jägerzaun, der Annas Garten abgrenzte, und schämte sich etwas, denn das Beet sah längst nicht mehr so aus wie zu Zeiten ihrer Mutter. Unkraut wucherte, und Schnecken gaben sich ein Stelldichein. Sie blieb stehen und erinnerte sich an den Tag, als ihre Mutter mit der neu geborenen Elli genau hier stand und die damals fünfjährige Cecil nachfragte, warum die fünfte Tochter denn ein Sohn sei und Elias heiße? Sie selbst war damals sieben gewesen, aber sie sah noch ganz genau Mutters Gesichtsausdruck vor sich und wie sie ihre Töchter zum Blumenpflücken wegschickte. Sie hatten erst später begriffen, dass ihr Vater eine Wette abgeschlossen hatte, dass es diesmal ein Sohn sei. Und so hieß Elli vier Tage lang Elias, bis sich alles wieder geklärt hatte ... und August mit einer Einladung in ein Radolfzeller Restaurant Buße tat.

Maria war so in Erinnerungen versunken, dass sie die Schritte nicht gehört hatte, erst die Männerstimme direkt hinter ihr schreckte sie auf.

»Brauchst du Hilfe beim Gärtnern?«

Sie fuhr herum und stand Karl gegenüber. Er lächelte verlegen. »Entschuldige, ich wollte dich nicht erschrecken. Guten Tag, Maria.«

Förmlich reichte er ihr die Hand. Maria ergriff sie und deutete mit einer kleinen Kopfbewegung zum Garten.

»Ich weiß wirklich nicht, wie meine Mutter das alles geschafft hat. Sie war Tag und Nacht auf den Beinen, das wird mir erst jetzt so richtig bewusst.« Sie überlegte kurz. »Und das jahrelang. Nebenher die vielen Geburten und kleine Kinder.« Sie sah Karl in die Augen. »Wie schaffen Frauen das?«

Er lächelte. »Wahrscheinlich, weil sie Frauen sind.«

Maria fand die Antwort schön. Und treffend. Sie nickte.

»Aber schau, bei mir verwildert der Garten. Er war Mamas Augapfel. Nebenher hat sie sogar noch Margeriten für die Tische gepflanzt.« Sie schüttelte den Kopf. »Sie wollte mich immer für ihren Garten begeistern, aber ich fand Seifenkistenfahren spannender. Überhaupt«, sie lächelte bei dem Gedanken, »wollte ich Rennfahrerin werden. Meine Tante Josefine hatte eines der ersten Autos überhaupt, ein in der Sonne blinkendes Automobil, offen und mit grünen Rädern.« Sie schüttelte den Kopf. »Karl, das war damals wie ein Weltwunder. Und dass Josefine selbst gefahren ist, war das noch größere Weltwunder.« Maria musste selbst lachen.

»Und nun?«, fragte Karl, »was ist aus deinen Plänen geworden?«

»Pläne?« Maria zog eine Augenbraue hoch. »Wünsche, vielleicht. Aber …«, sie sah ihn bedeutungsvoll an, »immerhin habe ich einen Führerschein, die Avus-Welt steht mir also noch offen.«

»Avus«, Karl nickte, »eine legendäre Rennstrecke. Aber Berlin ist völlig zerbombt worden. Da stand bei Kriegsende kein Stein mehr auf dem anderen.«

»Und die Trümmerfrauen haben aufgeräumt und wieder aufgebaut …«

Karl schenkte ihr ein Lächeln. »Frauen eben. Sag ich doch!«

Maria musterte ihn kurz und gab ihm sein Lächeln zurück.

»Magst du was trinken?«

»Ist viel los? Ich meine, hast du gerade Gäste?«

Maria schüttelte den Kopf. »Alle weg, und der Nachmittag …« Sie wies nach oben.

Karl schaute in den Himmel.

»Der lang ersehnte Regen«, sagte er. »Braucht aber noch gut eine Stunde.« Er warf ihr einen auffordernden Blick zu. »Wollen wir?«

»Wollen wir was?«, fragte Maria irritiert.

»Unkraut jäten, Schnecken vertreiben, das Gärtchen wieder herrichten. Dünger brauchen die Pflanzen auch.«

Verblüfft betrachtete Maria ihn.

»Du hast eine helle Hose an.«

»Genau richtig für den Zweck.«

Sie musste lachen.

»Ist das dein Ernst?«

»In der Gefangenschaft haben wir jeden einzelnen Schössling gehegt und gepflegt, denn jedes wachsende Pflänzchen bedeutete Überleben. Sei also getrost, ich kenne mich damit aus!«

Maria überlegte nicht lang, sondern nahm ihn beim Wort und schaffte aus dem Geräteschuppen all die Gerätschaften herbei, mit denen sie ihre Mutter immer hatte hantieren sehen. Eine Gartenschaufel, Scheren, große und kleine Hacken. Nie hätte sie damals gedacht, dass sie jemals selbst damit arbeiten würde. Und dann auch noch mit Karl, dem kleinen Metzgersohn.

Sie musste lachen.

»Was ist so lustig?«, fragte Karl, der ihr mit hochgekrempelten Hemdsärmeln die Sachen abnahm.

»Na, dass wir schon als Kinder hier gespielt haben. Und nun beackern wir gemeinsam Mamas Garten.«

»Ist doch schön«, sagte er und warf ihr einen kurzen Blick zu. »Alles, was man gemeinsam tun kann, ist doch schön.«

Er ging in die Hocke und begann, den üppigen Löwenzahn herauszureißen und auf einen Haufen zu werfen.

»Habt ihr noch Kaninchen?«

»Ja, klar.«

»Die freuen sich über Löwenzahn. Die mögen das.«

Maria ging ebenfalls in die Hocke und tat es ihm gleich.

»Bist du eigentlich gern Metzger?«, fragte sie nach einer Weile.

Karl hielt kurz inne. »Nein. Aber das war keine Frage. Das war schon bei meiner Geburt klar.« Er deutete zu den Tomaten. »Schau, ganz viele sind reif…«

Maria nickte. »Mama hat das meiste Gemüse für uns hier in ihrem Gärtchen selbst gezogen. Meine jüngere Schwester Cecil hat ihr oft geholfen, sie kann das. Hat auch das Geschick. Aber sie ist verheiratet und hat nun ihren eigenen Garten.«

»Sie könnte dir doch helfen?«, fragte Karl, der inzwischen bei den Stangenbohnen war, die an den Rankhilfen wild in alle Richtungen nach oben gewachsen waren. »Seit dem Tod deiner Mutter war hier niemand mehr drin, stimmt's?«

»Stimmt.« Maria zeigte ihm die gepflückten Tomaten. »Aber wie du siehst, bin ich lernfähig.«

Sie arbeiteten einträchtig nebeneinander, bis der Wind als Vorbote des Regens kam. Maria sah nach oben, und Karl erhob sich.

»Gleich geht's los, dann sind wir patschnass. Hast du einen Korb für all das, was wir geerntet haben?«

Während Maria loslief, um eine Obstkiste aus dem Schuppen zu holen, nahm Karl die Gerätschaften zusammen. Doch noch während sie das Gartentürchen hinter sich schlossen, kam der große Platzregen, und es goss wie aus Kübeln.

Lachend liefen sie durch die Hintertür in die Küche. Karl strich sich die Regentropfen von den Schultern und schüttelte sich.

»Brauchst du ein Handtuch?«, wollte Maria wissen, die nach einem Geschirrtuch griff, um sich die Haare zu trocknen.

»Nein, ganz bestimmt nicht!«, wehrte Karl ab. »Aber ein Bier wäre nicht schlecht. Und dann muss ich schleunigst zurück, meine Schwester ... Übrigens«, er sah auf, »zusammen mit Greta. Du erinnerst dich, die Bäckerstochter?«

»Nicht wahr!« Maria schüttelte den Kopf. »Das ging aber schnell!«

»Sie macht sich gut. Und ihre Mutter schäumt!«

Maria lachte. »Selbst schuld.«

»Und Lotti?«, fragte Karl.

»Lotti hat mich gebeten, sie nach Singen zu begleiten, sie möchte sich dort in einem Modehaus vorstellen.«

»Ja, das kann ich mir gut vorstellen!«

Er hielt Maria die Tür zum Gastraum auf, der menschenleer war.

»Liegt es an der Uhrzeit, oder ist im Moment so wenig los?«

»Ich weiß nicht. Bis vor Kurzem kamen wir kaum hinterher, aber auf einmal ist es wie abgestellt. Na ja, ist auch mal schön.«

»Deine Eltern hatten es nicht leicht, ich erinnere mich, wie mein Vater es meiner Mutter erzählt hat. Der Bertschinger hat damals versucht, sie aus Horn zu verjagen, wenn mich nicht alles täuscht.«

»Ja, er wollte den ›Hirschen‹ für seinen Zweitgeborenen.« Maria griff im Regal nach zwei Gläsern. »So ganz trau ich ihm bis heute nicht. Manche argwöhnen ja sogar, er sei damals der Brandstifter gewesen.«

»Als der ›Hirschen‹ abbrannte?«

Sie nickte, zapfte Karl ein Bier und schenkte sich selbst einen Apfelsaft ein. »Es war eine schwierige Zeit. Aber meine Mutter war immer findig, wenn das Geschäft nachließ. Was sie alles auf die Beine gestellt hat, um an Gäste zu kommen... Sie war unermüdlich!«

»Ja, das war sie. Und dein Vater auch. Ein gutes Gespann, die beiden.« Karl deutete zum Fenster. »An unseren Tisch?«

Maria nickte, und er ging voraus.

Es war der Tisch, an dem sie vor Tagen schon gesessen hatten. Die Nelken standen noch dort, ließen nun aber die Köpfe hängen.

»Haben sie Wasser?«

Karl griff mit einem Finger in die Vase, während Maria ihm das Bier hinstellte. Dabei ging ihr Blick an ihm vorbei nach draußen, und sie erschrak. Offensichtlich bester Laune stellte Horst gerade sein Fahrrad vor dem »Hirschen« ab, fuhr sich kurz mit beiden Händen durch die nassen Haare, zupfte sich das nasse, klebende Hemd vom Oberkörper weg und sah zur Tür hinauf. Unwillkürlich machte Maria einen Schritt zurück.

Die Drohung ihres Vaters steckte ihr in den Knochen. Wollte er wirklich in den »Hirschen«? Er wollte. Jedenfalls ging er zielstrebig auf den Eingang zu.

Am liebsten hätte sich Maria in Luft aufgelöst. Was, wenn jetzt ihr Vater kommen würde? Und das vor Karls Augen?

»Ist was?«, wollte Karl wissen, der ihren Schrecken bemerkt hatte.

»Nein«, sagte sie rasch. »Haben sie noch Wasser, die Blumen?«

In dem Moment öffnete sich die Tür mit einem Knarren,

und Horst stand im Eingang. Nachdem sein Blick kurz durch den Raum geschweift war, blieb er an Maria hängen.

»Na, du hübsche Wirtstochter«, sagte er und kam auf sie zu. Wenn er mir jetzt einen Kuss gibt, falle ich in Ohnmacht, dachte Maria.

»Grüß dich«, sagte sie schnell, blieb aber an Karls Tisch stehen.

»Das nenne ich mal eine Begrüßung!« Er lachte, und Marias Herz klopfte zum Zerspringen schnell. »Es hat so gegossen«, fuhr er fort, »da kann man eigentlich gleich in den See springen, nasser kann's nicht werden.«

Nicht weiter, dachte Maria beschwörend, red bloß nicht weiter!

»Da hat er recht!« Karl blickte Horst an. »Wir sind ja auch vor dem himmlischen Sturzbach geflohen.«

Horst nickte. Und klopfte auf seine Hose. Nun fiel sie auch Maria auf. Eine blaue Cowboy-Hose mit Nieten. »Die lässt nichts durch«, sagte er dazu.

Karl musterte ihn. »Einem amerikanischen Besatzer abgeschwatzt?«

Horst grinste. »Fast. Schwarzmarkt. Teuer, aber praktisch!« Er wand sich an Maria: »Zapfst du mir auch ein Bier?«

Marias Magen grummelte. Was sollte sie tun? Horst einen Platz anbieten?

»Sie können sich ruhig setzen«, bot Karl an und trank einen letzten Zug aus seinem Glas. »Ich muss sowieso los.«

»Ich wollte Sie nicht vertreiben«, sagte Horst, während er sich einen Stuhl heranzog.

»Das geht auch nicht.« Karl stellte das leere Glas auf den Tisch. »Ich bin unvertreibbar.«

Über die Wortschöpfung musste Horst lachen. Er setzte sich, strich sich über seinen rötlichen Dreitagebart und fragte: »Dichter?«

»Nein, Metzger!«, sagte Karl und stand auf.

»Na, und?«, forschte Horst, nachdem Karl die Tür hinter sich zugezogen hatte, »kann man dich jetzt küssen, oder kommt der Metzger mit seinem Hackebeilchen zurück?«

»Horst«, Maria hob abwehrend beide Hände hoch, »wieso bist du hier?«

»Ich bin ein Gast, der ein Bier bestellt, das er offensichtlich nicht bekommt. Und außerdem wollte ich mal sehen, wo mein Liebchen arbeitet. Und was es den Tag über so tut. Das ist doch nur verständlich ...«

Maria setzte sich auf Karls Stuhl, rutschte vor zur Stuhlkante und lehnte sich über den Tisch.

»Ja, und eigentlich freut es mich auch, dass du dich interessierst«, sagte sie leise. »Es ist nur so, dass mein Vater ... na ja, er ist explodiert, weil irgend so ein Trottel uns gestern Nacht gesehen und gehört hat und es heute Morgen gleich meinem Vater erzählen musste.«

»Was gesehen. Im Wasser? Ist er Neptun und lebt in der Tiefe?«

»Mach keine Witze! Du weißt, was ich meine. Und du bist ... na, eben ein Künstler. Sie sehen dich hier als zwielichtige Person.«

»Na!« Horst streckte sich. »Das nenne ich mal ein Kompliment!«

»Nein, es ist eben kein Kompliment!« Maria rutschte unbehaglich hin und her.

»Doch! Von Dörflern als ein Außerirdischer begriffen zu werden, werte ich schon als Kompliment!«

»Er hat mir den Kontakt mit dir verboten!«

»Kann man das?« Horst zog seine gebräunte Stirn in Falten. »Kann man einer 30-jährigen Frau etwas verbieten?«

»Horst«, sagte Maria beschwörend. »Ich will, dass der Hausfrieden hier gewahrt bleibt. Mein Vater ist ...«, sie drehte sich zur Küche, »ach, Gott. Ich höre ... wenn er jetzt kommt ...«

»Du hast ja richtige Angst vor ihm!«

»Nur vor den Konsequenzen! Ich will dich ja wiedersehen ... ohne Probleme. Einfach bei dir.«

»Du wirst nie frei sein, wenn du so denkst!«

Er stand langsam auf. Und Maria schnitt es ins Herz, wie er so auf sie niederblickte. Er war einfach genau der Mann, der ihr vorschwebte. Ihr Traummann, alles an ihm ... Sie schluckte.

»Oder ist es dieser ... Metzger?«, fragte Horst, und in diesem Moment ging die Eingangstür auf. Maria fuhr hoch, aber es war Hilde, und Maria konnte nicht anders, als tief auszuatmen, so sehr war ihr der Schreck in die Glieder gefahren.

»Grüß euch.« Hilde, einen Korb voller Zwiebeln und Knoblauch in der Hand, hob ihn etwas an. »Hat meine Mutter übrig, sie meint, wir könnten es hier gut brauchen.«

»Knoblauch«, spöttelte Horst, »gut gegen Vampire.«

Hilde hielt seinem Blick stand.

»Wenn das nicht der sagenumwobene Maler ist ...«

»Zu viel der Ehre.«

Aber an Hildes Blick erkannte Maria sofort, dass auch sie ihn gut fand.

»Also, Maria«, raunte Horst, »wir wollen keinen Bauernkrieg heraufbeschwören. Davon hat es schon genügend in der Geschichte!« Er ging an Maria vorbei, die regungslos neben dem Tisch stand, schnippte ihr kurz mit dem Zeigefinger gegen die Wange, drehte sich noch einmal um und gab ihr einen Kuss auf ihr frei liegendes Ohr, bevor er mit einem freundlichen Lächeln in Hildes Richtung hinausging.

Beide Frauen standen da, Maria hatte eine Gänsehaut am ganzen Körper, Hilde stellte den Korb auf den Tisch.

»Na, also«, meinte sie. »Eine starke Präsenz hat er ja. Recht anziehend, der Bursche!«

Maria kämpfte noch mit ihrem hohen Puls.

»Ich bin schier in Ohnmacht gefallen«, sagte sie nur.

»Wegen ihm oder wegen deinem Vater?«

»Wegen der möglichen Kombination!«

Am Abend kamen nur ein paar Landwirte aus der Umgebung zum Kartenspielen. Ihr Vater spielte mit und bewirtete seine Gäste selbst. Essen wollten sie ohnehin nicht, an solchen Abenden ging es nur um Schnaps und Bier.

Maria ging Horsts Satz nicht aus dem Kopf: *»Oder ist es dieser Metzger?«* Wie war er denn auf *diese* Idee gekommen? Karl und sie hatten doch wahrhaftig nicht wie ein Liebespaar ausgesehen!

Maria versuchte den ganzen Abend in sich hineinzuhorchen. Was wollte sie? Zu welchem Schritt war sie fähig?

Aber die Erinnerung an den Nachmittag, als Horst plötzlich da stand, wühlte sie so auf, dass sie zu keinem klaren Gedanken fähig war, überhaupt wurde sie gerade aus sich selbst nicht mehr schlau.

Horst war kein Landwirt, das war klar. Verknüpfen würden sie »Hirschen« und Kunst auch nicht können, da würde ihr Vater nicht nachgeben. Wäre sie zu einem endgültigen Schritt bereit? Weg vom »Hirschen«, hin zu Horst?

Aber ... da war sie sich nicht sicher, wollte Horst das überhaupt?

»Liebe ohne Trauschein«, das hatte er doch gesagt. Also würde sie für eine unsichere Sache alles aufgeben. Wovon sollten sie leben – und was wollte sie dann dort oben, in seiner Scheune, tun? Ihm die Wäsche machen?

Maria war so unruhig, dass sie ständig in Bewegung war. Mal ging sie in die Küche, um nachzuschauen, was sie sowieso schon wusste: Die Küche war sauber. Dann zog sie in ihrer Kammer die Bettdecke glatt, ging wieder hinunter, warf einen Blick in die Gaststube, um anschließend wieder in die Küche zu gehen.

Schließlich schlich sie aus der Hintertür und zog ihr Fahrrad aus der Scheune. Sie musste sich Klarheit verschaffen. Horst musste ihr sagen, ob es eine gemeinsame Zukunft gab. Und wie die aussehen könnte. Sie brauchte etwas, auf dem sie aufbauen konnte.

Doch Horn schlief noch nicht. Die erfrischende Kühle nach dem Regen hatte so manchen Einheimischen herausgelockt, der auf der Straße ein Schwätzchen hielt, und etliche Fuhrwerke waren unterwegs, denn viele Bauern waren mittags hinausgefahren, um den zweiten Schnitt aufzuladen, bevor der Platzregen losbrach. Und der heutige kurze Guss sollte, laut Vorhersagen, nur ein kleiner Vorgeschmack auf einen echten Landregen gewesen sein. Es herrschte viel Bewegung, und Maria wich mit ihrem Fahrrad nicht nur den Fuhrwerken aus, sondern auch den Schlaglöchern, die von Jahr zu Jahr tiefer wurden.

Sie sah ein, dass es einfach noch zu hell war, um unerkannt zu Horst zu kommen, so grüßte sie freundlich in jede Richtung und war sich der neugierigen Blicke in ihrem Rücken bewusst. Auf die Art konnte sie nicht zu dem kleinen Weiler fahren. Das war schlicht unmöglich. Die Horner würden sich das Maul zerreißen, und morgen wüsste es auch ihr Vater, das war sicher.

Wenn Horst wenigstens ein Telefon hätte, dachte sie, verwarf den Gedanken aber gleich wieder, denn auch das wäre schwierig gewesen, da das einzige Telefon im »Hirschen« hinter der Theke an der Wand hing. Sie hätte ihn sowieso nicht anrufen können.

Inzwischen war sie schon am Ortsende angekommen. Sie musste umdrehen. Doch da kam ihr um die nächste Kurve ein leibhaftiges Ungeheuer entgegen, ein lautstarkes Ungetüm, ein echter Traktor. Maria hatte bisher noch keinen gesehen und fuhr schnell in eine Einbuchtung, um nicht überfahren zu werden. Mit selbstgefälligem Grinsen nickte ihr der Fahrer zu, der hoch oben auf einem Schwingsattel saß.

Der Bertschinger, dachte Maria. Ausgerechnet dieser Idiot muss den ersten Traktor in Horn fahren. Er war schon der ständige Widersacher ihrer Eltern gewesen, und nun zeigte ihr sein triumphierender Blick, dass er auch ihr zeigen wollte, wer in Horn das Sagen hatte.

Maria verzog verächtlich das Gesicht, aber da war er schon vorbei und konnte es nicht mehr sehen. Sie sah ihm nach, führte ihr Fahrrad auf die Straße zurück und stieg langsam wieder auf.

Immerhin etwas Gutes hatte dieses Zusammentreffen: Wenn der Bertschinger nun durch Horn fuhr, würde sein Traktor das morgige Tagesgespräch sein und die kleine Maria auf ihrem Fahrrad nur noch eine Nebensächlichkeit.

»Na, du Depp«, sagte sie laut, »da tust du mir ja direkt einen Gefallen«, sprach's, stieg auf und radelte los.

Alle Häuser in der kleinen Ansiedlung schienen verlassen, zumindest war keine Menschenseele zu sehen. Das beruhigte sie und kam ihrem Vorhaben sehr entgegen, endlich Klarheit zu bekommen. Auch über sich selbst.

Sie bog um die Hausecke des Nachbarhauses und konnte sehen, dass Horsts breite Eingangstüre offen stand, das war schon mal ein gutes Zeichen. Langsam stellte sie ihr Fahrrad an der Hauswand ab, zögerte aber, sofort einzutreten.

»Horst?«, rief sie erst leise, dann lauter.

Nachdem keine Antwort kam, ging sie hinein, blieb im Flur vor der angelehnten Tür zum Atelier aber erneut stehen.

»Horst?«, rief sie noch einmal und zuckte zusammen, als sie ein Stöhnen vernahm.

Was passierte dort drin? Langsam und auf alles gefasst, schob sie die Holztür leise auf. Sie knirschte vernehmlich in den Angeln, Maria hielt erschrocken inne.

Erneutes Stöhnen.

Nun wollte sie es genau wissen und trat ein. Ihr Blick ging direkt zum großen Bett an der Wand, und dort lag er auch.

Allerdings alleine. Er presste ein Tuch an seine Nase und stöhnte erneut.

»Horst!«

Maria vergaß jede Zurückhaltung und stürzte auf ihn zu. Horst öffnete ein Auge, das, wie sie jetzt sehen konnte, ziemlich zugeschwollen war.

Sie beugte sich zu ihm hinunter.

»Bist du gestochen worden?«

Er lachte grimmig.

»Keine Biene. Eine Faust!«

»Eine Faust?«

Vor Schreck setzte sich Maria neben ihn auf die Bettkante. Sie legte ihre Hand auf das nasse Geschirrtuch, das er über sein halbes Gesicht ausgebreitet hatte.

»Wieso denn?«

Horst richtete sich ein wenig auf, hatte aber Mühe zu sprechen.

»Eine Warnung! So hat er jedenfalls gesagt.«

Maria hatte sofort ihren Vater im Verdacht. Aber der saß ja am Stammtisch.

»Wer hat das gesagt?«

»So ein strohdummer Bauernlümmel, ich habe ihn noch nie gesehen«, knirschte Horst durch die Zähne. »Er hat mich hier mit zwei Faustschlägen empfangen. Zu schnell«, er stöhnte, »um reagieren zu können.«

»Und er sagte: *eine Warnung* und sonst nichts?«

»Den Rest habe ich nicht mehr gehört, da lag ich schon.«

Maria schüttelte den Kopf.

»Wer macht so was? Und warum?«

»Warum?« Er lachte leise.

Die Antwort konnte sie sich selbst geben und griff stattdessen nach seinem Tuch. »Lass mich mal sehen, ist etwas gebrochen?«

Er schüttelte unwillig den Kopf.

»Der Stoff ist schon warm. Ich hole kaltes Wasser.«

Horst nickte, und Maria ging in der Küchenecke zum Waschbecken, um ein Gefäß mit frischem Wasser zu füllen. Dabei wirbelten ihr alle möglichen Gedanken durch den Kopf. Es konnte nichts mit ihr zu tun haben. Ihr Vater war am Nachmittag ja gar nicht da gewesen. Oder doch? Bei ihm wusste man nie. Mal war er auf den Feldern, mal half er anderen beim Schlachten, dann ging er seinen Geschäften über den See nach, er war ständig überall und nirgends. Und seit Mutters Tod erschien er Maria noch rastloser als früher. Hatte er also Horst gesehen, wie er aus dem »Hirschen« kam? Aber hätte er ihn dann nicht direkt gestellt? Ihr Vater war zwar stark, aber er kämpfte lieber mit Worten. Und es war ja wohl ein junger Bursche gewesen. Würde ihr Vater einen Schläger anheuern? Das sah ihm nicht ähnlich.

»Was denkst du, wer es war?«, fragte sie deshalb noch einmal, als sie an Horsts Bett trat. Er hielt ihr das Tuch zum Einweichen entgegen, und sie besah sich sein Gesicht. Die Lippe war aufgeplatzt, die Zähne noch heil, die Nase und das linke Auge geschwollen, aber nicht gebrochen. Es war tatsächlich nur eine Warnung gewesen.

»Dein Metzger?«, fragte er nasal.

»Mein ... was? Wie kommst du denn auf diese Idee? Warum sollte er ...« Sie tauchte das Tuch ein und wrang es sorgfältig aus. »Doch eher der Bräutigam von deinem ... Gemälde!«

»Er hat das Bild doch noch gar nicht!«

»Dass das Mädchen von Hemmenhofen aber immer zu dir fuhr, ist im Dorf schon bekannt!«

»Tatsächlich?« Horst presste sich das Tuch gegen die Stirn.

»Auch ihr Name. Marianne!«

Horst stöhnte wieder.

»Wenn ich bei jeder Auftragsarbeit zusammengeschlagen werde, wird das ein hartes Arbeitsleben.«

»Doch nur bei bestimmten, denke ich ...«

Maria ließ das so in der Luft hängen, und er sah sie mit seinem heilen Auge an.

»Dich will ich als Akt malen. Habe ich dir das schon gesagt?«

Maria fuhr es heiß durch den Körper, gleich darauf wurde ihr kalt.

»Und wer soll das zu sehen bekommen?«

»Du!«

»Und wo soll ich es aufhängen?«

»In unserem gemeinsamen Schlafzimmer.« Er machte eine weite Handbewegung. »Hier.«

»Du meinst das doch nicht ernst ...«

Er rutschte nach hinten, lehnte sich an der Wand an.

»Wenn ich nicht mal in Ruhe ein Bier in einer Wirtschaft trinken kann, ohne dass die Wirtin hysterisch wird, was denkst du, wohin das führen soll?«

Maria schwieg.

»Du hast Angst vor deinem Vater, du hast Angst vor Dorfklatsch, Maria, ich frage mich, was du hier machst. Was das am See war. Willst du irgend so einen Bauern heiraten, und ich soll dein Liebhaber sein, deine Fantasie beflügeln, wenn er nachts über dich herfällt?«

Maria schluckte trocken, während er sie fixierte.

»Genau deshalb bin ich hier, Horst«, sagte sie schließlich. »Ich kann nicht in die Ungewissheit hineinleben. Ich kann nicht im ›Hirschen‹ alles hinwerfen in der Hoffnung, dass du mich liebst. Mich so liebst, wie ich dich liebe«, sagte sie, obwohl ihr dieser Satz schwerfiel.

»Du willst also eine Zusicherung. Ein Ehegelübde, ein festes Fundament für deine Zukunft. Aber genau das, Maria, kann ich dir nicht geben. Ich bin anspruchslos, deshalb komm ich ganz gut über die Runden. Aber für eine Familie kann ich keine Garantie abgeben. So ein Leben muss man *wollen*. Die Freiheit muss man *wollen*. Man muss mit ihr zurechtkommen, mit allen Konsequenzen. Dafür ist eine Frau, die ein gutes Auskommen und ein sicheres Zuhause will, nicht geschaffen!«

Maria spürte, wie ihr die Tränen kamen.

Sie rutschte näher an ihn heran, und er legte ihr einen Arm um die Schulter.

»Als ich dich kennenlernte, da oben, unsere Treffen an der Kirche, dachte ich, du bist anders. Du bist eine Frau, die mit den Vögeln fliegen will, die die Ferne sucht. Sowohl in ihren Gedanken, ihrer Fantasie und ihrem Leben. Und selbst gestern am See dachte ich das noch. Aber seit vorhin, seit meinem Besuch im ›Hirschen‹, ist mir einiges klar geworden. Du bist dort aufgewachsen …«

»… aber könnten wir das nicht irgendwie vereinbaren?«, schnitt sie ihm das Wort ab, »ich die Wirtin, du der Künstler?«

Er lachte. »Du brauchst in so einem Betrieb keinen Künstler, sondern einen, der zupackt, der Holz hackt, der das Haus in Schuss hält, der die Felder bestellt, der all das erledigt, wozu du nicht kommst.« Er drückte sie. »Was du garantierst nicht brauchst, ist ein Künstler!«

»Und wenn ich alles hinwerfe und zu dir komme?«

»Hierher? Damit sie uns die Hütte über dem Kopf anzünden?«

»Und wenn wir beide weggehen? In eine Großstadt? Berlin? Ich könnte doch irgendwo arbeiten, du könntest malen.«

»Ich war in genug Großstädten, Maria. Deshalb bin ich aufs Land. Ich brauche Inspiration. Und Ruhe. Und genau das finde ich hier.«

»Mit Marianne?«, entfuhr es ihr.

»Wenn ich Marianne das hier zu verdanken habe«, er blinzelte, »dann siehst du, was ich in Zukunft nicht mehr will.«

Maria drückte sich an ihn und spürte ihre Tränen laufen. »Ist das unser Ende?«

»Wenn ich dann in aller Ruhe ein Bier im ›Hirschen‹ trinken kann, ohne in irgendwelche Fäuste hineinzulaufen ...«

Maria war sich da nicht sicher. Es würde bei seinem Auftauchen immer Spannungen geben.

»Ich will dich nicht verlieren«, sagte sie leise und drückte ihren Kopf in seine Halsbeuge.

»Oh! Vorsicht!«, mahnte er sie, küsste jedoch ihre Stirn, um gleich darauf zu fragen: »Wollen wir zum Abschied noch ein bisschen Liebe machen?«

»Zum Abschied?«, wiederholte sie.

»Oder einfach so.«

»Ich denke, du bist verletzt?«, sie beäugte das Tuch, das er sich gegen Mund und Nase drückte.

»Es könnte ein gutes Heilmittel sein.«

Maria legte ihre Hand auf seinen strammen Oberschenkel. Er nahm sie und führte sie etwas höher.

Ernüchterung

Für den Abend hatten sich Gäste aus Radolfzell angesagt, ein Geburtstagstisch mit zwölf Personen, das war schon mal gut. Und außerdem zwei weitere Tische. Und vielleicht kamen ja noch ein paar Gäste unangemeldet. Das konnten sie nach der Flaute der letzten Tage gut brauchen. Maria hoffte nur, dass Hilde früh genug von ihrem Friseur zurückkommen würde. Während sie in der Küche die Vorbereitungen traf, die ihr routinemäßig von der Hand gingen, dachte sie über Horst nach. Es hatte keinen Sinn, das hatte sich gestern gezeigt. Sie liebte ihn aber trotzdem. Oder vielleicht gerade deswegen, weil er so unerreichbar war?

»Komm mir einer auf die Schliche, wenn nicht mal ich es schaffe«, sagte sie zu sich selbst, als die Küchentür aufging und Hilde hereinkam.

»Tattäääää«, machte sie, warf die Hände hoch und drehte sich um die eigene Achse. »Was sagst du?«

Und tatsächlich, die schulterlangen Haare mit den kunstvoll geföhnten Wellen machten aus Hilde einen völlig anderen Typ. Und sie hatte sich heute geschminkt, Wimperntusche und schwarzes Kajal, dazu einen kirschroten Mund.

»Mondän!«, kommentierte Maria und legte den Fleischklopfer aus der Hand, mit dem sie gerade die Schnitzel bearbeiten wollte. »Toll! Wirklich, Hilde, hat dich Toni schon so gesehen?«

»Ich bin zuerst zu dir«, sagte Hilde fast ein bisschen schüchtern.

»Also, ich bin begeistert. Und du solltest so zu ihm, bevor du die Küchenschürze anziehst und heute Abend müde nach Hause kommst. Wir haben das Haus voll!«

»Er ist jetzt aber im Stall!«

»Dann haben die Kühe auch was zum Staunen!«

Hilde lachte. »Und geben gleich doppelt so viel Milch.«

Maria sah ihr nach, wie sie mit betont schwingenden Hüften aus der Tür ging, und dachte, dass sie auch gern so sorglos lieben würde. Einen Mann, eine Heimat, irgendetwas, wohin man gehörte. Sie dagegen schwebte im luftleeren Raum.

Während sie weiter darüber nachdachte und dabei das Fleisch bearbeitete, ging die Tür wieder auf, und Lotti streckte den Kopf herein.

»Schwesterherz, kann ich dir irgendwas helfen?«

Maria sah auf, schüttelte den Kopf, doch Lotti kam nun ganz herein und schloss die Tür hinter sich. »Aber du denkst noch daran, dass du mit mir nach Singen zum Konfektionshaus fahren willst?«

Maria legte die Fleischstücke beiseite. »Natürlich! Wann dachtest du denn?«

»Ich weiß nicht, ich sollte mich da ja irgendwie anmelden, oder was meinst du? Schriftlich? Oder einfach hin?«

Maria überlegte. »Was denkst du?«

»Ich habe gestern Abend mit Elli darüber gesprochen, sie meint, ich soll mir das Geschäft einfach mal ansehen, ob es mir überhaupt gefällt.«

»Elli? Wo steckt sie überhaupt? Gerade ist sie wie ein Hausgeist, die Frühstücksbrote sind weg, sie aber auch.«

Lotti musste lachen. »Ja, oder sie ist da – und du bist weg …«

Darauf ließ sich Maria lieber nicht ein.

»Ich dachte, du kennst das Geschäft schon?«, kam sie auf Lottis Frage zurück.

»Vor den Schaufenstern habe ich schon gestanden. Hinein

habe ich mich nicht getraut ... Es ist, na ja, ein bisschen was Vornehmeres!«

Maria dachte an Cecil, die gern Stoffe kaufte und nach den Burda-Schnittmustern die neuesten Kreationen schneiderte. »Also, ganz so arm sind wir ja auch wieder nicht. Vielleicht sollte ich es zum Anlass nehmen und mich mit dir dort umsehen?«

Sie erntete einen zweifelnden Blick. »Du meinst, wir gehen hinein, du kaufst nichts, weil doch alles zu teuer ist, und dann fragen wir Herrn Fischer, ob er eine Stelle für mich hat?«

»Da hast du recht.« Maria musste lachen. »Keine gute Idee. Weißt du was? Ich ruf dort an. Den ›Hirschen‹ werden sie ja wohl kennen, und wenn sie gar keine Stelle zu vergeben haben, brauchen wir auch nicht hinzufahren.«

Einige Tage später stand Maria am Schuppen und schichtete Brennholz, als sie hinter sich ein Geräusch hörte und sich umschaute. Ihr Vater stand da, sog an seinem halb abgebrannten Stumpen und betrachtete sie nachdenklich.

»Wo kommst du denn so lautlos her?«, fragte sie und versuchte, in ihrer Stimme den Schrecken zu verbergen.

»Von überall«, sagte er nur und schob den Stumpen in den anderen Mundwinkel. »Das reife Getreide wird eingefahren, die Weinlese beginnt, Kartoffeln müssen raus, und auf einigen Äckern kann man schon pflügen und düngen. Und die Äpfel, Birnen, Pflaumen und Mirabellen fallen auch nicht von alleine in die Körbe.«

»Was mir bewusst ist, schließlich habe ich die letzten Tage geholfen, außerdem Obst und Gemüse eingemacht.«

»Was macht unser Sauerkraut zum Schlachtfest? Der Kohl?«

»Haben wir rechtzeitig gehobelt, gestampft, gesalzen, seit sechs Wochen ist er im Fass!«

»Ja«, August nickte und schob sich eine Haarsträhne seiner

noch immer sehr dichten Haare aus der Stirn. »Du bist ein fleißiges Mädchen.«

»Und du kommst, um mir das zu sagen?«

»Auch ein fleißiges Mädchen kann nicht für immer alleine bleiben ...«

Maria richtete sich auf.

»Und nun willst du, dass ich ...«, sie sprach nicht aus, was sie dachte.

»Diesen Spinner hast du dir in der Zwischenzeit doch wohl aus dem Kopf geschlagen?«

»Ich weiß nicht, wen du meinst!« Sie sah ihm direkt in die Augen.

»So, weißt du nicht!« Ihr Vater rieb sich das Kinn. »Dann helfe ich dir mal auf die Sprünge. Was würde dein leider zu früh verstorbener Alois zu so einem Hallodri als Nachfolger sagen?«

»Lass Alois aus dem Spiel!«

»Es ist kein Spiel. Es ist dein Leben, und deshalb ist es leider ernst.«

Maria stemmte ihre Hände in die Hüften.

»Du sagst es, lieber Herr Vater, es ist *mein* Leben! Und weil es *mein* Leben ist, entscheide ich darüber.«

»Du bist aber die ›Hirschen‹-Wirtin, liebe Tochter! Und wirst den ›Hirschen‹ und alles, was dazu gehört, führen müssen, wenn ich nicht mehr bin.«

Maria lachte auf. »Schau dich an, du bist kraftvoll wie eh und je. 54 Jahre alt! Wer weiß, ob du nicht noch einmal heiratest? Das wäre doch auch möglich!«

»Möglich ist alles!« Er zog die Augenbrauen zusammen. »Dann muss ich wohl deutlicher werden: Ich habe Erkundigungen eingezogen. Dieser Maler da oben in dem Weiler sollte in die Fußstapfen seines Vaters treten, der den angesehenen Beruf eines Rechtsanwalts hat. Der feine Sohn ist aber ausgebüxt und hat in Berlin Kunst studiert. Dort hat er wohl auch schon so gehaust wie hier, denn sein Vater hat ihm sämtliche Zuwendungen gestrichen. Seine Ausstellungen in Berlin brachten nichts ein, das Leben in der Großstadt ist teuer, also ist er ab aufs Land. Und nun beglückt er die Höri mit seiner Gegenwart und seiner … Kunst. Das heißt, dein Augapfel dort oben in diesem seltsamen Stall ist mittellos.«

Maria sagte erst nichts, schüttelte dann langsam den Kopf.

»Muss denn alles nur mit Geld und Erfolg gemessen werden? Gibt es nicht mehr, was einen Menschen ausmacht? Fantasie? Humor? Weltoffenheit?«

Auch ihr Vater ließ sich mit der Antwort Zeit.

»Am besten wäre es doch, wenn alles zusammenkommen würde, meinst du nicht? Von Fantasie alleine kannst du nicht leben. Und ich gebe dir recht, Geld alleine macht nicht glücklich. Nun hat Bertschinger als Erster in Horn einen Traktor und bildet sich viel darauf ein. Aber ob er deshalb glücklich ist? Hildes Eltern zeigen doch, wie es gehen kann. Sie haben es gemeinsam zu etwas gebracht und sind dabei freundlich und offen geblieben.«

Da konnte Maria nicht widersprechen.

»Oder Mutter und ich, wir haben sehr viel gearbeitet, und sicher hätte deine Mutter gern mehr Zeit fürs Schreiben und Malen gehabt, aber dafür hatten wir immer Zeit füreinander. Und für Gespräche. Und Zeit, Dinge gemeinsam zu erledigen. Das meine ich damit. Gemeinsam etwas anpacken, gemeinsam etwas erreichen.«

Er nahm seinen erloschenen Stumpen aus dem Mund und zertrat ihn sorgsam auf der Erde.

Maria hatte keine Antwort mehr.

Oder doch: »Und die Liebe?«, fragte sie.

»Wir haben uns geliebt! Ich liebe deine Mutter heute noch.« Er hielt ihren Blick fest. »Und du willst mir nun doch nicht sagen, dass du diesen Burschen dort oben … liebst?«

Maria wollte gerade »Doch!«, sagen, da kam ihr ihr Vater zuvor: »Ein Abenteuer, das kann ich verstehen, er ist ein attraktiver junger Mann.«

Maria schüttelte den Kopf. »Ich … man kann dem Herzen nicht sagen, was es tun soll!«

»Aber der Kopf kann dem Herzen sagen, was richtig ist und was nicht!«

»Richtig …«, wiederholte Maria, ihr Vater nickte bekräftigend.

»Denk drüber nach. Ich gehe jetzt Ludwig auf seinem Kartoffelacker zur Hand. Und soviel ich weiß, kommen du, Lotti und Elli nach.«

Maria drehte sich zu der Holzbeuge um.

»Ja«, sagte sie, »Elli aber nicht, die arbeitet noch, aber so groß ist der Acker ja nicht. Dafür kommt die Hilde. Emml übernimmt so lange Küche und Bedienung. Es wird heute nicht viel los sein. Ich warte noch auf die beiden, dann kommen wir nach.«

»Du bisch a Guete«, hörte sie ihn beim Weggehen in seinem Heimatdialekt zu sich selbst sagen. »Viel zu schad für so'n Siech.«

Aufregung

Der Satz vom »Siech« ging Maria auch am nächsten Tag nicht aus dem Kopf, als sie mit Lotti in den Bus nach Singen stieg. Ihre jüngere Schwester war schon den ganzen Morgen aufgeregt durch den »Hirschen« gelaufen, konnte sich nicht zwischen zwei Kleidern entscheiden.

»Was ist passend?«, hatte sie gefragt, »dies oder das andere? Und meine Haare hochgesteckt, zu einer Banane oder zu einem Knoten? Oder nach hinten gebürstet und offen?« Sie hatte sich vor Maria gedreht. »Meine Zöpfe sind furchtbar altmodisch, die passen in die Bäckerei, aber nicht in ein Modehaus!«

»Dann hättest du noch zum Friseur müssen.«

»Ich könnte doch auch einfach die Schere nehmen?« Lotti hatte auf Marias Arbeitsplatte nach der Geflügelschere gegriffen. »Wenn sie auf Schulterlänge ab sind, so wie bei dir, kann ich sie besser hochstecken.«

Maria hatte den Teig, den sie gerade knetete, beiseitegeschoben, sich die Hände gewaschen und eine der großen Schubladen aufgezogen.

»Wenn du sie schneiden willst, dann mit einer richtigen Schere. Die hier ist scharf!« Sie zog eine der großen Scheren heraus, die sie beim Scherenschleifer regelmäßig schärfen ließ.

Lotti hatte die Geflügelschere auf die Seite gelegt und ihre beiden Zöpfe hochgehalten. »Machst du mir das?«

»Was meinst du, wie das aussieht, wenn ich das mache? Die Haare stehen dann in alle Richtungen ab!«

»Aber irgendwie …«, meinte Lotti unglücklich, »irgendwer …«

Maria fiel Emml ein. Deren Schwiegertochter, so wusste sie, hatte in einem Friseurgeschäft gelernt, dort hatte sie Emmls Sohn kennengelernt und war nun seit der Hochzeit und dem ersten Kind zu Hause.

»Mach hier mal weiter«, sagte sie und deutete auf den Teig. »Ich habe eine Idee.«

Sie übergab ihrer Schwester ihre Schürze, schnappte ihr Fahrrad, traf Emml in ihrem Vorgarten an und bald danach schickte sie die überglückliche Lotti die Dorfstraße hinunter in Richtung Gaienhofen. »Das letzte Haus links, sagt Emml. Sie hat ihre Schwiegertochter informiert. Nimm das blaue Kleid mit, das steht dir gut!«

Und nun saßen sie endlich nebeneinander im Bus nach Singen. Lottis Haare waren schulterlang und hatten eine Innenwelle, ein zum Kleid passendes blaues Haarband hielt ihr die Haare aus dem Gesicht. Sie war überglücklich, aber auch sehr aufgeregt.

»So wird aus einer Backwaren-Verkäuferin eine Mode-Verkäuferin«, lachte sie, und die Röte stieg ihr in die Wangen.

»Abwarten«, dämpfte Maria ihre Begeisterung, »Frau Fischer hat uns nur diesen Termin gegeben, keine Zusage.«

»Ich weiß.« Lotti holte tief Luft. »Aber ich wünsche es mir so sehr!«

Die Fahrt von Horn über Bohlingen nach Singen dauerte fast eine Stunde. An jeder Ecke schien der Bus zu halten, es war ein ewiges Ein- und Aussteigen, dazu holprige Straßen, und im Bus stand die verbrauchte Luft der vielen Fahrgäste.

Maria hatte das schmale Fenster an ihrer Seite aufgeschoben.

»Und das willst du dann jeden Tag auf dich nehmen?«

Lotti nickte und fuhr sich schnell mit der Handfläche über ihre ungewohnt kurzen Haare.

»Wenn ich genug verdiene, nehme ich mir ein Zimmer in Singen.«

»Das kommt gar nicht infrage!«, entfuhr es Maria.

»Aber Maria, ich bin 24. Andere sind in meinem Alter schon längst verheiratet und haben drei Kinder.«

Dagegen konnte ihre große Schwester nichts sagen. Sie sah zum Fenster hinaus, betrachtete die endlosen Hügel und weiten Wiesen. Zwischendurch ein kleines Wäldchen.

Ja, sie selbst war bei ihrer Hochzeit ebenfalls 24 Jahre alt gewesen. Sie konnte Lotti nicht bevormunden, sie war längst volljährig.

Maria nickte und drehte sich ihr auf dem schmalen Sitz zu.

»Du hast recht! Aber wieder eine Schwester weniger … du würdest mir fehlen.«

»Du mir auch«, erwiderte Lotti, »und ich weiß, die Arbeit wird nicht weniger. Aber«, setzte sie gleich nach, »du hast ja noch Elli.«

Maria war klar, dass sich Lotti nichts sehnlicher als ihre Freiheit wünschte.

Sie hatten den Busfahrer gefragt, an welcher Haltestelle sie aussteigen sollten, jetzt rief er nach hinten: »Die beiden jungen Damen, hier müssen Sie raus. Zurück geht es in zwei Stunden!«

Maria war über die Information froh, griff nach Lottis Hand, und gemeinsam stiegen sie aus.

Von Weitem erkannten sie schon das wuchtige Eckhaus mit den großen Schaufenstern. Selbst Maria spürte ein einschüchterndes Gefühl aufsteigen, sie warf Lotti einen schnellen Blick zu.

»Du warst schon einmal hier, hast du gesagt, wann denn?«

»Da habe ich noch in der Bäckerei gearbeitet, das war nur so im Vorübergehen. Aber es ist mir in Erinnerung geblieben.«

Das konnte Maria verstehen, das Gebäude war beeindruckend.

»Und wie fühlst du dich jetzt?«, fragte sie und drückte Lottis Hand.

»Schlecht«, gab Lotti zu. »Mir ist wirklich ganz anders vor Aufregung.«

»Gut«, Maria nickte ihr zu. »Wir schaffen das! Wir haben schon ganz andere Situationen gemeistert – und vergiss nicht, wir sind die Töchter unserer furchtlosen Mutter!«

Sie gingen um die Hausecke herum zur breiten Eingangstüre, in einiger Höhe darüber hing das große Firmenschild: *Ihr Kleiderberater Carl Fischer.*

Die beiden Schwestern warfen sich einen Blick zu, dann drückte Maria die Eingangstüre auf und ging, von Lotti dicht gefolgt, hinein.

Sie schritten auf einem weich federnden dunkelblauen Teppich direkt auf einen eleganten Tresen zu, auf dem eine große Kasse stand. Dahinter befand sich eine Bar mit allerlei Getränken. Erst dort öffnete sich rechts die Wand und somit der Blick auf den Verkaufsraum, der von eleganten, offenen Garderoben unterteilt war, in denen unzählige Kleidungsstücke hingen. Die Wände waren mit bestückten Regalen verkleidet, aber ganz besonders auffallend fand Maria die Decke, die wie ein Spiegel in hellem Lack schimmerte.

Sie deutete nach oben, aber Lotti hatte keinen Sinn dafür, sie sah der Frau entgegen, die nun auf sie zukam.

Wie aus einem Modejournal, fand Maria. Die hellen Haare sorgsam in Locken gelegt, das Gesicht akkurat geschminkt, die schmale Figur in einem dezent hellgrauen Kostüm, darunter eine weiße Bluse, die die Strenge des geraden Schnitts durch üppige Rüschen am Dekolleté milderte.

»Die Schwestern Ruggli?«, fragte sie beim Näherkommen

und reichte zunächst Maria, danach Lotti ihre feingliedrige Hand.

»Schön, dass Sie hergefunden haben, Grüß Gott.«

Maria erwiderte den Gruß, und Lotti fügte ein »Vielen Dank, dass wir kommen durften« an.

»Nun«, Frau Fischer zeigte zu einer kleinen Sitzecke, »wollen wir uns nicht setzen? Und möchten Sie nach der beschwerlichen Fahrt etwas trinken?« Sie winkte einer jungen Frau, die sofort herbeikam und, während sie Lotti neugierig musterte, die Bestellung entgegennahm: »Fräulein Edith, bringen Sie uns doch bitte drei Gläser Wasser.«

Dann wandte sie sich Lotti zu.

»Ihre Schwester hat mir ja am Telefon schon etwas über Sie erzählt, aber ich denke, um eine Entscheidung treffen zu können, müsste ich Sie persönlich kennenlernen.«

»Selbstverständlich«, antwortete Lotti zurückhaltend und setzte sich kerzengerade auf den angebotenen Sessel. Maria tat es ihr gleich und stellte fest, dass sie nun offensichtlich aufgeregter war als ihre kleine Schwester. Oder konnte Lotti es einfach besser verbergen? Jedenfalls waren die Gesichtszüge ihrer kleinen Schwester entspannt, aufmerksam, ihr Blick offen.

»Nun«, begann die Chefin, »ich bin Sophie Fischer, mein Mann ist Wilhelm Arnold Fischer. Unser Geschäft wurde 1887 von Carl und Emil Fischer gegründet und ist noch immer in Familienbesitz.« Sie lächelte. »Wir achten sehr auf Tradition, aber sind in diesem Rahmen fortschrittlich und modebewusst, stehen den Damen bei der Auswahl der Kleidungsstücke zur Seite, damit sie sich in ihrer neuen Garderobe nicht nur wohlfühlen und gut bewegen, sondern auch selbstbewusst auftreten können.«

Sophie Fischer legte eine kurze Pause ein.

»Bei meinen Mitarbeitern geht es also ebenfalls um gutes Auftreten, damit sie den Damen genau das vermitteln können.«

Sie zeigte zu den Kleidungsstücken im Raum. »Wir bieten Qualität und etwas Besonderes, natürlich«, sie schenkte Maria einen freundlichen Blick, »deshalb auch zu gehobenen Preisen.«

Maria nickte.

»Da wir Stammkunden haben, achte ich beim Einkauf auf deren Geschmack und Wünsche.« Sie unterbrach sich und sah Edith dabei zu, wie sie die drei Gläser abstellte. Dann sagte sie freundlich: »Bitte greifen Sie doch zu«, um gleich darauf fortzufahren: »Unsere Damen müssen sich also auf jede einzelne Kundin einstellen können, ihren Namen kennen, zurückhaltend, aber doch entgegenkommend und in gewissem Maße auch bestimmt sein, denn nicht jede Kundin weiß, was sie will und was ihr steht.«

Lotti lauschte aufmerksam.

»Wenn ich also eine neue, junge Verkäuferin einstelle, muss sie genau das vermitteln: Selbst modern sein, Stil haben und mit der Zeit gehen, damit meine ich, nach vorn zu schauen, wissen, was kommen wird, kurz: sich für die kommende Mode zu interessieren. Für das Gespräch mit der Kundin auch eine gewisse Bildung mitbringen und Zeitgeist, also zu wissen, über welche Musik, welche Filme, welche Theaterstücke gerade gesprochen wird.« Sie sah Maria und Lotti nacheinander an. »Verstehen Sie?«

»Ja, sehr gut«, antwortete Lotti.

Sophie Fischer wandte sich ihr nun ganz zu. »Ihr Erscheinungsbild gefällt mir, das hübsche blaue Kleid mit dem passenden Haarband, die schmalen Schuhe, die modern geschnittenen Haare. Und nun sind Sie dran, erzählen Sie bitte von sich, wo sind Sie aufgewachsen, was haben Sie bisher gearbeitet, welche Ausbildung haben Sie, warum möchten Sie hier bei uns arbeiten?«

Zwei Stunden später saßen die Schwestern wieder im Bus nach Hause. Lotti strahlte, nach dem Gespräch mit Sophie Fischer waren sie gemeinsam in das Büro des Chefs gegangen, Wilhelm Arnold Fischer. Er war ihnen höflich entgegengekommen, ein großer, akkurat gekleideter Mann in dunklem Anzug und mit gestreifter Krawatte. Ein Charmeur, das stellte sich schon nach dem ersten Gespräch heraus. Ein Typ wie Hans Albers, dachte Maria und hoffte für Lotti, dass sie die Stelle bekommen würde.

Und nun hatte Lotti tatsächlich einen Vertrag über eine Probezeit von drei Monaten in der Tasche, mit dem doppelt so hohen Gehalt wie in der Bäckerei. Lotti war außer sich vor Glück.

»Ich weiß gar nicht, wohin mit meiner Freude«, sagte sie zu Maria. »Ich werde so gut sein, dass sie mich auf alle Fälle behalten.«

»Du musst dich über Stoffe informieren, alles lernen!«

»Ja, das hat mir Herr Fischer gesagt, aber das bringen sie mir bei. Und außerdem habe ich ja Cecil, die sich mit Stoffen und Schnitten auskennt. Bevor ich am Montag anfange, habe ich noch den ganzen Sonntag, um Cecil schon mal ordentlich auf die Nerven zu gehen!« Sie griff nach Marias Hand. »Ach, Maria, danke, dass du mitgekommen bist! Ich war so aufgeregt!«

»Was man dir gar nicht angemerkt hat ...«

»Ich habe mir die ganze Zeit auf die Zunge gebissen!« Lotti lachte glücklich. »Schau, gleich kommt Bohlingen. Ist da nicht die Metzgerei, du weißt schon ... Karl?«

Maria sah hinaus. Ja, tatsächlich, die ersten Häuser von Bohlingen waren schon in Sicht. Sie hatte es auf der Hinfahrt schon gedacht, weil die Bushaltestelle gleich neben der Metzgerei war.

»Komm«, Lotti sprang auf und griff nach Marias Hand, »das müssen wir ihm erzählen, schließlich hat er sich bei der Bäckerin so nett für mich eingesetzt! Und mir auch noch eine Stelle angeboten … und ach, ja, Greta ist ja nun auch dort …« Vor Glück sprudelte ihr Mund förmlich über.

Maria hatte eigentlich keine große Lust, ihre Fahrt zu unterbrechen. Sie dachte an die Wirtschaft, und vor allem an den Haushalt, denn heute war Waschtag. Es gab viel Wäsche, die sich türmte. Sie hatte zwar einige Wäscherinnen, wenn viel Betrieb war, aber wenn die Gastzimmer nicht belegt waren, machten Emml und sie das gemeinsam. Und ihre kleinen Schwestern packten ebenfalls an, wenn sie von der Arbeit nach Hause kamen, genau so, wie sie früher alle zusammen ihrer Mutter hatten helfen müssen. Sie hassten es alle, denn mit dem Auskochen, dem Waschbrett, dem ständigen Bücken, Auswringen und dem Aufhängen der schweren, nassen Wäsche war es eine ganz schöne Schinderei, die Maria jeden Samstagnachmittag schnell hinter sich bringen wollte.

»Also gut«, sagte sie, »wenn du mir nachher bei der Wäsche hilfst?«

Lotti hätte heute alles getan, es war ihr anzusehen, sie sprühte vor Glück.

»Aber natürlich, Schwesterherz. Wir schaffen das heute ruckzuck, du wirst schon sehen.«

Sie gingen nach vorn zum Busfahrer, und als der Wagen hielt, hob er kurz die Hand.

»Nächste Abfahrt nach Horn in zwei Stunden, nicht vergessen. Danach erst wieder morgen früh.«

Lotti nickte lachend, griff nach dem schwingenden Rock ihres Kleides und sprang die Stufen hinunter. Maria folgte ihr gemächlicher. Zwei Stunden, dachte sie, die fehlten nun daheim bei all der Arbeit, die auf sie wartete. Das war einfach nur vergeudete Zeit! Was sollte sie hier zwei Stunden lang tun?

Aber Lotti war schon vorausgeeilt und hatte die Ladentüre geöffnet. Maria studierte kurz die Auslagen in den beiden Fenstern und die Angebote, die draußen auf einer großen Schiefertafel zu lesen waren. Sie boten sogar zu einem festen Preis fertige Gerichte wie Schnitzel mit Kartoffelsalat an. Das war neu und modern, aber wer von den Bohlingern kochte nicht selbst? Konnte so etwas erfolgreich sein? Mit diesen Gedanken trat sie ein.

Unter ihren Füßen schneeweiße Steinfliesen bis zur großen Theke hin, in der Glasvitrine alles appetitlich ausgelegt, auf der einen Seite die Wurstwaren, auf der anderen Seite das Fleisch.

Lotti stand davor, deutete mit ihrem Zeigefinger auf eine große Schüssel und drehte sich zu Maria um.

»Der Kartoffelsalat sieht doch wirklich köstlich aus, schau!«

In diesem Moment kam Greta ins Ladenlokal herein.

»Grüß Gott«, begann sie, »was darf ich …« Doch da erkannte sie ihre Kunden. »Lotti! Wie schön!«, rief sie und schien sich wirklich zu freuen. »Was machst du denn … ah, und Frau Ruggli, ähem ….«

Maria musste lachen, das passierte oft. Sie war ja kein Fräulein Ruggli mehr, sondern eigentlich eine verwitwete Frau Ruf.

»Nenn mich einfach Maria!«

Greta wurde rot, und Maria dachte, dass sie viel besser aussah als an jenem Tag in der Bäckerei. Ihr Gesicht war rundlicher geworden, wodurch die leichte Hasenscharte kaum noch auffiel, und ihr geschickt aufgetragener Lippenstift kaschierte die kleine Lippenspalte.

»Was für eine Überraschung!«

»Ja!« Lotti strahlte. »Wir kommen gerade von meiner neuen Arbeitsstelle in Singen, und«, sie drehte sich zu Maria um, »ich habe ihr gesagt, wir müssen bei euch aussteigen!«

»Überraschung gelungen!« Karls Stimme kam schneller als er selbst um die Ecke. »Ich dachte doch, die Stimmen kenne ich!« Er trug eine lange Kette von Würsten, die er vor sich auf den Tresen legte.

»Ja«, lachte Lotti, »vor den Rugglis ist man nirgends sicher.«

»Scheint so«, Karl nickte, »und was habe ich da gehört? Hast du die neue Arbeitsstelle?«

»Ja! Genau wie Greta!« Lotti zwinkerte ihr zu. »Es hat sich alles zum Besseren gewendet!«

»Stimmt!« Greta sah zu Karl auf. »Mir geht es hier richtig gut!«

»Das will ich meinen!« Karl legte ihr kurz die Hand auf die Schulter. »Wir haben alle gewonnen, Greta eine neue Arbeitsstelle, wir eine fleißige und freundliche Mitarbeiterin, dazu ist meine Schwester entlastet. Besser geht es nicht!«

Es war Greta anzusehen, wie sehr sie sich über seine Worte freute. Und Maria fand es auch nett, wie er mit ihr umging.

»Und du?«, wollte er nun wissen und fasste Lotti ins Auge, »eine neue Arbeitsstelle in Singen? Also in diesem Modegeschäft?«

Lotti wollte schon zu erzählen beginnen, als er sie unterbrach. »Wollen wir nicht … wollen wir es uns nicht gemütlicher machen?«

Er warf Maria einen fragenden Blick zu.

»Also ich«, begann sie, »nun, der nächste Bus geht erst in zwei Stunden, wir haben also tatsächlich ein bisschen Zeit.«

»Und ich könnte euch auch heimfahren«, sagte er. »Könntet ihr beiden jungen Damen draußen den Kaffeetisch decken?« Er wandte sich an Greta. »Du kennst dich ja aus. Und unsere neue Bäckerei«, er zeigte mit einem leichten Grinsen zu den Brötchen in einem Holzregal hinter sich, »beschenkt uns an jedem Samstag mit einem frischen Hefezopf. Das kommt nun heute sehr gelegen.«

Maria erwiderte sein Lächeln, hatte aber trotzdem Einwände. »Wir können doch nicht so einfach Kaffee trinken, was, wenn Kundschaft kommt?«

»Das hört man im ganzen Haus«, erklärte Greta schnell. »Es klingelt dann überall. Kommst du, Lotti?«

Maria sah den beiden jungen Frauen nach, wie sie fröhlich plaudernd durch die Seitentür verschwanden.

»Sie hat sich hübsch gemacht, deine Schwester«, begann Karl, während er die Würste zu einem dekorativen Kreis aufrollte. »Neues Kleid, neue Frisur, sie sprüht vor Lebensfreude.«

»Stimmt«, gab ihm Maria recht, »das wird sie dir gleich alles erzählen.«

»Aber du siehst auch sehr hübsch aus.« Karl schenkte ihr einen warmen Blick, und unwillkürlich sah Maria an sich hinunter. Sie hatte das von Cecil geschneiderte geblümte Kleid an, das Horst so gefiel. »Danke.« Irgendwie war die Stimmung komisch, fand Maria, ein bisschen verkrampft? Oder täuschte sie sich?

»Selbst gemachter Kartoffelsalat«, suchte sie nach einem Thema, »verkauft sich denn so was überhaupt?«

Karl sah kurz zu der Schüssel.

»Sie ist schon halb leer. Ja, Kartoffelsalat mit Schnitzel, genau wie Wurst oder heißer Fleischkäse mit Brötchen. Viele aus der Gegend arbeiten bei Schießer oder Allweiler in Radolfzell, oder bei der Ziegelei in Rickelshausen, sie nehmen sich ihr Mittagessen hier mit. Wir haben es ausprobiert, und es klappt.«

»Gute Idee!« Maria war ehrlich begeistert.

»Dafür hält der Bus hier sogar etwas länger. Der Busfahrer holt sein Mittagessen auch bei uns … und bekommt es natürlich gratis.«

»Perfekt! Und wer von euch ist auf diese Idee gekommen?«

»Meine Schwester ist eher für die Zahlen zuständig.«

»Bin ich bei uns auch«, seufzte Maria unbewusst.

»Ich dachte, du bist für alles zuständig?«

Sie sahen sich kurz an, dann mussten sie gleichzeitig lachen. Sie standen noch immer so da, sie vor der Wursttheke, er dahinter.

»Darf ich bitten?«

Maria folgte Karl durch die große Wurstküche hindurch ins Freie.

»Mein Zaubergärtchen«, meinte Karl schmunzelnd. »Leider fehlt noch der Zauberer, der es schön machen könnte.«

Auf einer gefliesten Terrasse stand ein alter Holztisch, der von den beiden jungen Frauen gerade gedeckt wurde. Zwischen den verwitterten Fliesen wuchs Unkraut, und auch der Garten sah ziemlich verwildert aus. Selbst der Jägerzaun hatte schadhafte Stellen.

»Dafür, dass du so ein guter Gärtner bist ...«, zog Maria ihn auf.

Karl, der seine weiße Metzgerschütze abgelegt hatte, folgte ihrem Blick.

»Es kommt immer darauf an, wofür. Und dann auch für wen.«

Maria nickte. Ja, so war es mit ihrem geblümten Kleid auch. Sie hatte es für Horst getragen, in der Hoffnung, er fände sie schön ... Und nun trug sie es eben auch so. Wie heute bei Fischers und hier bei Karl. Karl rückte ihr einen Stuhl zurecht, und Lotti rief aus einer Tür, die offensichtlich zur Küche führte: »Gleich gibt es Kaffee!«

Maria betrachtete das große Stück Hefezopf, das auf einem Schneidebrett lag.

»Soll ich schon mal aufschneiden?«

Karl schob ihr das Brotmesser zu.

»Butter und Marmelade?«

Maria stimmte zu, und er ging nun ebenfalls in die Küche, um das Gewünschte zu holen. Maria sah seiner großen Gestalt nach, seinem aufrechten Gang, und dachte, wie sie es schon einmal gedacht hatte, ein netter Kerl ist er schon. Aber eben nicht mehr.

Karl war kaum zurückgekommen, gefolgt von Lotti und Greta, die auf einem Tablett eine Kanne Kaffee, Milch, Zucker,

Marmelade und Butter balancierte, als die Ladentür klingelte. Greta wollte gehen, doch Karl winkte ab.

»Ihr habt euch so viel zu erzählen, ich mach das mal.«

Aber offensichtlich gaben sich nun die Kunden die Klinke in die Hand, sodass Maria nach etwas über einer halben Stunde aufstand und nach vorn in den Laden ging, um nach Karl zu sehen.

Zu ihrem Erstaunen stand Fried Bertschinger da, Großbauer von Horn. Auch er warf ihr einen ungläubigen Blick zu, dann bleckte er seine gelben Zähne zu einem sarkastischen Grinsen.

»Heute in Bohlingen und nicht im Weiler?«

Maria war so starr vor Scheck, dass ihr dazu nichts einfiel.

»Oder nun beide?«, setzte Bertschinger nach, bevor er sich mit einem Gruß umdrehte und die Ladentüre hinter sich ins Schloss fallen ließ.

Maria und Karl sahen sich an.

»Was war denn das jetzt?«, wollte Karl stirnrunzelnd wissen.

Maria wusste genau, was Bertschinger damit sagen wollte, aber sie brachte vor Zorn keinen Ton heraus.

»Wie kann er es wagen …!«, fauchte sie schließlich. Und spürte zu ihrem noch größeren Ärger, dass sie rot angelaufen war.

Karl legte die Geldscheine, die er noch in der Hand hielt, in die Kasse.

»Ach, jetzt weiß ich, auf wen er anspielt … auf diesen Künstler oberhalb von Horn, stimmt's?«

Maria antwortete nicht, sie holte erst einmal tief Luft.

»Ausgerechnet der Bertschinger! Er hat meinen Eltern von Anfang an übel mitgespielt. Meinen Vater verprügeln lassen, nach einem großen Fest im ›Hirschen‹ die Kutschpferde auf der Heimfahrt scheu gemacht, sodass es Unfälle gab – und manche munkeln sogar, dass er der Brandstifter war …« Sie schnappte nach Luft. »Was macht der hier überhaupt?«, fuhr sie Karl an.

Karl hatte beide Hände aufgestützt und hörte ihr mit gesenktem Kopf zu. Nun richtete er sich auf.

»Ja, das traue ich ihm alles zu. Und nicht nur ich. Er gibt eine Feier zu Ehren seines Sohnes, der wird fünfzig, hat in der Fremde wohl tüchtig in Restaurants gearbeitet und hat nun in der Heimat große Pläne, wie er sagt.«

Maria sah ihn mit offenem Mund an.

»Der Sohn, der zweitälteste, dem der Bertschinger damals den ›Hirschen‹ kaufen wollte?«

»Genau der. Euer Vorbesitzer, August Auer, hat ihn aber deinen Eltern verkauft, weil er den Bertschinger nicht leiden konnte.«

»Gut zu verstehen.« Maria bebte noch immer. »Und nun kommt dieser ...«, sie suchte nach einem passenden Wort, »verlorene Sohn zurück, und alles geht von vorn los?«

Karl zuckte mit den Schultern.

»Ich weiß nicht, was er vorhat.«

Maria wollte gerade etwas erwidern, als fröhliches Gelächter hereinklang, und Lotti Hand in Hand mit Greta hereinplatzte.

»Hoppla, Schwester, fast hätte ich dich umgerannt«, rief sie fröhlich und zog Greta an Maria vorbei. »Wieso seid ihr denn so ernst?«, wollte sie gleich darauf wissen und warf Maria einen fragenden Blick zu, »wir haben nämlich eine grandiose Idee!«

Karl sah die beiden an.

»Grandiose Ideen von junge Damen?« Er hörte sich ein wenig gezwungen an. »Na, dann lasst mal hören.«

»Ist was?«, wollte Lotti von Maria wissen, als diese aber den Kopf schüttelte, zog Lotti Greta neben sich.

»Greta wohnt ja hier in diesem«, sie machte eine ausgreifende Bewegung, »großen Haus. Und sonst wohnt nur noch Karl hier, die anderen Räume stehen leer.«

Karl schien mit seinen Gedanken noch woanders zu sein, doch dann sammelte er sich und nickte.

»Ja, seitdem sich meine Eltern wegen der Krankheit meines Vaters aufs Altenteil zurückgezogen haben ...« Karl runzelte kurz die Stirn. »Aha«, sagte er, »ich verstehe schon. Lotti soll einziehen, von hier hat sie es näher nach Singen.«

»Karl, du bist der Beste«, rief Lotti und tat, als wolle sie ihm um den Hals fallen.

»Halt, halt«, wehrte er ab. »Ich verstehe, was ihr wollt. Das heißt aber nicht ...« Er suchte Marias Blick. Die hatte noch immer Mühe, sich von dem Schock zu erholen.

»Aber Lotti, dann fehlst du mir im ›Hirschen‹ doch auch. Du hast ja vorhin selbst gesagt: Die Arbeit wird nicht weniger! Und du fehlst nicht nur dort ... auch sonst ...«

»Wenn ich bei Fischers viel arbeite, komme ich doch gar nicht mehr dazu, dir im ›Hirschen‹ zu helfen. Höchstens am Sonntag«, erwiderte Lotti schnell. »Dazu die lange Busfahrt jeden Tag, einmal hin, einmal her, da ist der Tag rum.« Sie stockte. »Bitte, bitte, große Schwester, gib deinen Segen, und bitte, bitte, Karl ... ich gebe dir auch etwas von meinem Lohn ab. Für die Miete!«

Karl musste unwillkürlich lachen.

»Na, das werden am Anfang keine Reichtümer sein. Leg das lieber in den Sparstrumpf.«

»Heißt das ja?«

»Frag deine Schwester. Sie ist euer Familienvorstand.« Er überlegte. »Und am besten fragst du erst mal deinen Vater.«

»Ach, der kriegt doch sowieso nicht mit, wer da ist und wer nicht. Der ist ständig mit seinem eigenen Kram beschäftigt!«

»Trotzdem!« Karl ging am Tresen vorbei nach vorn zur Ladentür und drehte ein Schild um, das da hing. »Geschlossen«, sagte er dazu. »Zumindest für die nächste Stunde, damit wir in Ruhe unseren Kaffee trinken können. Und anschließend fahre ich euch heim.«

»Und ich?«, fragte Greta.

»Du bist dann die Chefin, bedienst, räumst nach Ladenschluss auf, Wurst und Fleisch in die Kühlanlage, putzt das Geschäft und die Wurstküche blitzeblank.« Er grinste. »Es reicht ja, wenn es hier einen Faulenzer gibt!«

Sie hatten sich gerade wieder an den Tisch gesetzt, als der scheppernde Klang des Telefons zu ihnen drang.

Karl seufzte. »Greta, das machst jetzt du. Sicherlich eine Bestellung, Block und Bleistift liegen beim Telefon.«

Greta stand auf. »Ich weiß«, erklärte sie leicht gekränkt, »es ist nicht die erste Bestellung, die ich aufnehme …«

Karl sah ihr nach, wie sie zur Tür eilte, und meinte dann: »Meine Schwester hat sie ein bisschen unter ihre Fittiche genommen. Und hat ihr gezeigt, wie sie mit entsprechender Kosmetik ihre … na, ihr Problem kaschieren kann.«

Maria goss noch einmal Kaffee nach, der allerdings inzwischen lauwarm geworden war.

»Ja«, sagte sie, während sie die Kanne abstellte, »das ist mir gleich aufgefallen. Und sie hat etwas zugenommen, das steht ihr gut.«

Lotti träufelte sorgsam Marmelade auf ihr Stück Hefezopf und hob den Kopf. »Sie hat ganz bestimmt auch eine andere Ausstrahlung, weil sie hier anerkannt wird und glücklich ist. Und nun hat die alte Hexe ihren Wunderbuben ganz für sich alleine und kann ihn jeden Abend küssen!«

»Sei nicht so sarkastisch«, rügte Maria sie. »Die Frau Wachter wird ihren Sohn doch nicht mehr küssen, der ist doch auch schon achtzehn …«

»Hast du eine Ahnung«, platzte Lotti heraus und legte den Marmeladenlöffel zurück. »Sie liebt ihren Egon, und der Egon lässt sich brav ständig von ihr auf den Mund küssen. Er hat ja auch keine Freundin, da traut sich ja keine hin …«

»Herr Amann«, Greta kam herausgerannt, »es ist doch für Sie! Bauer Martin hat angerufen, eine seiner Kühe hat sich auf der Weide ein Bein gebrochen, die muss gemetzgert werden, sagt er.«

»Ist er noch am Telefon?«

»Ja, er wartet.«

Karl stand schnell auf. Und mit einem »Entschuldigt« eilte er hinein.

»Schade, da muss er sicher gleich hinaus aufs Feld.« Greta zuckte die Achseln und sah bedauernd zu Maria. »Er ist wirklich den ganzen Tag beschäftigt. Von morgens bis abends.«

Maria begann schon, das Geschirr zusammenzuräumen. »Dann war das heute eine Ausnahme?«, wollte sie wissen, »so mit Kaffee und Hefezopf?«

»Eine große Ausnahme«, bestätigte Greta. »Aber er ist ein guter Chef, und ich gebe mir Mühe, ihn zu entlasten«, sie lächelte Maria zu, »und das gelingt mir schon ganz gut, hoffe ich.«

Lotti war auch aufgestanden. »Nun müssen wir vielleicht doch noch den letzten Bus bekommen?« Sie sah Maria fragend an. »Wie spät ist es überhaupt?«

Karl, der wieder im Türrahmen erschien und die letzten Worte mitbekommen hatte, winkte ab.

»Nein, der ›Hirschen‹ liegt auf dem Weg. Ich packe nur alles Nötige zusammen, dann starten wir.« Er warf Maria einen Blick zu. »Passt euch beiden das?«

»Und unsere Idee, dass ich Untermieterin werde?«, wollte Lotti schnell wissen, bevor Maria antworten konnte.

»Kommt alles noch!« Maria leerte die halb getrunkenen Kaffeetassen ins Gras und stellte sie auf den Tisch zurück.

»Schaffst du das alleine, Greta? Dann gehen wir schon mal vor zum Auto.«

Gerüchte

Maria hatte ihren Vater gestern nicht mehr gesehen, sie hatte einfach zu viel zu tun gehabt, um nach ihm zu suchen, aber nun stand er plötzlich vor ihr. Sie hatte auf der Terrasse die Tische gerichtet, denn die drohenden schwarzen Wolken vom Vormittag waren vorübergezogen, und es versprach doch noch ein schöner, sonniger Nachmittag zu werden, der sicherlich einige Gäste zu Kaffee und Kuchen nach Horn locken würde.

»Ich sage es ja ungern, Maria, aber der ›Hirschen‹ braucht einen Wirt!«

Maria hatte sich nach ihm umgedreht, er stand breitbeinig hinter ihr.

»Und du könntest dich mal wieder rasieren, Papa«, entgegnete sie.

»Das eine hat schwerlich etwas mit dem anderen zu tun!«

»Du bist der Wirt und ich die Wirtin, was willst du mehr?«

August wies zu einem der Tische, die sie noch nicht eingedeckt hatte.

»Lass uns mal reden!«

Maria seufzte kurz, sie hatte all ihre nächsten Handgriffe schon im Kopf und wollte alles erledigt haben, bevor die ersten Gäste kamen.

»Muss sein«, erklärte August, der ihr Zögern bemerkt hatte.

Sie setzte sich ihm gegenüber hin. Ihr Vater sah noch immer

gut aus, dachte sie, braun gebrannt, lebhafte Augen, meist ein verschmitztes Lächeln um die Mundwinkel, das er nun aber nicht zeigte. Seine Miene war ernst. Was lag ihm auf der Seele?

»Es ist«, er atmete stoßweise aus und blickte kurz mit zusammengepressten Lippen zum Himmel, bevor er seine Tochter wieder ansah, »es ist deine Stellung als Frau.«

Maria zog unwillkürlich die Augenbrauen zusammen.

»Meine Stellung als Frau?«, wiederholte sie ungläubig.

»Ja, so leid es mir tut. Du bist stark, du bist ein Segen für den ›Hirschen‹ und unsere Familie, aber …« Er hob beide Hände. »Du bist halt nur eine Frau!«

»Ich bin …«, Maria sog die Luft ein, »*nur* eine Frau? Was soll das heißen, nur eine Frau?«

»Das soll heißen, dass dieser Bertschinger gerade Gerüchte über eine völlig unehrenhafte Frau in die Welt setzt, die Witwe ist und zwei Liebhaber haben soll.«

Maria spürte deutlich, wie ihr etwas vom Magen hochstieg, ein Gefühl, als ob sie gleich brechen müsste. Ihr Kopf begann zu glühen.

»*Was* sagt er?«, brachte sie heraus und war sich nicht sicher, ob sie nicht gleich zu einem ihrer scharfen Messer laufen würde.

»Genau *das* sagt er. Und dazu, dass Männer bei dir leichtes Spiel hätten!«

»Also Rufmord?« Maria nickte. »Das sieht ihm ähnlich, so ein feiger Hund!« Sie beugte sich etwas vor. »Woher weißt du das?«

»Es ist eher schwierig, es nicht zu wissen, denn er posaunt es überall herum.«

Maria schloss kurz die Augen.

»Ich habe gestern schon nach dir gesucht«, sagte sie langsam und erzählte von ihrem Besuch bei Karl, von Bertschingers Auftauchen und seiner Feier für die Rückkehr seines Zweitgeborenen.

»Aha«, ihr Vater ließ seine Finger einzeln knacken, »daher weht der Wind. Er hat es mal wieder auf den ›Hirschen‹ abgesehen. Und da ist ihm, wie ich mit deiner Mutter ja schon leidvoll erfahren musste, jedes Mittel recht.«

Maria fuhr mit der Hand über den blank geputzten Holztisch.

»Vater, das ist ewig her. Meinst du wirklich, mit so einer Aktion will er uns … ich weiß nicht, vertreiben? Ruinieren? Lächerlich machen?«

August schüttelte langsam den Kopf. »Er denkt, mit einer Frau hat er leichtes Spiel.«

»Aber das hat er doch schon an Mama gesehen, dass das nicht klappt!«

»Mama hatte mich!«

Sie sahen sich in die Augen.

»Was willst du mir damit sagen?«

»Du hast niemanden.«

»Doch, ich hab dich ja auch!«

»Ich bin dein Vater. Der Senior.«

»Das heißt?«

»Du brauchst einen Mann. Einen jungen Mann. Einen, der neben dir steht, der mit dir für die Zukunft kämpft, dich verteidigt, wenn es sein muss, einen, der den ›Hirschen‹ gemeinsam mit dir betreibt und voranbringt.«

»Und den zauberst du jetzt einfach so aus dem Hut?«

»Nein, den gibt es schon!«

Maria ließ sich zurücksinken.

»Ich glaube nicht, dass ich es hören will. Ich glaube, dass ich es mit diesem Bertschinger aufnehmen kann. Der kann mir mit blöden Sprüchen das Geschäft nicht kaputt machen.«

»Täusch dich da mal nicht, Maria. Die Menschen lieben den Klatsch von bösen Hexen, die arglose Männer ins Verderben ziehen. Da lässt keine Frau ihren Mann mehr in den ›Hirschen‹.«

»Jetzt übertreibst du aber!« Maria schüttelte den Kopf. »Wir sind nun schon so lange hier, die Horner kannten Mama und die meisten mich schon als Kind. Wer soll so einen Blödsinn glauben?«

»Es …«, begann er, wurde aber durch Lotti unterbrochen, die um die Ecke gesaust kam.

»Maria? Ach, da bist du ja!«, rief sie, »Ich such dich schon! Hilde und ich … ach, Vater, wie toll, habt ihr über mich gesprochen?«

August hob den Kopf.

»Wieso? Gibt es da auch etwas?«

»Und ob…«, Lotti warf Maria einen Blick zu, der sagte … *wenn die Gelegenheit so günstig ist …*

»Wo hast du denn deine schönen Zöpfe gelassen?« August runzelte die Stirn.

»Das ist«, Lotti machte eine wegwerfende Handbewegung, »ein alter Hut. Es gibt was viel Wichtigeres!«

»Also«, Maria stand auf und wies auf ihren Stuhl, »ich muss jetzt rein. Die Arbeit wartet. Und du kannst Vater ja die Neuigkeiten berichten, wenn er schon mal Zeit hat!«

»Für euch habe ich immer Zeit«, erwiderte ihr Vater in leicht beleidigtem Tonfall. Maria zog nur kurz eine Augenbraue hoch und ließ es so stehen.

Tiefe Gedanken

Offensichtlich waren Lottis Argumente überzeugend gewesen, denn August hatte seine Einwilligung gegeben, sodass auch Karl zustimmte. Also packte Marias jüngere Schwester am Dienstagabend ihren Koffer und räumte alles, was ihr in ihrer neuen Bleibe unentbehrlich schien, in eine Kiste. Nun stand ihr Gepäck transportbereit am Eingang zur Gaststube.

»Es soll ja gemütlich sein«, sagte sie auf Marias forschenden Blick. »Und Elli kann jetzt auch froh sein, dass sie unser Zimmer für sich alleine hat.«

Elli, die zu diesem besonderen Ereignis etwas früher von ihrer Arbeit nach Hause gekommen war, schüttelte den Kopf.

»Nein, ich bin überhaupt nicht froh! Ich werde dich vermissen, unsere Gespräche übers Leben, deine Abenteuer, von denen du ständig erzählst …« Lotti riss ihre Augen auf und legte den Finger warnend auf ihre Lippen, deshalb schob Elli rasch nach: »Aber vor allem wollte ich natürlich schauen, dass du mir meine Sachen nicht klaust!«

Lotti musste lachen. »Als ob du viel hättest!«

»Jetzt vielleicht noch nicht, aber bald …«, meinte Elli und tauschte einen verschwörerischen Blick mit ihrer Schwester.

Maria, die gerade den Familientisch für das Abendbrot richtete, sah auf. »Hab ich da was verpasst?«

»Überhaupt nicht«, kicherte Elli. »Nur dummes Gerede von Lotti!«

»Vater kommt nachher auch, hat er gesagt. Wir sind gespannt, wie deine ersten beiden Tage in Singen waren.«

Lotti zupfte ihr neues Stirnband zurecht. »Alle sind nett, Frau Fischer ist sehr diszipliniert, und sie achtet genau darauf, wie wir mit der Kundschaft umgehen, das heißt, ich muss noch viel lernen und bin noch eher im Hintergrund.«

»Gefällt es dir denn?«

Lotti nickte eifrig. »Schon alleine das ganze Drumherum, die teuren Kleider, alles ist so vornehm, so edel. Das ist schon etwas anderes als in der Bäckerei.«

»Klar!«, Elli verteilte Vesperbrettchen und Messer, »und deine Arbeitskleidung sieht ja auch edel aus!«

»Auf die muss ich aufpassen, zwei Röcke, zwei Blusen, da darf nichts drankommen.«

Sie hatten, wie jeden Abend, den Tisch hinter dem alten Kachelofen für sich gedeckt. Das war, so lange die Schwestern zurückdenken konnten, schon immer der Familientisch gewesen. Zum Abendbrot, bevor die ersten Gäste kamen, oder zu Geburtstagen, selbst an Weihnachten hatten sie an diesem groben Holztisch gefeiert. Dann jedoch mit weißer Tischdecke und Stoffservietten. »Einmal im Jahr«, hatte ihre Mutter stets gesagt, »muss es sein. Jetzt, wo der Krieg vorbei ist und der ›Hirschen‹ wieder uns gehört, müssen wir das so oft feiern, wie wir können.«

Oft war es ihr nicht mehr vergönnt gewesen. Aber die Schwestern wussten genau, wovon sie sprach, sie hatten es ja miterlebt: zuerst Ende der Dreißigerjahre, als sich der im Nachbarort geborene jüdische Dichter Jacob Picard, der im Ersten Weltkrieg noch als Kriegsfreiwilliger und Offizier für das deutsche Vaterland gekämpft hatte, vor den Häschern verstecken musste. Zwei Jahre lang fand er vor den Judenverfolgungen Zuflucht im »Hirschen« in Zimmer 4, während unter ihm am Stammtisch die Männer der NSDAP, die ihr Hauptquartier in Radolfzell hatten, bei Bier und Schnaps ihre Parolen grölten. Dann, gegen Ende des Krieges, waren es die vielen Mütter mit ihren Kindern, die aus den zerbombten Städten in den »Hirschen« verschickt worden waren. Viel zu viele Menschen für das kleine Wirtshaus und viel zu viel Arbeit für Anna, die irgendwann nicht mehr konnte und einen Nervenzusammenbruch erlitt.

Und trotzdem war es immer dieser Tisch in der Ecke des Gastraums gewesen, ein bisschen verdeckt durch den Kachelofen. Und in all den Kindheitsjahren war es auch der Kachelofen selbst gewesen, seine Ofenbank und die gemütliche Wärme, die er in der kalten Jahreszeit ausströmte. Die Mädchen hatten sich immer gebalgt – wer durfte nach oben auf die warmen Kacheln krabbeln, wer blieb unten auf der Bank? Es war eines ihrer schönen Kindheitserlebnisse.

Natürlich war jeden Tag auch für die Kinder Arbeit angesagt. Die Ziegen hüten, Eier holen, in der Küche und auf dem Feld helfen, bei der Obsternte, im Gastraum bedienen und kassieren, sie mussten alles lernen und alles können. Und trotzdem fanden sie noch Zeit, mit anderen Kindern zu spielen und Unsinn auszuhecken, um abends todmüde in ihre Betten zu fallen, die sie sich zu zweit teilten. Den Ernst dieser Zeit hatten sie erst viel später begriffen: wie sehr ihre Eltern gekämpft hatten, jeder auf seine Art. Ihr Vater, der jede Arbeit annahm, und keine Gelegenheit ausließ, um Geld zu verdienen und ihre Mutter, die alles andere am Laufen hielt und damit jahrelang über ihre Kräfte hinausgegangen war.

Nun saßen sie wieder an diesem Tisch, der so viele Geschichten zu erzählen hatte.

»Holst du noch einen Krug Wein«, bat Maria Lotti, als die Tür aufging und August hereinkam.

Maria warf ihm einen kritischen Blick zu.

»Klopfst du dir draußen noch den Staub ab?«, fragte sie

scharf, »sonst trägst du alles hier rein, und wir können es wieder putzen!«

August schob verständnislos seine Schiebermütze nach oben aus der Stirn, sah dann aber an sich hinunter. Schilfreste und Binsen hingen an seiner Strickweste, und gerade wollte er sie mit einer Hand abstreifen, überlegte sich's aber anders und machte auf dem Absatz kehrt, um wieder hinauszugehen. Kurz danach kam er wieder herein, die Weste hatte er ausgezogen.

»Das hängt drin, das Zeug«, sagte er entschuldigend zu seinen Töchtern. »Gerade wird jede Menge Schilf für die Gipser gebraucht. Gut, dass wir im Winter so viel geschnitten und fleißig Matten geflochten haben.«

»Hausbau?«, fragte Elli, »magst du ein Bier?«

»Lass«, August ging direkt zum Tresen, »ich mach schon. Sonst noch jemand?«

Er bemerkte Lotti, die den Weinkrug füllte. »Feiern wir deinen Abschied, oder sind wir traurig darüber?«

»Traurig? Du?« Ein erstaunter Blick seiner Tochter traf ihn.

»Traut ihr mir keine Gefühle zu?«

»Doch … schon«, erklärte Lotti zögernd, »vielleicht zeigst du es nicht so häufig?«

»Vielleicht bin ich ein Mann?«

Sie musterte ihn kurz. »Warst du bei Mama auch so?«

»Nein«, gab er zu.

»Wir haben uns … zärtlich geliebt«, setzte er leise nach.

Lotti nickte nur leicht.

»Ja, Mama«, sagte sie. »Wir vermissen sie alle.«

Maria hörte zu, presste kurz die Lippen zusammen und schnitt am Tisch das frisch gebackene Brot auf.

Ja, Mama, dachte sie. Wie anders wäre mein Leben, wenn Alois und Mama nicht so früh gestorben wären. Ihre Gedanken schweiften zu Horst ab. Sie wollte ihn schon längst wieder besucht haben, aber ständig kam etwas dazwischen. Wie es ihm wohl ging? Ob er herausgefunden hatte, wer hinter der Attacke steckte? Tatsächlich der Bräutigam von dieser Marianne … oder doch … Dann fiel ihr auch wieder der Bertschinger ein. Sein Gerede von ihrer Liederlichkeit. Obwohl – bisher hatte sie nur von August davon gehört. Aber, das war ihr auch klar, ins Gesicht würde ihr so etwas niemand sagen, das würde hinter ihrem Rücken ablaufen.

»So«, sagte sie und stellte Lotti die Gläser hin, »mit Lottis Auszug bist du jetzt unser Nesthäkchen, kleine Elli.«

»Na ja«, sagte sie geheimnisvoll und hob ihr Glas, »in so einem Amt lernt man allerlei Leute kennen.«

»Leute?«, wiederholte August und stellte seinen Bierkrug auf den Tisch, bevor er sich setzte.

Elli zuckte mit den Achseln, und Maria musterte sie. Sie sah hübsch aus, rosige Wangen, irgendwie aufgeblüht. Und ihre langen braunen Haare fielen in Wellen auf ihren Rücken. Hatte sie sie aufgedreht?

»Bist du verliebt?«, fragte sie spontan, und August hielt kurz inne, als er seinen Bierkrug zum Mund führte.

»Du sagst uns aber dann schon rechtzeitig in wen, damit wir …«, er brach kurz ab, »hoffentlich kein Halodri!«

Elli wich seinem Blick aus und griff nach einem Stück Brot.

»Und wo wird gebaut?«, lenkte sie ab, »und wer baut?«

August nahm einen tiefen Schluck und zuckte die Achseln.

»Wir liefern nur zu. Aber nach der Menge der bestellten Schilfmatten zu urteilen, muss es etwas Größeres sein, jedenfalls ein gutes Geschäft für uns, da fragt man nicht nach.«

Er griff nach einer Scheibe Speck und schnitt ihn mit erfahrener Hand schnell und dünn auf.

»Und dich, Lotti, fahre ich nachher nach Bohlingen? Hast du es dir so gedacht?«

»Da wäre ich dankbar, sonst hat auch Karl angeboten …«

»Lass nur!« August schob das Holzbrett mit dem aufgeschnittenen Speck in die Mitte des Tisches. »Ich habe sowieso noch etwas mit ihm zu besprechen, ich fahr dich nachher. Außerdem will ich natürlich sehen, wie du dort wohnst …«

»Ich bin volljährig, Vater.«

»Aber trotzdem meine Tochter!«

Maria stand mit Elli an der Tür, als Lotti in den vollgepackten Jeep zu August kletterte, zum Abschied die Hand hob und vom Hof fuhr.

»Irgendwie tut es schon weh«, meinte Maria, »wieder ein Küken weniger.«

Maria hatte ihren Arm um Ellis Schultern gelegt, und Elli betrachtete sie nach diesem Satz nachdenklich.

»Manchmal denke ich, du denkst, du seist wirklich unsere Mutter«, sagte sie. »Dabei sind wir alle Schwestern.«

Maria zog ihren Arm weg.

»Vielleicht bin ich schon so in dieser … Mutterrolle drin«, sann sie, »dabei darfst du mir glauben, dass ich auch noch lieber Tochter wäre!«

»Ja«, meinte Elli, »dich hat es ganz schon hart erwischt. Erst der Alois, dann die Mama. Und nun sollst du dein Leben für den ›Hirschen‹ …«

»Opfern?«, vollendete Maria den Satz.

Elli zuckte mit den Schultern.

»Wir anderen sind ja schon irgendwie frei in unseren Entscheidungen, schau, Lotti arbeitet jetzt in Singen, wohnt bei Karl. Ich arbeite in Radolfzell im Amt, das wollte ich, und es gefällt mir dort. Trudi und Cecil haben geheiratet, Cecil schneidert, weil es ihr Spaß macht. Nur du …«

Maria nickte. Das hatte sie sich auch schon gedacht.

»Wenn Mama nicht gestorben wäre, was hättest du denn dann am liebsten getan?«

Sie standen noch immer auf der Treppe, vor ihnen die menschenleere Kirchgasse, und auch in den Häusern regte sich nichts. Alles war wie ausgestorben.

»Wärst du lieber fortgegangen? Tante Josefine hat ja Mama immer wieder nach Berlin eingeladen, wärst du an ihrer Stelle einfach gegangen?«

Maria lehnte sich gegen den Türpfosten und sah zu den schnell ziehenden Wolken hinauf. Dann blickte sie wieder in Ellis Gesicht, die sie erwartungsvoll ansah.

»Du bist sieben Jahre jünger«, begann sie, »in deinem Alter war ich voller Zuversicht. Alles ist möglich, habe ich gedacht. Sogar Berlin. Du weißt, ich war schon immer autovernarrt, hatte als kleines Mädchen eine Seifenkiste …«

»Mama hat manchmal davon erzählt, wie du allen um die Beine gesaust bist«, unterbrach sie Elli. Maria musste lachen. »Ja, und«, sie legte wieder die Hand auf Ellis Schulter, »entschuldige, dich habe ich auch ein paarmal umgefahren.«

»Du wärst also wirklich nach Berlin?«

»Arthur, der Schwager von Tante Josefine, arbeitet für ein Autohaus. Das hätte mich interessiert … und außerdem, Elli«, sie holte tief Luft, »habe ich wohl die künstlerische Ader von Mama geerbt.«

»… die sie nie ausleben konnte«, unterbrach Elli erneut.

»Und so wie es jetzt aussieht, ich auch nicht.«

Elli griff nach ihrer Hand. »Bist du deswegen traurig?«

Maria spürte Tränen aufsteigen.

»Brauchst du ein paar Minuten für dich?«, fragte Elli schnell. »Ich spring so lange für dich ein, ich bin ja schließlich auch eine Wirtshaustochter!«

Maria fuhr sich mit dem Zeigefinger unter den Augen entlang und nickte. Elli hauchte ihr einen Kuss auf die Wangen und ging hinein, während Maria mit einem Weinkrampf kämpfte. Was war denn plötzlich los mit ihr? Warum schüttelte es sie jetzt mit voller Macht? Mein Leben, dachte sie, ist mein Leben jetzt schon vertan? Nichts von dem, was sie sich wünschte, würde sie verwirklichen können.

Unbewusst war sie losgegangen, die Kirchgasse hinauf in Richtung Kirche, die groß und bestimmend am Ende der Sackgasse stand. Erst als sie vor dem mächtigen Eingangstor stand, fiel ihr das auf: Könnte ihr ein Gespräch mit dem Pfarrer helfen?

Nein. Sie mochte mit niemandem reden. Es war ihr Leben, sie musste irgendwie selbst damit klarkommen. Sie ging um die Kirche herum zu der Stelle, die sie so liebte – sich ins Gras setzen, an die grob geschlagenen Quadersteine am Kirchensockel anlehnen, über die vielen Grabsteine hinweg in die Ferne sehen, den Untersee hinauf in Richtung Konstanz, rechts vom Schweizer Ufer begrenzt, links durch die Insel Reichenau, und dann, ganz in der Ferne, hinter Konstanz, bei guter Sicht, die unendliche Weite bis zu den Alpen am Horizont.

Aber diese Stelle erinnerte sie auch an Horst. Horst tat ihr genau so weh wie ihr Leben, stellte sie fest. Irgendwie gehörte das alles zusammen.

Sie ging weiter, zwischen den Grabsteinen hindurch, zu dem Grab ihrer Mutter. Da lag sie nun. Hatte ihr Leben lang hart gearbeitet, erst als Kind auf dem Hofgut ihrer Mutter, dem »Kraftstein«, dann als Jugendliche im Hotel »Krone« in Steckborn und schließlich hier, in Horn. Fünf Kinder. Sorgen, Inflation, Krieg. Wirtschaft, Landwirtschaft, Haushalt und das oft feindselige Verhalten der Einheimischen. Und wofür das alles?

Maria stand vor dem schlichten Kreuz.

Geboren und gestorben.

Dazwischen fünfzig Jahre.

»Ach, Mama«, sagte sie leise und spürte erneut die Tränen. »Du fehlst mir so!« Sie ließ sich auf die Knie sinken und verharrte so eine ganze Weile, bis sie plötzlich eine Hand auf ihrer Schulter spürte. Erschrocken richtete sie sich auf.

»So finden sich unsere Wege bei deiner Mutter!«

Christine stand hinter ihr, ein Strohhut mit breiter Krempe warf Schatten in ihr Gesicht. Maria stand langsam auf.

»Du und Ludwig. Ihr wart die einzigen Menschen, die sie von Anfang an unterstützt haben!«, sagte sie leise und wischte sich mit dem Handrücken über die Wangen. »Und für mich wart ihr mein Zuhause.«

Christine nahm sie in die Arme, und eine Weile standen sie so, nah beieinander. Christine hatte für Maria Schutz und Wärme bedeutet, so lange sie zurückdenken konnte.

»Deine Mutter war ja auch ein besonderer Mensch. Kämpferisch bis zur Selbstaufgabe. Sie konnte nie lockerlassen, sie wollte stets das Beste – für euch.«

Maria nickte, löste sich von Christine und sprach zu dem Grab, auf dem viele Vergissmeinnicht blühten, die die Schwestern nach der Beerdigung gemeinsam gepflanzt hatten. »Ja, für uns. Dich hast du dabei vergessen! Deshalb liegst du jetzt da!«

»Komm!«, Christine fasste Maria am Ellbogen, »lass uns ein paar Schritte gehen.«

Maria sah ihr ins Gesicht. Christine war noch immer eine schöne Frau. Demnächst würde sie ihren 60. Geburtstag feiern, es war ihr nicht anzusehen. Sie hatte kaum Falten im Gesicht, nur Lachfalten um die Augen, ansonsten sah sie aus wie früher: offene, ausdrucksstarke Augen, eine gerade, markante Nase und schön geformte, weiche Lippen in einem ovalen Gesicht.

»Du veränderst dich überhaupt nicht«, fand Maria spontan.

»Äußerlich vielleicht noch nicht so sehr, aber das Alter spüre ich schon«, sagte Christine und schob ihren Strohhut etwas aus der Stirn. »Die Kraft lässt nach.« Sie schmunzelte leicht. »Ludwig sagt, die Kraft lässt nach, aber der Wille nicht.«

Maria nickte. »Ich weiß nicht, wie ihr das damals ohne Elektrizität, ohne fließendes Wasser, ohne Telefon, ohne … ich weiß nicht, wie ihr das alles geschafft habt.«

»Wenn man muss, geht es. Und wenn man nichts anderes kennt, sowieso.« Christine deutete zum See hinunter. »Wollen wir hinunter? Uns für eine halbe Stunde ans Ufer setzen?«

Marias Blick folgte ihrem Zeigefinger.

»Hast du Zeit?«, hakte Christine nach. »Kannst du weg?«

»Elli springt für mich ein. Sie kann ja auch alles ... wenn sie will!«

Christine lächelte. »Ja, ihr fünf Mädchen seid alle so unterschiedlich.« Sie überlegte. »Aber meine drei Buben auch. Hannes und Paul haben sich immer für Maschinen interessiert, aber nicht für Landwirtschaft. Gut, dass unser Ältester von Anfang an mit aller Leidenschaft ein Bauer war.«

Sie gingen schweigend nebeneinander die Wiese hinunter, an den vereinzelt stehenden Obstbäumen vorbei, durch das hohe Gras mit den vielen Blumen und Kräutern, die in den verschiedensten Farben blühten.

»Da«, Maria zeigte auf eine Ansammlung hoher weißer Blüten. »Die hat Mutter mit uns gesammelt, wenn sie Zeit hatte. Schafgarbe. Irgendwie hilft das gegen alles, hat sie gesagt. Und die Kamille, dort. Und der herrliche Wiesensalbei.«

Christine sah im Gehen zu den hohen blauen Blüten des Wiesensalbeis. »Ja, deine Mutter hat das von ihrer Mutter gelernt. Sie sagte immer, deine Großmutter hätte für Apotheken arbeiten sollen, da hätte sie mit ihren Kräuterkenntnissen mehr Geld verdient als auf eurem kargen Hofgut.«

»Der ›Kraftstein‹.« Maria holte tief Luft. Heute war sie nah am Wasser gebaut, das spürte sie. Warum, wusste sie nicht so genau. War es wirklich Lottis Auszug? Oder litt sie einfach unter Weltschmerz?

»Ich möchte mal wieder hin. Zu Onkel Johann. Der ist nun ja auch schon sechzig Jahre alt ... und zu den anderen, meinen Tanten. Serafine, Cäcilia, Josefine.« Sie stockte. »Sie waren zwar zu Mamas Beerdigung da, aber es ist doch was anderes ...«

»Dann musst du es vielleicht einfach tun?«

Maria sagte nichts darauf. Sie hielten sich etwas von dem kleinen Badeplatz entfernt, den Anna vor vielen Jahren als Attraktion für die »Hirschen«-Gäste angelegt hatte. Christine hatte den Weg zu dem kleinen Pfad eingeschlagen, den Horst vor Kurzem noch leicht ironisch als »Schmugglerpfad« bezeichnet hatte.

»Du kennst den?«, fragte Maria erstaunt, als sie zielsicher auf die dichte Buschreihe zusteuerte, die von Weitem kein Durchkommen erkennen ließ. Christine musste lachen. »Glaubst du, dein Vater ist der einzige Schmuggler im Dorf?«

»Aber Ludwig doch nicht!«

»Der kann es vielleicht nur besser verheimlichen!«

Maria staunte. Ludwig kannte sie nur entweder auf seinem Pferdefuhrwerk oder in seinem Stall, in seinem Weinberg oder auf seinem Acker.

»Was schmuggelt denn Ludwig?«

»Da musst du ihn schon selbst fragen.«

Das würde sie nicht tun, das wusste Maria schon jetzt. Dazu fehlte ihr der Mut. Sie war nicht wie ihre Mutter, die Anna, die sich gegen jeden durchsetzen konnte und jede Schwierigkeit meisterte. *Sie hat männliche Eigenschaften*, hatte ihr Vater einmal stolz gesagt, *die haben die »Kraftstein-Schwestern« alle.*

Christine wickelte sich ihren Rock etwas enger um die Beine, um an den dornigen Zweigen nicht hängen zu bleiben, und schritt voran. Maria ging hinterher und schüttelte innerlich den Kopf. Christine und Anna konnten sich wahrscheinlich deshalb so gut leiden, dachte sie, weil sie sich so ähnlich waren: *Unerschrocken voran!*

»Es ist der schönste Platz überhaupt!«

Am Ufer angekommen, machte Christine einen Schritt zur Seite, und wirklich, Maria dachte, dass sie viel zu selten hier unten am See war. Der Blick von der Hornspitze aus war einfach umwerfend. Ein freier Blick in jede Richtung des Sees. Sie stieß einen Seufzer aus, weil es so schön war, aber auch, weil ihr die Nacht mit Horst vor Augen stand.

»So schlimm oder so schön?«, wollte Christine wissen und deutete zu einem länglichen Fels, der, vom Wasser umspült, zwei Personen zum Sitzen gut Platz bot. »Wenn wir die Schuhe ausziehen?«

Maria ließ sich das nicht zweimal sagen, streifte ihre flachen Mokassins ab, hob ihren bauschigen, knielangen Rock und ging Christine voraus. Zumindest einmal wollte sie vorn sein. Sie rutschte an das eine Ende des Steins und legte ihre Hand auf das weiche Moos, das neben ihr den Stein bedeckte. Das Wasser gurgelte um ihre Füße, und es war noch immer erstaunlich warm. Sogar noch warm genug, um noch zu baden, überlegte sie, während sich Christine neben sie setzte.

»So ein begnadetes Stückchen Erde«, meinte sie und lächelte Maria zu. »Man müsste jeden Tag hierherkommen!«

Ja, dachte Maria, nachts hatte sie das alles nicht sehen können. Auch diesen Fels nicht, auf dem sie jetzt saßen. Dafür war es ein rauschhaft schönes, unglaublich aufregendes Gefühl gewesen.

Maria deutete hinter sich. »Wir Kinder waren immer an dem kleinen Badestrand, dem für unsere Gäste«. Sie überlegte. »Warst du mit Mama mal hier?«

Christine schüttelte langsam den Kopf. »Es waren andere Zeiten. Ich weiß nicht, ob deine Mutter überhaupt jemals zum Baden gegangen ist.«

»Sie konnte nicht schwimmen.«

»Ja, und sie wäre einmal fast ertrunken, ich denke, da hält man dann Abstand zum Wasser.«

Maria nickte. »An ihrem fünften Hochzeitstag. Fast wäre ich Waise geworden.«

»August hätte sich eher selbst umgebracht, als Anna untergehen zu lassen.« Sie warf Maria einen Blick zu. »Die beiden haben sich sehr geliebt. Wirklich geliebt. Ich denke, so ein starkes Band ist selten.«

»Vielleicht ist er deshalb so ruhelos? Ich bekomme ihn kaum noch zu Gesicht.«

»Nach einem großen Verlust geht man auf die Suche, hat der Pfarrer einmal gesagt. Es treibt einen, selbst wenn man nicht weiß, wo man suchen soll, weil es das, was man sucht, nicht mehr gibt.«

»Das ist traurig!« Maria griff nach Christines Hand. »Ich habe nach Alois' Tod nicht gesucht. Ich war wie gelähmt.«

Sie sahen eine Weile schweigsam den Wellen zu, die sich, aus verschiedenen Richtungen kommend, überschnitten, ineinander liefen und kleine Schauminseln hinterließen. In der Luft darüber vollführten die Möwen elegante Flugmanöver, um sich für einen gesichteten Fisch plötzlich mit angelegten Flügeln pfeilschnell ins Wasser zu stürzen.

»So wie bei euch«, sagte Maria nach einer Weile, »ihr liebt euch doch auch.«

Christine antwortete nicht gleich. Schließlich wandte sie sich Maria zu. »So war es nicht immer«, sagte sie. »Wir haben uns lieben gelernt.«

Maria sah sie verblüfft an.

»Ich bin jetzt seit, warte mal, beinah achtundzwanzig Jahren oft mit euch zusammen, früher sogar täglich, und da sagst du mir, ihr habt euch nicht geliebt?«

»Wir wurden arrangiert«, erwiderte Christine leise. »Für den ältesten Sohn, der die Landwirtschaft übernehmen sollte, wurde eine passende, junge Frau gesucht ... mit gebärfreudigem Becken. Das war ich.« Sie strich mit der flachen Hand über ihren Rock. »Unsere Eltern haben das ausgehandelt.«

Maria fiel vor Verblüffung nichts dazu ein, sie hatte Mühe, dass ihr der Mund nicht offen stehen blieb. »Das glaube ich nicht«, sagte sie endlich. »Das kann ich nicht glauben.«

Christine lächelte ein stilles Lächeln. Maria suchte ihren Blick. »Aber … wie geht denn das? Ich meine …«

»Wir waren noch sehr jung und haben uns aneinander gewöhnt. Und je mehr wir uns kennenlernten, umso stärker wurde der Respekt, wuchs die gegenseitige Achtung und schließlich …«, sie stockte, »ja, schließlich haben wir festgestellt, dass wir uns liebten. Und«, sie musste lachen, »natürlich auch weiterhin lieben.«

»Das geht so? Du meinst, so etwas ist möglich?«

Christine legte ihre Hand auf Marias Oberschenkel. »Sieh uns an. Wir sind der lebendige Beweis.«

Maria brauchte Zeit, um über das Gehörte nachzudenken. Es war eine absolute Neuigkeit für sie. Sie war all die Jahre der Meinung gewesen, dass es eine Liebesheirat gewesen sei, genau wie bei ihren Eltern.

»Maria«, sagte Christine schließlich vorsichtig, »das ist vielleicht auch ein kleiner Grund, weshalb wir beide hier sitzen.«

Maria richtete sich etwas auf. »Wie meinst du das?«

»Nun«, Christine, ihre mütterliche Freundin, zögerte, »aber nicht falsch verstehen.«

Sie wartete Marias Kopfschütteln ab.

»Ludwig war kürzlich in Bohlingen, um einige Speckseiten zu holen, wir haben ja keine Schweine. Es muss nach der Begegnung von dir und Bertschinger in Karls Fleischerladen gewesen sein, jedenfalls war Karl darüber sehr aufgebracht. Und auf Ludwigs vorsichtiges Nachfragen entlud sich seine ganze Wut über Bertschingers unmögliches Verhalten deiner Familie und auch dir gegenüber.«

Christine machte eine kleine Pause, Maria zog angespannt ein Bein hoch und umklammerte es.

»Also, was ich sagen will, Karl ist ein guter Kerl. Er hat im Krieg für uns gekämpft, sorgt nun für seine Eltern, er ist ein grundanständiger Mann. Und ...«, wieder eine Pause, sie drehte sich mit ihrem ganzen Körper Maria zu, »... er liebt dich!«

Maria war wie vor den Kopf geschlagen.

»Karl?«

»Ist es dir noch nicht aufgefallen? Er richtet Kaffee für dich und Lotti im Garten, er kommt hierher, bringt Blumen, hat mir Hilde verraten.«

»Als Antrittsbesuch. Vom Metzger für die Wirtin, das hat er gesagt. Nelken. Friedhofsblumen. Keine roten Rosen.«

»Und wenn er Gänseblümchen gebracht hätte!« Christine schüttelte leicht den Kopf. »Fällt dir da nichts auf? Ein großer, starker Mann wie Karl?«

Maria begann unruhig hin und her zu rutschen.

»Aber *ich* liebe ihn nicht«, sie runzelte die Stirn, »hat er das gesagt? Dass er mich liebt? Zu Ludwig?«

»Nicht direkt«, gab Christine zu, »aber indirekt!«

»Dann hat Ludwig das nicht richtig verstanden. Ich meine«, sie schnappte nach Luft, »ich kenne Karl, da war er noch ein kleiner Bub ... gut, ich habe ihn nicht bemerkt damals, sagt er, ist ja auch klar, wir Schwestern hatten keine Lust mit ihm zu spielen. Und deshalb sitzen wir hier am Wasser, weil du mir das sagen willst? Ich soll Karl ... ja, was denn?«

»Du sollst mal genau überlegen. Du bist Wirtin. Witwe. Und er ...«

»Er ist Metzger in Bohlingen. Und da Frauen zu ihren Männern ziehen, würde ich Metzgersfrau in Bohlingen werden.« Sie schüttelte sich. »Will ich das? Nein!«

Christine rührte sich nicht. Maria sah forschend zu ihr hinüber und zog nun auch das zweite Bein hoch zu ihrem Körper, die Knie mit beiden Armen an sich gepresst.

»Sicher hätte August da eine Idee.«

»Spielt Papa da etwa auch mit?«

»Nein, Maria, beruhige dich!«

Eine Weile sahen beide Frauen wieder aufs Wasser, bis Christine leise anfing.

»Wir wissen alle von deiner ... na ja, Hingezogenheit zu diesem Maler.«

»Ach so? Wisst ihr?«, fuhr Maria auf und ignorierte Christines beruhigendes Handzeichen. »Wieso wissen denn alle über mein Leben Bescheid, und wieso bestimmen alle, wie mein Leben aussehen soll? Meine Mutter hat selbst über ihr Leben entschieden. Offensichtlich will mir das nicht gelingen!«

Christine bemühte sich um einen sanften Ton.

»Du hast schon einmal selbst über dein Leben entschieden, du hast Alois geheiratet und warst glücklich. Nur leider hat dann das Leben anders entschieden.«

»Und nun darf ich nichts mehr selbst entscheiden, nur weil ich einmal eine Entscheidung getroffen habe?«

»Sei nicht albern, Maria ...«

»Ja, ja, ihr meint es alle nur gut mit mir«, schnitt Maria ihr das Wort ab.

»Ich sitze als deine mütterliche Freundin neben dir, liebe Maria, ich will dir nichts Böses. Und ich will dir natürlich überhaupt nichts vorschreiben. Ich denke nur, dass du vielleicht auch mal jemanden brauchst, mit dem du reden kannst. Also weder deinen Vater noch deine Schwestern.«

»Mit Papa kann ich sowieso nicht reden«, brummte Maria und versank in Schweigen.

Christine zog kurz die Augenbrauen hoch, überlegte, dann fuhr sie wieder fort. »Ich meine nur, wenn du dich für diesen Maler entscheidest, dann musst du das mit allen Konsequenzen tun. Dann entscheidest du dich für ein Leben neben ihm. Mit ihm. Vielleicht wäre so etwas auch ein Leben für deine Mutter gewesen, sie liebte Bücher, das Schreiben und das Malen, aber dein Vater war nun mal eben ... kein Künstler.«

»Und du meinst, die Frauen sollten sich stets nach ihren Männern richten?«, begehrte Maria erneut auf.

»Nur wenn sie das selbst wollen.« Christine holte Luft. »Ich wollte einfach mit dir darüber reden. Was die eine Entscheidung bringt und was die andere.«

»Ich liebe Karl nicht!«, erklärte Maria bestimmt. »Ich will ihn nicht!«

Christine zuckte die Schultern. »Dann also doch Horst?«

Maria warf ihr einen schnellen Blick zu.

»Horst?«, wiederholte sie, um gleich darauf etwas zusammenzusacken. »Das hat keine Zukunft. Er will mich nicht. Schon ... so was wie eine Muse vielleicht ... wie Picasso mit seinen Frauen. Als Inspiration. Aber ohne Ehering.«

»Picasso war zweimal verheiratet«, warf Christine ein.

»Stimmt. Alle anderen ohne Ehering. Und er wurde nur ein einziges Mal verlassen. Und dies genau von *der* Frau, die zwei Kinder von ihm hatte.«

»Der Malerin Françoise Gilot«, ergänzte Christine und warf einen der Kieselsteine neben ihr ins Wasser. Auf Marias schnellen Seitenblick musste sie lachen. »Horsts Vorliebe für Picasso ist bekannt. Und auch für hübsche Musen. Das hat ihm ja kürzlich eine Tracht Prügel eingebracht ...«

Nun staunte Maria doch.

»Was du alles weißt ...«

»So ein Sonderling ist für jede Art von Dorfklatsch gut, das weißt du doch.«

Maria zog den Kopf etwas ein.

»Ich habe mich halt in ihn verliebt«, gestand sie. »Er ist anders als die Männer, die ich kenne. Er zündet hundert Kerzen an, er philosophiert, er überschreitet Grenzen ...«, sie machte eine kleine Handbewegung, »hier, in dieser kleinen Bucht waren wir nachts schwimmen, er holt mir alle Sterne vom Himmel. Er ist eben absolut außergewöhnlich.«

»Ich sage ja, er wäre der richtige Gesprächspartner für deine Mama gewesen«, sagte Christine. »Ihr hat so einer gefehlt. Zumindest für den Kopf. Da war sie uns anderen weit überlegen.«

Maria seufzte kurz. »Und ich habe diese Eigenschaften von meiner Mutter geerbt – und was habe ich davon? Nichts. Wenn es nach dir geht, soll ich einen Metzger nehmen.«

Christine musste lachen. »Du sollst gar nichts. Das war nur ein Gespräch unter zwei erwachsenen Frauen, und nun komm, sonst schickt Ludwig noch einen Suchtrupp los, ich habe ihm was von einem kurzen Spaziergang zu Annas Grab erzählt.«

Große Bürde

Drei befreundete Ehepaare aus Hessen waren nach dem Frühstück gleichzeitig ausgezogen, also mussten die Zimmer frisch gemacht werden, denn für heute waren schon neue Gäste angesagt, die auch im »Hirschen« essen wollten. Das machte viel Arbeit und musste schnell gehen, so half Maria abwechselnd in den Zimmern, bei der Wäsche und in der Küche und kam den ganzen Tag kaum eine Minute zum Ausruhen.

Sie war froh drum, denn sie brauchten die Gäste, und so kam sie auch nicht zum Nachdenken. Sie hatte sich gestern mit der Buchhaltung befasst, aber sich überhaupt nicht auf die Zahlen konzentrieren können. Ständig sausten ihr Christines Worte vom Vortag im Kopf herum, und die Einnahmen, die sie sah, konnten sie auch nicht fröhlich stimmen. Ihre Ausgaben waren einfach zu hoch.

Natürlich kosteten Hilde und Emml Geld, und auch die anderen Aushilfen, die einsprangen, aber ohne diese Unterstützung wäre sie aufgeschmissen. Alles andere wollte sie auf den Prüfstand stellen. Die Lebensmittel zum Beispiel.

Als sie beim Abendbrot ihren Vater darauf ansprach, meinte er, dann dürfe sie eben nicht so viel einkaufen.

»Und wie soll das gehen?«, fragte sie. »Schließlich muss ich alles, was auf der Speisekarte steht, auch vorrätig haben. Und dass dann, wenn die Speisen nicht bestellt werden, so manches verdirbt und weggeworfen werden muss, können wir nicht ändern!«

Es war ein Dilemma, das August aber nicht einsah.

»Die Kartoffeln haben wir selbst, das Gemüse von den Bauern, den Rest vom Markt, das ist aber nicht die Welt. Fisch und Fleisch … gut, mit dem Fischer kann ich reden, nur noch bei Bedarf. Fleisch und Wurst …«, er ließ den Satz in der Luft hängen, aber das war Maria schon zu viel. Sie winkte ab: »Fisch bei Bedarf? Wie stellst du dir das vor? Da sitzt ein Gast, bestellt einen Fisch, und ich laufe zu Hans und sage, ich brauch eine Forelle? Geh angeln?«

»Sei nicht albern!«

»Dann sag du mir, wie das gehen soll: *Fisch bei Bedarf!*«

»Wie hat es deine Mutter gemacht?«

»Geh hin und frag sie!«

Wütend stand sie auf und ließ ihn sitzen. Aber nachdem sie kurz hinausgelaufen war, den kleinen Gemüsegarten betrachtet hatte, der schon wieder zuwucherte, machte sie auf dem Absatz kehrt und setzte sich wieder zu ihrem Vater.

»Entschuldige! Ich war ungerecht!« Sie kämpfte mit den Tränen. »Es ist eben … es wächst mir über den Kopf. Ich war Jahre nicht hier, die letzten Jahre konnte ich von Mama nichts lernen, und es hat sich seit dem Krieg ja auch viel verändert! Wen soll ich denn fragen, wenn ich nicht weiterweiß?«

August legte seine schwere Hand auf ihre und sah ihr in die Augen.

»Ich weiß, dass ich dir eine schwere Last aufbürde, und ich würde es anders machen, wenn ich einen anderen Weg wüsste …«

»Heirate doch wieder«, schoss es aus ihr heraus. »Mama hätte nichts dagegen, das weiß ich. Heirate eine Frau, die das alles kann, eine richtige Wirtin, die auch Bäuerin ist!«

Ihr Vater schüttelte langsam den Kopf.

»Deine Mutter ist nicht zu ersetzen. So eine Frau wie Anna gibt es nicht noch einmal. Es wäre jeder anderen Frau gegenüber ungerecht, denn sie wäre nur ein schlechter Ersatz, und als solchen würde ich sie auch sehen.«

»Und ich bin kein schlechter Ersatz!«, sagte sie sarkastisch, obwohl er natürlich recht hatte. Ja, ihre Mutter war nicht zu ersetzen. Durch niemanden. Durch sie selbst auch nicht.

»Unter meinen Töchtern bist du die erste Wahl, das ist so!«

Maria spürte einen Brechreiz aufsteigen und lief schnell zur Toilette, erbrach sich und musste sich dabei an der Wand abstützen, weil es ihr kurz schwarz vor Augen wurde. Als sie zurückkam, zitterte sie am ganzen Leib.

August beobachtete sie, während sie sich langsam an den Tisch setzte. »Wirst du krank? Hast du Schüttelfrost?«

Sie schüttelte den Kopf.

»Es ist meine permanente Sorge, dem allem hier nicht gerecht zu werden. Du brennst Schnaps und verkaufst ihn. Wo geht das Geld hin? Und all deine anderen Geschäfte, hast du eine schwarze Kasse, wie damals, als der ›Hirschen‹ abbrannte? Oder ein anderes Bankkonto, denn auf dem ›Hirschen‹-Konto sehe ich keine Einzahlungen von dir.«

August schüttelte den Kopf.

»Was auf unserem Konto ist, sind unsere regulären Einnahmen!«

»Und von diesem Konto bestreite ich alles. Die Löhne für Hilde und Emml. Die Lebensmittel für die Wirtschaft und alles, was wir sonst so brauchen, Waschmittel, Putzmittel, neue Gläser … alles halt!«

»Das sind die Ausgaben, die ja auch jeder sehen darf!«

»Und was machst du mit deinem Geld?«

»Alles, was ums Haus herum angeschafft werden muss. Die Wirtschaft ist deine Angelegenheit. Für außen bin ich zuständig!«

Maria lehnte sich zurück. Sie ärgerte sich. Ihre Angelegenheit. Das ging sie doch alle an, was hier geschah.

Aber sie sagte nichts mehr dazu.

»Immerhin haben wir mal Zeit gefunden, miteinander zu sprechen«, beendete sie das Gespräch, bevor sie aufstand, denn gleich würden die neuen Gäste in die Wirtschaft kommen.

»Mit deiner Mutter war das gemeinsame Abendbrot eine feste Einrichtung.«

Maria, die schon die leere Vesperplatte in den Händen hielt, hielt inne. »Ja. In unserer Kindheit war das Abendbrot tatsächlich eine feste Einrichtung. Etwas, das uns immer Halt gegeben hat. Alle zusammen am Tisch, die ganze Familie.«

»Nun bist du zuständig ...«, sagte August, nahm einen letzten Schluck und reichte ihr seinen leeren Bierkrug, bevor er sich ebenfalls erhob, um wieder nach draußen zu gehen.

»Für was?«, fragte Maria und straffte sich für die Antwort.

»Für die Familie. Für eine neue Familie!«

Marias Plan

Maria war spät und todmüde ins Bett gefallen und konnte dann trotzdem nicht einschlafen. Ständig beschäftigte sie etwas, und sie bekam es nicht aus dem Kopf. Trotz des offenen Fensters war es stickig in ihrer Kammer, sodass sie sich drehte und wendete, ohne jedoch Schlaf finden zu können. Irgendwann war sie fast so weit, einfach aufzustehen und irgendetwas zu tun. Sie könnte sich auf ihr Fahrrad schwingen und zu Horst fahren, nachsehen, ob er Damenbesuch hatte. Gleich darauf schalt sie sich für diesen Gedanken. Sie musste sich Horst aus dem Kopf schlagen. Sie musste … ja, was musste sie überhaupt? Der Gedanke jagte wie ein Stromschlag durch ihren Körper, und sie setzte sich auf. Jetzt war sie endgültig wach.

Wie spät mochte es sein? Maria sah nach ihrem Wecker auf dem Nachtkästchen, kurz nach drei. Also suchte sie schon seit geschlagenen zwei Stunden Schlaf und fand ihn nicht. Sie stand auf und ging zum Fenster. Eine mondhelle Nacht. Die Kirche wirkte wie angestrahlt, und darüber hingen wie in einer Theaterkulisse unbewegte helle Wolkenstreifen. Nichts rührte sich, auch die Kastanie vor dem Fenster war erstarrt.

Maria sah eine Weile hinaus, dann fröstelte es sie. Die Stille war gespenstisch, als sei die Zeit angehalten worden. Auch die nächtlichen Rufe fehlten. Kein Käuzchen, keine Katze, die ihr Revier verteidigte, nicht mal ein Knacken im Gebälk. Nichts. Hieß es nicht, dass solch stille Nächte Vorboten seien?

Maria ging ins Bett zurück und zog sich die Decke über den Kopf. Sie wollte nichts denken und schon gar nicht diesen einen Gedanken weiterverfolgen, der ihr vorhin gekommen war. Am liebsten würde sie alles verdrängen, sich irgendwohin katapultieren, wo sie mit nichts mehr etwas zu tun hatte, keine Sorgen, keine lähmenden Gedanken, keine Zukunftsängste. Am besten zu ihrer Mutter auf eine der vielen Wolken.

Aber nein, sie erschrak über sich, solche Gedanken waren eine Sünde.

Gut, dachte sie schließlich, wenn es sein muss, dann packe ich morgen den Stier bei den Hörnern. Und mit diesem Vorsatz schlief sie ein.

Das Scheppern ihres Weckers riss Maria aus einem so bizarren Traum, dass sie über das plötzliche Aufwachen froh war. Sie war hundemüde, ihre Glieder fühlten sich bleischwer an, und sie hätte etwas drum gegeben, einfach liegen bleiben zu können. Elli könnte sich ihr Frühstück ausnahmsweise selbst machen, aber es nützte ja nichts, sie hatte Zimmergäste. Und wenn die Neuankömmlinge Frühaufsteher waren, dann musste sie bereit sein.

Maria gähnte herzhaft, stand auf, streckte sich, hörte den Hahn krähen und freute sich darüber. Anscheinend war alles wieder normal, die Welt ging ihren Gang.

Und dann fiel ihr ein, was sie diese Nacht beschlossen hatte, und ihr Herz setzte für einen Wimpernschlag aus. War sie so mutig? Ja, das war sie. Sie war Annas Tochter, und Anna war die mutigste Frau der Welt gewesen.

Sie verriet niemandem ihren Plan, auch Hilde nicht, die gerade mit einem Korb voller Birnen hereingekommen war.

»Wir haben wahnsinnig viel Bügelwäsche.« Hilde nickte Maria zu, nachdem sie ihren Korb auf dem Arbeitstisch abgestellt hatte. »Das schaffe ich nicht alleine. Und schau, heute gibt es Birnenkuchen. Saftig, zimtig, genau so, wie meine Mutter ihn backt. Und sie hat das Rezept von ihrer Mutter.«

»Na, denn«, entgegnete Maria und sah kurz von ihrer Arbeit auf.

»Übermorgen hast du Geburtstag.« Hilde blinzelte ihr zu. »Wünscht du dir was Besonderes? Einen Sonntagsausflug? Ein besonderes Essen? Oder einen Tanznachmittag?«

»Tanznachmittag!« Maria musste lachen. »Wo soll es denn einen Tanznachmittag geben, wenn wir ihn nicht selbst organisieren?«

»Ganz genau!« Hilde prüfte die Messer im Messerblock eines nach dem anderen auf ihre Schärfe. »Deine Mutter hat immer mal wieder Tanznachmittage organisiert. Erinnerst du dich nicht? Drei-Mann-Kapellen waren das meist.«

»Ja ...« Maria zögerte. »Mir war es bisher nicht so sehr nach Feiern.«

»Ich weiß nicht, ob es deiner Mutter immer nach Feiern war, aber die Gäste fanden es toll. Viele Radolfzeller sind extra angereist. Es war ein gutes Geschäft...«, sie hielt ein Messer hoch, »wann kommt denn der Scherenschleifer? Auf denen kann man ja bis Schaffhausen reiten.«

Maria nickte. »Ich lass es mir durch den Kopf gehen. Du hast recht. Meine Mutter hatte ständig gute Ideen, wie man Gäste anlockt.«

»Die hast du auch!« Hilde nahm die Birnen aus dem Korb. »Ganz bestimmt. Du bist schließlich die Tochter deiner Mutter!«

Maria zog die Stirn kraus, hatte sich aber schon wieder zu ihrem Kochtopf umgedreht, sodass es Hilde nicht sehen konnte.

»Und die Bügelwäsche?«, bohrte Hilde nach.

»Du bist heute so ...«, Maria suchte nach dem passenden Wort, »penetrant!«

»Und du irgendwie verschlafen.«

»Stimmt, ich werde heute einfach nicht richtig wach!«

»Dann iss was. Hast du überhaupt schon gefrühstückt?«

»Davon wird mir übel!«

»Bist du schwanger?«

Entsetzt drehte sich Maria nach ihr um. Hilde hatte nur einen Scherz gemacht, das sah sie gleich an ihrer Miene. Doch ihr wurde es sofort anders. Die Nacht mit Horst. Im See. Und danach noch einmal. Wie lange war das her? Tat sich da etwas in ihrem Bauch, von dem sie noch nichts wusste? Sie dachte angestrengt nach. Ihre letzte Regelblutung …

»Ist was?«, wollte Hilde wissen.

Maria schüttelte den Kopf. »Ich habe einfach schlecht geschlafen, bin noch müde. Bügeln, ich frage Emml, ob sie dir hilft. Und überhaupt, ich würde heute Nachmittag gern nach Radolfzell fahren, ein paar Dinge erledigen. Kannst du Kaffee und Kuchen übernehmen?«

Hilde nickte bestätigend. »Mit Emml zusammen geht das leicht. Dann wünsche ich dir jedenfalls viel Spaß in Radolfzell!«

Ihr Weg führte sie jedoch nicht nach Radolfzell, sondern nach Bohlingen.

Vor dem Schlachtergeschäft Amann blieb sie kurz stehen, betrachtete die Auslage, sammelte sich, sagte leise zu sich selbst: »So, jetzt!«, und trat ein. Der hohe Ton der Türklingel ließ sie zusammenzucken, sie schluckte kurz, aber nun war sie da, es gab kein Zurück.

Im Nebenraum hörte sie Stimmen, dann kam Karl heraus. Bei ihrem Anblick blieb er stehen.

»Maria!«

Offensichtlich war er wirklich sehr überrascht, denn bei diesem einen Ausruf blieb es, bis er sich räusperte, um die Wursttheke herumging und ihr die Hand reichte.

»Ist etwas passiert?«, wollte er wissen und traf, dachte Maria, damit den Nagel ungewollt auf den Kopf.

»Nein«, beeilte sie sich zu sagen. »Es ist nur …«

»Ich wollte mich heute sowieso bei dir melden, ob du etwas

brauchst – wir haben frische Kalbsbäckchen.« Er musterte sie. »Bist du mit dem Bus gekommen?«

Maria nickte. »Hast du ein paar Minuten Zeit für mich?«

Er überlegte kurz. »Ja, natürlich. Wollen wir in den Garten?«

Auf Marias Zustimmung hin ging er ihr voraus in die Wurstküche. Diesmal eilte Maria ihm nicht einfach nach, sondern sah genauer hin. Der Boden war nass, und es dampfte aus den beiden großen Kesseln, die mit Holz befeuert an der Wand standen. Hier arbeitete Greta mit Kopftuch und in einer gemusterten Kittelschürze an der großen Wurstpresse, gab oben Brät hinein und drehte unten kleine Wurstportionen ab, die durch das Röhrchen in den Naturdarm quollen. Sie bemerkte Maria erst, als sie direkt vor ihr stand.

»Hoi, Maria, wie nett. Magst du dir Lottis Zimmer ansehen? Sie kommt aber erst heute Abend.«

Maria bedankte sich und wiegelte ab. »Vielleicht später. Wenn du Zeit hast!«

Karl beugte sich zu Greta.

»Klappt alles?«, und auf ihr »Alles in Ordnung« ging er Maria voraus. Der Tisch war, der leeren Kaffeetasse nach zu urteilen, Gretas Pausentisch, und das Gras, fand Maria, um die Terrasse herum offensichtlich gewachsen.

Karl wies auf einen der Stühle und wollte im selben Atemzug wissen, was er ihr denn bringen könne.

»Magst du einen Kaffee?«

»Gern, aber ich komm mit!«

Dieses große Haus, in dem früher die ganze Familie Amann gelebt hatte und nun nur noch Karl mit den beiden jungen Frauen, es interessierte sie, in welcher Zeit die Einrichtung stehen geblieben war. Und wie sie es vermutet hatte, war die Küche noch ganz im Stil der 30er-Jahre: auf dem Boden Linoleum, wenn auch ausgefallen im Schachbrettmuster, ein emaillierter weißer Herd, eine Arbeitsplatte und daneben ein ebenfalls emailliertes Spülbecken. An der Wand ein weiß gestrichener Küchenschrank, ein Kühlschrank und am Fenster ein einfacher Küchentisch mit einer Küchenbank und vier Stühlen.

Sicher hatte seine Mutter beim Auszug alles mitgenommen, was sie in ihrer neuen Wohnung hatte brauchen können, dachte Maria, so war nur wenig Mobiliar zurückgeblieben.

Karl hantierte bereits mit dem Papierfilter für die Kaffeemaschine und öffnete dann den Kühlschrank mit einem Seitenblick zu ihr: »Sahne in den Kaffee?«

Maria bejahte, und Karl griff nach einem Tablett.

»Tassen und Zucker im Küchenschrank. Und Kekse auch, falls du Appetit auf etwas Süßes hast.«

Maria schüttelte den Kopf.

»Die Kekse sind von unserem neuen Bäckerlieferanten. Butterkekse. Solltest du probieren!«

Er schmunzelte, und Maria überlegte, wann der richtige Zeitpunkt für ihr Gespräch kommen würde.

»Und was verschafft mir nun die Ehre?«, fragte Karl, nachdem sie sich draußen gesetzt hatten und er die geblümte Kaffeekanne in der Hand hielt. »Reichst du mir deine Tasse?«

»Karl«, begann Maria, und wartete ab, bis auch seine Kaffeetasse gefüllt vor ihm stand, dann holte sie kurz Luft und sagte, was sie sich in der Nacht zurechtgelegt hatte.

»Karl, mein Vater drängt mich, einen ›anständigen‹ Mann zu ehelichen, einen, der zupacken kann. Einen ›echten‹ Mann eben.« Sie wartete kurz ab, bevor sie ihm direkt ins Gesicht sah. »Karl, ich denke, er spricht von dir.«

Karl saß still da, die Hand an der Kaffeetasse. Eine feine Röte zog sich aus seinem Hemdkragen den Hals hoch. Er hielt ihrem Blick stand, sagte aber nichts.

»Karl«, fuhr Maria fort, ohne ihn aus den Augen zu lassen, »hegst du Gefühle für mich, oder redet Vater nur so daher?«

Er räusperte sich, hielt inne, doch dann wanderte seine Hand langsam über den Tisch und suchte die von Maria. Maria kam ihm nicht entgegen, sie ließ ihre Hand einfach liegen. Kurz vor ihrer Hand zögerte er.

»Was soll ich sagen, Maria? Vielleicht wäre jetzt alles falsch?«

»Vielleicht wäre es aber auch richtig?«

Er stippte mit seinem Zeigefinger sachte ihren Zeigefinger an. Beide sahen sie dem Spiel seines Fingers zu, bis Karl fragte: »August meint also, ich sei der Richtige für dich?«

»Davon bin ich überzeugt.«

Eine Weile war es still, es war ihm anzumerken, dass ihm die nächste Frage schwerfiel: »Und was denkst du?«

Maria begann auch ihren Zeigefinger zu bewegen, sodass die beiden Finger vorsichtig miteinander spielten.

»Hegst du Gefühle für mich?«, wiederholte Maria.

»Schon lange«, gab Karl zu. »Ich glaube, dass ich schon als Fünfjähriger in dich verliebt war.«

»Da war ich noch ein Baby!«

Sie lächelten beide.

»Und du?«, wollte er wissen, »was empfindest du?«

Diese Frage hatte sie befürchtet, denn sie wusste es nicht. Er war ein gut aussehender Mann, ein »gestandenes Mannsbild«, hätte ihre Mutter wohl gesagt, aber diese Frage hatte sich ihrer Mutter eben nie gestellt. Anna hatte den Mann geheiratet, den sie von Anfang an geliebt hatte. Wie sie ihren Alois. Und möglicherweise auch Horst. Aber Karl?

Es wäre keine von den Eltern arrangierte Ehe wie bei Christine und Ludwig – und doch … eine Vernunftehe?

Die Liebe komme mit der Zeit, hatte Christine über ihre Ehe gesagt. Und wenn sie nicht kam? Schließlich war eine Ehe eine intime Angelegenheit, das sollte kein Pflichtakt werden, sondern beiden Freude bringen. So wie mit Alois. Und Horst. Unwillkürlich legte sie sich eine Hand auf den Bauch, dann wurde ihr bewusst, dass Karl auf eine Antwort wartete.

»Ich habe dich als Mensch schätzen gelernt. Beim Bäcker, als du so direkt für Lotti eingestanden bist, und später in unserem kleinen Gemüsegarten, wo du gleich zugegriffen hast, und auch deine Ansichten in unseren Gesprächen«, sie brach ab, und diesmal war sie diejenige, die nach seiner Hand griff. »Ich will ehrlich sein. Ich versteh nicht, warum mein Vater so auf dich drängt. Denn du bist in Bohlingen ansässig. Ich würde dem ›Hirschen‹ verloren gehen. Dann hat er weder einen Wirt *noch* eine Wirtin.«

Er verschränkte seine Hand mit ihrer. Sie war warm und fest und tatsächlich, das spürte sie, Vertrauen einflößend. Beschützend.

»Diese Fragen interessieren mich noch nicht«, sagte er. »Mich interessiert nur, ob es über dieses Gefühl hinausgehen könnte? Mehr werden könnte?«

»Wollen wir vielleicht demnächst miteinander ausgehen? Weg vom ›Hirschen‹, weg von der Metzgerei, einen Abend für uns, um uns besser kennenzulernen?« Sie schenkte ihm ein Lächeln, »denn du kennst mich ja auch nicht. Du hast nur ein Bild von mir. Vielleicht ein Bild, in das du dich als Knirps verliebt hast, aber … wer weiß, ob die erwachsene Maria diesem Bild noch entspricht?«

»Hast du nicht bald Geburtstag?«

Maria musste lachen. »Ja, übermorgen.«

»Das wäre doch ein schöner Anlass!«

Marias Geburtstag

Sonntag war der Tag, da alle Gäste Hähnchen wollten. Es war eine Art Festessen, Hähnchen mit Kartoffelbällchen, das eine »Hirschen«-Spezialität war, seitdem Anna es kreiert hatte. Maria hatte zwar Geburtstag, aber die zwölf Gästezimmer waren voll, und zum Mittagessen hatten sich alle angemeldet. Es zeigte sich mal wieder, dass Annas Herd – gut fünf Meter lang und fünf Meter breit und mit unzähligen Backröhren versehen, stand er wuchtig in der Mitte des Raumes – schon vor Jahren eine ausgeklügelte Anschaffung gewesen war, denn so konnte sie unzählige Hähnchen gleichzeitig ins Rohr schieben. Hilde schabte in der Zwischenzeit Spätzle, und ihr achtjähriger Sohn Till, der sich ein Taschengeld verdienen wollte, schnitt unzählige, längliche Kartoffelstücke, die Maria anschließend in heißem Schweineschmalz zu Pommes Frites, wie sie sie nannte, ausbacken würde.

»Ich brauch noch mehr Erdäpfel«, rief er, weil die geschälten Kartoffeln seiner Meinung nach nicht schnell genug nachgeliefert wurden.

»Ich glaube, es reicht jetzt«, erklärte Hilde, »sonst bleiben wir auf einem Berg Pommes frites sitzen.«

»Glaub ich nicht«, lachte er schelmisch, und Maria, die zuvor einen Berg Zwiebeln geschält hatte, wischte sich eine Träne weg.

»Ich weiß schon, worauf du aus bist«, sagte sie.

Schulterzuckend antwortete er lapidar: »Wie Mama immer so schön sagt: Wir lassen nichts verkommen!«

»Damit hat sie wohl recht«, gab Maria zu und deutete dann auf Hildes Haare.

»Wie gefällt dir denn Mamas neue Frisur?«

Till runzelte kurz die Stirn.

»Papa wollte ausziehen!«

Maria musste lachen. »Das hast du mir gar nicht gesagt«, rief sie Hilde zu, die über dem großen, sprudelnden Kochtopf gerade den Teig zu Spätzle schabte.

Sie warf Maria nur einen kurzen Blick zu. »Ich erzähle halt am liebsten erfreuliche Dinge. Und in diesem Fall waren meine drei Männer eher ... na ja ...«

»Warum denn?«, wollte Maria von Till wissen, zog vier knusprige Hühnerhälften aus den Backröhren und richtete sie mit einigen Kartoffelbällchen auf den Tellern vor sich an.

»Ich fand den Zopf besser, da konnten wir so schön dran ziehen«, erklärte Till ernsthaft. »Soll ich die Teller raustragen?«

Maria überlegte kurz, schüttelte dann aber doch den Kopf.

»Nein, aber es müssen noch vier Leberspätzle-Suppen raus, du kannst die Teller schon mal anrichten.«

Die Tür flog auf, und Mine sah herein.

»Kann ich euch was helfen?«

Maria war froh, dass es einige Bauersfrauen gab, die sich immer mal wieder gern ein Zubrot im »Hirschen« verdienten. Arbeit gab es vor allem dann reichlich, wenn alle Zimmer belegt waren, alle gereinigt werden mussten, die Wäsche gemacht und Gäste von außerhalb zum Essen oder zum Kaffee kamen.

»Dich schickt der Himmel«, sagte sie deshalb, wurde aber von Hilde unterbrochen: »Maria hat heute Geburtstag, der ›Hirschen‹ ist ausgebucht, und wir müssen ernten, was geht, bevor es Winter wird und kein Mensch kommt!«

Mine, eine Mittvierzigerin mit rundem Gesicht und rot geäderten, vollen Wangen, lachte.

»Da hast du recht. Und herzlichen Glückwunsch, Maria, wie alt bist du denn geworden?«

»31!« Maria wischte sich kurz mit dem Ärmel ihrer Kittelschürze über die Stirn.

»Nicht mehr jung und noch nicht alt. So ein Zwischending!«

»Ich denke, doch noch jung!« Mine ging zu Maria hinüber und schüttelte ihr die Hand, bevor ihr Blick schnell über die Küche schweifte.

»Alle Backröhren im Einsatz«, erkannte sie sofort, »und sogar Till hilft mit, also, wo ist denn nun Not am Mann?«

Maria lächelte ihr zu. »Hier unten kommen wir im Moment klar, aber wenn du mal durch die Gästezimmer gehst und schaust, was zu tun ist, wäre das eine große Hilfe.«

Mine nickte und band sich die mitgebrachte Schürze um.

»Und heute Abend? Abendbrot?«

Maria hielt kurz inne. Ja, heute Abend war ein Thema, sie hatte nur die ganze Zeit erfolgreich darum herum gedacht. Sie holte kurz tief Atem.

»Ja, heute Abend wäre eine kleine Pause schön«, sagte sie und spürte Hildes Blick auf sich, »für mich.«

»Hast du was vor?«, wollte sie wissen und nahm Till die Teller ab, die er eben aus dem Gastraum hereintrug.

»Die Leute essen nicht mal mehr ordentlich auf«, erklärte er vorwurfsvoll. »Dabei sagt Vater immer, die Teller werden leer gegessen!«

Maria war über die Ablenkung dankbar.

»Bei vier Mahlzeiten am Tag«, sagte sie schnell. »Wo soll das alles auch hin? Nachher gibt es schon wieder Kuchen mit Schlagsahne und danach Abendbrot!«

Mine klopfte auf ihren runden Bauch.

»Na ja, mir schmeckt es auch. Und Landwirtschaft braucht Kraft!«

»Unsere Gäste sind aber Städter. Aus Hessen, einige Rheinländer und sogar ein Paar aus Hamburg.«

»Und was hast du heute Abend vor?«, nahm Hilde den Faden wieder auf.

»Feiern«, antwortete Maria knapp. »Ich werde ja nur einmal 31!«

Hilde blinzelte ihr zu, und Mine lachte.

»Recht so«, sagte sie, und während Maria die nächsten Hähnchen aus den Backröhren zog, sagte sie: »Und die neueste Sensation in Horn kennt ihr auch schon?«

»Was soll es da schon geben?«, fragte Hilde und ließ die von Till geschnittenen Pommes frites vorsichtig in einen großen Topf mit heißem Schweineschmalz gleiten.

»Der Fried hat einen Bauantrag gestellt. Für ein Hotel am See, also das große Grundstück in Richtung Gaienhofen.«

»Der Bertschinger?« Maria richtete sich ruckartig auf. »Der will bauen?«

»Sein Sohn wird fünfzig, er ist mit Frau und vier Kindern zurückgekehrt, sie bereiten eine große Feier vor, und der Bertschinger sagt, das wird ein Paukenschlag in Horn!«

»Und woher weißt du das?« Maria starrte sie an.

»Mein Mann ist doch Gipser. Du weißt doch, wir haben nur eine kleine Landwirtschaft, so nebenher. Für den Eigenbedarf. Aber mein Mann und seine Kollegen sind voll ausgelastet, die Vorbereitungen laufen schon.«

Maria spürte, wie es ihr eng um die Brust wurde. Nun machte alles Sinn. Die vielen Schilfmatten, die gebraucht wurden. Ob ihr Vater wusste, für wen er die Matten organisierte? Sicher nicht.

»Du sagst Bauantrag?«

»Bertschinger meint, das sei eine bloße Formsache, die seien doch sowieso alle auf seiner Seite. Der zukünftige Stammtisch sei gewissermaßen schon überfüllt.«

Da war was Wahres dran. Halb Horn stand hinter dem Großbauern. Nun versuchte er es auf diese Art, baute Konkurrenz auf und dachte, mit ihr habe er leichtes Spiel.

Augenblicklich wurde es ihr übel.

Hilde sah ihr besorgt nach, wie sie rausrannte, und von Mine hörte sie nur noch: »Oh weh, hätte ich es nicht sagen sollen?«

Es würgte sie zwar auf der Toilette, aber es kam nichts. Was auch, sie hatte ja bisher kaum etwas gegessen. Aber nun musste sie ihren Vater suchen. Doch als sie durch die Hintertür hinausgehen wollte und die Terrasse sah, die sich gerade mit einer Schar Radler füllte, kehrte sie wieder um.

Zurück in der Küche stieß sie fast mit Hilde zusammen, die mit einem Tablett voll leerer Schüsseln aus dem Gastraum zurückkam. Hilde entschuldigte sich erschrocken, doch Maria winkte ab und sah an Till, der sich emsig frische Pommes frites in den Mund stopfte, vorbei zu Mine.

»Da draußen kommen gerade jede Menge Gäste auf die Terrasse. Ich glaube, Mine, du musst uns hier unten helfen. Die Zimmer haben Zeit.«

»Oder ich sag schnell Gisela Bescheid, sie war in ihrem Vorgärtchen, als ich vorbeikam und meinte, sollte etwas sein, sie hätte Zeit.«

»Ja, bitte!« Maria überlegte, wo sie ihren Vater auftreiben könnte.

»Das ist heute ja ein richtiger Ansturm.« Hilde stellte das Geschirr zu dem anderen in das große Waschbecken. »Mal keine Hähnchen, die Leute an Tisch fünf wünschen zweimal gefüllte Kalbsbrust, einmal Felchen Müllerin und ein Schnitzel.«

Hähnchen wäre schneller gegangen, dachte Maria und gab ihren Plan auf, ihren Vater auf die Schnelle zu finden.

Heute Abend!

Doch heute Abend?

Sie war verabredet. Sollte sie Karl absagen?

»Und für die Vesperplatten zum Abend hast du genug da?«, fragte Hilde, »oder soll ich noch in der Fleischerei anrufen, dass sie was bringen?«

Das fehlte noch, dachte Maria, dass Karl hier auftauchte. So ganz öffentlich wollte sie ihr heutiges Treffen noch nicht machen.

»Schau nach«, empfahl sie, während Hilde schon an der Tür zum Kühlraum war.

Kurz danach war sie mit einer Platte voll Fleisch und Fisch zurück. »Also,« zählte sie auf, »Bierwurst, Fleischkäse, Schinkenwurst, Lyoner – das dürfte wohl reichen. Und Speck hängt in der Räucherkammer noch jede Menge.« Sie schob Maria die Platte hin.

»Na, also«, gab sich Maria zufrieden, obwohl es heftig in ihr rumorte.

»Und jetzt gehe ich mal auf die Terrasse und hör mir an, was die alles wollen.« Hilde warf Mine einen Blick zu. »Ich glaube, dich brauch ich gleich am Ausschank. Die sind mit den Rädern da ...«

»Und außerdem kommt Elli nachher noch zum Helfen«, warf Maria ein.

»Wo ist sie überhaupt?«, wollte Hilde wissen und schlug im Hinausgehen Till auf die Finger, der sich inzwischen fast alle Pommes frites aus der Schüssel einverleibt hatte, »heute ist Sonntag, sie muss nicht ins Amt, und du hast Geburtstag!«

»Geburtstag«, sagte Maria leichthin, »ja, blöder Tag für einen Geburtstag, wenn das Haus voll ist. Ich denke, wir feiern alle morgen. Und heute Abend ...«, sagte sie und biss sich auf die Lippen. »Heute Abend bin ich eingeladen.«

»So, so«, Hilde, schon an der Tür zum Gastraum, warf einen Blick zurück, und Maria war froh, dass sie einen Treffpunkt in

Gundholzen ausgemacht hatten. Sie würde hinradeln, und Karl käme mit dem Volkswagen, und dann würde er sie entführen, hatte er angekündigt.

Maria kam ins Schwitzen. Nicht nur, weil es wegen der vielen Gäste im »Hirschen« ein denkbar schlechter Zeitpunkt für ein Treffen war, sondern auch, weil sie schnell radeln musste. Sie war spät weggekommen, hatte in ihrer Kammer kaum Zeit gehabt, um sich zu richten, hatte das rote Kleid aus ihrem Schrank herausgegriffen und es gleich wieder zurückgehängt, weil es sie doch zu sehr an Alois und vor allem an Horst erinnerte, und schließlich das blaue angezogen, das sie noch zu Mutters fünfzigstem Geburtstag gekauft hatte. An dem Kleid hingen auch Erinnerungen, aber zumindest waren es fröhliche Geburtstagserinnerungen, wenngleich es ihrer Mutter schon zu diesem Zeitpunkt nicht mehr so richtig gut gegangen war.

Verabredet hatten sie sich an einem steinernen Kreuz, das an einer Feldweg-Kreuzung etwas im Hinterland stand. Am Sonntag fuhr keiner der Bauern aufs Feld, also war dieser Platz für ein geheimes Treffen genau richtig. Während Maria in die Pedale trat, fragte sie sich, was sie da eigentlich angezettelt hatte. Wenn sie wirklich an eine Ehe dachte, dann war diese Geheimniskrämerei doch geradezu lächerlich. Auf der anderen Seite konnten sie auf diese Weise beide entscheiden, ob sie weitergehen wollten oder nicht – und es wüsste niemand außer ihnen selbst.

Sei doch ehrlich, dachte sie, als sie in den schmalen Weg einbog, der zu dem Kreuz führte, es geht doch nur um mich und nicht um Karl. Er hatte ihr ja gestanden, dass er in sie verliebt war. Was sollte ihn nun davon abhalten, sie ganz besitzen zu wollen?

Besitzen … der Gedanke erschreckte sie. Ihre Mutter hatte, wenn sie Zeit fand, oft von ihren Erlebnissen im Hotel »Krone«

erzählt und davon, dass Männer immer »besitzen« wollten. Und dazu gehörten nicht nur Häuser und Automobile, sondern auch Frauen.

Denn Frauen, so hatte sie oft gewarnt, hatten nach dem Gesetz keine Rechte mehr, sobald sie verheiratet waren.

Bei Alois hatte Maria das nicht gestört. Aber vielleicht hatte sie es nur nicht begriffen. Doch nun hatte sie als Witwe die Freiheit eigener Entscheidungen kennengelernt, das war der Vorteil ihres jetzigen Standes. Sie war keine alte Jungfer, aber eben die Herrin ihrer eigenen Wünsche, ihres Willens und ihres Tuns.

Fast wäre sie wieder umgekehrt, denn was wollte sie überhaupt mit und von Karl?

Nur den Gedanken ihres Vaters folgen, der selbst nicht mehr heiraten wollte, weil es keine zweite Anna geben würde? Aber sie, Maria, sollte sich nach einem geeigneten Wirt für den »Hirschen« umsehen?

Das war doch zweierlei Maß, dachte sie. Und sie fiel darauf rein. Sie bog um die letzte Kurve, und da stand er schon, der Käfer, dessen schwarzblauer Lack in der Sonne glänzte, und Karl in einem dunkelblauen Anzug mit weißem Hemd daneben.

Er machte einige Schritte auf sie zu, und nachdem sie vom Rad abgestiegen war, zeigte sich, dass sie beide verlegen waren.

Wie sollten sie sich begrüßen?

Er nahm ihr das Rad aus der Hand, verbarg es hinter den hohen Büschen, die um das Kreuz herum wuchsen, kam wieder zurück und nahm sie in den Arm.

»Herzlichen Glückwunsch, liebe Maria, zu deinem Geburtstag.«

Er hielt sie etwas von sich, lächelte sie kurz an, löste sich von ihr und hielt ihr die Beifahrertüre auf.

»Schön, dass es geklappt hat«, sagte er, während sie ihren weiten Rock zusammennahm und einstieg.

Ja, dachte sie, bisher läuft alles gut. Und sie musste sich, kaum dass sie es gedacht hatte, ein Lächeln verkneifen.

»Finde ich auch«, stimmte sie schnell zu, während sich Karl hinter das Steuer setzte und den Wagen startete.

Nach kurzer Fahrzeit ahnte sie, wohin es ging, Lotti hatte schon davon erzählt, war aber, wohl in der Kürze der Zeit, noch nicht dort gewesen.

»Hätte ich Tanzschuhe anziehen sollen?«

»Es sind doch geeignete Tanzschuhe«, bemerkte er schmunzelnd, ohne hinzusehen.

Da hatte er sie doch genauer betrachtet, als ihr aufgefallen war.

»Ich dachte, an einem Tisch sitzen können wir dort auch. Aber drum herum ist mehr geboten.«

Maria sah ihn mit schief gelegtem Kopf an.

»Ich dachte immer, das sei so ein Kennenlernlokal ...«

»Vielleicht ist es das ja auch. Aber wir beide müssen uns ja nicht kennenlernen.« Er lächelte. »Wir kennen uns ja schon.«

Was er sagte, gefiel Maria, das musste sie zugeben. Wie schon damals in der Bäckerei, er war kein dummer Bauernlümmel, er hatte Humor und Verstand.

»Warst du schon oft drin?«, fragte sie nach, aber er winkte ab. »So groß ist meine Sehnsucht nach Kennenlernen nun auch wieder nicht.«

Maria musste lachen.

»Ich finde es jedenfalls eine großartige Idee«, sagte sie und zog die Plastikblume aus der kleinen Vase vor ihr am Armaturenbrett. »Witzig«, sagte sie. »Wie ist das befestigt?«

»Saugnäpfe«, erklärte Karl, und der Stolz war ihm anzumerken. »Gibt es bisher nur in Amerika, aber man hat ja Beziehungen.« Er grinste.

»Kann da auch eine echte Blume rein?« Maria wischte mit dem Zeigefinger in die Vase. »Hält sie das Wasser?«

»Das kannst du gern ausprobieren.«

Maria steckte die künstliche Margerite wieder zurück.

»Mit einer blühenden Rose würde es sogar noch duften.«

»Ich glaube, so war es ursprünglich auch gedacht. Den Gerüchen des Motors«, er sah kurz zu ihr hinüber, »aber vor allem der Menschen entgegenzuwirken.«

»Wirklich?«

»Wirklich!«

Sie hingen eine Weile ihren Gedanken nach, bis Karl sie auf ein großes Gebäude aufmerksam machte, das mit Erkern und Zinnen wuchtig an einer Straßenkreuzung stand.

»Das Café National«, sagte er, »in seiner vollen Pracht. Jetzt parken wir rasch den Wagen, und dann kann es losgehen.«

Schon auf der Treppe zur Eingangstüre hörten sie gedämpft Musik, aber als Karl die Tür für Maria öffnete, schlug ihnen ein Trompetensolo entgegen, dem gleich darauf ein Trommelwirbel folgte.

»Hoppla«, entfuhr es Maria, an die Lautstärke musste sie sich erst gewöhnen. Und auch an den Geruch, denn hier mischten sich verschiedene Parfümdüfte mit dem Schweiß der Tanzenden zu etwas, das wie eine dämpfige Glocke über dem Raum hing.

Karl griff nach ihrer Hand und ging einige Schritte in den Raum hinein, offensichtlich ließ er den Blick nach einem freien Platz schweifen, was aber nicht so einfach war. Die meisten Tische waren besetzt, und wo keine Menschen saßen, deuteten die Getränke an, dass dort jemand saß.

Ein Kellner kam auf sie zu, auf seiner flachen Hand balancierte er ein Silbertablett mit mehreren Getränken.

»Zwei Personen?«, fragte er im Vorübergehen, »ich komme sofort.«

Maria sah sich um. Eigentlich wirkte der Raum mit seinen Holzstühlen wie ein Wiener Kaffeehaus, dachte sie, zumindest hatte sie solche Bilder schon in Illustrierten gesehen. Doch im Gegensatz zu den klassischen Tischen, die aufgereiht an den Wänden standen, waren die kleinen runden Tische in der Mitte des Raumes sehr modern. Maria betrachtete den trichterförmig zulaufenden Mittelfuß des Tisches vor ihr und überlegte gerade, ob das auch ein Hingucker für den »Hirschen« sein könnte, als der Kellner zurückkam und ihnen einen der Tische im Hintergrund zuwies.

»Mein Name ist Gustav«, begann er so laut, dass er trotz des Lärms gut zu verstehen war, »und wir servieren nur alkoholische Getränke. Für die Dame einen Sekt? Für den Herrn einen Cognac?«

»Zur Feier des Tages eine Flasche Sekt?«, schlug Karl vor, und Maria dachte, warum nicht, und nickte.

»Eine Flasche?«

Gustavs beifälligem Blick nach stieg Karl in seiner Achtung.

»Karl«, Maria setzt sich und schüttelte den Kopf, »eine ganze Flasche? Wer soll das trinken?«

»Na, wir vielleicht?«

Er lachte ein lausbubenhaftes Lachen, das Maria mitlachen ließ.

»Du bist verrückt!«

»Aber doch schön verrückt, oder?«

Er lauschte kurz. »Horch.« Sprach's, stand auf und griff nach ihrer Hand. »Hör, sie spielen: ›Was kann denn mein Herz dafür‹ … das ist unser Lied!«

Er schleuste Maria durch die vielen Tische zur Tanzfläche, deutete eine Verbeugung an, nahm sie in den Arm und sang lauthals mit, während er sie sicher übers Parkett führte: »Niemals war das Glück so nah bei mir, eine Dame hat mich angelächelt, ja, was kann denn mein Herz dafür…«, er lachte und sah so glücklich aus, dass Maria fast mitsang, »… wenn ich jetzt wüsst, ob das die Liebe ist, und ob es besser wird, wenn man sich küsst …«, er küsste sie auf die Stirn und wirbelte sie so schnell herum, dass Maria ihre Füße bei diesem Tempo exakt setzen musste, um nicht über seine zu stolpern, und sich darüber freute, denn schlechte Tänzer waren ihr ein Gräuel.

Nach dem Tanz wollten sie zum Tisch zurück, denn Karl vermutete, dass die Flasche Sekt kommen würde, aber dann zog er sie wieder in seine Arme.

»Das ist unser Lied!«, erklärte er zum zweiten Mal und sang wieder mit. »Mein liebes Kind, was hast du nur aus mir gemacht?«, und wieder führte er sie so geschickt durch die Menge der Tanzenden hindurch, dass sich Maria fragte, wo er das gelernt hatte. »Weißt du, dass du schön bist?«, sang er ihr ins Ohr, »weißt du, dass du süß bist? Dass ich so verliebt sein kann, das hätte ich nie gedacht …«

Schließlich sang Maria mit, denn sie kannte die Schlager auch alle und begann sich schrecklich wohlzufühlen. War sie glücklich? Ja, so fühlte es sich an.

»Aber jetzt«, rief er, nachdem das Lied zu Ende war, »jetzt müssen wir anstoßen, und wenn mir die richtigen Worte fehlen, lasse ich wieder Schlager für dich singen!«

»Das gefällt mir!«

Er fasste sie an beiden Schultern und führte sie vor sich zwischen den Tanzenden hindurch, bis sie an der Kapelle vorbei zu ihrem Tisch gelangten. Der dreibeinige Sektkühler stand neben Karls Stuhl, zwei Gläser warteten auf dem Tisch.

Karl schob Maria den Stuhl zurecht und wollte gerade die Flasche zum Öffnen herausnehmen, doch Gustav war schneller, griff mit einer weißen Stoffserviette danach und ließ den Korken leise herausploppen.

»Das übernehme ich«, erklärte er, »eine ganze Flasche haben wir nun auch nicht alle Tage, ich nehme an, es gibt etwas zu feiern?«

»Meine Begleitung hat Geburtstag«, vertraute Karl ihm mit strahlender Miene an, und Gustav verneigte sich vor Maria.

»Herzlichen Glückwunsch, meine Dame. Zum Geburtstag und zu diesem Kavalier, da haben Sie heute einen richtigen Glückstag!«

Er schenkte galant ein und stellte die Flasche in ihren Behälter zurück.

»Ich wünsche einen schönen Abend, und wenn Sie etwas brauchen, winken Sie nach mir.« Er machte eine schnelle Geste durch den Raum und eilte zu einem der großen Tische, von wo bereits heftig nach ihm gewunken wurde.

Sie ließen kaum einen Tanz aus, und plötzlich erinnerte sich Maria an die Schilderung ihrer Mutter, wo sie einst ihren Mann kennengelernt hatte: 1918 beim Tanz in den Mai.

Sie hatte August in die Augen gesehen und gewusst, dass er der Richtige war. Das gab Maria einen kleinen Dämpfer, denn sie fand Karl zwar zunehmend netter, aber diese Gewissheit … die hatte sie nur damals bei Alois. Und den hatte ihr der Krieg genommen.

»Hast du Hunger? Magst du etwas essen?«, fragte Karl und unterbrach damit ihre Gedanken. Sie tanzten einen langsamen Fox, sie spürte seinen Arm auf ihrem Rücken, führend, aber nicht aufdringlich. Seine ganze zurückhaltende Art gefiel ihr.

Maria sah zu ihm auf.

»Jetzt, wo du es sagst … ja, ein bisschen schon.«

»Ich könnte auch etwas vertragen, allerdings gibt es nur Kleinigkeiten.«

»Was gibt es denn?«, fragte Maria.

»Wienerle mit Wecken, Leberkäsbrötle, Fleischküchle …«

Maria schüttelte lachend den Kopf. »Alles aus Bohlingen?«

»Eine alte Geschäftsbeziehung meines Vaters, nun läuft es ganz wie von selbst.«

Geschickt sind sie ja schon, die Amanns, dachte Maria und trat ihm beim nächsten Schritt prompt auf den Fuß. »Entschuldige!«

»Du brauchst etwas zu essen! Ein Geburtstagskind, das hungern muss, komm!«

Er nahm sie bei der Hand, aber da sie mitten im Tanz aufhörten, war der Weg zu ihrem Tisch von tanzenden Paare verstellt, und sie wählten einen anderen – und da sah sie ihn sitzen, Horst!

In einer Ecke an einem Zweiertisch und so, wie er ihr entgegensah, war ihr klar, dass er sie schon die ganze Zeit auf der Tanzfläche beobachtet hatte. Ihre Blicke trafen sich kurz, er neigte mit einem undurchsichtigen Lächeln kurz den Kopf, sie nickte unwillkürlich auch, wandte sich aber sofort ab und folgte Karl, der sie noch immer an der Hand hielt.

In ihrem Kopf hämmerte es sofort los. Was machte Horst hier? Er hatte mit einem jungen Mann am Tisch gesessen – oder war es eine der burschikosen Frauen im Anzug, was in den Großstädten ja längst in Mode war? Sie traute sich nicht, sich noch einmal nach ihm umzusehen. Hatte Karl ihn auch entdeckt?

Jedenfalls war ihr der Appetit vergangen – und auch die Lust zum Feiern. Am liebsten wäre sie auf der Stelle nach Hause gefahren.

Karl rückte ihr den Stuhl galant zurecht, setzte sich und musterte sie kurz.

»Du bist ja ganz blass geworden ... Ist dir nicht gut?«

Maria war sich nicht sicher, ob ihm Horst auch aufgefallen war und er es spöttisch meinte oder ob er wirklich besorgt um sie war.

»Blass?« Sie rang sich ein Lächeln ab. »Nein, ich fühle mich wohl. Vielleicht der Alkohol?«

Sie zeigte auf ihr Sektglas, das noch halb voll vor ihr stand.

»Nun, eine ›Hirschen‹-Wirtin wird kaum ein Problem mit zwei Gläsern Sekt haben?« Er zwinkerte ihr zu.

Und wenn Horst jetzt an den Tisch kommt, fuhr es ihr plötzlich in den Sinn, und irgendwelche komische Bemerkungen macht? Was würde geschehen?

Sollte sie Karl einfach auf Horst ansprechen, immerhin hatte er ihn ja im »Hirschen« gesehen. Aber dazu eben auch Bertschingers hinterhältige Äußerung gehört, sie habe was mit zwei Männern.

Sie atmete tief durch, während Karl Gustav herbeiwinkte, der sich durch die Gäste hindurchschlängelte, denn eben hatte die Kapelle zu spielen aufgehört, und alle gingen an ihre Tische zurück.

»Noch eine Flasche?«, fragte Gustav.

»Mein Geburtstagskind braucht eher etwas zu essen. Zu trinken haben wir noch.«

Gustav nickte. »Es gibt ...«, begann er, doch Karl schnitt ihm das Wort ab.

»Was magst du, Maria?«

Heimgehen, hätte sie gern gesagt. Sie war sich nicht sicher, ob sie überhaupt einen Bissen herunterbringen würde.

»Gern Wienerle, danke.«

Ein Paar Wiener Würstchen erschien ihr als das kleinstmögliche Übel.

»Dann für mich bitte auch«, orderte Karl und griff über den Tisch nach Marias Hand, was sie unwillkürlich zusammenzucken ließ. Karl ließ sich nichts anmerken: »Es war ja auch ein langer Tag, und morgen geht es wieder früh raus, ich verstehe schon, wenn du langsam müde wirst.« Er drückte kurz ihre Hand und ließ sie wieder los.

»Und so einfach ist dein Leben im Moment ja auch nicht.«

Maria war sofort unsicher. Spielte er nun auf Horst an, oder bildete sie es sich nur ein, und er hatte seinen Rivalen überhaupt nicht gesehen?

»Ja, heute war viel los«, sagte sie schnell, und um nicht undankbar zu wirken, ergänzte sie sofort: »Aber der Abend hier war wirklich wunderbar, die Überraschung ist dir gelungen, ich genieße es sehr!«

Sie lächelte Karl zu, der sein Glas hob.

»Dann mach mir die Freude und stoß mit mir an.«

Und als sie das Glas erhob, setzte er ein warnendes »Aber verschluck dich nicht« nach.

Sie stießen an, Maria nahm einen Schluck und spürte etwas an ihrer Zunge. Sie schluckte vorsichtig die Flüssigkeit und behielt den Gegenstand zwischen ihren Zähnen. Unter Karls gespanntem Blick griff sie in ihren Mund und beförderte etwas Kleines heraus, das sie ins Licht hielt, zwischen Daumen und Zeigefinger drehte und dann Karl entgegenstreckte.

»Karl«, sagte sie tonlos, »das ist ein Ring! Ein Ring mit … mein Gott, ist das ein kleiner Diamant, dieser Stein?«

Karls Gesicht war anzusehen, dass er sich über Marias Überraschung freute. Er strahlte, nahm ihr den Ring ab und hielt ihn so, dass sie mit dem rechten Ringfinger hineinschlüpfen konnte.

»Ein Geburtstagsgeschenk«, sagte er. »Weiter musst du dir nichts dabei denken.«

Tu ich aber, dachte Maria.

»Das kann ich doch nicht annehmen, das ist doch viel zu teuer!«

Sie betrachtete den funkelnden Ring an ihrem Finger.

»Weißgold«, erklärte Karl. »Und es ist wirklich nur ein ganz kleiner Diamant. Die alten Griechen trugen Diamanten im Kampf als Symbol ihrer Stärke, und so soll er auch dir Kraft geben, dich unbesiegbar machen.«

»Ist er nicht auch ein Symbol der Liebe?«, hinterfragte Maria.

»Ich wollte dich nicht überfordern«, gab Karl lächelnd zurück.

»Aber Karl«, sie hielt ihm ihre Hand mit dem glitzernden Ring hin, »wenn ein Mann einer Frau …«, weiter kam sie nicht, denn Gustav trat mit zwei Tellern an ihren Tisch. »Störe ich?«

Karl schüttelte den Kopf, wies auf den Tisch, und nachdem Gustav wieder gegangen war, hielt er eine der schlanken Würste hoch.

»Ich hätte ihn ja auch so einem Wienerle überstreifen können«, er grinste, »aber von dem Gedanken bin ich nach einigen Überlegungen wieder abgekommen …«

»Das war dein Plan?«, fragte Maria ungläubig.

»Als Metzger ja nicht ganz abwegig.«

Maria musste lachen und schüttelte gleich darauf den Kopf.

»Karl, du überforderst mich. Ich weiß überhaupt nicht, was ich sagen soll.«

»Wenn er dir gefällt, sag einfach Danke. Wenn nicht, wirf ihn ins Glas zurück.«

»Danke!«

Maria stand auf, ging um den Tisch herum, Karl erhob sich ebenfalls und sie legte ihre Wange an seine. »Vielen Dank«, flüsterte sie. »Ich freu mich sehr, obwohl ich gleichzeitig ein schlechtes Gewissen habe.«

»Was sagt dein schlechtes Gewissen?«, flüsterte Karl zurück.

»Du darfst das nicht annehmen, sagt mein schlechtes Gewissen. Vielleicht erwartet Karl etwas, das du ihm nicht geben kannst …«

»Ich erwarte nichts. Ich habe einen schönen Abend erwartet, den hast du mir geschenkt, und jetzt essen wir unsere Würste, bevor sie kalt werden.«

Trotz der gelungenen Überraschung und der einladenden Musik war Maria froh, als sie gegen Mitternacht gingen. Die ganze Zeit über glaubte sie Horsts Blicke in ihrem Rücken zu spüren und saß auf Kohlen, weil sie nicht sicher war, ob er in seiner unbekümmerten Art nicht plötzlich am Tisch auftauchen und sie um einen Tanz bitten würde. Sie war Karl zwar nichts schuldig, aber ein Tanz mit Horst, wo er sie doch zu ihrem Geburtstag eingeladen hatte? Wäre Karl aufgestanden und gegangen? Und selbst wenn nicht, es hätte einen unguten Nachgeschmack hinterlassen. Aber nein, dachte sie im selben Atemzug, sie hätte natürlich überhaupt nicht mit Horst getanzt und die Aufforderung abgelehnt. Und wieso glaubte sie überhaupt, Horst würde sie auffordern? Er könnte ja auch einfach nur eine süffisante Bemerkung machen.

Maria merkte, wie ihre Gedanken um immer dieselbe Sache kreisten, während sie Karl zusah, der die Rechnung bezahlte und Gustav seinem breiten Lächeln nach zu urteilen ein gutes Trinkgeld gegeben hatte.

»Bist du bereit?«, fragte Karl und erhob sich. Maria angelte unter dem Tisch schnell nach ihrem rechten Schuh, den sie nach dem letzten Tanz ausgezogen hatte. Erleichtert schlüpfte sie hinein und stand auch auf. Obwohl sie es gern getan hätte, verkniff sie es sich, sich nach dem Tisch in der Ecke umzudrehen. Auf der anderen Seite war es ja auch feige, sich nicht zu verabschieden. Schließlich hatten sie sich ja nichts Böses angetan.

Während Karl vor ihr her zur Tür ging, drehte sie sich schnell um, zumindest zunicken wollte sie ihm. Zum Abschied. Doch der Tisch war leer. Wo war er hin? Tanzen?

Draußen reichte Karl ihr seinen Arm, und sie hängte sich bei ihm ein.

»Alles in Ordnung?«, wollte er wissen, und Maria riss sich zusammen. Welches Spiel spielte sie hier, fragte sie sich, lächelte Karl zu und beteuerte, dass es ein wunderbarer Abend gewesen sei, ein unvergesslicher Geburtstag. Sie hob ihre rechte Hand mit dem Ring in die Höhe.

»Er glitzert sogar hier, im Sternenlicht.«

»Eher unter der Laterne.« Karl wies im Gehen schmunzelnd an einem der Laternenpfähle nach oben.

»Es freut mich, wenn dir der Abend gefallen hat!« Er drückte sie im Gehen kurz an sich, ließ sie aber sofort wieder los. Dann öffnete er ihr die Beifahrertür, und Maria dachte: Ich müsste ihm den Ring wieder zurückgeben. Es ist einfach nicht richtig und fühlt sich auch nicht richtig an.

»Und wie geht es Lotti?«, wollte Maria wissen, nachdem Karl den Wagen gestartet hatte.

»Sie schwärmt. Sie schwärmt eigentlich von allem, von den netten Fischers, den Kolleginnen, der Atmosphäre, den Kleidern, den Stoffen, den Kundinnen ...«, er schnappte übertrieben nach Luft, »nur der kleine Peter, den bezeichnet sie als kleinen Racker, der nichts als Streiche im Kopf hat.«

»Peter?«, fragte Maria nach, ohne richtig zugehört zu haben.

»Der neunjährige Kronprinz, sagt Lotti. Und wenn er eine der Angestellten mit seinen Späßen hereinlegen kann, freut er sich diebisch.«

»Wie alle Kinder.«

Maria sah aus dem Fenster. Es war eine dunkle Nacht, die Straßenlaternen der Stadt hatten sie längst hinter sich gelassen. Die Autoscheinwerfer warfen nur wenig Licht auf die Straße vor ihnen. Karl konzentrierte sich und fuhr, als der Wald kam, deutlich langsamer.

»Ich möchte kein Tier überfahren«, erklärte er.

»Bist du Tierfreund?«, fragte Maria erstaunt, denn das schien ihr nicht so richtig zu seinem Beruf zu passen.

Karl nickte, ohne den Blick von der Fahrbahn zu nehmen.

»Ich habe mir meinen Beruf nicht ausgesucht. Ich schaue, dass die Tiere beim Sterben nicht leiden müssen. Und bevor sie bei einem schlechten Metzger landen, tu ich doch vielleicht etwas Gutes.«

Maria dachte darüber nach.

»So habe ich das noch nie gesehen.«

Sie nahm die künstliche Margerite aus der kleinen Vase und drehte sie in der Hand.

»Mama hat echte Margeriten gezüchtet, für die Tische. Ich weiß nicht, wie sie das alles bewerkstelligt hat.«

»Ja«, stimmte Karl ihr zu, »echte Blumen sind schöner, ich befürchte nur, bei mir würden sie verdursten.«

Maria steckte die Margerite zurück.

»Ist schon alles ein bisschen seltsam, findest du nicht? Wir beide feiern meinen Geburtstag, du schenkst mir einen Ring, meine Schwester wohnt bei dir, einem Metzger, obwohl sie jeden Käfer aus unserem Wasserbecken rettet.«

»Und was willst du damit sagen?«

»Dass du plötzlich so eine große Rolle in unseren Leben spielst, wo wir uns doch jahrelang überhaupt nicht gesehen haben.«

Karl antwortete nicht. Dann sagte er:

»Zuerst war ich damals für die Ruggli-Töchter nur der kleine Metzgersohn, mit dem sie nicht spielen wollten. Als ich älter wurde, war ich in Singen in der Lehre, machte meinen Meister. Dann musste ich fürs Vaterland kämpfen, kam nach Russland, wäre fast erfroren, habe gesehen, was Menschen anrichten, die irgendwo im Warmen an einem grünen Tisch sitzen und andere ins Verderben schicken.«

Er schwieg, denn nun hatten sie die kleine Straße erreicht, die zu dem steinernen Kreuz führte.

»Und deine Zeit in Sibirien?«, fragte Maria, nachdem Karl den Wagen in die Nähe ihres Rades gelenkt hatte. Er schaltete den Motor und die Scheinwerfer aus, womit es im Wagen auf einmal sehr dunkel wurde. Maria konnte Karls Profil nur noch schemenhaft erkennen, doch jetzt drehte er sich ihr zu.

»Jeden Morgen habe ich mich gefragt, ob ich den Tag wohl überstehen würde. Und am Abend die Nacht. Und ob ich meine Heimat je wiedersehen würde.«

»Onkel Max ist in Frankreich geblieben.«

Karl seufzte. »Davon habe ich gehört. Auch er war damals noch sehr jung, keine zwanzig.«

»Nach dem Ersten Weltkrieg, sagte meine Mama, war sie sicher, so etwas Fürchterliches würde nie wieder geschehen.«

»Solange Menschen an Kriegen verdienen, wird es nie aufhören. Auf der ganzen Welt nicht.«

»Ich denke immer, es geht um Macht. Wie bei den Rüden. Wer zuletzt an den Baum pinkelt, ist Sieger.«

Karl lachte kurz auf. »Ja, Macht. Nur bei den Tieren geht es meist um Revierverhalten. Und um die Fortpflanzung ...«

»Ja, aber bei den Menschen doch auch«, fiel ihm Maria ins Wort. »Schau mal den Bertschinger ...«, sie stockte, »oder weißt du das noch gar nicht?«

»Was meinst du?«

»Der Bauantrag ...«

»Hat das was mit dem 50. Geburtstag seines Sohnes zu tun, zu dem wir die Ware liefern sollen?«

Maria erzählte ihm, was sie von Mine gehört hatte, und sie spekulierten so lange, bis Karl plötzlich sagte: »Maria, darf ich dich etwas fragen?«

Maria nickte, da sie aber nicht sicher war, ob er es bemerkt hatte, fügte sie ein »Ja, sicher« an.

»Was möchtest du mit deinem Leben anfangen? Willst du alleine gegen solche Widerlinge wie die Bertschingers kämpfen? Oder, ich meine, willst du überhaupt alleine bleiben?«

Maria schwieg. Das war genau die Frage. Was wollte sie?

»Weshalb fragst du mich das?«

»Es könnte ja sein, dass du nach Alois keine zweite Ehe eingehen willst.« Sie spürte, wie er sie direkt ansah. »Du bist die ›Hirschen‹-Wirtin, du kannst das alles alleine, wie man sieht.« Er zögerte. »Vielleicht fühlst du dich ja alleine wohler als zu zweit.«

»Ich bin heute 31 Jahre alt geworden, Karl, ein Leben kann lang sein. Und ein ganzes Leben alleine ...«

»Könnte doch sein, dass du keinen Mann mehr willst.«

»Du meinst die Körperlichkeit?«

Karl antwortete nicht. Maria wollte noch ein bisschen deutlicher werden:

»Da kommt es doch wohl darauf an, dass man sich versteht, oder nicht? Es soll ja keine Pflichtübung sein, sondern jeder soll sich mit dem Körper des anderen wohlfühlen, meinst du nicht?«

»Du sprichst sehr offen, Maria.«

»Kennst du das von anderen Frauen nicht?«

Sein Schweigen war ihr Antwort genug. Und sie dachte, vielleicht hilft uns ja die Dunkelheit, Klarheit zu schaffen. Sie wartete kurz ab, richtete sich etwas auf und fuhr fort: »Und, wenn wir schon dabei sind, Karl, woher kommt dieses plötzliche Interesse? Die Blumen, du hilfst mir im Garten, führst mich aus und schenkst mir einen Ring?«

Sie konnte ahnen, wie er sie nun ansah.

»Um ehrlich zu sein«, sagte er schließlich, »hat mich dein Vater angesprochen. Ich wäre vielleicht überhaupt nie auf die Idee gekommen. Du warst so weit von mir entfernt. So hübsch, so selbstbestimmt, so energiegeladen. Ich hätte mich überhaupt nicht getraut.«

»Du?« Maria war ehrlich erstaunt. »So stark, so erfolgreich, so selbstbestimmt?«

»Unsere Begegnung bei der Bäckersfrau war ein schöner Zufall für mich. Wie du dich verhalten hast, war einmalig. Ich dachte, so eine starke Frau, das ist ein Gottesgeschenk!«

»Du warst doch auch stark!«

»Ja, aber ich bin ein Mann …« Er lachte kurz auf. »Als es mir klar wurde, dass du die Ruggli Maria bist, war es um mich geschehen!«

Es war kurz still, beide überlegten, und Karl kurbelte sein Fenster herunter. Der frische Luftzug, der hereinkam, tat beiden gut.

»Was ich einfach wissen muss, Maria, ist, wie du denkst. Was du willst. Oder nicht willst. Danach richte ich meine Zukunft aus, denn wenn ich dir lästig bin, dann werde ich ...«

»Das bist du nicht«, sagte Maria schnell. »Du bist ein feiner Mensch, ein Mann mit Manieren, du hast viel durchgemacht und bist trotzdem kein Rohling geworden. Einen besseren Gefährten kann man sich doch gar nicht vorstellen.«

»Auch ein Hund ist ein guter Gefährte...«, sagte Karl.

»Entschuldige!« Maria griff nach seiner Hand. »Wir haben ein ähnliches Gespräch schon einmal geführt, wir können es noch oft führen. Was du eigentlich willst, ist doch die Antwort auf eine ganz einfache Frage: Ob ich will oder nicht.«

Karl räusperte sich. »Es ist meine Schicksalsfrage, deshalb stelle ich sie nicht.«

»Dann wirst du es nie erfahren ...« Maria tastete nach dem Türgriff. »Wollen wir aussteigen? Ich glaube, der Mond wagt sich jetzt doch hervor.«

Tatsächlich lichtete sich die Wolkendecke, und Maria ging zu dem steinernen moosbewachsenen Kreuz, das nun im fahlen Mondlicht stand. Karl kam langsam nach, blieb aber einige Schritte von ihr entfernt stehen.

»Das Bild sollte man malen. Oder jedenfalls fotografieren!«

»Mich?«

»Dich mit dem Kreuz, den dunklen Büschen, und das alles in diesem unwirklichen Licht.«

Unwirklich. Horst fiel ihr ein. Und Kant. Raum und Zeit sind reine Formen menschlicher Intuition, hatte Kant gesagt.

Karl trat zu Maria und legte seine Hand auf das Kreuz.

»Der Maler«, sagte er langsam, »ist dieser Maler in deinem Herz?«

Also hatte er ihn heute Abend doch gesehen und ihre Aufregung gespürt, dachte Maria.

»Er ist aus einer anderen Welt«, sagte sie langsam. »Er träumt von einem Leben wie dem von Picasso. Ich bin aber eine echte Frau aus Fleisch und Blut und habe eine echte Aufgabe hier auf Erden.«

Karl nickte nur. »Ja, ganz genau wie ich.«

Maria legte ihre Hand neben seine auf den rauen Stein. Eine Weile ließen sie sie regungslos nebeneinander liegen, und keiner von beiden sagte etwas.

Schließlich legte Karl seine Hand auf ihre.

»Und wenn ich dir jetzt einen Heiratsantrag machen würde, Maria, wäre das völlig abwegig für dich?«

»Der Antrag oder die Ehe?«, fragte Maria zurück.

»Beides!«

»Ich habe dir vorhin schon gesagt, du wirst es nicht wissen, wenn du es nicht tust.«

Karl sah sich kurz nach einer Blume um, zupfte stattdessen einen hohen Grashalm ab und sank damit auf die Knie.

»Maria, willst du meine Frau werden?«

Maria sah lächelnd auf ihn hinab, dann zog sie ihn hoch.

»Ich freue mich über deine galante Geste, lieber Karl, und ja, ich will.« Sie nahm ihm den Grashalm aus der Hand. »Und nun darfst du die Braut küssen!«

Neuigkeiten

Maria hätte fast verschlafen, denn sie hatten die halbe Nacht am Kreuz gestanden, sich irgendwann ins Gras sinken lassen und noch nach Mitternacht die Wärme des Tages gespürt, die das Steinkreuz ausstrahlte.

»Könnte es dafür einen besseren Platz geben?«, hatte Karl gefragt, und Maria hatte sanft über den Stein gestreichelt.

»Mutter ist dabei, da bin ich mir ganz sicher.«

»Würde sie unsere Verbindung gutheißen?«

»Auch da bin ich mir sicher.«

Jetzt quälte sie sich müde aus dem Bett, sah zur Kirchturmspitze hinüber und gähnte ausführlich. Es war früh, der Tag wollte noch nicht richtig erwachen, nur sie musste schon in die Küche und Frühstück richten. Sie griff nach ihrem Bademantel, um wenigstens schon einmal die Kaffeemaschine einzuschalten, und stieß mit Elli zusammen, die gerade die Treppe heraufschlich.

»Wo kommst du denn her?«

Maria blieb stehen und musterte sie.

Elli winkte ab.

»Ich bin schon erwachsen, ich kann ...«

»Natürlich kannst du. Aber vielleicht kannst du mich auch mal aufklären?«

Elli verzog unwillig das Gesicht.

»Ich meine, die ganze Nacht nicht zu Hause, da würde ich doch gern wissen ...«

»Ich mach mich nur kurz frisch«, schnitt Elli ihr das Wort ab, »dann können wir einen Kaffee zusammen trinken. Ich muss ja sowieso gleich zur Arbeit.«

Maria sah ihr kurz nach, raffte ihren Bademantel zusammen und ging in die Küche. Wenn Elli auch noch aus dem Haus sein würde, hatten sie ein Gästezimmer mehr. Aber dann hätte sie auch eine Schwester weniger, und das machte sie schon jetzt traurig. Am Schluss würde sie alleine bleiben ... Karl fiel ihr ein. Und ihr Vater. Den musste sie gleich mal finden, schließlich war er der Drahtzieher hinter dieser Heiratssache gewesen.

Auf Hildes Gesicht war sie auch gespannt. Und auf all die anderen Frauen, die aushilfsweise hier arbeiteten. Es würde sofort im Dorf herumgehen – und das gefiel ihr, Bertschinger würde es auch hören. Und mit Karl hatte er einen starken Gegner, dachte Maria, das tat ihr jetzt schon gut. Zusammen, ja, zusammen waren sie ein starkes Team.

Nur, zu einer Ehe gehörte noch mehr ... sie schaltete die Kaffeemaschine ein und dachte, wir werden uns schon zusammenraufen. Und die Liebe ... wenn sie Christines Worten vertrauen konnte, würde die Liebe sich einstellen. Zumindest, wenn man sich gut leiden konnte. Und sie wusste ja, dass Karl sie liebte. Also mehr als nur gut leiden. Das konnte ja nun auch nicht jede Frau von ihrem Ehemann sagen.

Maria öffnete die hintere Küchentür zum Hof und sog die frische Morgenluft ein. Sie hörte den Hahn vom Nachbarn krähen, lächelte über seinen Eifer und blickte der schwarzen Katze nach, die mit ihren Jungen durch das hohe Gras tollte und offensichtlich Schmetterlinge jagte.

»Ich heirate«, sagte sie zu ihnen und konnte es selbst nicht glauben. Doch jetzt, da sie den Entschluss gefasst hatte, erschien ihr der Schritt absolut logisch.

»Gibt's schon Kaffee?« Ellis Stimme riss sie aus ihren Träumereien. »Und noch gar kein Brot?«

Maria drehte sich nach ihr um.

»Du bist alt genug«, sagte sie. »Wer die ganze Nacht wegbleiben kann, kann sich auch ein Brot schmieren.«

»Mensch, Maria!«

Elli zog eine Kinderschnute, und Maria musste lachen.

»Komm, ich richte uns ein Brot, du den Kaffee, und dann verrate ich dir was«, sagte Maria.

»Ich dachte, du willst von mir was wissen?«, fragte Elli, griff auf dem Regal nach zwei Blechbechern, seit jeher ihre Kinderbecher, und wandte sich nach ihrer großen Schwester um.

»Na ja.« Maria nahm den angeschnittenen Laib Brot aus dem Brotkorb, stellte Butter und Marmelade auf den kleinen Küchentisch in der Ecke und zeigte auf einen der Stühle.

»Hoppla!« Elli warf einen schnellen Blick auf die große Küchenuhr über der Tür. »Das ist ja ganz neu.«

»Es gibt ja auch etwas ganz Neues.«

»Da bin ich gespannt!«

»Ich sage einen Satz, und dann du!« Maria setzte sich.

»In Ordnung.« Elli zog eine Augenbraue hoch. »Schieß los!«

»Ich heirate!«

Elli prustete los. »Ist nicht wahr!«

»Doch! Und nun du! *Ein* Satz!«

»Ich liebe eine Frau!«

Maria setzte ihren Kaffeebecher ab. »Ist nicht wahr!«

»Doch! Sie heißt Lisa, ist wunderschön, kommt aus einer guten Familie und arbeitet bei mir im Amt.«

Maria musste sich sammeln.

»Eine Frau? Ich meine, weiß sie es?«

»Wir sind zusammen.«

»Ihr seid … was?« Maria starrte sie an. »Wie kann man denn eine Frau lieben?«

»Willst du es genau wissen?«, konterte Elli und zog einen Mundwinkel hoch.

»Nein, ich … also, entschuldige…« Maria schüttelte den Kopf. »Mama hat mal von den wilden Zwanzigerjahren in Berlin erzählt. Das heißt, eigentlich hatte sie das von ihrer Schwester, von Josefine. Da ging sowieso alles drüber und drunter, Frauen im Smoking, Frauen mit Zigarettenspitzen, Frauen gründeten Verlage, unterhielten Salons, Frauen fuhren mit Automobilen und Rädern rund um die Welt …«

»Tja, siehst du, und weil Frauen das starke Geschlecht sind, liebe ich eben eine Frau!«

Elli lehnte sich zurück und lächelte Maria an.

»Und du heiratest also … einen Mann? Darf ich raten?«

Maria fand ihre Neuigkeit schon fast bedeutungslos gegen die von Elli.

»Rate!«, sagte sie knapp.

»Karl.«

»Und woher weißt du das?«

»Weil dein geliebter Maler mit einer Bertschingertochter liebäugelt.«

Maria blieb der Mund offen stehen, sie spürte es und griff nach der Kaffeetasse.

»Wusstest du das nicht?«

Elli sah sie zuerst neugierig, dann besorgt an. »Oh, Mann!« Sie legte ihr eine Hand auf den Oberarm. »Ich dachte, deshalb nimmst du den Karl. Aus Rache! Oder so.«

»Ich hatte keine Ahnung«, kam es von Maria.

»Vielleicht hat es auch gar nichts zu sagen. Sie hat sich von ihm malen lassen, heißt es. Und der alte Bertschinger tönt, er sei eben weltoffener als manche Hinterwäldler im Dorf.«

»Damit meint er Papa.«

Maria ließ ihren Kopf in beide Hände sinken.

»Eine Bertschingertochter!« Sie sah auf. »Weißt du das genau?«

»Ja, genau genommen eine Enkelin vom Alten. Vom Fried.

Eine Tochter von dem Sohn, der wieder zurückgekommen ist, der seinen –«

»Fünfzigsten Geburtstag feiert. Und ein Hotel bauen will. Ja, ich weiß!«

Zur nächsten Frage musste sich Maria aufraffen.

»Und die beiden sind ein Paar?«

Elli blickte zur Wanduhr und fuhr auf. »Keine Ahnung. Bisher vielleicht nicht … aber wenn du den Karl … Ich muss mich beeilen, sonst ist der Bus weg!«

Maria sah ihrer Schwester nach und griff nach ihrem Kaffeebecher. *So eine starke Frau,* hatte Karl heute Nacht gesagt. Im Moment fühlte sie sich so schwach, sie hätte heulen mögen.

Sie nahm einen Schluck, aber der Kaffee schmeckte nicht. Und überhaupt war ihr die Lust auf den heutigen Tag vergangen. Am liebsten wäre sie wieder hoch in ihr Bett gegangen und hätte die Decke über den Kopf gezogen, es tat alles so weh. Mamas Tod, der »Hirschen«, der Bertschinger, Horst und nun auch Karl, der überhaupt nichts dafür konnte. Warum ließ sich die Zeit nicht einfach zurückdrehen? Mama würde noch leben, und alles andere wäre weit weg.

Sie hob den Kopf und verfolgte den schwarzen Sekundenzeiger auf der Wanduhr, der unermüdlich voran tickte. Das ewige Diktat. Bald würden die ersten Zimmergäste an den Tischen auf ihr Frühstück warten. Nicht viel, einfach nur Brot, Butter und verschiedene Marmeladen, Beeren und Kernobst, die sie selbst zupften, pflückten, auflasen und sammelten, um sie dann in großen Mengen einzumachen, vor allem Quitten, Johannisbeeren und Himbeeren.

Quitten, ihre Gedanken glitten ab, die brauchte auch ihr Vater für seinen Schnaps.

Ob er schon unterwegs war? Seit Mamas Tod war er ein ruheloser Geist geworden. Sie würde ihn nachher suchen. Vielleicht in seiner Schnapsbrennerei, so nannte er die Ecke im

Anbau, in der er sein Gärfass, den Brennkessel, die Maischepresse, die vielen leeren Flaschen und alles, was er an Zutaten brauchte, untergebracht hatte. Vielleicht werkelte er dort herum. Oder im Weingarten. Oder sonst wo, auf einem der Felder.

Die Zeit schritt erbarmungslos voran, sie war noch im Bademantel und musste sich sputen. Maria stand auf, trat noch einmal an die Hintertür, ließ den Blick über die Obstbäume hinunter zum See schweifen, der von hier aus als schmales graublaues Band zu sehen war, streckte sich ausgiebig und begann den Tag.

Zur Mittagszeit kam August für gewöhnlich an den Familientisch in der Wirtsstube. Als Maria ihren Vater sah, trug sie sofort zwei randvoll mit Hühnersuppe gefüllte Teller hinaus, froh, dass sie ihn endlich sprechen konnte. Bisher hatte sie ihre Neuigkeit für sich behalten. Zum einen, weil sie es selbst noch nicht so richtig glauben konnte, zum anderen weil sie es zuerst ihrem Vater sagen wollte.

»Na, Mädchen, alles gut?«, begrüßte er sie, während sie ihm seinen Teller servierte und sich ihm gegenüber niederließ.

»Zumindest hast du nun deinen Willen bekommen«, sagte sie und griff nach dem Löffel.

»Wie meinst du das?«

Auch er wirkte, als habe er kaum geschlafen, fand Maria. Zumindest hatte er sich seit gut drei Tagen nicht mehr rasiert, und der Bart zeigte, was sein Haar noch nicht verriet, die ersten grauen Stoppeln.

»Na ja, Karls Brautwerbung hast doch du angezettelt«, sie suchte seinen Blick, den er zum Teller gesenkt hatte.

Doch nun sah er auf.

»Wer sagt das?«

»Karl. Gestern. An meinem Geburtstag.«

»Ja«, August rührte in seiner Suppe, »ihr seid ausgegangen, ich weiß. Es ist ja völlig richtig, dass du deinen Geburtstag gefeiert hast, den –«

»Den einunddreißigsten, Vater, ja, genau.«

»Und? Was ist nun mit Karl?« Er betrachtete kurz das Stück Hühnerfleisch auf seinem Löffel, bevor er Maria in die Augen sah.

»Er hat gestern um meine Hand angehalten.«

»Aha?«, Augusts Löffel schwebte über der Suppe, »direkt bei dir?«

»Da wir deine Zustimmung sowieso vorausgesetzt haben«, sie ließ den Satz etwas in der Luft schweben und senkte dann die Stimme, »wir werden heiraten.«

August ließ den Löffel in die Suppe zurücksinken.

»Endlich mal eine gute Nachricht! Das ist eine weise Entscheidung.« Er schob seinen Stuhl zurück. »Steh auf, Tochter, und lass dich in den Arm nehmen. Für diese Entscheidung und zu deinem 31. Geburtstag. Mama wäre stolz auf dich!«

Er trat zu ihr, und Maria hatte in den starken Armen ihres Vaters das lang vermisste Gefühl von Geborgenheit.

Die nächsten Tage

Die nächsten Tage wurden turbulent. Nicht nur, dass der überraschend warme Spätsommer viele Essensgäste anlockte und ihre Zimmer mit Langzeitbuchungen gut belegt waren, sondern es war auch Erntezeit. Äpfel, Birnen, die Weintrauben, überall brauchte es Arbeitskräfte, und Maria versuchte, für alles, was sie selbst nicht mehr bewältigen konnte, die helfenden Hände ihrer Halbtagskräfte aus den befreundeten Bauernhäusern gut einzuteilen.

Inzwischen hatte sich die bevorstehende Hochzeit in Horn herumgesprochen. Neben Hilde und Mine, die sie sofort hochleben ließen, kam auch Christine und überbrachte mit einer Flasche Wein ihre Glückwünsche und auch die von ihrem Mann Ludwig.

»Du wirst sehen, es war die richtige Entscheidung, mit Karl hast du einen ehrlichen und anständigen Mann.«

Maria fand zwar, dass das für eine Ehe ziemlich langweilig klang, eine leidenschaftliche Liebe klang ganz anders, aber ein leidenschaftlicher Mann war ja vielleicht auf die Dauer schwer zu ertragen – vor allem, wenn er sonst keine Qualitäten hatte.

Lotti und Greta jedenfalls waren begeistert, und Lottis erste Frage lautete: »Ziehst du dann zu uns?« Und auch ihre anderen Schwestern, Trudi und Cecil, gratulierten ihr überschwänglich. Cecil bot ihr sofort an, das Hochzeitskleid zu schneidern, doch Maria fand, dass sie zu Fischers einkaufen gehen und sich von

Lotti beraten lassen sollte. Alleine dieser Gedanke brachte ihr schon Vorfreude.

Karl kam an einem der nächsten Abende vorgefahren, um alles zu besprechen, wie er sagte. August schlug ihm schon am Eingang kräftig auf die Schultern. »Es ist mir eine ganz besondere Freude«, rief er und machte auch den anderen Gästen in der Gaststube klar, dass er es so meinte. Vor allem am Stammtisch reckten sich die Hälse.

»Jetzt also doch der Karl«, sagte Josef und schob seinen Kautabak von der einen Backe in die andere.

»Und was wird nun?«, wollte Paul wissen und legte seine aufgefächerten Spielkarten neben sein Bierglas auf den Tisch. »Wirst du Wirt im ›Hirschen‹? Oder wird Maria Metzgersfrau in Bohlingen?«

Hans, der mit dem Rücken zum Eingang saß, drehte sich schwerfällig um, musterte Karl, der mit August zusammenstand, und schnarrte: »Egal wie, eine Runde Schnaps ist jedenfalls fällig!«

August lachte und schlug Karl noch einmal auf die Schulter. »Das dürfte klar sein!« Er wies zum Tresen. »Du holst den Schnaps, weißt ja wohl, wo, und ich schau nach Maria.«

Maria hatte von der Küche aus gehört, was vor sich ging, zog ihre Schürze aus, strich sich kurz über den Rock, warf einen Blick in den kleinen Wandspiegel neben dem Gewürzregal und öffnete die Tür.

»Da ist sie ja«, tönte ihr Vater, und Maria empfand, während sie auf Karl zuging, die Situation als höchst seltsam. Seit dem Heiratsantrag am Steinernen Kreuz hatten sie sich nicht mehr gesehen, wie sollten sie sich begrüßen?

Karl reagierte recht weltmännisch, fand sie, als er einfach auf sie zukam, sie kurz in den Arm nahm und fragte: »Magst du zur Feier der Stunde auch einen Schnaps?«.

»Auf alle Fälle«, sagte sie schnell. »Ich mach das schon.«

Aber Karl schüttelte den Kopf. »Ich habe den Auftrag von deinem Vater, also führe ich ihn aus. Und ich weiß ja, wo der Schnaps und die Schnapsgläser stehen.« Er wandte sich schelmisch an den Stammtisch. »Wer weiß das hier nicht?!?«

Alle lachten, und Maria spürte, wie sie sich entkrampfte. Sie sah ihm dabei zu, wie er ein Tablett schnell und sicher mit den Gläsern füllte und zuerst zu ihr kam.

»Meine Dame«, sagte er, »darf ich bitten?«

Maria lächelte ihm zu. Er stellte wirklich etwas dar. Groß, gut aussehend, gewandt, ein Mann zum Verlieben. Hätte sie sich nicht vorher anderweitig verliebt …

»Dann«, sprach ihr Vater den Toast aus, »auf unser Brautpaar. Ich freue mich sehr, dass ihr euch gefunden habt.« Er hob das Glas. »Auf Karl und Maria.«

Beifälliges Gemurmel folgte, bevor alle ihr Glas in einem Zug leerten und mit einem kräftigen Plopp auf die hölzerne Tischplatte zurückstellten.

»Danke für die guten Wünsche«, sagte Karl, »und da man auf einem Bein schlecht stehen kann, sollten wir noch einen zweiten trinken.« Und während erfreute Zustimmung kam, fragte Karl leise: »Maria, hast du ein paar Minuten Zeit? Wir sollten vielleicht kurz miteinander sprechen?«

Maria nickte. »Der größte Ansturm ist vorüber, die Gäste, die jetzt noch da sind, trinken höchstens noch ein Glas Bier oder Wein.«

Sie zeigte zu ihrem Familientisch in der Ecke. »Magst du noch ein Vesper?«

Karl schüttelte den Kopf. »Ich stelle die Meute hier noch ruhig, dann komme ich mit Bier, Wein und deinem Vater nach.«

Maria ging auf die Terrasse, um nach den wenigen Gästen zu sehen, die aber alle zufrieden schienen, und dachte darüber nach, wie selbstverständlich Karl hier die Bewirtung übernahm.

Lag ihm das im Blut?

Wenig später saßen sie zusammen, und August prostete Karl und Maria mit seinem Bierkrug zu.

»Ihr könntet mir keine größere Freude machen.«

Karl trank ebenfalls einen Schluck, meinte dann aber: »Eine Freude, wenn ich dir doch die Tochter nehme?«

August runzelte die Stirn. »Ich denke, ich bekomme einfach einen Schwiegersohn dazu.«

»Und verlierst eine Wirtin.«

Maria verschränkte die Arme. Na, dachte sie, so klar schien längst nicht alles zu sein.

August lehnte sich vor. »Halt! Du bekommst die Maria nur, wenn du mit ihr hier den ›Hirschen‹ bewirtschaftest. Du glaubst doch nicht, dass ich sie nach Bohlingen verheirate?«

Maria räusperte sich. »Redet ihr gerade über mich?«

Beide Männer blickten sie an.

»Das will ich meinen«, erklärte ihr Vater.

»Ich bin aber kein Pfingstochse, den man verschachern kann«, sagte sie bestimmt.

»Aber meine Tochter!! Und eine Heirat mit Karl macht nur dann Sinn, wenn er ›Hirschen‹-Wirt wird.«

»Das bist doch du schon, der Wirt!«, konterte Karl.

August schüttelte unwillig den Kopf. »Schluss jetzt, Karl. Für Bohlingen suchst du einen Metzger, und nach der Hochzeit ziehst du hier ein. Marias Kammer reicht für zwei!«

»Marias Kammer ...« Karl warf Maria einen Blick zu. »In Bohlingen hat sie ein ganzes, großes Haus. Und außerdem lebt ihre Schwester ja auch schon bei mir!«

»Die Abmachung ...«, brauste August auf, wurde aber von Maria unterbrochen, die mit der flachen Hand auf den Tisch schlug.

»Aha!«, sagte sie. »Wie war denn diese Abmachung genau? Schließlich bin ich der Preis, da will ich es auch wissen!«

Karl schüttelte den Kopf. »Es war ein kurzes Gespräch unter

Männern. Bei mir im Geschäft. Dein Vater hat dich weder verschachert noch sonst was, er meinte einfach, dass er mich gern als Schwiegersohn hätte. Und ich habe ihm geantwortet, dass du ja nicht nur mir gefallen musst, sondern ich dir umgekehrt auch.«

Maria nickte. »So ist es.« Sie legte kurz ihre Hand auf den Unterarm ihres Vaters. »Und nun geht dein Plan nicht auf?«

Kurz war es still am Tisch.

»Ich bleibe dabei, Karl. Hochzeit nur, wenn du an Marias Seite ›Hirschen‹-Wirt wirst. So hätte es auch die Anna gewollt!«

Maria spürte, wie sie sich innerlich auf Karls Seite stellte. Nicht, weil sie Metzgersfrau werden wollte, sondern weil ihr Vater einfach so über sie bestimmte.

»Ich bin schon erwachsen!«, erinnerte sie ihren Vater.

»Aber eine Frau!«, erklärte August unwirsch.

»*Nur* eine Frau?« Ihr Ton wurde schneidend, und August erinnerte sich sofort an eine Diskussion, die er einmal mit Anna genau über dieses Thema gehabt hatte. Er zog den Kopf etwas ein.

»Ich höre Anna«, sagte er. »Sie wog mehr als zwei Männer auf. In allem. Also nehme ich das zurück.«

Maria nickte und atmete aus. Dann wandte sie sich an Karl.

»Wie hast du dir das vorgestellt?«, fragte sie.

»Ich richte mich nach deinen Wünschen«, erwiderte er.

»Und die wären?«, fragte August schnell.

»Vater!«, ermahnte Maria.

August stand auf. »Ich halte das nicht aus, so ein Gezerre, soll ich die Würfel holen?«

»Ganz bestimmt nicht!« Maria sah ihn unwillig an.

»Dann drei Schnäpse!«

»Einverstanden!«

Maria sah ihm hinterher und lächelte Karl zu. »So. Jetzt ist er weg, wir haben für drei Minuten Ruhe und können uns rasch einigen.«

»Wenn wir heiraten, möchte ich, dass du glücklich wirst.« Karl griff nach ihrer Hand. »Bohlingen ist sicher nicht dein Wunschziel, vermute ich.«

»Ich glaube, dass du ein guter Wirt bist. Ich habe dich eben beobachtet. Du kannst mit den Gästen, du bist schnell, es gibt bestimmt vieles, das du gut kannst ... und, Karl, wir können unser Gärtchen gemeinsam beackern.« Sie lächelte ihm zu. »Den Pflanzen hat dein grüner Daumen gutgetan.« Sie drückte seine Hand. »Kannst du dir das vorstellen? Hier mit mir?«

Karl beugte sich etwas zu ihr hinüber. »Wäre die Wirtschaft leer, würde ich dir jetzt auf der Stelle einen Kuss geben!«

Mit großen Schritten kam August heran und stellte die Schnäpse ab. »Gut«, sagte er, »bevor wir betrunken sind, sollten wir vielleicht zu einer Einigung kommen. Karl, ich mache dir ein Angebot.«

»Noch eine Tochter?«, scherzte Karl und zog schnell sein Schienbein weg, weil er Marias Reaktion unter dem Tisch fürchtete.

»Ein Laden!«, erklärte August, während er sich setzte. »Wir haben hier genügend Platz. Den Saal bekommen wir nur bei Hochzeiten und Beerdigungen voll, also halbieren wir ihn und du richtest dir einen Laden ein. Wurst und Fleisch aus Bohlingen. Und was du sonst noch verkaufen magst.«

Maria und Karl wechselten einen Blick.

»Na, dann«, sagte Karl und hob das Glas. »Eine wunderschöne Frau und dazu noch ein Laden, wer kann da noch *Nein* sagen.«

August stöhnte. »Was für eine schwere Geburt. Anna hat fünf Mädchen geboren, aber das hier übertrifft alles!«

»Sagst du so leicht!« Maria griff unwillkürlich an ihren Bauch.

»Jetzt brauchen wir noch ein Datum für die Hochzeit!« Ihr Vater fuhr sich durch seine noch immer volle Mähne. »Und dann wird richtig groß gefeiert, der Saal soll zum letzten Mal zeigen, dass er seinen Namen verdient hat!«

Es sollte der 22. Oktober werden, darüber wurden sie sich schnell einig. Das waren noch vier Wochen, doch Hochzeitsvorbereitungen, das hatte Maria schon einmal mit Alois und außerdem bei ihren beiden Schwestern miterlebt, kosteten Zeit – sogar damals im Krieg. Doch diesmal war alles sehr viel größer, die Gästeliste war schwierig genug, weil niemand vergessen werden durfte, das Aufgebot, der Pfarrer, die Tanzkapelle, die nötige Ausstattung für den Saal, weiße Tischtücher hatte Anna schon vor vielen Jahren angeschafft, sogar selbst genäht, inzwischen waren sie bei einigen Veranstaltungen aufgelegt worden, auch bei ihrer Hochzeitsfeier und der ihrer beiden Schwestern, alles musste überprüft werden. In welchem Zustand waren sie, mussten sie gewaschen, gestärkt werden? Der Blumenschmuck … und natürlich ihr Kleid.

In Weiß wollte sie nicht heiraten, das erschien ihr nach ihrer ersten Ehe nicht richtig.

Sie rief Lotti an und fragte nach einer Beratung im Modehaus Fischer. Und erhielt die Mitteilung, dass der kommende Samstag, sollte sie es einrichten können, recht sei. Am Nachmittag sei sogar ein Mannequin da, das den Kundinnen die neue Herbstmode vorführe und natürlich auch die Kleider-Auswahl, die Frau Fischer für Marias großen Tag zurechtlegen werde.

Für den Samstag hatten sich einige Gäste mit Fahrrädern angekündigt, so sprangen Hilde und Emml für sie im »Hirschen« ein. Außerdem wollte Maria keinen Zeitdruck haben, denn sie hatte einen Zwischenstopp in Bohlingen eingeplant, um mit Karl einen Kaffee zu trinken. Es gab doch noch einiges zu klären, fand sie, und außerdem wollte sie ihn noch besser kennenlernen, denn, sollte er eine wirklich dunkle Seite haben, die er bisher erfolgreich versteckt hatte, konnte sie noch immer

Nein sagen. Aber er empfing sie herzlich wie immer, überließ Greta Laden und Wurstküche und ging ihr voraus in die Küche.

»Greta macht sich weiterhin gut?«, wollte Maria wissen, während er alles für den Kaffee richtete und zwei Tassen bereitstellte.

»Und ob!«, sagte er. »Bisher waren Metzger immer männlich, weil Schlachten viel Kraft braucht. Aber sie stellt so manchen Lehrburschen in den Schatten. Ich frag mich manchmal, wo sie ihre Muskeln versteckt hat … bei den dünnen Ärmchen.«

Karl lachte, und Maria lachte mit. Aus einem plötzlichen Impuls ging sie zu ihm, fasste ihn an den Oberarmen und küsste ihn auf den Mund. Er zögerte überrascht, schloss sie gleich darauf in die Arme, und sie küssten sich richtig.

Der erste Kuss.

Danach sahen sie sich an.

»Meine Schwester Cecil sagt, wenn ein Mann gut tanzen kann, kann er auch gut küssen.«

»Was deine Schwester nicht alles weiß …«

»Sie sagt auch, jeder Mann hat eine Schattenseite. Deine habe ich noch nicht herausgefunden.«

Karl fuhr sich durch seinen kurzen Bart und drehte sich zur Anrichte um.

»Trinken wir lieber unseren Kaffee«, sagte er leise. »Milch und Zucker?«

Später vielleicht, dachte Maria. Vielleicht brauchte er Zeit.

Sie ging ihm hinterher und stellte fest, dass in Karls Garten der Spätsommer eingezogen war. Astern und Dahlien blühten zwischen hohen Gräsern, die Blätter der Obstbäume zeigten die ersten Verfärbungen, die tiefer stehende Sonne tauchte alles in ein weiches und warmes Licht.

Karl stellte die beiden Kaffeetassen auf dem alten Holztisch ab und schob Maria einen der Stühle zurecht.

»Malerisch schön«, sagte sie und zeigte auf den Garten und die Wiese dahinter.

»Malerisch verwildert«, meine Karl und ließ den Blick kurz schweifen. »Der Garten war Mutters Augapfel, aber nun hat sie ihren eigenen kleinen Garten, und sie sagt, sie mag nicht mehr in die Vergangenheit eintauchen, also kommt sie auch nicht mehr.«

»Wegen des Gartens?«, fragte Maria ungläubig.

»Magst du Gebäck zum Kaffee?«, lenkte Karl ab.

»Wegen des Gartens?«, wiederholte Maria.

Karl lehnte sich etwas vor. »Mein Schwager ist ein alter Nazi! Meine Mutter verabscheut ihn, und ich kann ihn auch nicht leiden, deshalb wollte ich mit dir auch über die Gästeliste sprechen, wie wir das machen.«

»Ein alter Nazi?« Maria starrte ihn an. »Diese Zeit muss doch irgendwann mal vorbei sein!«

»Was glaubst du, wo sie geblieben sind? Sind aus dem Krieg zurückgekommen, dachten, es ist alles wie vorher. Sie sind die Saubermänner, die den Ton angeben, die Welt gehört wieder ihnen.«

»Aber … dein Schwager?«

»Nicht nur er. Die SS in Radolfzell hat sich nicht in Luft aufgelöst, nur weil der Krieg vorbei ist.«

»Du meinst …«

»Erinnere dich mal zurück. Deine Eltern haben Jacob Picard in Zimmer 4 zwei Jahre lang beherbergt, während unten am Stammtisch die Radaubrüder aus Radolfzell ihre Sprüche klopften.«

Maria zog ihre Kaffeetasse zu sich her. »Woher weißt du das?«

»Hat mir mein Vater erzählt. Deine Eltern haben immer wieder was riskiert, waren wirklich mutig!«

»Uns wurde nur eingetrichtert, dass wir kein einziges Wort über Jacob verlieren durften.«

»Ja, Picard hat im Ersten Weltkrieg für Deutschland gekämpft, das musst du dir mal vorstellen, und 1940 hat er dann die letzte Gelegenheit ergriffen, nach Amerika zu emigrieren, sonst hätten ihn seine ehemaligen Kameraden umgebracht.« Karl nahm einen Schluck. »So ist Deutschland seine berühmten Denker, Maler und Unternehmer losgeworden.«

Maria drehte ihre Tasse. Sie war wirklich betroffen.

»Ich habe so in meiner eigenen Welt gelebt … mit Alois' Tod … und«, sie sah Karl in die Augen, »wahrscheinlich habe ich auch alles verdrängt.« Sie schüttelte nachdenklich den Kopf. »Das fällt in Deutschlands letztem Zipfelchen am Hornspitz ja auch leicht. Die Nähe zur Schweiz hat uns geschützt.«

»Ja, vor den Bombern. Nicht aber vor den Menschen. Die sind noch da. In Singen hat Bürgermeister Karl Bäder kurz vor dem Einmarsch der Franzosen den örtlichen Nazi-Größen die Sinnlosigkeit eines Widerstandes erklärt und sich für eine friedliche Übergabe an die Besatzer eingesetzt. Sie haben ihn kurzerhand als Volksverräter abgeurteilt und noch in der gleichen Nacht gehängt.«

»Das wusste ich nicht. Ich weiß, dass viele Einheimische kurz vor dem Einmarsch der Franzosen aus der Stadt geflohen sind …«

»Ja«, Karl unterbrach sie, »aber nicht, weil sie Angst vor den Franzosen hatten, sondern vor den SS-Schergen, die in den letzten Stunden noch sogenannte Vaterlandsverräter aufgespürt und ermordet haben.«

Maria holte tief Luft. »Furchtbar!«, sagte sie. »Dass es viele Zwangsarbeiter gab, weiß ich. Besonders in Singen bei der Eisengießerei. Und auch in Horn …«

Karl nickte. »Auch da waren deine Eltern unerschrocken. Trotz des Verbots der Nazis hat August zwei polnischen Zwangsarbeitern in eurer Gaststube Wein serviert und ist sofort von ein paar Bauern angezeigt worden. Musste 50 Reichsmark Strafe zahlen. Mit Freuden, soll er damals gesagt haben. Ich wäre nicht so mutig wie er gewesen.«

Maria biss sich auf die Lippen. »Wir Schwestern haben das nur am Rande mitbekommen. Das Haus war immer voll, zuerst mit Frauen und Kindern aus den zerbombten Städten, dann mit Flüchtlingen. Wir haben alle viel gearbeitet, Mutter am meisten.«

»Alle Frauen habe geschuftet!« Karl zeigte mit dem Daumen zum Nachbarhaus. »Drüben wohnt meine Schwester, das weißt du ja. Sie hat während des Krieges hart gearbeitet, um alles aufrechtzuerhalten. Dann kam ihr Mann heim und erklärte ihr, dass er nun wieder die Hosen anhabe.«

Maria schüttelte den Kopf. »Und das lässt sie sich gefallen?«

»Was soll sie denn machen«, sagte er. »Die Politik wird von Männern gemacht, sie stellen sich doch nicht selbst ein Bein – Ehefrauen ohne Rechte sind bequemer.«

»Du sprichst wie meine Mutter. Das hat sie auch immer gesagt.«

»Deine Mutter hat das eben auch gesehen. Die Frauen haben sich und ihre Kinder irgendwie über die Runden gebracht und sollen jetzt, da die Herren wieder da sind, in die zweite Reihe zurücktreten, plötzlich nichts mehr wert sein …!«

Maria griff über den Tisch nach seiner Hand. »Du solltest in die Politik gehen!«

»Vielleicht tu ich das auch noch …«, er lächelte. »Mit einer starken Frau an meiner Seite – von Horn aus.«

Mehr und mehr gelangte Maria zu der Überzeugung, dass sie einen wirklich starken Mann an ihrer Seite hatte, mit guten, anständigen Ansichten. Sie dachte darüber nach, während sie im Bus nach Singen saß. Karl hatte recht, dachte sie. Der Krieg war zwar vorbei, aber viele der Nazis waren noch da, sie hatten jetzt ein Tarnmäntelchen um, dachten aber noch immer wie früher. Auch fünf Jahre nach Kriegsende lagen viele Städte in Trümmern, überall Flüchtlinge, die erbärmlich hausten und um Almosen betteln mussten, Millionen von Menschen hatten kein Geld, der allgemeine Aufschwung betraf nicht alle.

Wie immer und überall gab es Gewinner und Verlierer.

Zu welcher Gruppe gehörten sie?

Sie überlegte. Sie hatten Arbeit, ein Dach über dem Kopf, wenn Geld da war, wurde es in den »Hirschen« gesteckt. Sie selbst hatten nicht übermäßig viel, aber immerhin konnte sie sich jetzt ein Hochzeitskleid im Bekleidungshaus Fischer kaufen.

Sie waren also irgendwo in der Mitte.

Maria war so in ihre Gedanken versunken, dass sie fast die Haltestelle verpasst hätte. In letzter Sekunde sprang sie auf, nahm ihre Handtasche und stieg aus. Wie schon beim ersten Mal, beim Vorstellungsgespräch mit Lotti, fand sie das Eckgebäude imposant, und ein Blick in die spiegelnden Schaufenster zeigte ihr, dass sie in ihrem blauen Kleid gut angezogen war.

Vor der Eingangstüre schöpfte sie kurz Atem, wusste aber eigentlich nicht, weshalb sie aufgeregt war, stieß die Tür auf und trat forsch ein. Die Eleganz des Raumes hüllte sie sofort wieder ein, die gedämpften Schritte auf dem Teppich, die spiegelnde Decke über ihr. Eine junge Frau kam auf sie zu, flink und doch gemessen, fand Maria, nur die rot geäderten Augen passten nicht zu dem herzlichen Lächeln ihres Mundes.

»Frau Ruggli?«, fragte sie, »Sie werden schon erwartet.«

Eigentlich heiße ich ja Ruf, dachte Maria gewohnheitsmäßig, aber auch hier ließ sie es stehen. Bald würde sie sowieso Amann heißen. Sie bedankte sich und ging der jungen Frau in tadelloser weißer Bluse und schwingendem blauen Rock hinterher, an der Bar vorbei in den Verkaufsraum.

»Welche Freude!« Sophie Fischer drehte sich nach ihr um,

kam ihr entgegen und ergriff Marias ausgestreckte Rechte zum Gruß mit beiden Händen.

»Schön, dass Sie da sind, herzlich willkommen. Sie haben uns mit ihrer Schwester eine große Freude bereitet, sie ist ein wirklicher Sonnenschein.«

»Ja, das ist sie.« Maria freute sich über dieses Kompliment und sah sich um. »Wo ist sie denn?«

»Sie hilft gerade unseren Kundinnen bei der Umkleide, kommen Sie mit zu unserem Tischchen dort hinten, wir haben eine Erfrischung für Sie, und außerdem trägt unser Mannequin gerade eines der Kleider, die für Ihre Hochzeit vielleicht infrage kommen.« Sie lächelte ihr freundlich zu. »Herzlichen Glückwunsch zur Vermählung.«

»Danke.«

Maria folgte ihr gespannt um einige Regale herum. Auf einer Chaiselongue saßen einige gut gekleidete Damen, manche in Gespräche vertieft, andere hielten Gläser in der Hand und betrachteten die junge Frau, die vor ihnen auf und ab ging. Andere betasteten die Stoffe der ausgestellten Kleider oder schlenderten einfach umher. Sophie Fischer bat Maria, auf einem der Sessel Platz zu nehmen, und winkte das Mannequin zu sich.

»Dieses Kleid können Sie zu allen festlichen Anlässen tragen«, sagte sie. »Also nicht nur zu einer Hochzeit, wenn Sie selbst die Braut sind«, sie nickte Maria freundlich zu, »sondern auch danach zu allen festlichen Anlässen. Es ist eine lebenslange Anschaffung.«

Das Kleid war wirklich schön. Mit Spitze, Netz und einem Garn mit hoher Dichte, wie Frau Fischer ausführte, wirkte es bis zum Schlüsselbein geschlossen, doch unter den Spitzen blitzte eine Corsage durch, die in der Taille in einen schwingenden, sich aus mehreren Lagen bauschenden Rock überging, der etwas über den Knöcheln endete.

»Drehen Sie sich doch bitte einmal um die eigene Achse«, forderte Sophie Fischer das Mannequin auf, das sich anmutig und immer schneller drehte, sodass der Rock, wie bei einer schnellen Polka, zu fliegen schien.

Unwillkürlich klatschte Maria, ließ ihre Hände aber wieder sinken, als sie bemerkte, dass keine der Damen mittat.

»Es gefällt Ihnen?«, fragte Sophie Fischer galant und winkte einer ihrer Angestellten, »Fräulein Erna, bringen Sie Frau Ruggli doch bitte ein Glas Sekt.« Sie wandte sich Maria zu. »Das darf ich Ihnen doch offerieren?«

Maria bedankte sich und erblickte Lotti, die mit einer Kundin aus einer Tür im Hintergrund kam. Lotti winkte ihr zu und strahlte dabei über das ganze Gesicht.

»Und hier kommt ja auch Ihre Schwester«, bemerkte Sophie Fischer und fragte nach: »Entspricht das Kleid Ihren Vorstellungen?«

»Es ist wunderschön«, bestätigte Maria und fügte etwas zögernd an, »nur das Tannengrün gefällt mir nicht. Das ist mir für eine Hochzeit zu … düster.«

»Da haben Sie recht. Wir haben noch mehr Modelle und können das Kleid auch in der von Ihnen gewünschten Farbe schneidern lassen.«

Inzwischen war Lotti herbeigekommen, blieb etwas förmlich vor Marias Sessel stehen und flüsterte ihr zu: »Ich freu mich so, dass du da bist!«

»Ich mich auch«, gab Maria zurück, während Frau Fischer in die Hände klatschte.

»Und nun, meine Damen, unser zweites Mannequin, Fräulein Rosa, mit einer Kombination aus Kostüm, Mantel, Hut und Handschuhen, eine Kombination, die Sie im Herbst und kommenden Winter als Dame von Welt ausweisen wird.«

Maria nahm ihr Glas Sekt in Empfang und sah eine Weile zu. Das hier war wirklich ein schöner Luxus. Die vornehm gekleideten Menschen, die Unbeschwertheit, die in der Luft lag. Kein Wunder, dass es Lotti hier gefiel. Und sie war stolz auf ihre kleine Schwester, mit welcher Selbstverständlichkeit und Sicherheit sie sich hier bewegte und ihr eigenes Geld verdiente.

Sie hat die richtige Entscheidung getroffen, dachte sie und ging schließlich mit Lotti zu den Kleidern, die Frau Fischer für sie ausgesucht hatte. Sie hingen alle an einer fahrbaren Kleiderstange, eines schöner als das andere.

»Was sagst du?«, wollte Lotti wissen.

»Sie sind alle einfach … himmlisch!«

»Gut«, Lotti griff zu dem Kleiderständer, »dann gehen wir jetzt zur Umkleidekabine, und du fängst an.«

Es war ein besonderes Gefühl, mit der Schwester so beieinander zu sein. Fast war Maria versucht, mit Lotti Blödsinn zu machen, wie früher, und über alles Mögliche zu kichern, aber sie hielt sich zurück. Sie war die Kundin, und Lotti bediente sie, trotzdem warfen sie sich in der Kabine kichernd Blicke zu, und Lotti schüttelte vehement den Kopf, wenn sie etwas unmöglich fand, sagte aber gleichzeitig laut: »Ja, sehr schön, dieses Kleid, es ließe sich an der Taille leicht umarbeiten …«, womit sie bei Maria den nächsten Lacher auslöste. Sie waren einfach glücklich, zwei Schwestern, die alles um sich herum vergaßen.

Trotzdem fiel Maria nach einer Weile die Mitarbeiterin mit den rot geäderten Augen ein. Hatte es ein Problem mit den Chefs gegeben?

»Ihr Mann hat heute Morgen gekündigt!«, verriet Lotti leise.

»Ihr Mann …«

Maria kannte das Gesetz. Wenn ein Ehemann mit der Berufstätigkeit seiner Frau nicht einverstanden war, konnte er ihr die Arbeit verbieten, offiziell hieß das dann: damit der eheliche Haushalt nicht vernachlässigt würde.

»Aber sie …«, begann Maria leise, und Lotti vervollständigte den Satz: »Ja, sie liebt ihre Arbeit hier heiß und innig und war überall beliebt, außerdem hat sie mir sehr geholfen, weil sie sich mit allem auskennt. Frau Fischer hat ihrem Mann noch gut zugeredet, er meinte aber, es sei eine Schande für einen Mann, wenn die Frau arbeite. Er verdiene nun wieder genug Geld. Seine Ehefrau gehöre ins Haus.«

Maria fiel auf der Stelle ihr Gespräch mit Karl ein, aber sie versuchte, die düsteren Gedanken zu verscheuchen.

»Es ist viel im Argen«, sagte sie nur.

Lotti nickte. »Und hast du das mit Karls Schwager gehört?«, flüsterte sie.

»Wir haben vorhin beim Kaffee darüber geredet. Und nicht nur über ihn. Wenn man das alles mal genau bedenkt, kann es einem angst und bange werden. Denken wir an etwas Schönes.«

»Ja, an deine Hochzeit«, sagte Lotti laut. »Hier, was hältst du von diesem champagnerfarbenen Kleid, etwas kecker, wie ein langes Hemdblusenkleid mit schmaler Taille und tiefem Dekolleté?«

»Das gefällt mir wirklich gut«, sagte Maria. »Nicht zur Hochzeit, aber für warme Sommertage auf der Terrasse. Eine Wirtin kann ja auch mal …«

»… ein bisschen mehr Chic an den Tag legen«, nahm ihr Lotti das Wort aus dem Mund, und sie lachten beide.

»Schön mit dir«, flüsterte Maria ihr zu.

»Und erst mit dir«, sagte Lotti und gab ihr einen Kuss auf die Wange.

Ein zartes Hellblau lockte Maria zwischen den Kleidern auf der Stange an, und Lotti griff es aus der Mitte heraus.

»Satin«, sagte sie dazu, »schulterfrei, aber der Stoff über der Brust ist doppelt und fällt sehr elegant über die Oberarme, und schau, die schmale Taille und der weite Rock, es ist ein wirklich wunderschönes Kleid.«

Maria musste ihr recht geben, schon am Bügel stach es aus

den anderen heraus. Und als sie es angezogen hatte, war es, als sei es für sie gemacht. Sie griff in ihre schulterlangen Haare und zwirbelte sie am Hinterkopf zu einer Banane, dann drehte sie sich vor dem Spiegel.

»Du musst rauskommen«, erklärte Lotti bestimmt, »ich kündige dich an!«

»Aber ich …«

»Schlüpf in deine Schuhe, das müssen die anderen auch sehen.«

Maria bekam augenblicklich Lampenfieber.

»Du weißt doch überhaupt nicht, ob die das wollen?«

»Aber Frau Fischer schon. Sie ist begeistert, wenn ihre Kundinnen etwas Passendes finden. Und das hier ist nun wirklich, also, Maria, wie für dich gemacht. Nun bist du das Mannequin.«

Maria behielt ihre eine Hand an den hochgezwirbelten Haaren, was Lotti spontan veranlasste, einige Haarklammern aus ihren hochgesteckten Haaren zu nehmen und Maria hinzustrecken.

»Nimm, ich bin gleich wieder da.«

Maria hatte vor Aufregung Mühe, die sonst so automatisch und mühelos ausgeführten Handgriffe hinzubekommen, aber als Lotti zurückkam, hielt die Haarrolle, und Maria atmete durch.

»Dann also«, sagte sie: »Los!«

Sophie Fischer hatte ihre Kundinnen offensichtlich auf Marias Auftritt vorbereitet, denn sobald sie aus der Umkleidekabine in den Verkaufsraum hinaustrat, hatten sich schon alle Augen auf sie gerichtet.

»Und, meine Damen, was sagen Sie nun zu diesem Kleid, das uns die Braut, Frau Ruggli, da selbst vorführt?«

»Sehr, sehr schön«, kam der erste Kommentar, während Maria betont langsam und mit einem Lächeln auf den Lippen, wie sie es auch vorhin bei dem Mannequin gesehen hatte, in Richtung Sitzecke schritt.

»Aber da fehlt doch noch etwas!«

Ein Ruf hinter ihr, und bevor es sich Maria versah, war ein kleiner Junge zu ihr geflitzt und bot ihr seinen Arm an.

»Der Bräutigam«, rief er in die Runde.

Alle lachten, und auch Maria musste lachen, nahm aber den dargebotenen Arm des Jungen in Anzug und Krawatte an und stolzierte mit ihm hin und her. Inzwischen erklärte Sophie Fischer die Vorzüge ihres Kleides. Durch den besonderen Kragen sei es ausgesprochen wandlungsfähig und zu vielen festlichen Gelegenheiten zu tragen, und später könne man den Rock auf Knielänge kürzen und bekomme ein hinreißendes Sommerkleid.

Diesmal klatschen alle, vor allem, als Sophie Fischer ihren Sohn vorstellte: »Und unser Peter hat mal wieder nur Streiche im Kopf – oder er übt schon für später, wer weiß.«

Sie erntete viel Gelächter, und die Stimmung der kauflustigen Damen erreichte einen neuen Höhepunkt.

»War das eingeübt?«, wollte Maria leise wissen, als sie neben Lotti zur Kabine zurückging.

»Nein!« Lotti schüttelte den Kopf. »Das ist ihm bestimmt spontan eingefallen, weil er heute zu dieser kleinen Veranstaltung Anzug tragen muss. Und vielleicht«, sie zwinkerte ihrer Schwester zu, »findet er dich ja auch wirklich sehr anziehend.«

Familienplausch

Die Liste für die Hochzeitsgäste hatten sie zu dritt beraten, Karl, Maria und ihr Vater. Bei einigen Namen tat sich Karl schwer.

»Wie kann ich meine Schwester einladen – ohne ihren Mann?«, fragte er seinen zukünftigen Schwiegervater.

»Wir werden einige Kandidaten wie den Arnold dabei haben … ob wir wollen oder nicht. Aber Hochzeit ohne deine Schwester? Das wäre für Irma schlimm, und wie willst du das deinen Eltern beibringen?«

Schließlich hatten sie die Liste der Gäste beisammen, die Einladungen ausgesprochen, die Tische im »Hirschen« geschmückt und das Festessen vorbereitet, alle Aushilfen waren verständigt und wussten, was zu tun war.

Es war der Abend vor der Hochzeit, und Maria ging mit ihren Schwestern, die ihr den Tag über geholfen hatten, noch einmal alles durch. Sie saßen am Familientisch, Maria hatte ein großes Vesper aufgetischt, jede bediente sich, und auch der Krug Wein kreiste. Es war ein bisschen wie früher, zu Zeiten ihrer Mutter. Heute fehlte nur der Vater, aber der bereitete mit Karl noch das Fleisch für morgen vor.

»Es kann nichts mehr schiefgehen«, sagte Elli und strich sich die Haare aus der Stirn. Sie war die erste unter den Schwestern, die Pony trug, ihre Haare kurz geschnitten und blondiert hatte. Auf den ersten Blick war sie kaum wiederzuerkennen, und Maria fragte sich, ob die anderen Schwestern über Ellis Liebe zu einer Frau Bescheid wussten?

Allerdings schien sie ihre Freundin morgen mitbringen zu wollen, denn sie hatte zwei Tischkärtchen für sich aufgestellt.

»Zumindest brauchen wir dich nicht mehr über die Hochzeitsnacht aufzuklären«, ulkte Cecil und hob ihr Glas.

»Und ganz alleine bist du mit deiner Hochzeit auch nicht«, fügte Trudi an, »Judy Garland hat auch eben erst geheiratet. Ihren Filmproduzenten, Sidney Luft!«

Und schon drifteten die Gespräche zu Ingrid Bergman, Elizabeth Taylor und vor allem Marilyn Monroe ab und zu allen Neuigkeiten, die in den Magazinen über die Filme, das Leben und Aussehen dieser Stars stand. Maria, die sich nicht so sehr für Lieben und Skandale, die weit weg waren, interessierte, lehnte sich etwas zurück, genoss das Stimmengewirr ihrer Schwestern und dachte über den morgigen Tag nach.

Ja, die Hochzeitsnacht. Da hatte Cecil den Nagel ungewollt auf den Kopf getroffen. Bei dem Gedanken daran stellte sich ein komisches Gefühl ein. Bisher hatte sie nur mit Männern geschlafen, wenn sie auch verliebt gewesen war. Das war diesmal nicht der Fall. War das dann ehrlich? Auf der anderen Seite hatte sie Karl in den vergangenen Wochen schätzen gelernt, er war ein feiner Mann mit gute Manieren und mit Respekt vor ihr. Das war eher selten, die meisten Männer in ihrem Umfeld kannten nur sich, und alles darum herum war selbstverständlich. Selbstverständlich saßen sie in den Wirtshäusern bei Schnaps und Kartenspiel, während die Frauen neben der Landwirtschaft auch den Haushalt erledigten und die jährlich wachsende Zahl von Kindern aufzogen.

Sie hatte also eine gute Wahl getroffen.

Und sie hoffte, dass sich alles andere, ganz wie es Christine prophezeit hatte, von selbst einstellen würde.

»Wir sind morgen alle rechtzeitig da.« Trudi war die Erste,

die vom Tisch aufstand. »Wir helfen dir beim Ankleiden und Schönmachen – wobei, viel machen müssen wir ja nicht, schön bist du ja schon.«

Die anderen stimmten zu, und Cecil verkündete schelmisch: »Das Kleid ist ein Traum! Hätte direkt von mir sein können.« Unter fröhlichem Gelächter verabschiedeten sich die Schwestern voneinander und freuten sich auf den nächsten Tag.

Als Maria kurz vor Mitternacht in ihrer Kammer im Bett lag, dachte sie: das letzte Mal alleine, das letzte Mal eine selbstbestimmte Frau.

Hochzeit

Die Eheschließung auf dem Amt, die nachfolgende Trauung in der Kirche, die Familie, die Gäste, alles zog wie ein Film an Maria vorbei. Was sie trotz allem registrierte, war, dass Karl in seinem dunklen Anzug mit Einstecktuch, passender Krawatte und auf Hochglanz polierten schwarzen Schuhen sehr gut aussah. Und sein überraschtes Kompliment, als er sie in ihrem Kleid sah, freute sie.

»Du siehst wundervoll aus«, hatte er ihr zugeflüstert. »Das Kleid steht dir sehr gut!«

Und es war nicht nur das Kleid. Cecil hatte sie dezent geschminkt, ihre Haare hochgesteckt und mit hellblauen Blüten verziert.

»Weniger ist mehr«, hatte Maria gewarnt, denn sie kannte die kräftige Schminke, die derzeit Mode war, aus den Zeitschriften. Aber Cecil war behutsam vorgegangen, die Abneigung ihrer Schwester gegen zu grelle Farben war ihr bewusst.

Cecils Mann hatte ein Foto aller Schwestern auf der Treppe des »Hirschen« aufgenommen, denn das, hatte er gesagt, sei nicht wiederholbar. Ein großes Ereignis, das unbedingt festgehalten werden müsse. Und dann auch noch an einem so prächtigen Herbsttag.

Maria hatte bei allem mitgemacht, und nichts fühlte sich für sie wahrhaftig an. Auch nicht, als sie mit ihrem Vater dem Traualtar entgegenschritt und dort zu Karl trat.

Es kamen ihr nur die Worte ihrer Mutter in den Sinn, die sehr früh vaterlos gewesen war und ihr bei der Trauung von Trudi zugewispert hatte: »Eigentlich wie im Mittelalter. Der Vater übergibt die Tochter an den Ehemann. Von der einen Autorität zur nächsten, dazwischen hat kein Millimeter eigener Wille Platz!«

So richtig wach wurden Marias Sinne erst, als sie mit allen Gästen nach der Hochzeit wieder im »Hirschen« war und ihre Verwandtschaft aus Mühlheim begrüßte. Sie hatte ihre drei Tanten zuletzt bei der Beerdigung ihrer Mutter gesehen und sich gefreut, dass sie alle hergekommen waren – auch Onkel Johann, der das Hofgut »Kraftstein« in der Nachfolge betrieb, am Geburtsort ihrer Mutter.

»Es ist noch immer karg und windig dort oben auf dem Hochplateau, und bald wird es Schnee geben, aber die Hochzeit der ›Hirschen‹-Wirtin ist uns schon wegen Anna wichtig«, hatte er gesagt und Maria in die Arme geschlossen. »Viel Glück, kleine Nichte, mit dem ›Hirschen‹ und mit Karl. Er scheint mir ein aufrechter Zeitgenosse zu sein!«

Maria wusste, wie sehr ihre Mutter ihren Bruder Johann geliebt hatte, und deshalb waren ihr seine Worte wie ein himmlischer Segen erschienen.

»Danke«, hatte sie geantwortet, »das bedeutet mir sehr viel.«

Es war die größte Hochzeit, die je im »Hirschen« gefeiert worden war.

Ihre erste Ehe hatte Maria im Krieg geschlossen, das war eine Not-Trauung gewesen, denn Alois musste damals zur Front zurück. Auch Trudi und Cecil hatten im Krieg geheiratet, so waren auch deren Feste kleiner ausgefallen. Deshalb freuten sich nun auch alle ihre Schwestern und deren Ehemänner an dieser Hochzeit mit gutem Essen und später sogar einer kleinen Kapelle und Tanz.

»Unser Lied!« Karl reichte ihr die Hand. »Darf ich bitten, meine schöne Frau?«

Und wie einige Wochen zuvor tanzten sie so harmonisch, als hätten sie das lange miteinander geübt. In einer Tanzpause nahm Karl sie in den Arm: »Es sind unsere Schlager wie im Café … bloß, da hätte ich das nie für möglich gehalten. Mein größter Wunsch ist in Erfüllung gegangen – und morgen singe ich dann Gerhard Wendlands Lied: Du warst heute Nacht so lieb zu mir.«

Maria zog kurz die Augenbrauen hoch, doch dann lachte sie. »Wart's ab, ob du das singen kannst …«

»Ich hoffe doch«, meinte er und küsste sie knapp unter ihr Ohr. »Ich freu mich jedenfalls auf dich.«

Und noch bevor sich alle Gäste verabschiedet hatten, verließen Maria und Karl das Fest. Alle klatschten, als sie Hand in Hand aus dem Saal zur Tür gingen, und Maria schüttelte nur den Kopf.

»Müssen wir jetzt auch noch das Leintuch raushängen?«, fragte sie Karl leise, bevor sie die Treppe nach oben gingen, in ihre Kammer, die ihre Schwestern mit einem roten Blumenherz auf der weißen Zudecke geschmückt hatten.

»Sie haben sich wirklich Mühe gegeben«, sagte Karl. »Alle miteinander. Es war ein schöner Tag, Maria.« Er hielt seine rechte Hand hoch und drehte an seinem goldenen Ring. »In guten und in schlechten Zeiten. Doch bevor wir das angehen, liebe Frau, muss ich mich waschen. Es war ein langer Tag, ich habe geschwitzt. So möchte ich dich nicht in meine Arme schließen.«

Maria nickte. »Ja, das möchte ich auch …«

In allen Zimmern gab es Waschbecken, doch nur ein Bad im ganzen Haus.

»Du zuerst«, bot Maria an. »Ich wasche mich hier, ich bin das gewöhnt.«

Karl nickte und ging mit seinem Waschbeutel hinaus.

Wie wird er wohl zurückkommen?, überlegte sie. Mit Lendenschurz, wie Johnny Weissmüller? Und wie sollte sie sich anziehen, das Negligé, das ihre Tante ihr zur Hochzeit geschenkt hatte?

Das war typisch Josefine, fand sie. Fine, wie ihre Mutter sie genannt hatte, war einfach eine Spur anders als alle anderen. Frecher, selbstbewusster, modischer. Sie hatte ihre Tante schon als kleines Mädchen toll gefunden.

Maria nahm das Negligé, breitete es auf dem Bett aus und betrachtete es: Seide, zartrosa mit weißen Spitzen über der Brust und am knietiefen Saum. Ein feines Teil, sicherlich aus Berlin.

Sie zog ihr Kleid aus und hängte es sorgsam auf einen Kleiderhaken am Schrank, damit es auslüften konnte. Ein schönes Kleid, sie war stolz darauf, und alle Kommentare hatten ihrer Wahl recht gegeben.

Maria warf einen Blick in den Spiegel, löste ihr Haar, sammelte die kleinen Blüten ein, die in das Waschbecken fielen, und begann sich gründlich zu waschen. Dann schaltete sie das helle Deckenlicht aus und die kleine Nachttischlampe an.

Die Hochzeitsnacht, dachte sie, irgendwie war das ein furchtbar förmlicher Akt. Viel schöner wäre es irgendwo in einer Wiese oder im Wasser … aber nein, es war Oktober, und alle weiteren Bilder, die sich ihr aufdrängten, schob sie weit weg. Und schließlich hatte sie es ja selbst in der Hand, dass es schön wurde.

Sie streifte sich das Negligé über, überprüfte es im Spiegel und fand sich recht anziehend. Wenn Horst das gesehen hätte … aber nein, diesen Namen musste sie ein für alle Mal aus ihrem Kopf verbannen. Sie hatte die Wahl gehabt und eine Entscheidung getroffen und dabei … Sie hörte Schritte auf dem Gang.

Nun wurde es ernst. Aber vielleicht, kam ihr plötzlich der Gedanke, hatte er ja auch Lampenfieber? Wer sagte denn, dass er sich in dieser Situation wohlfühlte?

Maria löste sich vom Fenster, wo sie sich mit dem Rücken zur Scheibe hingestellt hatte, und ging auf die Tür zu, gerade als die sich öffnete. Karl, frisch geduscht, noch mit nassen Haaren, kam mit einem Handtuch um die Hüfte herein, seine Kleidung sorgsam gefaltet unter dem Arm.

»Atemberaubend«, sagte er, als er sie sah und legte den Kleiderstapel auf der Kommode ab. »Du siehst aus…«, er blieb vor ihr stehen, »wie eine Göttin!«

Maria betrachtete seinen nackten Oberkörper, den sie heute zum ersten Mal sah. Starke Brustmuskeln unter dunklen Brusthaaren, und an der rechten Seite eine lange Narbe.

»Und du siehst auch nicht schlecht aus, lieber Karl, sehr männlich.« Sie deutete auf seine blassrot schimmernde Narbe. »Und wo hast du das her?«

»Eine meiner vielen Erinnerungen an den Krieg. Ich habe noch mehr. Alle zusammen erinnern mich täglich daran, wie dumm die Menschheit sein kann.«

»Aber nicht heute«, sagte Maria leise und umarmte ihn. Und plötzlich waren alle Bedenken fort. Er fühlte sich gut an, roch wunderbar nach Kernseife, und Maria ging langsam und körpernah mit ihm, Schritt für Schritt, rückwärts zum Bett. Und spürte, wie seine Erregung mit jedem Schritt größer wurde. Kurz vor der Bettkante fiel sein Handtuch und sie sah hinunter.

»Schön«, sagte sie.

»Er ist aufgeregt«, Karl räusperte sich. »Wie ich auch.«

»Wir sollten uns erst langsam erkunden«, schlug Maria vor, »was meinst du?«

Karl nickte.

»Aber vielleicht sollten wir erst das Blumenherz vom Bett räumen?«

Störfeuer

Fleißige Hände hatten schon sehr früh das meiste wieder in Ordnung gebracht. Als Maria und Karl zum Frühstück erschienen, kam Hilde gerade mit einem Brotkorb aus der Küche.

»Herzlichen Glückwunsch noch einmal an euch beide«, sagte sie, »und du kannst ganz beruhigt sein, Maria, hier geht alles seinen Gang. Die meisten Gäste haben schon gefrühstückt, der Saal ist wieder aufgeräumt, und ihr könnt euch am ersten Tag eurer Ehe erholen!«

Karl gab Maria einen Kuss auf die Stirn. »Das nenne ich Luxus. Einen Vormittag nur für uns!«

»Und ein gedeckter Tisch!« Maria wies zu dem Familientisch. »Ihr seid wirklich lieb.«

»Na«, gab Hilde zurück, »gestern und heute, das sind ja auch besondere Tage. Für euch«, sie machte eine ausholende Geste, »und für uns alle.«

»Es wird sich nicht viel ändern«, erklärte Karl. »Maria bleibt die Chefin, und ich kümmere mich um den Rest.«

Hilde lachte. »Kaffee kommt gleich, und zur Feier des Tages eine Eierspeise? Mit richtig viel Speck?«

»Mir scheint, ich habe das große Los gezogen!« Karl schmunzelte und blinzelte Hilde zu. »Bleibt das jetzt immer so?«

Maria lachte. »Ich fürchte, nicht«, sagte sie.

»Aber ich freue mich, dass ihr uns so verwöhnt! Wer hilft dir denn?«

»Emml und Mine sind da.«

»Sag ihnen herzlichen Dank. Ja, wir nehmen alles, was ihr uns heute Morgen Leckeres bieten könnt!«

Sie hatten sich gerade hingesetzt, als August durch die Eingangstür kam, sich kurz umsah und sich vergewisserte, dass der Gastraum leer war und sich dann mit einem: »Guten Morgen, meine liebe Tochter und guten Morgen, Schwiegersohn«, zu ihnen setzte.

»Auch einen Kaffee?«, fragte Maria, doch ihr Vater winkte ab. »Schon alles hinter mir.«

Er legte die Zeitung, die er unter dem Arm geklemmt hatte, auf den Tisch. »Da wollte uns doch dieser Mistkerl von Bertschinger die Stimmung verderben«, sagte er und tippte auf eine Anzeige. »Auf einer ganzen Seite! Gutes Geld für den Südkurier, aber da wir es gestern nicht gelesen haben, hat es seine Wirkung verfehlt.«

»Wieso, was ist denn passiert?«

Maria und Karl beugten sich gleichzeitig vor.

»Bertschinger gibt den Baubeginn für ein neues Hotel bekannt ...«

»... zu dem du die Matten geliefert hast«, warf Maria ein.

August nickte grimmig. »Nicht nur ich. Aber ich könnte sie wieder zurückfordern.« Er schob das aufgeschlagene Blatt über den Tisch. »Dabei bezieht er sich rotznasig auf meine Anzeige: *Während in einem alten Hotel in Horn noch mit fließend kaltem und warmem Wasser, elektrischem Licht, Halbpension und einer Autohalle geworben wird, ist dies in unserem Neubau selbstverständlich. Und wir haben nicht nur drei Toiletten für alle Gäste auf dem Flur, wie in dem besagten Gasthof, sondern ausreichend Toiletten und Bäder, sodass sich die Gäste rundum wohlfühlen können. Große Zimmer mit Balkon, Blick auf den See. Luxus und Komfort, eine ausgezeichnete Küche für den hohen Anspruch, aber auch regionale Spezialitäten – das werden wir in Horn bieten!*«

Während Karl die Anzeige noch einmal genau studierte, kam Hilde mit einem vollgestellten Tablett an den Tisch.

»Achtung«, sagte sie, »die Rühreier, Kaffee und ein kleiner Rest Kuchen von gestern, ihr müsst Platz machen!«

Karl zog die Zeitung ganz an sich, und Hilde warf einen Blick darauf.

»Ach, die Anzeige. Haben wir auch schon gelesen. Da macht er sich mal wieder wichtig, der Bertschinger.«

»Ich weiß nicht, ich hätte üble Lust, ihm mal kräftig aufs Maul zu hauen!«, sagte August. »So ganz nach alter Sitte, Mann gegen Mann. Er piesackt uns nun schon seit fast dreißig Jahren. Mal mit kleineren, mal mit größeren Sachen. Er ist einfach ein übler Kerl!«

Karl holte Luft.

»Na ja, er hat den fünfzigsten Geburtstag seines Sohnes groß gefeiert und eingeladen, was hier Rang und Namen hat.«

»Was meinst du? Was hat hier deiner Meinung nach Rang und Namen?«, wollte August wissen.

»Na, die alten Schergen, mit denen er im Krieg schon geliebäugelt hat. Alles, was braune Kittel trug und jetzt im weißen Hemd wieder das Sagen hat.«

Maria legte ihre Hand auf Karls Unterarm.

»Das heißt also, er bekommt seine Bauanträge deshalb so schnell durch?«

August nickte. »Worauf wir nach dem Brand ewig gewartet haben, weil der Abstand zur Straße nicht stimmte, dann dieses oder jenes Detail nicht...« Er hob kurz beide Hände. »Du brauchst immer die richtigen Leute an deiner Seite, damit es schnell geht.«

»Aber solche nicht!«, sagte Maria energisch. »Dir und Mama haben sie zuleide gelebt, weil sie euch weghaben wollten. Raus aus Horn. Aber trotzdem seid ihr auf der richtigen Seite geblieben!«

August zuckte die Achseln. »Na, immerhin konnten wir nach dem Brand völlig neu bauen. All die vielen Gästezimmer – mit dem Altbau wäre das ein Stückwerk geworden.«

»Hat er dir mit seiner Brandstiftung also einen Gefallen getan?«, wollte Karl wissen und griff nach seiner Gabel.

»Indirekt schon«, gab August zu. »Auch wenn man das erst im Nachhinein erkennen kann. Damals war es für uns natürlich eine Katastrophe.« Er fasste nach Maria. »Wenn die Kleine hier, sie war damals acht Jahre alt, nicht unser gesamtes Bargeld aus den Flammen gerettet hätte, hätte es mit unseren Finanzen zum Wiederaufbau sehr schlecht ausgesehen.«

»So?« Karl warf Maria einen anerkennenden Blick zu. »Dann habe ich also auch noch eine Heldin als Frau?«

»Na ja«, sagte Maria, »Mama und Papa waren in Radolfzell, als es zu brennen anfing, was sollte ich tun?«

»Ganz schön mutig!« Karl schob Maria die Platte mit dem Rührei zu. »Nimm bitte nach. Das reicht für eine ganze Kompanie.«

»Hilde dachte wohl, so eine Hochzeitsnacht kostet Kraft«, neckte ihr Vater. »Jedenfalls fahre ich nachher mal in Richtung Gaienhofen und sehe nach, was sich da tut. Das Grundstück kenne ich ja, aber bisher habe ich dort keine Bautätigkeit festgestellt.«

»Können wir das gemeinsam tun?«, wollte Karl wissen, und Maria schüttelte missbilligend den Kopf.

»Und wieso fahren? Es ist ja nicht weit, wir können auch laufen.«

»Nein«, August klappte die Zeitung zusammen, »den Gefallen tu ich ihm nicht. Wir nehmen den Wagen, da sehen wir schon im Vorbeifahren genug.«

Eine halbe Stunde später saßen sie in Karls Volkswagen. Maria zwängte sich auf die Rückbank und fand den Anblick der beiden kräftigen Männer in den schmalen Autositzen vor ihr ziemlich komisch. Sie lächelte in sich hinein, während Karl fuhr, damit August in aller Ruhe schauen konnte. Und auch Maria hatte durch die Seitenfenster eine gute Sicht.

»Jetzt langsam«, forderte August am Ortsausgang und deutete nach links. Auf dem Grundstück, das konnte man von der Straße aus gut sehen, fand offensichtlich eine Besprechung statt. Dabei waren die Männer so in große Pläne vertieft, dass der Volkswagen unbemerkt vorbeirollen konnte. Doch was Maria das Herz stocken ließ, war der Mann, der an der Seite einer jungen Frau ebenfalls in die Pläne sah: Horst!

Hatte sie sich getäuscht? Sie drehte sich um und blickte durch die kleine, zweigeteilte Heckscheibe, doch es war kein Irrtum möglich. In seiner lässigen Art, in einer hellen Bundfaltenhose mit breiten Hosenträgern über einem weiten weißen Hemd, stand er tatsächlich dort im Kreis der Bertschingers und anderer Leute.

Maria ließ sich in ihren Sitz zurückfallen, ihr Herz hämmerte. Sie blickte schnell nach vorn, zu Karl, aber der unterhielt sich angeregt mit ihrem Vater.

»Das wird der Architekt gewesen sein«, überlegte August laut. »Dann wird bald der Bagger anrollen …«

»Seine Lage ist nicht so gut wie deine«, beruhigte Karl. »Da kann er hinstellen, was er will, die Gäste muss er erst mal finden. Anders als wir hat er keine Stammgäste.«

»Stimmt«, August zuckte die Schultern, »manche kommen bereits das dritte Jahr, das stimmt wohl, aber Menschen sind wankelmütig …«

»Wir machen es wie Mama und machen mehr Reklame«, schlug Maria vom Hintersitz aus vor. »Wie lange werden sie denn bauen?«

»Kommt drauf an …«, August suchte auf dem Beifahrersitz eine etwas bessere Position, um sich zu Maria umdrehen zu können, »es könnte vielleicht auch der Ansporn sein, selbst zu modernisieren. Vielleicht ist ein einziges Bad fürs ganze Haus wirklich etwas dürftig.«

Karl schüttelte den Kopf. »Es gibt doch Waschgelegenheiten in allen Zimmern. Zeig mir mal ein Hotel in der Umgebung, das einen größeren Komfort hat als der ›Hirschen‹ …«

»Und außerdem«, warf Maria ein, »bietest du ja auch Obst- und Weinkuren an.«

»Was immer das heißen mag …« Ihr Vater grinste. »Komm, Karl, lass uns in einem Bogen zurückfahren. Ich habe genug gesehen.«

In den nächsten Tagen organisierte Karl alles zwischen Bohlingen und Horn. Und obwohl sein Schwager selbst Metzger war, stellte er Otti ein, einen jungen Metzger aus Singen, genau aus der Metzgerei, in der er einst selbst gearbeitet hatte.

»Mein Schwager kann arbeiten, wo er will, aber sicherlich nicht bei mir!«, hatte er zu Maria gesagt.

»Bei unserer Hochzeit war er recht zurückhaltend.«

»Das wollte ich ihm auch geraten haben.« Karl verzog den Mund. »Schlimm genug, dass ich ihn in der Familie habe.«

»Aber deine Schwester arbeitet weiterhin bei dir?«

»Hin und wieder. Greta hat sich ja perfekt eingearbeitet, und mit Otti klappt das auch schon ganz ordentlich – der Bursche hat sein Handwerk ja gelernt. Der schlachtet genauso gut wie ich, und alles andere kann er auch.«

»Dann kannst du dich nun um unser neues Geschäft kümmern?«

Karl nickte. »Wir bauen einen Teil des Saales dafür um. Dein Vater hat schon Pläne gemacht, morgen fangen wir an. Einen Teil der Ware habe ich bereits hier, zumindest alles in Dosen.«

»Das passt. Ich habe auch viel zu tun«, sagte Maria und widerstand dem Drang, mal abends heimlich zu Horsts Atelier zu fahren, um zu beobachten, was sich dort so tat. Denn das Bild, Horst mit diesem Bertschinger-Mädchen, ließ sie einfach nicht los.

Verwegene Idee

Bald darauf fuhren die ersten Bagger durchs Dorf und machten die Pferde an den Fuhrwerken scheu. Noch war in Horn die Zeit stehen geblieben, einen Traktor besaß bislang nur Fried Bertschinger, alles andere wurde noch genauso wie vor dem Krieg bewerkstelligt. Ochsengespanne und Pferdefuhrwerke waren das gängige Bild, zur Feldarbeit schlossen sich befreundete Bauern zusammen, die sich gegenseitig halfen. Viel Landwirtschaft gab es zwischen den Hügeln und Wäldern ohnehin nicht, die Natur hatte nur wenige weite, ebene Flächen vorgesehen.

Weingärten, Streuobstwiesen und vereinzelte Äcker beherrschten das Bild und brachten Geld, die kleinen Gärten bei den Höfen, und auch Kühe, Ziegen und Hühner waren für den Eigenbedarf gedacht. Alles, was darüber hinaus übrig war, trug man auf den Markt – vor allem die Höri-Bülle, die rote Speisezwiebel, unverwechselbar in ihrer Form und Farbe.

Maria querte die Hauptstraße mit ihren vielen ausgefahrenen Löchern und musste auf dem Weg zu Ludwigs Bauernhaus aufpassen, dass sie sich nicht versehentlich den Fuß vertrat. Ihr war morgens beim Kartoffelschälen eine Idee gekommen, über die sie gern mit Christine gesprochen hätte. So monotone Arbeiten, das hatte sie bei sich festgestellt, befeuerten ihre Gedanken. Und kreierten nicht selten Ideen.

Ludwig stand am Stall und striegelte eines seiner Pferde, das er dort angebunden hatte.

»Maria«, rief er, als er sie erkannte, »kommst du auf einen Kaffee?«

»Auch ...« Maria ging zu ihm hin. »Vielleicht komme ich auch aus Heimweh, weil es früher immer so schön bei euch war.«

Ludwig nickte lächelnd. »Ja, ihr seid eine wahre Rasselbande gewesen. Du, deine Schwestern, unsere Jungs ... da war immer was los!«

»Ich denke gern daran zurück.«

»Ich auch«, er schmunzelte, »wie ich mit deiner Mutter nach Radolfzell gefahren bin, es war eiskalt, die Pferde lustig aufgelegt und sie hochschwanger, aber sie hatte mal wieder eine Idee, die sie unbedingt umsetzen musste!«

Maria legte eine Hand auf die Flanke des Pferdes.

»Sie hat immer von deinen Pferden geschwärmt.«

»Ja, das hier ist Fee. Und deine Mutter war eine Pferdenärrin. Und überhaupt ... eine tolle Frau!«

Maria nickte und seufzte. »Und nun ...«

»Du schaffst das schon!« Er machte eine knappe Kopfbewegung zur Tür. »Geh ruhig rein, Christine backt gerade Brot.«

Maria wollte schon gehen, drehte sich aber noch einmal um.

»Ludwig, mein Vater erzählt eine Geschichte, bei der ich dich doch mal fragen muss, ob sie eigentlich wahr ist.«

Ludwig ließ den Striegel sinken und streichelte, nachdem die Stute ihren Kopf nach ihm drehte, ihren Nasenrücken.

»Frag«, sagte er.

»Als die Franzosen in Singen einmarschiert sind und mit ihren Jeeps die Landstraße entlang auf Horn zukamen, da hat mein Vater angeblich die Schweizer Flagge am Ortseingang gehisst, und daraufhin sind die Franzosen wieder umgekehrt.«

Ludwig musste lachen.

»Ja, das kam daher, weil den Franzosen unsere Grenzziehung Rätsel aufgab. Es war ihnen einfach nicht klar, wo Deutschland aufhörte und die Schweiz anfing. Und das hat August ausgenützt.« Er schüttelte den Kopf. »Ich glaube sogar, dass er es selbst nur als Scherz sah. Aber die ganze Kolonne französischer Jeeps drehte direkt um.«

Maria lachte mit. »Also stimmt die Geschichte ...«

»Voll und ganz!« Er kraulte die Stute am Unterkiefer, was ihr so gut gefiel, dass sie den Kopf genüsslich reckte. »August hat viele Geschichten auf Lager«, fuhr er fort, »die unglaublich klingen, aber wahr sind.«

»Ja, ich erfahre immer mehr aus der Vergangenheit.« Maria überlegte. »Und doch ... hast du Bertschingers Hotel-Anzeige im Südkurier gelesen?«

»Aufgeblasener Wichtigtuer. Er muss erst einmal beweisen, dass er besser ist!«

»Ja, aber dann wäre es zu spät.«

»Sicher wird dir etwas einfallen. Du bist doch die Tochter deiner Mutter!«

Ich bin die Tochter meiner Mutter, dachte Maria, als sie ins Haus hineinging. Wie wahr. Doch so ganz ihre Mutter war sie dann eben doch nicht.

Nachdem sie die Eingangstür hinter sich zugezogen hatte, blieb sie in dem weiträumigen Flur stehen. Schon der Geruch brachte sie in ihre Kindheit zurück. Hier roch es einfach unverwechselbar, sie hätte diese Mischung aus unzähligen Hausgängen sofort wiedererkannt.

»Hallo, Christine«, rief sie, und wie nicht anders zu erwarten, kam gedämpft aus der Küche ein: »Komm doch rein.«

Christine saß mit zwei ihrer Enkel am Tisch und überwachte die Hausaufgaben. Sie sah bei Marias Eintreten auf und deutete auf die beiden Blondschöpfe.

»Sonst wird aus denen nichts. Sie sind wie ihr Vater, am liebsten auf dem Feld und im Stall!«

Ja, stimmt, dachte Maria. Heinz, Christines Ältesten, hatte

sie kaum jemals zu Gesicht bekommen, ständig war er unterwegs gewesen.

»Und nun sorgst du für Zucht und Ordnung?«, fragte sie mit einem kleinen Lächeln.

»Zumindest sollten sie irgendwann einmal einen Abschluss schaffen.«

Beide sahen auf, fast genau ein Jahr auseinander.

»Andere Kinder dürfen nach der Schule spielen«, maulte der eine, während der andere sein Heft zuklappte.

»Jetzt ist Maria da. Sicher habt ihr etwas Wichtiges zu besprechen.«

Maria und Christine sahen sich an und mussten lachen.

»Lausbub«, sagte Christine. »Na los, geht schon!«

Diese Gelegenheit ließen sich die beiden nicht entgehen, noch bevor sich Christine und Maria richtig begrüßt hatten, waren die beiden schon draußen.

»Komm, setz dich.«

Das Angebot auf einen Kaffee und ein Stück des frisch gebackenen Brotes mit Butter und Marmelade nahm Maria gern an.

»Quitte«, sagte sie lächelnd. »Wir machen auch gerade ein. Dieses Jahr haben wir von allem viel …«

Christine stellte alles auf den schweren, großen Holztisch und setzte sich dazu.

»Drückt der Schuh?«, wollte sie wissen, und ihrem fragenden Blick nach zu urteilen spielte sie auf ihre junge Ehe an.

»Nein«, beruhigte Maria. »Seltsamerweise gibt es da eine Anziehungskraft, falls du das meinst. Ich hätte das vorher nicht gedacht. Vielleicht liegt es aber auch daran, dass er ein sehr rücksichtsvoller Mann ist.«

»Er weiß, was er an dir hat.«

»Ja, hoffentlich bleibt es so. Man hört ja immer wieder, dass Kriegsheimkehrer ihre Macken haben.«

»Klar. Und Traumata. Die Frauen, die die Bombennächte und den Einmarsch der Besatzer erlebt haben, auch.« Sie winkte ab.

»Ja, die Besatzer, darum geht es.« Maria spielte mit ihrer Kaffeetasse. »Sie sind ja in der Nähe stationiert.«

»Wie man hört, wollen sie das ehemalige Führerheim der SS bis auf die Grundmauern abtragen und auf dem Grundstück ein Casino bauen.«

»Aha?« Maria überlegte. »Das habe ich noch nicht gehört. Aber ich habe mir überlegt, und sag bitte gleich, wenn du es für völlig verrückt hältst, dass wir den alten Nazis um Bertschinger doch ein paar Franzosen entgegensetzen könnten.«

Christiane, die gerade nach dem Brotmesser gegriffen hatte, hielt inne. »Du willst den ›Hirschen‹ zu einem Franzosen-Nest machen?«

»Ich wollte mich einfach mal schlaumachen. Ich weiß so wenig über unsere Besatzer – einige von ihnen waren nach Kriegsende ja kurz im ›Hirschen‹ stationiert. Ich war zu der Zeit nicht da. Und sicherlich sind die längst zurück in …«

»Sie waren schon immer unsere Erzfeinde«, fuhr Christine dazwischen. »Einige Kriege weiß ich sogar noch aus meiner Schulzeit, der Reunionskrieg, danach der Spanische Erbfolgekrieg, der Siebenjährige Krieg, dann Napoleon, der Deutsch-Französische Krieg, Erster Weltkrieg – ich krieg sie nicht mehr alle zusammen, aber ständig haben wir uns doch bekämpft. Nun der Zweite Weltkrieg. Und jetzt sitzen sie mitten in unserem Land.«

Maria war über die heftige Reaktion ehrlich erschrocken.

»Ja, aber haben immer die Franzosen angefangen?«

Christine, die mit dem Brotmesser herumgefuchtelt hatte, legte es auf den Tisch zurück. »Na ja«, sagte sie und überlegte. »Ehrlich gesagt, weiß ich das nicht mehr. Und vielleicht waren wir, was die deutschen Schulbücher angeht, auch stets die Guten.«

»Was man nach den letzten beiden Kriegen wahrlich nicht mehr sagen kann.«

Christine nickte, nahm das Brotmesser und schnitt durch die dicke Brotkruste hindurch zwei Scheiben ab.

»Also«, begann sie und verteilte die frischen Brotscheiben auf zwei Teller, »nachdem ich mich nun wieder beruhigt habe, erzähl mir mal, was genau dir vorschwebt.«

»Na ja, sie leben in Radolfzell und in Schloss Marbach, das ist ja wahrlich nicht weit von hier. Aber ich glaube, Horn haben sie wieder vergessen. Oder die nachgerückten Franzosen haben es noch nicht wirklich entdeckt.«

»Vielleicht hat es mit Augusts Streich von damals zu tun …«

Maria musste lachen. »Ja, Ludwig hat mir das gerade erzählt … typisch mein Vater! Aber siehst du, sie leben unter uns. Sie haben hier ja auch andere Aufgaben, als nur für Ordnung zu sorgen … Elli hat mir erzählt, da geht es auch um humanitäre Hilfe und Wiederaufbau.«

Christine nickte. »Ja, da hat sie wohl recht.«

»Haben die Deutschen je aufgebaut, was sie in anderen Ländern kaputt gemacht haben?«

»Keine Ahnung. Ich glaube, wir sind besser im Kaputtmachen.« Christine zog eine Augenbraue hoch. »Jungs halt. Ich sehe es doch auch an meinen Buben.«

»Ich weiß es auch nicht. Aber ganz sicher gehen die in Radolfzell aus. Weil sie den ›Hirschen‹ nicht kennen. Noch nicht mal die aus dem nahen Schloss kommen her.«

»Hmm«, Christine überlegte, »ich denke, die Soldaten dürfen gar nicht raus.« Sie legte den Kopf schief. »Und die Offiziere? Stimmt, du hast recht.« Dann wies sie auf die sahnige Butterrolle und die Marmelade. »Bitte bedien dich. Das Brot ist fast noch warm, da schmeckt es am besten!«

Maria strich sich dick Butter auf die Scheibe, kleckste Marmelade darüber und biss ab. »Wie früher«, sagte sie begeistert.

»Tja, manches ändert sich eben nicht.« Christine bestrich sich ihre Brotscheibe ebenfalls. »So! Und welche Idee hast du nun?«

»Ich muss die Franzosen in den ›Hirschen‹ bringen. Mama hat früher Plakate in Radolfzell verteilt, damit der ›Hirschen‹ bekannt wird. Sie hatte ständig neue Ideen. Und die eine klau ich ihr jetzt … Was hören Franzosen denn für Musik?«, unterbrach sie sich unvermittelt selbst.

»Du fragst mich Sachen!«

»Siehst du, mir schwebt ein Tanzabend vor. So wie im Café National. Allerdings mit gemischter Musik, mal deutsch, mal französisch, die Leute sollen sich kennenlernen.«

»Na«, Christine nahm einen Schluck Kaffee, »da hast du dir ja einiges vorgenommen!«

»Auch Besatzer sind ja Menschen. Und wahrscheinlich sind sie jung. Da will man doch nicht nur in so einer tristen Kaserne sitzen – da will man doch leben!«

»Du bist ja richtig euphorisch! Was sagen denn deine Männer dazu?«

»Ich wollte zuerst deine Meinung hören.«

»Und wie willst du dich verständigen?«

»Wie verständigen sie sich in Radolfzell?«, stellte Maria die Gegenfrage.

»Vielleicht lernen die Wirte dort ja Französisch?«, überlegte Christine.

»Ich frag meine Schwester! Elli kann ganz gut französisch und sie hat ja in ihrem Amt auch mit ihnen zu tun.«

»Apropos Elli, sie war an deiner Hochzeit mit einer Freundin da, sie ist doch hübsch…«

»Sie hat kein Interesse an Männern, sagt sie.«

»Mutig!« Christine nickte. »Aber manchmal kann man es verstehen.«

Maria musste lachen. »Na, ja, vielleicht verliebt sie sich ja in einen Franzosen …«

Christine lachte mit. »Wer weiß schon, was kommt.«

Auf dem Rückweg knöpfte Maria ihre Jacke zu und klappte den Kragen hoch. Plötzlich war es richtig kalt geworden. Das hatte sie vorhin auf ihrem Weg zu Christine noch nicht so empfunden. Doch jetzt waren tief hängende Wolken aufgezogen, die sich wie ein grauer Teppich über die Dächer senkten, und ein feuchtkalter Wind blies die Dorfstraße herauf, schlängelte sich durch die Gassen und fuhr Maria unter den Rock. Sie hasste dieses Wetter, bei dem man anziehen konnte, was man wollte, man fror trotzdem.

Gut, dachte sie und lief schneller, es war Anfang November, es war normal, dass es kalt wurde. Sie mochte den Monat trotzdem nicht. Es fing schon mit Allerheiligen und Allerseelen an, das gemeinsame Gedenken an die Toten und Märtyrer hatte ihr schon als Kind Schauder über den Rücken gejagt. All die vielen Menschen an den Gräbern, die brennenden Kerzen und der Pfarrer, der seinen Segen sprach, all das war ihr unheimlich. Und nun, nach dem Tod ihrer Mutter, fand sie es noch schlimmer.

Maria versuchte, während das Ziel schon nah war, die düsteren Gedanken abzuschütteln, und lieber über ihren Plan nachzudenken, doch es gelang ihr nicht. Der Monat fing mit Toten an, dachte sie, und setzte sich mit Sterben fort. Die Natur bereitete sich auf die kalte Jahreszeit vor, die kahlen Bäume, die farblosen Wiesen, der graue See, dazu häufig Nieselregen und dieser kalte Wind, der um die Häuser pfiff, all das war ihr ein Graus.

Außerdem kamen auch keine Gäste im November. Die einen hatten ihr Geld im Sommer schon ausgegeben, die anderen sparten auf Weihnachten. Und wer fuhr schon im Winter an den Bodensee? Tristesse, das war in den letzten Jahren eines der Lieblingslieder ihrer Mutter gewesen. *Irgendwann möchte ich einmal einen Klavierabend erleben,* hatte sie noch an Weihnachten vor zwei Jahren gesagt, *einen Klavierabend nur mit Werken von Frédéric Chopin.*

In der Kirche hatten sie das Lied mit der Einwilligung des Pfarrers für sie spielen lassen. Von einem Plattenspieler. Vor ihrem Sarg.

»Sie wird Chopin auf einer der Wolken treffen«, waren die Worte ihres Vaters gewesen. »Und dann wird er es ihr vorspielen.«

Ja, Mama, dachte sie, während sie in die Kirchgasse einbog und einen Blick hinauf zur Kirche warf, schreiben, malen, Musik, vielleicht hast du das ja nun in dem Reich, in dem du bist. Ich hoffe es jedenfalls.

Sie sprang die drei Stufen zum »Hirschen« hinauf, öffnete die Eingangstür und ging schnell in den Gastraum, um sich aufzuwärmen. Aber noch hatte niemand eingeheizt, der Wetterumschwung war zu überraschend gekommen.

Die Tür zur Küche stand offen, sie hörte Stimmen und ging weiter.

Hilde und Karl standen an der großen Anrichte und unterhielten sich offensichtlich über die Gläser, die zwischen ihnen standen.

»Gute Idee«, sagte Hilde gerade und blickte auf, als Maria hereinkam. Karl drehte sich nach ihr um.

»Findest du das auch?«

»Wenn ihr mich kurz aufklärt?«

Maria trat neben Karl, der seinen Arm um sie legte.

»Schön, dass du da bist. Den Einfall hatte ich schon vor längerer Zeit, aber in Bohlingen war zu viel zu tun. Jetzt, mit der neuen Situation …«, er nahm eines der breiten, flachen Gläser hoch, »wir machen Marmelade ein und bewahren den Sonntagsbraten in Weckgläsern auf, warum also keine Wurst? Das sind hier mal acht Gläser Leberwurst. Magst du kosten?«

Maria nahm eines der Gläser in die Hand.

»Aber die Form der Gläser ist doch ganz anders als die der Weckgläser, flach, Schraubverschluss, wo hast du die her?«

»Hat mein neuer Metzger bei einem Ausflug nach Stuttgart entdeckt. Und da Otti ein findiges Kerlchen ist, hat er so ein Glas mitgebracht. Und da kam uns die Idee …«

»Jedenfalls sehen sie«, Maria drehte es in der Hand, »ziemlich modern aus. Anders … toll!« Sie schenkte ihrem Mann einen anerkennenden Blick, den Karl sichtlich genoss. »Und was hast du da vermengt?«

»Schweineleber, Bauchspeck, Schweinefleisch, Knoblauch, Zwiebeln und allerlei Gewürze. Die Einmachgläser heiß ausgewaschen, gründlich abgetrocknet und mit Öl ausgepinselt. Und dann die Masse hinein und ab in den Backofen.«

Maria drehte eines der Gläser auf und schnupperte daran.

»Riecht gut!«, stellte sie fest und nahm den Kaffeelöffel, den Hilde ihr entgegenhielt. »Und du denkst dabei an den neuen Laden?«

Karl nickte und wartete gespannt auf Marias Reaktion.

»Schmeckt sehr gut«, urteilte sie, nachdem sie sich die Leberwurst auf der Zunge hatte zergehen lassen. »Und ist so haltbar wie Marmelade?«

Karl zuckte die Achseln. »Werden wir sehen. Aber mit Sorgfalt abgefüllt …«

»Ab in den Backofen, hast du gesagt? Aber …«, sie überlegte, »das knallt doch!«

»Ich habe ein Backblech bis zum Rand mit warmem Wasser aufgefüllt, die Gläser hineingestellt und es ausprobiert. Und die, finde ich, sind jetzt perfekt! Etwa 160 Grad eineinhalb Stunden.«

Hilde drehte sich zum Tisch um, nahm das am Morgen frisch gebackene Brot, schnitt drei Scheiben ab, holte Butter und meinte: »So, und jetzt wollen wir das richtig probieren. Genau so, wie der Kunde es nachher isst.«

»Essiggurken fehlen noch!«

Maria nahm ein Glas vom Regal herunter, und schließlich waren sich alle drei einig, dass Karl da eine gute Erfindung gelungen war.

»Wurst im Glas«, überlegte Maria, »das könnte man ja mit vielen Wurstsorten anbieten.«

»Genau das dachte ich auch.«

Er ist ein kluger Kopf, dachte Maria, und von Franzosen sagte man doch, dass sie die gute Küche liebten. Na, wenn das keine Attraktion war …

Und als hätte sie laut gedacht, hörte sie zwei aufgekratzte Frauenstimmen, und gleich darauf standen Elli und ihre Freundin Lisa in der Tür.

»Was macht ihr denn da?«, wollte Elli wissen. »Verschwörung im ›Hirschen‹?«, fügte sie an und musste über ihre eigenen Worte lachen.

»Kulinarische Neuigkeiten im ›Hirschen‹«, korrigierte Hilde.

»Das da?« Lisa zeigte auf die Gläser.

Maria schob ihr das geöffnete Glas zu.

»Wir haben hier mit Karl einen echten Erfindungsgeist!«

»Darf ich?« Lisa sah aus ihren fast hellblauen Augen unter dem schwarzen Pony in die Runde und griff, nachdem Karl genickt hatte, nach einer Brotscheibe.

»Ja, ist mir gerade recht, wenn auch ihr eure Meinung abgebt.«

Elli und Lisa teilten sich das Brot, und Maria beobachtete, wie fröhlich und spielerisch sie miteinander umgingen. Eigentlich waren sie absolut verschieden, schon äußerlich: die eine burschikos blond, die andere mit schwarzem Pagenkopf.

So ganz konnte sich Maria noch nicht mit dem Gedanken anfreunden, dass ihre Schwester eine Frau liebte. Wie sollte das gehen? War es nicht sogar verboten? Und was war mit dem Kinderwunsch, den doch jede Frau hatte? Sie sah zu, wie Lisa

Elli einen mit Leberwurst bestrichenen Happen in den Mund steckte.

»Und, wie schmeckt es?«, wollte sie wissen.

»Selbst probieren!«, nuschelte Elli mit vollem Mund.

Maria sah weg, und in dem Moment trafen sich ihre Augen mit Karls. Offensichtlich dachten sie gerade dasselbe. Er lächelte, zuckte leicht mit den Schultern und wandte sich Elli zu, die andächtig kaute.

»Lecker!«, sagte sie.

»Delicieux«, antwortete Lisa.

»Gut!« Karl richtete sich auf. »Dann müssen wir es nur noch an den Mann bringen.«

»Franzosen lieben so etwas«, erklärte Lisa, und Elli nickte. »Ich bin sicher, wenn die das entdecken, wird es ein Schlager.«

»Ich hatte in Bohlingen selten Franzosen, ich denke, die haben alles in ihren Kasernen. Und wenn sie doch was kaufen, dann in den Radolfzeller Geschäften.«

»Dann müssen wir sie halt herlocken«, erklärte Elli allen Ernstes, und Maria dachte, das kann jetzt nicht wahr sein. Es entwickelt sich von selbst. Die Chance musste sie jetzt nutzen.

»Was könnte unsere Besatzer denn nach Horn in den ›Hirschen‹ locken?«, fragte sie.

Karl runzelte die Stirn. »Immerhin sind es unsere Besatzer!«

»Friedliche Besatzer«, erklärte Lisa. »Jedenfalls inzwischen.«

»Na?« Karl sah sie zweifelnd an. »Ob alle Frauen das so sehen?«

»Was meinst du?«

»Ich bin mir nicht sicher, ob sich alle Frauen nachts alleine auf die Straßen trauen.«

Lisa lachte kurz auf. »Das hat aber nichts mit den Franzosen zu tun. Insgesamt vergewaltigen mehr deutsche Männer deutsche Frauen als unsere Besatzer es tun«, erklärte sie mit fester

Stimme. »Und zumindest haben sie in Radolfzell zwei französische Soldaten deswegen standrechtlich erschossen«, setzte sie noch nach.

»Und woher willst du das so genau wissen?«

»Weil wir in unserem Amt auch mit solchen Dingen zu tun haben. Allerdings schämen sich viele Frauen, so etwas überhaupt anzuzeigen!«

»Im Krieg passieren viele schlimme Dinge«, sagte er.

»Der Krieg ist aber schon fünf Jahre her, und die Männer behandeln die Frauen noch immer wie Freiwild!«, konterte Lisa. »Vor allem, wenn sie jung sind und in ihren Diensten stehen.«

»Ja, da magst du recht haben. Leider. Seid ihr deshalb …?«, begann Karl, aber Elli schüttelte den Kopf.

»Das hat nichts mit einem Mann zu tun. Ich hab mich«, sie griff nach Lisas Hand, »einfach verliebt!«

»Und dieser Paragraf«, begann Maria, denn nun wollte sie es genau wissen, »gegen Homosexualität …«

»Interessiert es dich wirklich?«, fragte Lisa, »damit haben wir nämlich auch zu tun, deshalb kann ich ihn auswendig. Er ist übrigens schon uralt.« Sie schüttelte den Kopf. »Von 1871! Der Paragraf 175 des Reichsstrafgesetzbuches richtet sich ausschließlich gegen *widernatürliche Unzucht, welche zwischen Personen männlichen Geschlechts oder von Menschen mit Tieren begangen wird.* Weibliche Homosexualität wird in der Gesetzgebung nicht erwähnt, da als nicht existent betrachtet.«

Maria atmete auf.

»Gott sei Dank«, sagte sie. »Ich hab euch beide schon hinter Gittern gesehen!«

Lisa grinste schelmisch. »Ja, jede Frau hat einen Mann zu wollen, und wenn die Männer uns Frauen dann auch noch die Männer wegnehmen, dann wird es kritisch!«

»Und bevor wir nun ganz vom Thema abkommen«, mischte sich Elli ein, »was ist denn nun mit eurer Leberwurst? Die

Idee, die Franzosen als Kunden zu gewinnen, ist doch gut? Wir haben ja viele da und manche sogar mit ihren Familien.«

»In Horn sind sie nicht gut auf Franzosen zu sprechen!«, gab Hilde zu bedenken.

»Na«, Karl klopfte mit seinen Knöcheln auf eines der Gläser, »das wäre doch ein guter Grund, hier mal so was auf die Beine zu stellen! Vielleicht liegt es ja wirklich an den Vorurteilen. Die kann man nur abbauen, wenn man sich kennenlernt.«

»Das stimmt! Was haltet ihr von einem Tanzabend?«, fragte Maria in die Runde.

Elli und Lisa stimmten fast gleichzeitig zu. »Sie tanzen gern. Französische Hits sind kein Problem, die kennen wir, und die Küche … dafür seid ihr zuständig!«

»Das müssen wir allerdings noch mit eurem Vater besprechen«, gab Karl zu bedenken. »Ob der von dieser Idee so begeistert ist? Und für einen richtigen Tanzabend bräuchten wir den großen Saal, den bauen wir aber gerade um.«

Maria zuckte die Schultern.

»Du machst deinen Delikatessenladen, es ist für beides genug Platz. Die Mädels hören sich schon mal um, dann wissen wir, ob es überhaupt zündet – und wenn Interesse besteht, suchen wir das Datum und laden den Kommandant mit seinen Männern ein!«

Die Rückmeldungen waren gut, und als Elli die ersten französischen Platten mitbrachte, fand Karl die Musik »mitreißend«, wie er zu Maria sagte.

Und auch ihr Vater stand hinter dem Plan.

»Horn ist mal wieder in zwei Lager geteilt«, sagte er am Abendtisch und grinste. »Es erinnert mich an alte Zeiten. Anna und ich haben als junges Paar immer gegen unsere Widersacher kämpfen müssen. Und Anna hatte ständig verrückte Einfälle.« Er lehnte sich genüsslich zurück, seine Freude war ihm direkt anzusehen. »Und nun regt sich ein Teil der Horner fürchterlich auf. Verrat! Erzfeinde!« Er lachte. »Aber alles natürlich hinter vorgehaltener Hand, laut traut sich das niemand zu sagen!«

»Und wie werben wir die jungen Frauen zum Tanz? Mit Plakaten? Oder Handzetteln?«, wollte Karl wissen, und August fand, dass Maria so einen Entwurf sicherlich selbst machen könne. Schließlich sei sie die Tochter ihrer künstlerisch begabten Mutter.

Maria, die gerade Käse aufschnitt, zog kurz eine Augenbraue hoch.

»Ich bin da nicht so sicher«, wehrte sie ab.

»Dann probier's halt.«

Und so überlegte Maria, während sich Karl und August am Tisch angeregt unterhielten, wie so ein Plakat aussehen könnte. Und unweigerlich glitten ihre Gedanken ab zu Horst. Wie würde er es gestalten?

Überhaupt, Horst. Aber sie verbat sich jeden weiteren Gedanken an ihn, sie war jetzt mit Karl verheiratet.

»Unsere Kartenrunde fällt heute aus«, sagte August schließlich und warf einen Blick auf die große Wanduhr. »Hans ist krank.« Er seufzte. »Ist halt auch nicht mehr der Jüngste. Und als Fischer ist er eben auch immer draußen auf dem Wasser.«

»Dann bleibt der ›Hirschen‹ heute leer«, Maria zuckte die Schultern. »November! Immer das gleiche Spiel. Keine Gäste, keine Einnahmen!«

»Zeit für uns!« Karl lächelte ihr zu. »Selten etwas Schlechtes, das nicht auch etwas Gutes hätte.«

August schob den Stuhl zurück. »Ich werde den Abend nutzen und einen Späh-Spaziergang zu Bertschingers Neubau machen. Die Nacht ist so schön dunkel.«

Karl stand ebenfalls auf. »Das Fundament steht schon. Anscheinend geht es voran. Zumindest, bis der Frost kommt. Ich hole mir noch ein Bier. Und du, Maria, einen Wein?«

Maria sah den beiden Männern nach und fand mal wieder, dass ihr vieles in ihrem Leben wie in einem Film vorkam. Als würde es sie überhaupt nicht betreffen.

War das wirklich ihr Mann, mit dem sie nun seit Wochen das Bett teilte? Etwas emotionslos, wie sie sich selbst dabei empfand, nicht unangenehm, aber eben doch ohne brennende Leidenschaft – eher, um Karls Bedürfnisse zu stillen als ihre eigenen.

Und ihr Vater? Sie hatte sich nach ihrer Rückkehr in den »Hirschen« erst wieder an ihn gewöhnen müssen. Seit ihrer Hochzeit hatte sie in Öhningen gelebt, hatte ihren Eltern, wie ihre anderen Schwestern auch, zwar geholfen, wenn sie gebraucht wurde, hatte aber trotzdem durch ihre Witwenrente ihr eigenes Leben gehabt, zumal Alois die kleine Wohnung von seinen Großeltern geerbt hatte. Und plötzlich war sie wieder die Tochter ihres Vaters, der bestimmte, wo es langging.

Manchmal kam ihr dies alles sehr fremd vor, abstrakt. Wie Horsts Malerei. Eine gelbe Fläche, ein Klecks, ein Strich. Was sollte das sein? Ihr Leben? Sie wusste es selbst nicht.

»Des yeux qui font baiser les miens ...«

Sie horchte auf. Die Stimme kannte sie, die Melodie auch. Karl stand breit grinsend hinter dem Tresen, vor sich einen Plattenspieler. Dann kam er dahinter vor, zog seine dicke Strickjacke aus, krempelte die langen Ärmel seines karierten Hemdes hoch, kam auf sie zu und reichte ihr die Hand.

»Darf ich bitten?«

Maria stand auf.

»Ich kenne das Lied ... Es ist von Edith Piaf!«

»Unser Lied!« Er legte die Arme um sie. »Und wir haben die unterschiedlichsten Platten. Von Edith Piaf, von Charles Trenet, von Yves Montand, Gilbert Bécaud ... Deine Schwester hat heute den automatischen Schallplattenwechsler angeschleppt, Leihgabe von einem Kollegen, dessen Vater ein Elektrogeschäft hat, und gleich dazu noch ganz viele entsprechende Platten.

Und wir sind nun die Testtänzer!« Er lachte und drückte Maria an sich.

»Dann passt es ja, dass die Wirtschaft heute leer ist«, fand Maria, während sie sich seinen ersten Schritten anpasste.

»Und leer bleibt«, ergänzte er, »ich habe nämlich abgeschlossen. Restaurant fermé, wie die Franzosen sagen.«

»Lernst du jetzt auch Französisch?« Maria warf ihm von unten herauf einen schrägen Blick zu.

»Na ja, wenn wir mit ihnen Geschäfte machen wollen, braucht es eine gewisse Ahnung. Elli und Lisa sprechen sehr gut, Elli will uns beiden Unterricht geben, sagt sie.«

»Gute Idee.« Maria lehnte ihren Kopf an seine Brust, und sie tanzten eng, bis die Platte wechselte.

»Schön«, sagte sie. »Wunderbare Musik!«

»Es fehlt aber noch eine Kleinigkeit.« Karl löste sich von ihr. »Franzosen lieben französischen Rotwein, hat mir Elli erklärt. Warte kurz!«

Und während Charles Trenet begann, *La Mer* zu singen, entkorkte Karl eine Flasche und füllte zwei Gläser.

»Auf uns!« Er reichte Maria eines und stieß mit ihr an. »Lass uns die schönen Momente in unserem Leben genießen«, beschwor er. »So wie heute Abend. Nur du und ich und die wunderbare Idee, mit unseren Besatzern gute Geschäfte zu machen.«

Maria prostete ihm zu, und beide bewerteten den von Lisa ausgesuchten Wein als ganz besonders gut.

»Vom Genießen verstehen sie jedenfalls was. Und vielleicht sind sie ja wirklich nett«, fügte Maria hinzu.

»Na ja«, sagte Karl, »sie waren hier im Süden schon sehr unnachsichtig, habe ich gehört, ganze Industrieanlagen sind abgebaut worden, bewegliche Güter, Lkw, Autos – alles Mögliche ist nach Frankreich gewandert. Ich war in dieser Zeit ja noch in Russland, aber ein Kunde erzählte mir von Plünderungen und den sogenannten *Franzosenhieben* in den Wäldern, was überall an den vielen freien Flächen gut zu sehen ist. Das Motto war: *Kahlschlag, wo immer es sich lohnt* und dann *ab über den Rhein nach Frankreich.*«

»Ja.« Maria nahm noch einen Schluck. »Vielleicht sind viele Einheimische deshalb nicht gut auf sie zu sprechen.«

»Na ja, die haben einen Schlussstrich gezogen und setzen auf Vergessen. Und da ist jeder, der sich erinnert, wer auf welchem Posten gesessen hat, dort nicht mehr sitzen dürfte, trotzdem aber wieder sitzt, äußerst unwillkommen!«

Maria unterbrach ihn. »Oh, hör, das hört sich doch toll an! Lass uns tanzen!«

»Ungewöhnlich, das Akkordeon«, Karl stellte beide Gläser ab und sah dabei auf die Plattenhülle.

»Lucienne Delyle«, las er vor. »Den Rest kann ich nicht aussprechen.«

Maria tanzte bereits einige Schritte ohne ihn. »Da steckt so viel Lebensfreude drin! Das ist direkt ansteckend!«

»Ja!« Karl tanzte auf sie zu. »Vielleicht können wir von den Franzosen ja ein bisschen was lernen. Französisch küssen, französisch lieben.«

Maria küsste ihn. Und sie spürte, dass dieser Abend anders werden würde als alle Abende zuvor.

Vive la France

Zum ersten Mal seit ihrer Hochzeit am 20. Oktober blieben sie länger im Bett, und Maria rutschte näher an Karl heran.

»Das war heute Nacht … wirklich besonders«, murmelte sie schlaftrunken.

»Ja.« Karl nahm sie in den Arm. »Seit heute Nacht bist du wirklich meine Frau.«

Sie ließen den Abend noch einmal Revue passieren, wie sie tanzten, immer ausgelassener wurden, eine zweite Flasche Wein öffneten, das elektrische Licht löschten und Kerzen anzündeten und wie Maria plötzlich das Verlangen überkam und sie mitten im Tanz abbrach und Karl zum Stammtisch führte.

»Hier!«, sagte sie, »jetzt!«

Sie hatte ihren Rock schnell oben, und Karl ließ die Hose fallen, und sie tobten ihr Begehren auf dem massiven Tisch aus und gleich darauf an der Wand, wo Karl sie nach oben schob und Maria die Beine um ihn schlang.

Sie war wie im Wahn gewesen, so kam es ihr jetzt vor. Ob sie jemand von außen sehen könnte, ob jemand durch die Küchentür hereinkäme, Maria war mit allen Sinnen bei sich selbst gewesen, der Rest war ihr egal. Und auch Karl schien es so ergangen zu sein, denn nun strich er ihr eine Haarsträhne aus der Stirn, bedeckte ihren Hals mit vielen kleinen Küssen und glitt langsam abwärts bis zu ihrer Brust. Maria genoss es, wie sich unter seinen Liebkosungen ihre Brustwarzen aufstellten, griff schließlich in sein volles dunkles Haar und drückte ihn noch weiter nach unten. Als er dann zwischen ihren Beinen lag und sie seine Zungenspitze an ihrem sensibelsten Punkt kreisen spürte, fing ihr ganzer Körper an zu pulsieren, und sie flüsterte nur: »Komm!«

Und als sie schließlich mit noch immer erhöhtem Pulsschlag nebeneinanderlagen, dachte Maria an Christine und das, was sie über ihre Ehe gesagt hatte. Und auch sie war sich nun sicher: Karl und sie hatten sich gefunden.

Am Samstag, dem 2. Dezember 1950, rollten zum Erstaunen etlicher Horner abends französische Jeeps durch den Ort und parkten rund um den »Hirschen« bis zur Kirche hinauf. Elli und Lisa hatten ganze Arbeit geleistet, mit Unterstützung durch Lisas Bruder, dem ein Friseurgeschäft gehörte, in dem hauptsächlich Franzosen verkehrten. Die Aussicht auf ein Fest am Samstagabend mit Musik, Tanz und zünftigem Essen, wie es auf den zahlreich verteilten Handzetteln stand, hatte sich schnell herumgesprochen, und so zeichnete sich früh ab, dass nun auch einheimische junge Frauen angelockt werden mussten.

Das wiederum war Augusts Idee gewesen: »Für jedes anwesende Fräulein ein Glas Sekt.«

So stand es auch auf den Plakaten, und alles klang so verheißungsvoll, dass es auf der Höri einige junge Frauen dazu brachte, sich dem Verbot des Vaters zu widersetzen und trotz Strafandrohungen in den »Hirschen« zu gehen. Das Spektakel wollten sie sich nicht entgehen lassen, zumal es unter den französischen Soldaten recht schnittige Burschen gab.

August stand an der Tür und rieb sich die Hände, wie Maria vom Tresen aus sehen konnte. Sie überprüfte noch einmal das Büfett, mit kalten und warmen Häppchen, vor allem aber mit einem Turm von Karls Gläsern. Kalbsleber, Bierwurst und Lyoner zeigte ein Schild an und mit dem farbig unterstrichenen Hinweis: haltbar und schmackhaft. Und damit es auch alle verstanden, hatte es Elli ins Französische übersetzt: *De longue conservation et savoureux.*

Der erste Gast, der die Treppe zum »Hirschen« hinaufkam, war ein Mann um die vierzig, der kurz vor August salutierte und ihm dann die Hand gab.

»Ich heiße Marcel Dubois und führe diese Kompanie an«, erklärte er in langsamem Deutsch und in tadellos sitzender Uniform. Auch die anderen Männer, die sich nun hinter ihm versammelten, waren akkurat gekleidet, manche allerdings mit schräg sitzendem Képi, was der ganzen Erscheinung die Strenge nahm.

Maria und Karl traten hinzu und reichten ihm die Hand.

»Bienvenue«, sagte Maria. »Wir sind, gemeinsam mit meinem Vater August Ruggli, die ›Hirschen‹-Wirte.«

»Und wir freuen uns sehr, dass Sie unserer Einladung gefolgt sind«, setzte Karl hinzu und trat einen Schritt zurück. »Entrez.«

Marcel Dubois drehte sich zu den jungen Männern um, die hinter ihm standen und unter die sich inzwischen einige junge Frauen gemischt hatten, und sagte etwas auf Französisch, worauf alle Beifall klatschten, dann machte er die Tür frei.

Elli am Plattenspieler hatte diesen Moment abgewartet und ließ zum Empfang Musette-Musik laufen, denn sie wusste, dass die Franzosen diesen speziellen Akkordeonklang liebten. Und dass sie recht hatte, bezeugten die begeisterten Ausrufe.

Maria war mit Marcel Dubois an den Tresen getreten, und während Elli kurz die Lautstärke herunterdrehte und zum Übersetzen neben Maria getreten war, hieß Maria alle herzlich willkommen und lud sie ein, sich am Büfett zu bedienen. Die gängigen Getränke seien frei, wer Champagner wünsche und essen wolle, müsse bezahlen.

Nachdem Elli übersetzt hatte, lachten alle, was Maria gehofft hatte, und Elli drehte die Musik laut. Maria beobachtete, wie unaufgeregt alles ablief. Die Soldaten holten sich die Getränke am Tresen, griffen am Büfett zu, ließen dabei jungen Frauen hinter ihnen den Vortritt, und die Tische, die August und Karl an den Wänden aufgestellt hatten, um Platz zu schaffen, füllten sich rasch. Schon kam Stimmung auf, vielleicht auch durch die Verständigung mit den jungen Frauen, die nicht alle so gut Französisch sprachen.

Karl hielt das Versprechen auf dem Plakat, füllte ein Tablett mit Sektgläsern, sodass jeder weibliche Gast ein Glas erhielt und der Alkohol ganz sicher auch die Stimmung löste. Und so schien es schon bald keine Sprachbarrieren mehr zu geben, und als die Ersten auf der Tanzfläche waren, standen Maria und Karl hinter dem Tresen und warfen sich einen Blick zu.

»Geschafft!«, sagte Karl, und August, der im Akkord Bier zapfte, lachte.

»Ich glaube, das wird morgen Dorfgespräch in Horn sein«, rief er gegen den Lärm an.

Elli, die Schallplatten sortierte, nickte. »Nicht nur in Horn!«, gab sie zurück.

»Und wie sich die Mädchen alle hübsch gemacht haben«, bemerkte Maria, »mit den Kleidern, der Schminke, den Haaren, das sind alles richtige Schönheiten.«

»Manche sind kaum wiederzuerkennen, aber wann gibt es hier auch schon mal eine solche Gelegenheit?«

»Da hast du recht! Wir haben also aufs richtige Pferd gesetzt!«

Maria, die selbst noch beim Friseur gewesen war, lächelte in sich hinein. Ja, für sie war der Abend ebenfalls ein Anlass gewesen, Cecil um ein neues Kleid zu bitten, das ihre Schwester auch sofort mit Hingabe geschneidert hatte.

Sie schlängelte sich mit ihrem großen Tablett zwischen den Tanzenden durch, sammelte leere Sektgläser und schmutziges Geschirr ein und stellte es eben auf dem Tresen ab, als Hilde durch die Tür kam.

»Wahnsinn!« Sie wies zum Büfett. »Habt ihr schon gesehen? Fast alles weg! Wir brauchen Nachschub!«

»Ja, unglaublich«, erwiderte Karl. »Meine Wurstgläser haben sich auf alle Tische verteilt!«

»Und die Schüsseln sind leer, ihr müsst mir helfen, sie wieder zu füllen, wir kommen in der Küche kaum nach!«

Karl griff sich Marias volles Tablett und ging Hilde hinterher, während Maria frische Biergläser vom Wandregal nahm und sie August zuschob.

Es war schon toll, fand sie, dass alle mithalfen, besonders Lisa und Greta. Cecil und Trudi hatten zwar auch kommen wollen, aber es war wegen ihrer Kinder schwierig. Und außerdem, hatte Maria sie beruhigt, ließ sich ja vieles rechtzeitig vorbereiten. Und sie waren in der Küche zu viert. Es würde also ohne Probleme gehen, hatte Maria gemeint, aber doch vermutet, dass ihre Schwestern trotzdem gern dabei gewesen wären – vor allem Cecil hätte Maria an diesem Abend gern in »ihrem« Kleid bewundert.

»Wenn Mama das sehen könnte«, Maria wies auf die volle Tanzfläche und die ansteckend gute Laune der Franzosen, die mit den Mädchen so wild tanzten, dass die Röcke flogen, »meinst du, sie wäre stolz auf uns?«

»Unbedingt!« Ihr Vater warf ihr einen anerkennenden Blick zu. »Du bist eben die Tochter deiner Mutter!«

Das empfand Maria als großes Lob und freute sich.

»Vor allem«, schmunzelte er, »würden ihr die schnittigen Burschen gefallen. Sie hatte schon immer eine Schwäche für gut aussehende Männer.«

Maria musste lachen.

»Ja, genau, deshalb hatte sie ja auch dich!« Sie wies zur Küche. »Ich gehe jetzt auch mal rein. Du zapfst die ganze Zeit Bier, wollen die keinen Wein?«

»Bisher nicht!«

»Dann müssen wir den ganzen guten Rotwein selbst trinken«, sie zwinkerte ihrem Vater zu.

»Oder teuer verkaufen«, antwortete er.

Maria nahm zwei leere Schüsseln vom Büfett und ging in die Küche.

»Dein Kartoffelsalat kommt gut an«, meinte sie zu Lotti, die bereits eine weitere, große Portion anmachte.

»Freut mich«, sagte sie. »Ist ja auch Mamas Rezept, den liebt jeder!«

Neben ihr schnitt Lisa Käse in Würfel, durchbohrte sie mit Zahnstochern, steckte sie auf pralle, runde Weintrauben und bestäubte sie mit rotem Paprikapulver.

»Etwas fürs Auge«, sagte sie auf Marias kritischen Blick.

»Ich dachte nur, du machst dir viel Arbeit.«

»Ja, aber die ganze Platte mit den anderen Käsestückchen ist schon leer. Und das geht ja fix ...«

»Toll jedenfalls, dass du uns hilfst!« Maria schenkte ihr ein Lächeln und ging um den Herd herum zu Hilde, die einen großen, gefüllten Topf auf die Herdplatte stellte.

»Bleibt es bei der Mitternachtssuppe?«, fragte sie. »Dann wärm ich sie jetzt auf.«

»Ja, sie tanzen alle wie verrückt, da kommt eine Gulaschsuppe gerade recht.«

»Hast du mal gezählt, wie viele es überhaupt sind?« Hilde nahm einen großen Kochlöffel und begann, die Suppe umzurühren.

Maria ging in Gedanken die Tische durch.

»Alle Stühle besetzt, rund fünfzig Leute. Aber ich glaube, an manchen Tischen quetschen sich mehr.« Sie schüttete den Kopf. »Schwer zu sagen! Egal, je mehr, desto besser!«

»Vollkommen richtig«, stimmte Greta ihr zu. »Und übrigens, Hilde, die Gulaschsuppe hab ich gemacht. Schließlich arbeite ich in einem Fleischerladen!«

Hilde drehte sich zu ihr um. »Die ist dir gelungen. Ich hab

schon probiert! Und jemand muss Brot aufschneiden, das geht auch weg wie warme Semmeln!«

»Baguette!« Maria musste lachen. »Das hat Karl so bestellt. Scheint ein Grundnahrungsmittel der Franzosen zu sein.«

»Klar!« Lisa zog sich eine Platte für ihre Käsewürfel her, »einem Franzosen reichen ein Baguette, ein Stück Käse, etwas Salami und ein Glas Rotwein, dann ist er glücklich.«

»Und gegen so nette Leute ziehen wir in den Krieg.« Greta schüttelte den Kopf. »Ich glaube, ich geh jetzt auch mal auf die Tanzfläche und angle mir einen Franzosen!«

Maria hielt kurz inne, denn sie sah Greta wieder vor sich, damals im Bäckerladen ihrer Mutter, da war sie so ein schmales, verhuschtes Wesen, das verschüchtert im Türrahmen gestanden hatte. Und jetzt? Kaum wiederzuerkennen.

»Ja, mach das«, sagte Maria, »ich halte hier so lange die Stellung!«

Um Mitternacht legte Elli ruhige Musik auf und drosselte die Lautstärke, denn nun kam die Mitternachtssuppe aus der Küche, von August lauthals angekündigt und von Marcel Dubois ins Französische übersetzt.

Und so standen alle Schlange und warteten auf einen der Teller, die Greta und Lotti aus dem großen Suppentopf füllten.

Lisa kam mit einem Korb frisch geschnittenem Brot dazu, stellte ihn ab und wedelte mit der Hand vor ihrem Gesicht herum.

»Vor lauter Zigarettenqualm ist ja kaum noch was zu sehen!«

»Da hast du recht!« Lotti drehte sich nach ihrem Vater um. »Kannst du bitte mal die Tür öffnen, hier drin erstickt man ja.«

Aber August hörte sie nicht, denn er war nun mit Marcel Dubois ganz offensichtlich in ein interessantes Gespräch vertieft. Als Maria kurz danach mit einem zweiten Suppentopf aus der Küche kam, sah sie ihren Vater mit dem französischen Kommandanten an einem kleinen Tisch sitzen, beide ein Glas Rotwein vor sich.

Auch gut, dachte sie, wenn dieser Abend zu einem wichtigen Kontakt verhilft, dann hat sich alles gelohnt. Auch die Ausgaben, denn, das war ihr klar, die Kosten, die sie ausgerechnet hatten, hatten sie längst überschritten. Die Franzosen waren ganz offensichtlich Genießer, die mehrere Stunden essen und trinken konnten.

Sie übergab Greta den Suppentopf mit der noch dampfenden Gulaschsuppe und nahm den leeren Topf mit in die Küche, wo Karl schon mit dem Abwasch des Schwarzgeschirrs begonnen hatte.

»Solange sie da draußen essen, kann man ja schon mal was tun«, meinte er. Maria stellte den Topf ab, ging zu ihm hin und küsste ihn mitten auf den Mund.

»Ui«, sagte er, eine triefende Geschirrbürste in der Hand, »womit habe ich das verdient?«

»Mit allem«, Maria blickte ihm tief in die Augen. »Du bist einfach ein toller Mann!«

Anschlag

Marcel Dubois hatte Gefallen am »Hirschen« gefunden. Am nächsten Tag erschien er in der Begleitung eines einzelnen Offiziers und stellte ihn Maria als Alain Lefèvre vor.

»Wir kommen, um ganz normal im ›Hirschen‹ zu essen«, erklärte er nach der Begrüßung, »es hat uns gestern sehr gut bei Ihnen gefallen … uns allen.« Er lächelte freundlich »Wirklich allen! Und ich möchte mich auch noch einmal im Namen meiner Männer für die großzügige Einladung bedanken.«

Maria freute sich darüber und schlug vor, etwas ganz Besonderes zu kochen, sie dürften sich etwas außerhalb der Speisekarte wünschen. Aber die beiden Männer wollten einfach ein Glas Leberwurst, außerdem Speck und frisches Bauernbrot.

»Mal kein Baguette.« Er schmunzelte. »Das bekommen wir immer.« Und fügte an, dass er, wenn er dürfe, sehr gern auf ihr Angebot eines speziellen Essens zurückkäme. Möglicherweise bräuchte es dazu aber ein Rezept aus seiner Heimat.

»Das fände ich ganz besonders schön!« Maria führte ihre Gäste an einen der Tische am Fenster, stellte eine Flasche Rotwein und zwei Gläser auf den Tisch und richtete in der Küche eine große Platte mit verschiedenen Käsesorten, die vom Vortag noch übrig geblieben waren, mit Speck, Lyoner und Kalbsleber. Dazu Gurken und Tomaten. Und eine Rolle goldgelber Butter.

»Bringen Sie mir gern mehrere Rezepte aus Ihrer Heimat«, sagte sie, während sie servierte, »das interessiert mich wirklich und bringt Abwechslung in meine Küche.«

»Sehr gern!« Um Marcel Dubois' Augen bildeten sich Lachfältchen. »Dann bekommt der ›Hirschen‹ noch einen Zusatznamen, au cerf.«

»Das ist das Wort für den Hirsch?«, wollte Maria wissen, und der Kommandant nickte.

»Aber das bleibt am besten unter uns.«

Sie lachten alle drei, und Maria wollte eben in die Küche zurückgehen, als Karl, der durch die Hintertür in die Küche gekommen war, aufgebracht in den Gastraum gestürzt kam.

»Maria! Hast du diese Schmiererei draußen an der Wand schon entdeckt?«

Maria warf ihm einen bedeutungsvollen Blick zu, aber da war es schon zu spät.

»Schmiererei?«, wiederholte Dubois und sah auf.

»Entschuldigen Sie«, Karl blieb im Raum stehen, »damit möchte ich Sie nicht belästigen. Ich habe Sie beide gar nicht bemerkt.«

»Schmiererei?«, wiederholte Dubois. »Wieso?«

Karl holte kurz Luft.

»Hat es mit uns zu tun?«, wollte Dubois wissen, und auch Lefèvre horchte auf.

Karl ging an den Tisch der beiden Franzosen, sah sich aber noch mal nach Maria um, die abwartend am Tresen stand.

»Es hat wohl mit unseren speziellen Freunden in Horn zu tun«, begann er, »die auf unseren Tanzabend gestern sauer reagieren.«

»Wieso, was ist denn passiert?«, fragte Dubois, und sein kantiges Gesicht bekam einen kritischen Ausdruck.

»Auf unserer Wand steht, groß über die ganze Wand geschmiert, *Kollaborateur!*«

»Ist nicht wahr!« Maria schüttelte den Kopf.

Dubois runzelte die Stirn. »Darf ich mir das ansehen?«

»Ja. Kommen Sie.«

»Alain«, forderte Dubois auf, beide erhoben sich und griffen nach ihrer Kopfbedeckung. Maria band ihre Schürze ab, warf sie über den nächsten Stuhl und schloss sich an.

An der Hauswand zur Hauptstraße hin, vom »Hirschen«-Eingang nicht einzusehen, war mit breiter Schrift und in knallroter Farbe tatsächlich *KOLLABORATEUR* geschrieben worden. In Großbuchstaben und offensichtlich so schnell, dass die Farbe der Buchstaben noch die Wand herunterrann.

Karl ging hin, fuhr mit der Fingerkuppe darüber und hob den Zeigefinger. Rot.

»Schade. Wenn ich ein bisschen früher gekommen wäre, hätte ich ihn erwischt!«

»Oder sie«, warf Maria ein.

»Sie?«, fragte Dubois, »eine Frau?«

»Eine ganze Gruppe«, sagte Maria und sah sich um. »Vielleicht bestaunen sie ja ihr Werk. Und unsere Reaktion.«

Karl folgte ihrem Blick. Kein Mensch weit und breit, die Hauptstraße war wie ausgestorben.

»Da zeigt sich keiner«, stellte er fest. »Und leider wird es zu schnell dunkel.« Er wischte seinen Finger an der Wand ab. »Wenn August das sieht, wird er dem Bertschinger den Hals umdrehen.«

»Bertschinger?«, wiederholte Dubois. »Sie wissen, wer das war?«

Auch Alain Lefèvre schien nun aufmerksam zuzuhören, wobei sich Maria nicht sicher war, wie viel Deutsch er eigentlich verstand.

»Ja«, begann sie und sprach betont deutlich, »wir nehmen es zumindest an, denn wir haben hier nur einen Widersacher im Ort. Und den hatten meine Eltern schon, als sie 1922 aus der Schweiz kamen und den ›Hirschen‹ gekauft haben. Es ist also, kann man sagen, eine Feindschaft über Generationen hinweg.«

»Bertschinger«, Dubois und Lefèvre sahen sich im stummen Einvernehmen an, »wie ist der Vorname?«

»Fried«, antwortete Maria. »Fried Bertschinger.«

»Wir überprüfen das.« Dubois tippte mit dem Zeigefinger gegen das Schild seines Képis, sodass es über seinen Haaransatz nach hinten rutschte.

»On y va«, sagte er zu Lefèvre, blickte aber noch einmal zur Hauswand zurück. »Heute ist es zu spät. Aber morgen früh werde ich drei meiner Soldaten abkommandieren, sie werden die Schmiererei beseitigen. Wenn es Ihnen recht ist.«

Den letzten Satz hatte er an Karl gerichtet.

Der nickte, meinte dann aber, dass sie das auch selbst könnten.

»Es geht ums Prinzip«, bestimmte Dubois. »Wer immer das war, soll sehen, dass wir uns dieser Sache annehmen.«

Es klang wie eine Drohung, fand Maria. Aber irgendwie auch gut. Sie atmete durch. Möglicherweise war die Idee des Tanzabends doch weitgreifender, als sie gedacht hatte.

»Darauf trinken wir einen Schnaps«, schlug Karl vor, »darf ich Sie einladen?«

»Und Sie erzählen uns dabei etwas mehr über diese Verhältnisse in Horn?«

Sie wollten gerade gehen, als ein klapperndes Fahrrad die Hauptstraße entlangkam. Alle drehten sich danach um. Maria erkannte Josef, einen der Stammtischbrüder vom »Hirschen«.

»Oh, là, là!« Josef bremste, stieg ab und sah an Karl vorbei zur Hauswand. »Deshalb der Aufmarsch hier?«, fragte er etwas süffisant.

»Ein Aufmarsch sieht anders aus ...«, erklärte Dubois sachlich.

Josef nickte. »Ja, sicher. Trotzdem«, er hielt mit der einen Hand den Lenker fest und machte mit der anderen eine große Geste zum »Hirschen« hin, »haben da einige eure gestrige Party nicht vertragen?«

»Sieht so aus«, sagte Karl knapp. »Hast du Informationen, wer es war?«

Josef zuckte die Achseln. »Ich kann mich umhören, aber ich kann mir schon denken, aus welchem Lager es kommt.«

»Wir auch«, bestätigte Maria.

»Na, gut. Ich muss los, meine Frau wartet.«

Josef nickte, stieg wieder auf und richtete sich mit einem freundlichen »Bonsoir« an die Franzosen, bevor er weiterfuhr.

Bonsoir, dachte Maria, während sie gemeinsam ins Haus gingen, es sprachen wohl mehr Horner Französisch, als sie dachte. Und wenn es auch nur Brocken waren.

Da an diesem kalten Dezemberabend keine Gäste mehr zu erwarten waren, richteten sie einen gemeinsamen Tisch, Karl brachte noch eine Platte mit Wurst und Käse, und Maria machte sich auf die Suche nach ihrem Vater, um ihn in dieses neue Ereignis mit einzubeziehen.

Während der nächsten Tage war es seltsam ruhig in Horn, ein Gefühl, fand Maria, wie vor einem Sturm. Klar hatte sich die Schmiererei in Horn schnell herumgesprochen, und dass nun französische Soldaten die Hauswand reinigten, war für viele Einheimische ein beklemmender Vorgang.

Auch am Stammtisch entflammten heftige Gespräche und Meinungen, wenn auch jeden Abend beim obligatorischen Kartenspiel alle erst mal um den heißen Brei herumredeten, denn ganz so direkt nachfragen wollten sie dann doch nicht. Das wäre ja *neugierig* gewesen, und Männer waren zwar wissensdurstig, wie Paul immer wieder betonte, aber eben nicht neugierig. Neugierig waren nur Frauen.

Zu der alten Stammtischgruppe von früher waren ein paar Jüngere dazugekommen. Und so hatten sich an diesem Abend Josef, Kurt, Herbert und Heinz zum Jassen eingefunden. Heinz, Hildes älterer Bruder, der nun auch schon auf die vierzig zuging, war eines Tages mit den Worten: »Nehmt ihr mich am Stammtisch auf?« in der Tür gestanden.

Maria hatte ihn als Kind im Haus seiner Eltern selten gesehen, weil er schon als junger Kerl Bauer mit Leib und Seele gewesen war und am liebsten mit seinem Vater auf dem Feld oder im Stall arbeitete. Erst bei seiner Hochzeit entdeckte er plötzlich den »Hirschen« und fand diese späte Verbindung, da seine eigenen Eltern ja über viele Jahre hinweg eng mit den Rugglis waren, selbst zum Lachen komisch.

»Nun werde ich eben alt«, sagte er »und außerdem findet meine Frau, dass ich abends zu Hause störe.«

Das glaubte zwar niemand, aber seither war er ein oft gesehener Gast.

So saßen sie an diesem Abend auf ein Bier und einen Schnaps zusammen, und während Kurt die Karten ausgab, waren sich mal alle einig: Die Machthaber spinnen!

Josef, der das Leben nach zwei Weltkriegen manchmal etwas anders sah als die Jungen, klopfte mit seinen Fingerknöcheln auf die massive Tischplatte.

»Da rasen sie sehenden Auges auf einen dritten Weltkrieg zu, wenn ich das schon lese – die Rotchinesen gegen Korea, die Amis auf der anderen Seite, eine Million Chinesen marschieren los, die Sowjets greifen mit ihren neuesten Düsenjägern die Vereinten Nationen in Nordkorea an ... kann man sich das vorstellen? Und die Atombombe würde er nur einsetzen, sagt Truman, wenn es einen Angriff auf die freie Welt gäbe. Das Drohen mit Atombomben, sind die noch ganz gescheit?«

»Die bösen Mächte des Kommunismus streben nach der Weltherrschaft«, ergänzte Kurt. »Das stellt unsere Zivilisation vor die größte Aufgabe unserer Geschichte, das hat Truman auch gesagt. Die Chinesen, die Sowjets ...«

»Tja, die Sowjets«, nahm Heinz den Faden auf, »was spielen die eigentlich für ein Spiel? Ist denen überhaupt zu trauen?«

»Dem Stalin?«, Kurt stellte sein Bierglas hart ab, »nie und nimmer. Habt ihr das gelesen? Die Ostblockkonferenz hat ja vorgeschlagen, für ein geeintes Deutschland einen gesamtdeutschen konstituierenden Rat zu bilden. Und die Sowjets …«

»Hä?«, ging Herbert dazwischen, »kannst du das mal übersetzen? Ich bin kein Studierter …«

»Na, die wollen ihr eigenes Süppchen kochen«, erklärte Heinz, »und haben deshalb eine Deutschlandkonferenz einberufen. Ich habe das im Südkurier auch gelesen. Und auch, was die französischen Zeitungen dazu sagen, nämlich dass es die Pflicht der Alliierten ist, jede Gelegenheit zu nutzen, um mehr über die sowjetischen Absichten zu erfahren und mit der Sowjetunion ins Gespräch zu kommen.«

Kurz war es still am Tisch.

»Na ja«, meinte Josef, »die Sowjets haben da offensichtlich etwas Undurchsichtiges vor. Wobei die Franzosen ja ganz offen sagen, dass sie uns bei einer europäischen Verteidigungsarmee nicht dabeihaben wollen.«

»Verständlich«, Kurt teilte die Karten aus, »die Geschichte lehrt eben, dass wir ein kriegerisches Völkchen sind. Und auch schon öffentlich Frieden gelobt haben und dann trotzdem unsere heimtückischen Pläne durchgesetzt haben.«

»Gut«, Josef winkte ab, »selbst wir können uns ja bessern. Aber wenn Adenauer sagt, die französische Regierung sollte mal mehr Vertrauen ins uns haben …«

»Der Krieg ist noch nicht so lange her, das muss man ja sagen. Nun geht es auch darum, dass unsere Regierung die deutschen Auslandsschulden aus der Vorkriegszeit anerkennt.«

»Wie bitte?«, Herbert sah auf, »wir haben doch überhaupt kein Geld!«

»Ich zumindest nicht«, sagte Kurt und sah sich nach Karl um, der hinter dem Tresen Gläser abspülte. »Karl, gibst du uns mal eine Runde Schnaps aus und erklärst uns, ob der Segen über den ›Hirschen‹ demnächst in Französisch gesprochen wird?«

»Ja, was es mit deinen Franzosen auf sich hat, das würde mich auch mal interessieren.« Herbert runzelte die Stirn. »Ist das eine gute Idee, die nun nach Horn zu locken?«

»Warum nicht?«, fragte Maria, die einige Tische weiter einen kleinen Adventskranz band und interessiert zugehört hatte. »Haben wir in Horn etwas zu verbergen?«

Die Männer am Stammtisch sahen sich an.

»Schöner Adventskranz«, sagte Heinz. »Aber am nächsten Sonntag haben wir doch schon den 2. Advent!«

»Dann reicht es ja, wenn heute Abend das erste Kerzlein brennt«, gab Maria zurück, legte die Tannenzweige, die sie noch in der Hand hielt, auf den Tisch zurück, nahm Karl einen Schnaps von dem Tablett, das er eben zum Stammtisch tragen wollte, und stellte sich damit vor den Tisch, während Karl die Schnäpse verteilte und sich einen neuen holte.

»Wie auch immer«, sagte Maria, »wir haben die Amerikaner auf unserer Seite, die stehen fest hinter Westeuropa, das steht auch im Südkurier, und dass es ohne Frieden bei uns keinen Frieden in der Welt geben kann.« Sie nahm das Glas hoch. »Das ist Weltpolitik! Und dann werden es Deutsche und Franzosen doch wohl schaffen, freundschaftlich miteinander auszukommen!«

Sie sah in die Runde: »Prost, meine Herren!«

Entdeckung

»Du hast Reden geschwungen?«, fragte Hilde am nächsten Tag, als sie kurz im »Hirschen« vorbeischaute und Maria in der Küche fand.

»Reden? Ich habe einfach mitgeredet.«

»Ja, Heinz hat es gefallen. Maria ist ein schlauer Kopf, hat er gesagt.« Hilde grinste. »Aber das wissen wir ja schon lang.«

Maria zuckte mit den Achseln. »Wir lesen doch alle die Tageszeitung, also sind wir alle informiert.«

Hilde schüttelte den Kopf. »Na ja, manche mehr, manche weniger. Ich bin ehrlich, die ständige Kriegstreiberei macht mir Angst. Also will ich es lieber gar nicht wissen.«

Maria bückte sich zu ihrem Brot im Backofen. »Mich interessiert es halt. Was liest denn du so?«

»Na, wo die ganzen Heimatvertriebenen bleiben sollen, das Land geht ja vor lauter Flüchtlingsströmen schier unter. Oder auch das neue Hochgebirgsdrama …«

»Hochgebirgsdrama?« Maria richtete sich wieder auf. »Was soll denn das sein?«

»Maria! Kino! Hans Albers in ›Föhn‹!«

»Ach, so!«

»Ja, und dann schaue ich in den Anzeigen nach einem Weihnachtsgeschenk für meinen Mann.«

»Ach, Weihnachtsgeschenk.« Maria seufzte. »Stimmt. Da muss mir für Karl auch noch etwas einfallen.«

»Und dann«, Hilde knöpfte ihren dicken Mantel auf, »regt sich meine Familie natürlich über die Preise für unsere Produkte auf. Du weißt ja, wir hatten schon immer einen Stand auf dem Markt, aber die Preise decken unsere Kosten nicht mehr. Und nicht nur bei uns, die Lebensmittelpreise werden bewusst niedrig gehalten, das sagt jedenfalls der Schill, also unser Bauernpräsident.«

»Ja?«

»Ja, er sagt, die Landwirtschaft sei keine Wohltätigkeitsanstalt.«

Maria nickte. »Da hat er wohl recht.«

Hilde ging an ihr vorbei und sah sich in der sauberen Küche um.

»Brauchst du mich heute?«

»Ich habe nur ganz wenige Vorbereitungen getroffen, falls doch jemand kommt.«

»Vielleicht kommen ja deine Franzosen.«

»Meine Franzosen, wie sich das anhört!«

Hilde musste lachen. »Gibt es schon einen Täter zu der Schmiererei?«

»Na ja«, Maria griff nach dem Teekessel, der auf der Herdplatte zu pfeifen begann, »ich wollte mir gerade einen Kräutertee machen, magst du auch einen?«

Hilde schüttelte den Kopf. »Mir kratzt zwar der Hals, und ich weiß deine Kräuter zu schätzen, aber ... wenn ich schon mal Zeit habe, nehme ich den nächsten Bus und schau mich in Singen nach Weihnachtsgeschenken um.« Sie knöpfte ihren Mantel wieder zu. »Aber eine Geschichte muss ich dir noch erzählen, bevor ich gehe.«

»Ja?« Maria goss heißes Wasser in die große geblümte Teekanne, um sie aufzuwärmen. »Dann lass hören.«

»Aber vielleicht hast du es ja schon gelesen, weil es so ungewöhnlich ist.«

»Kommt drauf an?«

»Also, du kennst doch die unübersichtliche Kreuzung am Wendelin-Eck in Radolfzell, da, wo der Verkehrspolizist immer steht? Na, da hat die Stadt jedenfalls einen großen Verkehrsspiegel an einer Hauswand angebracht, damit die Polizisten den besseren Überblick haben.« Sie lachte. »Haben sie aber nicht, weil sich dort nun die jungen Frauen im Vorbeigehen schminken und den Polizisten die Sicht nehmen!«

Maria lachte mit.

»Vielleicht gefallen den Polizisten junge, hübsche Frauen ja auch besser als brummige Autofahrer?«

Hilde zog ihre Mütze aus der Manteltasche und wedelte damit. »Von mir wird man heute bei der Kälte jedenfalls nicht viel sehen. Mütze bis zu den Augenbrauen und Schal bis zur Nase. Also kein Grund, um sich zu schminken.«

»Da hast du recht, also dann bis morgen!«

Sie sah Hilde nach, die gut gelaunt durch die Küchentür verschwand, nahm das Tütchen mit getrockneten Kräutern aus der Schublade, brühte sich ihren Tee auf und setzte sich mit der Tasse an den Küchentisch. Ja, vielleicht sollte man in der Zeitung auch andere Seiten lesen, dachte sie und griff nach der Tageszeitung, die Karl am frühen Morgen neben seiner Kaffeetasse hatte liegen lassen.

Er war in seinem Geschäft in Bohlingen und unterstützte den neuen Metzger, denn nun, in der Vorweihnachtszeit, gab es viel zu tun. Und außerdem stellte er zusammen mit Greta Unmengen an Wurstgläsern her. Sie waren auch von seiner Kundschaft in Bohlingen entdeckt worden und neben seinen sonstigen Angeboten ein echter Renner.

So dümpelte das neue Ladengeschäft im »Hirschen« noch etwas, aber im Frühjahr würden sie einen richtigen Tante-Emma-Laden für die Touristen daraus machen. Und da kam Maria entgegen, dass es auf der Halbinsel Mettnau Ärger gab, weil der Naturschutz das Interesse des Fremdenverkehrs behinderte. Und obendrein das Wasser am Radolfzeller Ufer und im Hafen stark verunreinigt war.

Seitdem Maria das gelesen hatte, überlegte sie, wie die Radolfzeller Touristen nach Horn umgelenkt werden könnten, denn hier gab es einen feinen Badestrand und keinerlei Probleme mit der Natur oder dem Wasser.

Sie nahm einen Schluck. Würde ein Artikel ausreichen? Aber lasen die Touristen den Südkurier? Doch eher erst dann, wenn sie schon an ihrem Ferienziel angekommen und in den entsprechenden Hotels untergebracht waren. Sie musste die Menschen dort erreichen, wo sie für ihren Bodensee-Urlaub buchten. Also in den Reisebüros?

Maria warf einen Blick auf die erste Seite und las unter der Überschrift »Weg der freien Völker«: »Wir alle wissen: der Kreml will keinen Frieden, will keinen Krieg, sondern will das Chaos unter den freien Völkern, um dann seine Welteroberungspläne verwirklichen zu können. Gerade aus dieser Situation heraus aber müssen wir mit stets neuen Mitteln, mit größerer Tatkraft und geistiger Hingabe als je zuvor den Frieden gewinnen, wenn wir überhaupt Hoffnung auf Erfolg haben wollen …«

Maria sah auf und schloss kurz die Augen. Hilde hatte recht. Mit jedem Satz, der den Zustand der Welt beschrieb, könnte man mehr Angst bekommen. Was trieb die Menschen nur an, sich ständig gegenseitig vernichten zu wollen? Sie konnte es nicht verstehen. Nun hatten sie doch gerade erst den einen Krieg mit all seiner Zerstörung hinter sich, mit all den grausamen Taten, und schon ging das Kriegsgeheul wieder los – wenn auch weit von Deutschland entfernt. Wobei, wer wusste schon, welche Ausläufer sie treffen würden. Und möglicherweise hatten die Franzosen recht, nicht allen Deutschen war zu trauen, die Rachegelüste waren zu groß, das demütigende Gefühl, von Welteroberern zu armseligen Besiegten degradiert worden zu sein, nagte an manchen schwer.

Maria stand auf. Sie musste sich beschäftigen, die Gedanken trieben sie zu stark um. Vielleicht sollte sie, wie Hilde, nach Singen fahren? Schaufensterbummel? Lotti bei Fischers besuchen? Sie könnte Emml bitten, für sie einzuspringen. Oben die leeren Gästezimmer kontrollieren, Staub wischen, eine Schüssel mit Kartoffelsalat vorbereiten, in der Wirtschaft die Böden schrubben, auch die Ecken, die immer mal wieder übersehen wurden. Arbeit gäbe es genug.

Unentschlossen setzte sie sich wieder hin und nahm noch einen Schluck. Welche Probleme würde sie durch Bertschingers Neubau bekommen? Könnte er ihnen tatsächlich die Gäste wegschnappen? Ja, das könnte er, dachte sie. So wie er Augusts Anzeige verhöhnt hatte, würde er alles daransetzen, den »Hirschen« und somit die Rugglis und nun auch die Amanns zu schlagen. Und die Touristen? Würden sie ein altes, gemütliches Hotel einem schicken neuen vorziehen? Die Antwort lag auf der Hand.

Was hast du heute Morgen nur für negative Gedanken, sagte sie laut zu sich selbst, das Glas ist halb voll, das hat deine Mutter schon immer gesagt! Ja, Mama, sie blickte kurz zur Decke, ich bemühe mich. Und vielleicht muss ich auch nur ungestört nachdenken, damit du mir die Lösungen einflüstern kannst.

Maria nahm noch einen Schluck und stellte dann die Teetasse ab.

Gut, flüsterte sie, ich weiß, wo ich dir nahe sein kann. Nicht in Singen beim Einkaufen und auch nicht auf dem Friedhof. Deine Seele war immer in der Natur glücklich. Also finde ich dich dort.

Und glücklich über diesen Entschluss zog sich Maria warm an, holte ihre gefütterten, derben Stiefel unter der Treppe hervor, ging durch die Hintertür hinaus in die winterliche Kälte und betrachtete die kahlen Obstbäume und das schmale Band des silbern glänzenden Sees, bevor sie den Hang hinunter schritt. Und schon nach wenigen Schritten spürte sie, wie ihr Kopf frei wurde, ihre schweren Gedanken davonflogen und ihre Lebensfreude einsetzte.

Natur ist das beste Heilmittel – das hatte ihre Mutter schon gesagt, und wieder einmal fand Maria, dass ihre Mutter einfach außergewöhnlich gewesen war. Ganz, wie es ihr Vater bis zum heutigen Tag immer wieder betonte.

Die steif gefrorenen Grashalme knirschten unter ihren dicken Ledersohlen und brachten Erinnerungen an ihre Kindheit zurück, und auch die vor Kälte brennenden Wangen. Sie sah sich mit ihren Schwestern den Hang hinuntertollen, quietschend vor Lachen, Purzelbäume schlagen und einfach liegen bleiben, wenn die Puste ausging. Reif auf der Wiese, das lockte hinaus. Darauf konnte man so schön rutschen, und außerdem war dabei stets die Hoffnung, dass nun vielleicht doch noch richtig Schnee kommen würde, viel Schnee, um Schneemänner zu bauen und Schneebälle zu werfen.

Ja, dachte sie, sie hatten viel gearbeitet, das wurde von den Eltern auch eingefordert, aber es gab immer Zeit für Spaß, und sie hatten ein freies Leben gehabt. Ihr Spielplatz war unendlich groß gewesen, hatte sich von der Kirche bis hinunter zum See erstreckt, überall warteten Abenteuer: ein morscher Ast an einem Apfelbaum, auf den man klettern konnte und wetten, ab wann er abbrach und man hinunter segelte. Oder die Wette, wer sich im März schon bis zu den Knien ins Wasser traute.

Maria schlenderte dahin, ganz in Gedanken versunken, mal glitt ihr Blick über die Wiese, dann wieder zum Himmel, der bis zum Horizont die gleiche blasse Farbe wie der Boden hatte.

Kurz vor dem Schilfgürtel stieß sie auf den Weg, der vom Ufer so bequem nach oben ins Dorf führte, und überlegte gerade, ob sie zurückgehen sollte, als ihr Blick an zwei Fahrrädern hängen blieb. Das eine erkannte sie sofort. Horst. Das andere war kleiner, offensichtlich ein Damenfahrrad.

Neugierig geworden, folgte sie leise dem schmalen, versteckten Fußpfad, der durch das dichte Gestrüpp zur kleinen Bucht führte und schalt sich insgeheim dafür, dass sie es tat. Was wollte sie dort sehen? War es nicht Unrecht, hinter Horst her zu spionieren, auch Karl gegenüber? Sie sollte umkehren.

Aber sie tat es nicht. Irgendetwas trieb sie vorwärts, also ging sie vorsichtig, um keine Geräusche zu machen.

Sie kannte diesen Platz, und ob sie wollte oder nicht, kamen die Bilder von damals wieder hoch, das leidenschaftliche Begehren im kühlen Wasser, unter dem Sternenhimmel. Sie spürte es in ihrem Unterleib, wenn sie daran dachte, aber nun begehrte Horst ja jemand anderen.

Vor der letzten Biegung blieb sie stehen, denn noch schützte der hohe Bewuchs vor Blicken. Sie lauschte, es war aber nur das Murmeln des winterlich trägen Sees zu hören. Dann wagte sie einen Blick um die Biegung.

Auf einem umgestürzten Baum saßen sie. Horst, der seinen Arm um eine Frau gelegt hatte, von der man nur den schmalen Rücken und langes blondes Haar sah. Sie hatte den Kopf an ihn geschmiegt und schien ihm zuzuhören. Man konnte ihm stundenlang zuhören, dachte Maria, sie hatte es selbst erlebt.

Horsts dunkelblonde Haare kräuselten sich über einer dunkelgrünen, gepolsterten Jacke, sie sah sein Profil und seinen Mund. Er war ein gut aussehender Mann, das war sicher, aber noch mehr als sein Aussehen war es seine besondere Ausstrahlung, seine freigeistige Einstellung, sein Ungebundensein. Bei diesem Gedanken überlegte sie, ob das Mädchen an seiner Seite wohl die Enkelin vom alten Bertschinger war? Und ob er ihr seine Ungebundenheit opfern würde? Der Bertschinger hatte ja getönt, dass man sich einen Künstler in der Familie vorstellen könne, im Gegensatz zu althergebrachten Überzeugungen anderer Horner, insbesondere August, für den Maler, Dichter und Schauspieler nur fahrendes Volk waren.

Und während sie so stand, spürte Maria plötzlich etwas ganz anderes. Als wäre ein Schalter umgelegt worden, betrachtete sie diesen Mann da vorn, für den sie so entflammt gewesen war, aus der Distanz. Sie spürte weder Eifersucht noch sonst ein schlechtes Gefühl, sondern einfach nur eine warme Kameradschaft. Sie wunderte sich selbst.

War das jetzt heilsam gewesen, diese kleine Spionage?

Hatte das die Dinge zurechtgerückt?

Sie und Karl, Horst – und wer auch immer?

Es schien ihr so, und sie fühlte sich befreit, als sei etwas von ihr abgefallen, das sie doch immer noch belastet hatte.

Gut, dachte sie, Mama, vielleicht hast du mich bewusst hierher geführt, man weiß ja nie, wie die Dinge zusammenliefen.

An Horsts Fahrrad blieb sie kurz stehen, konnte dann doch nicht anders, als eine vertrocknete Wiesenblume abzupflücken und an seinen Gepäckträger zu klemmen. Vielleicht erkannte er ja das Zeichen, und für sie war es so etwas wie ein letzter Gruß.

Sie traf am »Hirschen« ein, als Karl gerade eine Kiste mit seinen Wurstgläsern aus dem Auto lud und sich nach ihr umdrehte.

»Ich habe schon nach dir gesucht«, sagte er in leicht vorwurfsvollem Ton.

»Ich musste mal raus, es war mir danach«, erklärte sie leichthin.

Sein misstrauischer Seitenblick und das entsprechende Gesicht dazu gefielen ihr nicht.

»Wieso? Stimmt was nicht?«, fragte sie und hielt ihm die Eingangstüre auf.

»Nein, alles in Ordnung!«

»Du siehst aber nicht danach aus …«

Er blieb mitten in der Tür stehen. »Es ist nur, ich bin weg – und dann bist du auch weg.«

»Und was willst du mir damit sagen?« Maria spürte, wie ihr trotz der Kälte heiß wurde.

»Na ja, manchmal denke ich, dass dir trotz unserer Ehe dieser … Maler noch im Kopf herumspukt.«

»Und wenn dem nicht so ist?«, sagte sie und achtete darauf, ihre Stimme nicht zu erheben.

»Wenn dem nicht so wäre, wäre ich glücklich.«

Obwohl sie sich eigentlich über seine Unterstellung ärgerte, entschied sie sich für ein Lächeln und machte einen Schritt auf ihn zu.

»Dann sei glücklich!« Über die Kiste hinweg gab sie ihm einen sanften Kuss. »Und wenn die Tür noch lang offen steht, wird es im ›Hirschen‹ noch kälter, als es ohnehin schon ist.«

»Frischluft schadet nichts«, sagte er mit einem kleinen Lächeln, das seine Erleichterung verriet.

Komisch, dachte Maria, ausgerechnet jetzt, wo ich doch innerlich abgeschlossen habe. Aber vielleicht braucht er von Zeit zu Zeit eine Bestätigung. Nicht jeder Mann ist schließlich so stark, wie er aussieht – zumindest war das ein Spruch ihrer Mutter gewesen.

Das Telefon riss Maria aus ihren Gedanken. Sie hatte gerade die Tür hinter Karl geschlossen, und er war mit seiner Last auf dem Weg zu seinem Ladengeschäft.

»Hochzeitsgesellschaft«, rief er scherzend. »Hundert Leute!«

»Schön wär's«, antwortete Maria und nahm den Hörer ab. Es war Marcel Dubois.

»Leider«, sagte er, »haben wir seit der Gründung der Bundesrepublik Deutschland im letzten Jahr keinen Einfluss mehr auf die Entscheidungen der lokalen Behörden.«

Es war kurz still, und Maria verstand, dass er auf eine Antwort wartete.

»Ja«, sagte sie, »sprechen Sie von dem neuen Hotel von Fried Bertschinger?«

»Ja«, bestätigte er. »Wir haben Nachforschungen angestellt. Die Baugenehmigung kam erstaunlich schnell nach Antragstellung.«

Wieder war es kurz still, und Maria hielt die Hand auf die Muschel und rief nach Karl.

»Augenblick«, sagte sie ins Telefon, »ich denke, mein Mann möchte mithören.«

»Ja, selbstverständlich.«

Karl bog um die Ecke und war auf ihr hektisches Winken hin mit schnellen Schritten bei ihr.

»Dubois«, flüsterte Maria ihm zu und hielt den Telefonhörer in die Mitte, sodass sie beide lauschen konnten.

»Bon, wie gesagt, der Bauantrag wurde erstaunlich schnell bewilligt. Sozusagen direkt. Ohne Auflagen. Mit allen Sonderwünschen.«

Maria nickte. Schade, dass ihr Vater nicht da war, dachte sie. Aus erster Hand, das hätte ihm gefallen.

»Wir haben den Namen des Bauamtsleiters mit unserer Liste der SS-Angehörigen verglichen und ihn als ranghohen Offizier identifiziert.«

Karl sog die Luft ein.

»Er ist, wie so viele andere auch, durchs Netz geschlüpft«, erklärte Dubois emotionslos.

»Das heißt?«, wollte Maria wissen.

»Das heißt, dass diese Art der Nachforschung, wenn wir das wollen, nicht verborgen bleibt.«

Karl nickte. »Aha«, sagte er. »Ich verstehe.«

»Die Alternative ist, dass wir Ihnen diese offizielle Liste zukommen lassen. Da lassen sich übrigens noch weitere interessante Details finden. Starke Aktivitäten gewisser Leute, die sich möglicherweise in Ihrem Umfeld befinden, denn die SS-

Einheiten, insgesamt waren es 800 Mann, waren in der Region für zahlreiche Verbrechen verantwortlich. Und auch weit über die Region hinaus.«

Die Köpfe zusammengesteckt, lauschten Maria und Karl gebannt, dann warfen sie sich einen Blick zu.

»Ganz, wie mein Vater immer sagt!« Maria holte tief Luft. »Ja, wenn Sie uns ein solches Dokument schicken könnten, wäre es wirklich gut.«

Dubois lachte spontan, dann war seine amüsierte Stimme zu hören: »Schicken? Mais non! Ich bringe das selbstverständlich persönlich vorbei und verknüpfe es mit einem köstlichen französischen Diner.«

Maria musste nun ebenfalls lachen. »Sehr gern, ich stehe zu meinem Angebot. Mir fehlt nur leider das entsprechende Rezept.«

»Das, meine liebe Dame, lasse ich Ihnen heute durch einen Kurier vorbeibringen. Und sollten entsprechende Zutaten fehlen, lassen Sie mich das bitte wissen.«

»Ich bin gespannt. Verraten Sie mir, wie Ihr Lieblingsgericht heißt?«

»Ich habe zwei«, erklärte Dubois heiter. »Und schon, wenn ich es ausspreche, läuft mir das Wasser im Mund zusammen. Ich bin sicher, es wird Ihnen meisterlich gelingen!«

»Dann lassen Sie hören.«

»Coq au Vin«, sagte er, »das ist ein in Wein geschmortes Hähnchen, und mein zweites Leibgericht ist Boeuf bourguignon, das ist ein Rinderschmortopf aus dem Burgund, wo ich herkomme.«

»Gut!« Maria freute sich auf die Herausforderung. »Womit fangen wir an?«

»Mit Coq au Vin, wenn es recht ist, dann kann ich mich anschließend auf den Rinderschmortopf freuen.«

»Ich freu mich jetzt schon«, sagte Maria. »Auf Sie und aufs Kochen!«

»Und auf die Liste«, fügte Karl an.

»Ach ja«, Dubois zögerte, »noch eine Bitte. Alain Lefèvre möchte gern mitkommen.«

»Aber ja«, sagte Maria schnell.

»Er hat sich, das sage ich nun nur, weil er es nicht hören kann, ein bisschen in ihre Schwester verliebt.«

»Lotti?«, fragte Maria überrascht.

»Ja, er fand sie entzückend. Sie haben wohl auch mehrfach miteinander getanzt.«

Das hatte Maria zwar nicht bemerkt, da sie meist beschäftigt war, aber Alain Lefèvre war ein schnittiger junger Mann. Und Lotti eine hübsche junge Frau. Es wunderte sie also nicht.

»Könnten wir unser Diner so legen, dass sie auch dabei sein kann?«, wollte Dubois vorsichtig wissen.

»Morgen ist Samstag«, überlegte Maria, »da arbeitet sie bis zum Abend, aber danach müsste es gehen. Oder Sonntag.«

»Wenn Sie das herausfinden könnten? Für Alain wäre das … eine wunderbare Überraschung.«

Maria lächelte. »Wenn sich die beiden so gut vertragen haben, dann für Lotti sicherlich auch.«

Überraschung

Lotti war spät von der Arbeit von Singen nach Bohlingen gekommen, wo Karl mit dem jungen Metzger und Greta noch immer in der Wurstküche arbeitete.

»So, Schluss jetzt«, sagte er, nachdem Lotti in der Tür stand. »Ich habe den Auftrag, dich heute Abend in den ›Hirschen‹ zu bringen.«

Lotti, die müde war, wirkte wenig erfreut.

»Eigentlich wollte ich jetzt nur noch ein Brot essen und mich sofort ins Bett legen.«

Karl hatte mit den Achseln gezuckt.

»Befehl ist Befehl, tut mir leid!«

Über Lottis unwilliges Gesicht musste er lachen.

»Na, komm, so schlimm ist es nun auch wieder nicht!«

»Aber schlimm genug«, sie gähnte.

»Tu Maria den Gefallen.«

»Gut«, willigte sie nach kurzem Zögern ein und wies auf ihre weiße Bluse und den blauen Rock, »ich muss mich aber schnell umziehen, die Sachen brauche ich am Montag wieder.« Sie wollte schon gehen, blieb aber noch mal kurz stehen. »Und wie komme ich wieder zurück nach Hause?«

»Ich bring dich selbstverständlich.«

Lotti nickte. »Muss was Wichtiges sein ...«

»Sieht so aus«, sagte Karl schmunzelnd.

Maria hatte den Familientisch gedeckt, denn um diese Zeit

waren auch August und Elli zum gemeinsamen Abendbrot da. Lotti hatte sich einen warmen Wollpullover angezogen und eine hellgraue Hose, was sofort Fragen aufwarf.

»Sieht gut aus«, erklärte Elli sofort. »Ich werde mal nach einem Burda-Schnittmuster suchen, dann kann mir Cecil auch so eine nähen.«

»Gibt keine Hosen bei Burda«, meinte Lotti sofort. »Die gibt es momentan nur bei uns. Ich habe sie bekommen, weil meine Kundin einen Saft vergossen hat und die Hose mit den Flecken nicht mehr wollte.« Sie zeigte einen leichten Fleck am Oberschenkel. »Ich hab ihn schon ganz gut rausgekriegt.«

»Vergießt Saft über den Stoff und will die Hose nicht mehr?« Maria schüttelte den Kopf. »Da war sie doch selbst dran schuld!«

Lotti setzte sich an den gedeckten Tisch. »Manche unserer Kundinnen sind … ein wenig anstrengend. Sie denken, die Welt gehört ihnen … und wir dazu.«

Elli nickte. »Die Gattinnen der reichen Männer eben. Frau Doktor und Frau Oberbahnhofvorsteher.« Sie lachte. »Ich kenne das auch.«

»Aber bezahlt hat sie das doch hoffentlich?«, mischte sich August ein, der eben zwei Krüge Bier an den Tisch brachte.

»Die Rechnung geht an ihren Mann. Und der bezahlt selbstverständlich. Ich nehme mal an, er weiß nicht mal, wofür.«

»Habt ihr auch nette Kundinnen?«, wollte Karl wissen, der August ein Bier abnahm.

»Ja«, Lotti nickte. »Vor allem aus der Schweiz. Die kaufen gern bei uns. Und die Chefs sind ja auch schwer in Ordnung.« Sie grinste. »Sogar der kleine Peter. Wenn er im Laden ist, ist es immer lustig, er hat nur Dummheiten im Kopf!«

»Also gefällt es dir dort?«, wollte August wissen.

»Ja, sehr!« Lotti ließ ihren Blick schweifen. »Aber deshalb sind wir wohl nicht alle hier? Oder?«

Maria und Karl berichteten abwechseln von dem heutigen Telefonat mit dem französischen Kommandanten, und je länger sie erzählten, umso breiter wurde Augusts Grinsen.

»Könnte es sein, dass wir diesen Schurken endlich am Haken haben?«, fragte er in die Runde, aber, so schien es, vor allem sich selbst. »Das wäre die größte Genugtuung für mich und auch für eure Mutter.« Sein Blick ging kurz zur Zimmerdecke. »Wegen diesem Kerl sind mir schon graue Haare gewachsen!« Er wies kurz auf seinen Schopf, der allerdings nur vereinzelte helle Strähnen aufwies. Auf Marias »Na ja«, antwortete er mit: »Fast! Aber nun werden sie über Nacht wieder jugendlich dunkel, ihr werdet sehen!«

»Und wie fangen wir das dann an?«, wollte Karl von August wissen. »Mit der Tür ins Haus fallen?«

»Wir müssen aufpassen, dass sie sich nicht auch noch mit ihren Taten brüsten, du weißt ja, alleine waren die nicht unterwegs«, gab Maria zu bedenken.

»Und Gesinnungsgenossen haben sie bis heute.« Elli belegte sich eines der geschnittenen Brote dick mit Karls Leberwurst. »Die schmeckt wirklich richtig gut«, lobte sie mit einem Blick zu ihrem Schwager.

»Und diese Liste bekommt ihr einfach so?« Lotti griff nach dem Weinkrug. »Ich meine, ohne Gegenleistung? Wegen des schönen Fests?«

»Die Gegenleistung ist«, Maria musste darüber lachen, »ein Gericht aus seiner Heimat. Das heißt, eigentlich zwei. Coq au Vin und Bœuf bourguignon.«

Lotti horchte auf, füllte ihr Glas und gab den Krug weiter.

»Hast du dafür denn Rezepte?«

»Die hat mir ein Kurier gebracht. Es scheint gute französische Hausmannskost zu sein«, überlegte Maria. »Du kannst mir helfen, wenn du magst.«

»Ich?« Lotti sah auf. »Wann?«

»Morgen, Sonntagabend. Und auf besonderen Wunsch wäre es schön, wenn du dabei wärst.«

Elli warf ihrer Schwester einen schrägen Blick zu.

»Auf besonderen Wunsch, Schwesterlein? Nun lass mal die Katze aus dem Sack.«

Lotti zuckte die Schultern, wurde unter dem aufmerksamem Blick ihres Vaters aber augenblicklich rot.

»Na«, sagte sie verlegen, »ich weiß nicht recht ...«

»Ich weiß nicht recht ...«, äffte Elli sie nach. »Jemand anderes scheint es aber sehr genau zu wissen.«

»Dann lüfte ich das Geheimnis«, ging Maria dazwischen, »Alain Lefèvre würde sich sehr freuen, dich bei dieser Gelegenheit wiederzusehen.«

»Alain wer?«, fragte ihr Vater.

»Der junge Mann, der mit dem Kommandanten am Abend nach unserem Tanzabend hier war – und gemeinsam mit Dubois die Schmierereien gesehen hat.«

»Also ein Offizier?«

Maria nickte.

»Na«, sagte August und grinste, »dann kommt endlich Zucht und Ordnung ist Haus!«

Lotti war schon am frühen Sonntagnachmittag da. Sie erklärte Maria, die bei Lottis Eintreffen erstaunt von ihrer Arbeit aufsah, es habe sie einfach mal wieder nach Hause gezogen. Gleichzeitig lief sie nervös herum, fragte Maria, wo sie helfen könne, zeigte sich bei der Ausführung aber wenig engagiert.

»So, Schluss jetzt!«, Maria, die am Herd gerade das aufwendige Abendmenü vorbereitete, hatte nach einer Weile genug davon. Sie drehte sich zu ihr um. »Nun sag, was dir auf dem Herzen liegt.«

Lotti zeigte auf ihre Haare.

»Sie sind ja schon wieder so gewachsen, der schöne Schnitt ist raus. Meinst du nicht, ich hätte noch zum Friseur sollen?«

Maria schüttelte den Kopf. »Meine ich nicht. Wie kommst du darauf? Wegen Alain?«

Lottis Schweigen war ihr Antwort genug.

»Also«, Maria schob die große Schüssel mit der Marinade, in der die Hähnchenteile zwölf Stunden gelegen hatten, zur Seite, »wenn Alain dich so, wie du bist, schön gefunden hat, warum diese Hektik? Sie sind etwas länger, aber ...«

»Ja, eben. Rausgewachsen. Über die Schultern ... so ... von vorgestern!« Lotti kam näher und spähte an Maria vorbei in die große Schüssel. »Was machst du da eigentlich Geheimnisvolles?«

»Um bei dem einen Thema zu bleiben, wie fühlst du dich denn bei Fischers mit deinen Haaren?«

»Frau Fischer findet meine Haare schön. Vor allem, wenn ich sie hochstecke.«

»Und wenn du sie heute Abend auch hochsteckst? Und irgendwann in aller Ruhe zum Friseur gehst?«

Lotti nickte. »Ja«, sagte sie, »und ich habe ein Kleid mitgebracht. Und die Hose. Ich kann mich einfach nicht entscheiden.«

»Die Hose war jedenfalls sehr modern.« Maria wiegte den Kopf. »Und etwas frech!«

Unentschlossen ging Lotti auf Marias andere Seite.

»Ich weiß nicht!«

»Wo kommt Alain denn her?«

»Aus Paris.«

»Aus Paris?« Maria starrte sie an. »Wirklich?«

»Hat er gesagt!«

»Die Hauptstadt der Mode! Also ganz klar die Hose!«

Lotti schien erleichtert. »Wenn du das sagst ...«

»Aber bestimmt! Das würde Frau Fischer doch wohl auch sagen!«

Lotti nickte und fuhr mit dem Finger in die Schüssel.

»Oh, lecker. Was für eine tolle Marinade! Was ist da alles drin?«

»Eine Menge! Wein, Lorbeerblätter, Thymian, Nelken, Wacholder. Alles gut gemischt. Flügel, Keulen und Brustfilets habe ich über Nacht darin eingelegt und in den Kühlschrank gestellt. Und aus den Hahnresten habe ich einen Fond gemacht.«

»Hört sich aufwendig an«, meinte Lotti, und Maria schob ihr das Rezept hin. »Schon der Einkauf war aufwendig, aber ich würde sagen, es wird sich lohnen!«

Lotti nahm das Blatt in die Hand. »Zartbitterschokolade, Perlzwiebeln, Cognac, Speckstreifen, Möhren, Champignons – und dann alles in den großen Bräter. Das dauert ja stundenlang.«

»Und dann flambieren. Mit Cognac.« Maria musste lachen. »Also, liebe Schwester, es ist wirklich kompliziert. Und entweder hilfst du mir jetzt konzentriert, oder du vergnügst dich anderweitig. Irgendwo anders!«

Lotti legte ihr das Rezept wieder hin. »Haben sich für heute Abend Gäste angemeldet? Oder sind wir alleine? Ich könnte mich um die Tischdekoration kümmern.«

»Bisher sind wir alleine. Es wird wohl erst wieder in Richtung Weihnachten anziehen.«

Lotti nickte. »Übrigens«, fiel ihr ein, »Elli bringt ein französisches Dessert mit. Auch eine Spezialität aus dem Burgund. Hat sie dir das gesagt?«

Maria schüttelte den Kopf. »Und was?«

»Einen ... den französischen Namen habe ich vergessen, aber im Prinzip ist es ein Kirschauflauf.«

»Kirschen?«

»Ja, sie sagt, klassisch mit frischen Kirschen, aber nun nimmt sie eben die eingemachten. Und sie richtet alles hier in der Küche. Auflaufform hast du ja, Eier, Butter, Sahne auch, Kirschwasser, Vanillestange und Zimtpulver bringt sie mit.«

»Na ja«, Maria machte eine Handbewegung, »Platz genug ist ja. Und Kirschwasser? In meinem Gericht ist viel Wein und Cognac. Im Dessert Kirschwasser! Unglaublich, die Franzosen!«

Es war sieben Uhr vorbei, als sie den Jeep vorfahren hörten. August ging an die Tür, um die Gäste zu empfangen, Lotti strich sich mit der Hand noch mal über ihre Haare, was ihre Schwester Elli zu einem spöttischen Seitenblick veranlasste.

»Wie kann man nur so naiv verliebt sein«, flüsterte sie und kassierte von Lotti dafür einen Stoß in die Rippen.

»Und du? Mit Lisa etwa nicht?«

Elli fuhr sich mit einer Hand betont affektiert über ihr kurzes, blondes Haar und grinste. »Bin ich auch hübsch?«

Lotti funkelte sie an, doch Elli hauchte ihr einen Kuss auf die Wange. »Ist nur Spaß, Schwesterherz. Du siehst toll aus!«

Und das fand Maria auch. Die hochgesteckten Haare, die helle Bluse, die etwas nachlässig in der hochgeschnittenen Bundfaltenhose steckte, das alles sah sehr weltläufig aus. Jedenfalls nicht nach einem kleinen Dorf am Bodensee. Und sie beobachtete mit einem kleinen Lächeln, wie Alain Lefèvre bei ihrem Anblick kurz stutzte und sein Gesicht einen weichen Ausdruck bekam. Na, dachte Maria, langsam werden wir eine interessante Familie.

»Darf ich unser Gastgeschenk überreichen?«

Marcel Dubois nahm sein Képi ab und gab August, kaum dass er eingetreten war, einen großen Umschlag.

»Damit haben Sie für die nächsten Tage etwas zu studieren …«, den Rest des Satzes ließ er in der Luft hängen, aber jeder wusste, was gemeint war.

»Und nun hoffe ich, dass unser Dankeschön dem gerecht wird«, sagte Maria und zeigte zu dem von Lotti schön gerichteten Tisch.

»Wie wunderschön das alles aussieht, und eine sehr willkommene Abwechslung zur Kaserne«, sagte Dubois und setzte sich an den Fensterplatz.

»Wobei«, sein Blick suchte den von Lefévre, »sich auch bei uns das strenge Kasernenleben lockert, einige von uns werden in Radolfzell privat umziehen, und manche Familienangehörige sind schon nachgekommen.«

»Sie auch?«, wollte Elli wissen, doch Dubois winkte ab. »Ich wüsste keinen Platz auf der Welt, der schöner sein könnte als meine Heimatstadt im Burgund. Und deshalb …«, er machte eine entsprechende Handbewegung, »freue ich mich auf meine Ablösung.« Er lächelte. »Irgendwann.«

Maria hätte gern nachgefragt. Wo er genau wohnte. Und sicher war er auch verheiratet. Mitte vierzig, da hatte er bestimmt Kinder. Alle weit weg. Das musste auf die Dauer schon schmerzhaft sein. Sie verkniff sich die Fragen und vertagte sie auf später.

»Meine Herren«, kündigte sie an, »zuerst einen Aperitif, mein Mann steht schon in den Startlöchern«, sie zeigte lächelnd zu Karl hinter dem Tresen, »und anschließend mein badischer Versuch eines französischen Coq au Vin.«

Die beiden Franzosen zollten Beifall, wobei Dubois meinte, dass es bei Marias ausgewiesener Kochkunst gar nicht anders als gelingen könne.

»Das ist aber noch nicht alles«, Elli schob sich in Positur, »zum Dessert gibt es Clafoutis aux cerises, wenn auch die Kirschen natürlich aus dem Glas und nicht frisch vom Baum kommen.«

»Oh!«, nun war es Alain, der zum ersten Mal ungefragt das Wort ergriff, »das ist eine ganz besondere Freude. Und ich bin sehr glücklich, hier sein zu dürfen«, sagte er langsam in gewähltem Deutsch. »Schon der Tanzabend war über alle Maßen schön«, sein Blick streifte Lotti, die prompt errötete, »und nun dieser festliche Tisch mit der Aussicht auf ein wunderbares Essen. Ich möchte mich herzlich bei Ihnen allen bedanken!«

»Das hat er auf Deutsch auswendig gelernt«, verriet Dubois mit einem lausbubenhaften Grinsen.

»Oui«, gab Alain zu, »das stimmt! Trotzdem ist es die Wahrheit!«

Der Beweis

Die Tage danach brüteten sie über der Liste, die Marcel Dubois ihnen zugesteckt hatte. Da war von haarsträubenden Verbrechen die Rede, Erschießungen durch SS-Leute, noch kurz bevor die Franzosen einmarschiert waren. Wer sich im Vorfeld auf die Seite der Alliierten stellte oder für den Frieden warb, war Volksverräter und wurde sofort exekutiert. Viele der Radolfzeller flohen in die Umgebung. Nicht, weil sie Angst vor den Franzosen hatten, sondern vor den willkürlichen Terroraktionen der SS. Genau, wie es Karl damals im Garten geschildert hatte, dachte Maria, während sie die Seiten gemeinsam durchlasen. Es war also alles wahr, die Verbrechen hatten quasi vor ihrer Haustüre stattgefunden. Und einer dieser grausamen Männer war der betreffende Baumtsleiter gewesen.

Für diesen Abend hatten sich einige der Stammtischbrüder zum Jassen angesagt, und August wollte sich zuvor noch mit Karl und Maria besprechen.

Sie stellten ein Vesper und Getränke auf den Tisch, legten die Dokumente daneben, und nachdem sie sich über die alltäglichen Dinge des Tages unterhalten hatte, tippte August auf die Papiere.

»Nun haben wir es schwarz auf weiß.« Er kniff die Lippen zusammen. »Wie gehen wir es an? Wir brauchen einen Plan. Einfach hinzumarschieren wäre dumm.«

»Sehe ich auch so«, pflichtete Karl ihm bei.

»Frauen sind doch die Meisterinnen der Zwischentöne …«, August sah seine Tochter an, »fällt dir dazu nichts ein?«

»Doch, ich habe auch schon darüber nachgedacht. Und ich denke, dass ich mich ganz gut in die Höhle des Löwen wagen könnte. Aber vorher brauche ich noch etwas Beistand. Auch für unseren Fremdenverkehr übrigens. Und den hole ich mir in Radolfzell.«

Karl runzelte die Stirn. »Ich verstehe nicht, was du meinst?«

»Ich schon!« August grinste. »Du willst zwei Fliegen mit einer Klappe schlagen?«

Maria nickte.

»Hast du dich da von deiner Mutter inspirieren lassen?« Er lächelte. »Gut«, wandte er sich dann an Karl, »das kannst du nicht wissen. Ich nehme mal an, Maria denkt an unseren alten Freund Ernst Götzner, Schuhmacher und Journalist. Er hat uns mit seinen Beziehungen einmal zu einem ganz besonderen Weihnachtsfest verholfen.«

Maria nickte. »Ich war noch klein, aber die Geschichte wurde oft erzählt. Übrigens auch von Einheimischen«, sie schmunzelte. »Was unseren feinen SS-Mann angeht, möchte ich mich mit ihm nur beratschlagen. Beim Fremdenverkehr kann er mir allerdings helfen.«

»Und wie?«, wollte Karl wissen.

»Es ist doch schwierig für Radolfzell, wenn zu viele Sommerfrischler auf die Mettnau kommen, alles ist überlaufen, und die Natur leidet.« Maria legte eine Hand auf Karls Unterarm. »Was läge da näher, als diese Urlauber auf die Höri umzuleiten? Durch Artikel in den entsprechenden Zeitungen?«

Es war kurz still.

»Und, Karl?«, fragte August, »was sagst du nun zu deiner Ehefrau?«

»Sie wird mir von Tag zu Tag unheimlicher!« Karl schüttelte den Kopf. »Aber vielleicht ist es gerade das, was mich seit meiner Kindheit an ihr fasziniert.« Er warf Maria einen liebevollen Blick zu, den sie zurückgab.

»Ich habe die Liste übrigens nach dem Familiennamen Götzner durchsucht, man weiß ja nie«, fuhr Maria fort, »aber Gott sei Dank nichts gefunden.« Sie nahm ihre Hand von Karls Arm und öffnete eines des Wurstgläser. »Eine wirklich gute Idee, Karl.«

»Wenn du die Urlauber zum ›Hirschen‹ umleiten kannst, machen wir damit das Bombengeschäft«, versprach Karl. »Und bis dahin ist unser kleiner Laden hier im ›Hirschen‹ ein guter Anfang.«

»Was dir fehlt, kann ich sicher beisteuern«, ergänzte August.

»Apropos Laden«, Karl griff nach dem Speck und einem scharfen Messer, »morgen würde ich gern an der Einrichtung arbeiten. Ein paar Regale zimmern, kannst du mir helfen?«

August bestätigte, woraufhin Karl Maria zulächelte.

»Dann kannst du den Wagen nehmen. Damit bist du unabhängig, wenn du zu Götzner und sonst noch wohin willst.«

»Ah, du weißt, dass sie einen Führerschein hat?« August zog eine Augenbraue hoch. »Das war die Idee ihrer Tante Josefine, die schon vor rund zwanzig Jahren hier mit einem Automobil aufgekreuzt ist. Sie meinte damals, Maria müsste in die Autobranche und hat ihr den Führerschein zur Volljährigkeit geschenkt.«

»Ja«, Karl nickte. »Und nun ist es kein Rennwagen, sondern nur ein Volkswagen.«

»Aber immerhin!«, sagte August und die Gesichter beider Männer nahmen bedeutungsvolle Züge an, während Maria schluckte. Das erste Mal mit Karls Volkswagen. Sie würde das meistern.

»Nun, und wenn das mit Götzner morgen nicht klappen sollte, dann fahre ich zu meinem Doktor.«

»Zum Arzt?« August hatte den Bierkrug in der Hand und ließ ihn leicht sinken. »Fehlt dir was?«

»Na, vielleicht wirst du Opa, lieber Vater…«

»Nein!« Der Aufschrei kam von Karl. »Ist das wahr?« Er sprang so schnell auf, dass sein Stuhl nach hinten flog. »Komm, lass dich in den Arm nehmen!«

»Ich weiß doch noch gar nichts«, wehrte Maria ab.

»Egal! Die Freude ist schon da!«

Ränkespiele

In dieser Radolfzeller Gasse war Maria noch überhaupt nicht gewesen, sie kannte sie nur aus den Erzählungen ihrer Mutter. Und auch das Schustergeschäft gab es nicht mehr. Es war einem modernen Schuhgeschäft gewichen, nur der Name über dem Eingang stimmte noch: Götzner. Ob sie Ernst Götzner überhaupt noch antreffen würde, überlegte Maria, während sie vor dem Ladenlokal stand. Was war, wenn er schon gestorben war? Er war ja im Alter ihrer Eltern. Und vielleicht hatte er ja den Krieg nicht überlebt. Sie hatte sich überhaupt nicht informiert, stellte sie fest. Sie war nur einfach den alten Spuren nachgegangen. Es war nicht sicher, wohin die führten.

Maria sah sich die Auslage im Schaufenster an. Es gab von derben Winterstiefeln über Alltagsschuhe bis zum feinen Damenschuh eigentlich alles. Schön arrangiert und mit Adventsschmuck verziert.

Wo war dieser kleine Laden geblieben, von dem ihre Mutter teils lachend, teils respektvoll erzählt hatte? Maria gab sich einen Ruck. Sie musste nachfragen, es nützte nichts.

Sie drückte die Ladentüre auf, und sogleich trat eine junge Frau auf sie zu, die nach ihren Wünschen fragte. Maria wagte es einfach, auch wenn sie damit schwer danebenliegen könnte: »Ich hätte gern Herrn Götzner gesprochen.«

»Herrn Götzner Junior oder Herrn Götzner Senior?«

»Herrn Ernst Götzner.«

»Sie heißen beide Ernst.«

»Dann bitte den Senior«, legte Maria fest.

»Er ist oben in seiner Werkstatt. Wen darf ich melden?«

Mein Gott, dachte Maria, war sie hier in einer Firmenzentrale oder in einem Schuhgeschäft?

»Maria Amann«, sagte sie, überlegte und korrigierte sich. »Sagen Sie lieber, die Tochter von Anna Ruggli.«

»Anna Ruggli also.«

»Nein, die Tochter.«

Offensichtlich gehörte dies nicht zu den Aufgaben der Verkäuferin, denn sie winkte eine noch jüngere Frau herbei, fast noch ein Mädchen, und übertrug ihr die Aufgabe.

»Bitte nehmen Sie doch Platz«, bot sie Maria an und wies auf ein lang gestrecktes Sofa. »Oder würden Sie sich vielleicht lieber umschauen? Ich kann Ihnen in der Zwischenzeit auch gern etwas zeigen, wir haben erst gestern neue Ware bekommen. International. Vor allem aus Italien, den besten Schuhfabrikanten in Europa, sehr elegant und qualitativ erste Wahl. Oder aus Pirmasens, der deutschen Schuhstadt schlechthin. Vor allem vor dem Weihnachtsfest ...«, sie unterbrach sich leicht unwillig, weil die junge Frau zurückgekommen war und ihr etwas zuflüsterte.

»Nun gut«, sagte sie zu Maria und strich ihr sandfarbenes Kleid glatt, »Herr Götzner erwartet Sie. Fräulein Gisela wird Sie hinaufbringen.«

Maria war froh, dem Eifer der Verkäuferin entkommen zu sein, und ging hinter Gisela eine enge Holzstiege nach oben.

»Hier bitte«, sagte das Mädchen und öffnete, nachdem sie geklopft hatte, eine zusammengezimmerte Holztür, die Maria eher an einen Verschlag erinnerte.

Maria trat ein und sah sofort vor Augen, was ihre Mutter erzählt hatte. Unzählige Schuhe in Regalen, schummriges Licht, ein ziemliches Chaos rundherum. Sie blieb stehen.

»Maria!«, sagte eine männliche Stimme. Erst jetzt erkannte

sie im Gegenlicht eines kleinen Dachfensters einen Mann an einem Werktisch.

»Ja«, sagte sie, »ich bin Annas Tochter.«

»So schön!«, sagte er und stand auf. »Und ich sage jetzt auch nicht: *Mein Gott, bist du gewachsen,* sondern ich freue mich einfach über Ihren Besuch!«

Maria ging vorsichtig auf ihn zu, darauf bedacht, auf keinen der vielen Schuhhaufen zu treten.

»Ihre Mutter hätte hier ihre Freude«, sagte er und machte eine Handbewegung. »Sie klebte mir ihre Plakate immer in mein einziges Schaufenster, sodass ich überhaupt kein Licht mehr hatte. Aber sie war überzeugend in dem, was sie mir erklärte. Und deshalb ließ ich die Plakate hängen!« Er lachte, und Maria erkannte erleichtert, dass er noch nicht senil war, wie sie beim Eintreten befürchtet hatte.

»Lassen Sie sich betrachten!« Er reckte den Kopf.

»Ja, die Tochter der Mutter«, sagte er. »Was kann ich für Sie tun?«

»War auch meine Mutter nur dann da, *wenn Sie etwas für sie tun konnten?*«, fragte Maria. »Muss ich mich jetzt schämen?«

Götzner lachte. »Nein, ganz bestimmt nicht. Sie brachte Leben in meinen Alltag. Und sie geizte auch nicht mit Geldscheinen, wenn sie etwas schnell brauchte ... verstehen Sie mich nicht falsch, das soll keine Aufforderung sein, nur eine schöne Erinnerung.« Er zeigte auf einen niedrigen Hocker. »Wollen Sie sich setzen?«

Maria schüttelte den Kopf. »Ich hatte gehofft, ein gemütlicheres Plätzchen für ein längeres Gespräch zu finden.«

»Ein längeres Gespräch?«

Er trat aus dem Licht des Dachfensters hervor, und zum ersten Mal konnte Maria seine Gesichtszüge unter seiner Wollmütze sehen. Er war um die siebzig, aber noch fast faltenfrei. Ein schmales Gesicht mit einem energischen Kinn.

»Dann gehen wir am besten in ein Café. Oder ist Ihnen um diese Uhrzeit eine Wirtschaft lieber?«

»Das überlasse ich Ihnen«, sagte Maria. »Und das Geschäft … ich meine, ist das Ihr Sohn, der …«

»Die treibende Kraft ist meine Schwiegertochter. Ihr bin ich nicht fein genug, deshalb hat sie mich nach oben verbannt. Und mein Sohn … na ja, wahrscheinlich muss er froh sein, dass sie so geschäftstüchtig ist, denn er ist als, wie soll ich sagen, er ist ziemlich lädiert aus dem Krieg zurückgekehrt.«

»Körperlich?«, fragte Maria entsetzt und sah alle Möglichkeiten amputierter Gliedmaßen vor sich.

»Nein, seelisch.« Götzner trat zu ihr, sodass sie sich nun gegenüberstanden. »Aber ich weiß nicht, was schlimmer ist.«

Maria wusste es auch nicht, so bekundete sie durch eine betroffene Miene nur ihr Mitgefühl und folgte dann Götzner, der forsch zur Tür schritt.

In einem Café, einige Straßen weiter, erzählte Maria ihm, was sich seit dem Krieg im »Hirschen« zugetragen hatte. Von Annas Beerdigung hatte er zu spät erfahren, erklärte er, und bei seinen Verwandten, Christine und Ludwig, sei er schon lange nicht mehr gewesen. Man sähe sich eher mal in Radolfzell. »Es hat sich so ergeben.« Anna sei damals seine Verbindung nach Horn gewesen, erklärte er Maria und bekam einen melancholischen Ausdruck um die Augen.

»Schreiben Sie noch für die Zeitung?«, wollte Maria nach einem Kaffee wissen, und Götzners Augenfalten vertieften sich. »Ah, daher weht der Wind …«

»Ja, daher weht er«, bestätigte Maria. »Allerdings von zwei Seiten, denn ich komme mit zwei schwierigen Fragen zu Ihnen. Die eine hat mit Fremdenverkehr zu tun, wie damals bei meiner Mutter, die andere mit einem gewissen Bauamtsleiter, der Bertschinger im Handumdrehen einen Bauantrag genehmigt hat.«

»Bertschinger, das alte Thema.« Götzner winkte der Bedienung und bestellte zwei Cognac. »Kaffee ist bei einem solchen Thema zu schwach!«

»Ja, Bertschinger ist und bleibt das Thema.«

»Und inzwischen wohl auch die nächsten Generationen, sein Zweitgeborener, der wieder in die Heimat zurückkommt, seine Enkel mit Herrenreiter-Attitüde. Ich habe von den hochfliegenden Plänen schon gehört.«

Maria seufzte kurz. »Meine Mutter hat auf Sie gezählt. Ich glaube, Sie waren für sie der Mann für alle Fälle!«

Götzner musste lachen.

»Nein, nicht wirklich für alle Fälle, aber für viele.«

Er drehte sich nach dem Kellner um und wartete, bis die beiden Cognac-Schwenker vor ihnen standen.

»Maria, trinken wir den ersten Schluck auf Ihre liebe Mutter und den zweiten auf unsere Projekte. Ich bin gespannt, was Sie mir zu erzählen haben ...«

»Und ich bin gespannt«, entgegnete Maria, »was Ihnen dazu einfällt!«

Eine Stunde später fuhr Maria im Volkswagen zu ihrem Arzt. Sie hatte ein gutes Gefühl, denn Götzner hatte ihr versprochen, seine Kontakte spielen zu lassen. Die Zeitungen interessieren sich für Nazi-Beamte, die wieder auf ihren alten Posten sitzen, hatte er im Café erklärt. Und auch die Nachrichtenmagazine. Das Wochenblatt stern, erst vor zwei Jahren gegründet, und auch der Hamburger Spiegel, nur ein Jahr älter. Das seien engagierte Journalisten, die nicht über alles den Mantel des Schweigens breiten, sondern die Wahrheit ans Licht bringen wollten.

Man frage sich sowieso, hatte Maria überlegt, warum genau diese Verbrecher wieder das Sagen haben?

Na ja, Götzner hatte die Schultern gezuckt, manchmal liege

es schlicht daran, dass sie sich in ihrem Metier auskennen und es keinen Ersatz gebe.

Maria hatte die Rechnung übernommen, und sie hatten ein Telefonat ausgemacht, sobald er eine Nachricht für sie hätte.

»Ich wollte Sie aber nicht belästigen«, hatte Maria zum Abschied noch gesagt und war damit auf ein breites Grinsen gestoßen.

»Sie bringen mir das Leben zurück«, war seine Antwort gewesen. »Ich schreibe dort oben im meiner Dachkammer zwar allerlei Artikel für allerlei Blätter, aber meist geht es doch um den Fremdenverkehr in Radolfzell.«

»Fremdenverkehr?« Maria hatte sich vor die Stirn geschlagen. »Das hätte ich jetzt vor lauter Bauamtsleiter fast vergessen. Natürlich wären solche Artikel über den ›Hirschen‹ und die Höri sehr, sehr wichtig für mich!« Und, als sie seinen Gesichtsausdruck sah, legte sie noch eins drauf: »Ich bezahle Sie natürlich dafür!«

»Wie Ihre Mutter«, hatte er gelächelt. »Genau wie Ihre Mutter!«

Und dann hatte er sie zu ihrem Wagen begleitet und ihr die Tür aufgehalten. »Ich gebe Ihnen Bescheid.«

Maria ließ sich das alles durch den Kopf gehen, während sie Richtung Arztpraxis fuhr. Wenn sie nun durch die Entlarvung des Bauamtsleiters einen Baustopp erzwingen könnte, was würde das bringen? Was wäre die Folge? Würde Bertschinger dann nicht zum Gegenschlag ausholen? Und wie würde der aussehen?

Sie musste diese Gedanken wegschieben, fand sie, nachdem sie sich in den Verkehr auf der Hauptstraße eingefädelt hatte. Besser sollte sie sich auf den Verkehr konzentrieren, es gab doch schon weit mehr Autos als vor dem Krieg. Sie fuhr an der Arztpraxis vorbei, wählte kleine Landstraßen, eine nach der anderen, bog ab, wo es ihr gefiel, betrachtete die wechselnde Landschaft, die Dörfer und Höfe und hörte sich plötzlich singen.

Ja, das tat gut, das tat so gut, fand sie, ein spontanes Abenteuer, nur sie und der schicke Käfer. Keine Pflichten, niemand, der etwas von ihr wollte, keine schweren Gedanken, fahren, Winker raus, Winker rein, die Richtung wechseln, gerade so, wie es ihr beliebte.

Und plötzlich musste sie über sich selbst lachen. Da kam die kleine Maria aus ihr raus. Die Maria in der Seifenkiste. Es musste eine tief verborgene Leidenschaft sein.

Eigentlich könnte sie jetzt weiterfahren. Zum »Kraftstein«. Ihre Verwandten besuchen. Oder in die andere Richtung, nach Steckborn, sich die »Krone« ansehen. Auf den Spuren ihrer Mutter wandeln. Sie hatte immer wieder von den Wirtsleuten, den Faikers, erzählt. Ob sie noch lebten? Und Johanna und ihr Mann Urs – ob sie die »Krone« nun alleine führten? Und der kleine Sohn, mit dem sie immer gespielt hatte, wie hieß er noch einmal? Er müsste jetzt so ungefähr dreißig Jahre alt sein.

Sie müsste aus ihrem Leben ausbrechen. Wenigstens mal für einen Tag. Genau solche Dinge tun, einfach bloß das, was ihr in den Sinn kam. Aber sie spürte schon, wie die Pflicht anklopfte und begann, sich in ihren Gedanken breitzumachen. Sie musste zurück auf die Höri.

Aber warum eigentlich? August und Karl bauten das Ladengeschäft aus, es war niemand zum Bedienen in der Wirtschaft. Aber nein, sagte ihre zweite Stimme, wenn tatsächlich jemand kommt, können die beiden das auch. Getränke servieren, Vesper richten, das ist kein Hexenwerk.

Trotzdem! Vor dem nächsten Ortsschild bremste sie ab.

»Beuren« las sie. Da war sie ja ganz schön herumgekurvt, Beuren war ja sogar hinter Singen. Sie würde über Friedingen in Richtung Heimat fahren, was vielleicht auch ganz gut war, denn der Himmel begann sich blaugrau zu färben und wurde immer tiefer. Heftigen Schneefall wünschte sie sich nicht, zumal sie auf schneeglatter Fahrbahn noch nie gefahren war. Und allmählich musste auch ihr Tank leer sein. Sie holte tief Luft und atmete bewusst durch.

Es war ein Ausflug für die Seele gewesen, sagte sie sich, und das hatte gutgetan. Und von Karl war es nett gewesen, ihr den Wagen so ohne jeden Vorbehalt anzubieten. Nur den Arzt hatte sie jetzt ausgelassen.

Maria war sich nicht so sicher, wann sie das letzte Mal ihre Zeit gehabt hatte. Übel war es ihr auch schon länger nicht mehr. Hieß es nicht, dies sei nur am Anfang der Schwangerschaft? Immer wenn sie daran dachte, bekam sie dieses leichte Dröhnen im Kopf. War das Kind ein Abschiedsgeschenk von Horst? Selbst wenn es so wäre, sie liebte Karl, er würde der Vater all ihrer Kinder sein.

Nein, stopp, falsche Straße erwischt. Die hier ging nach Hausen, dabei wollte sie doch nach Friedingen. Sie musste sich konzentrieren und solche Gedanken beiseitewischen. Nicht, dass sie noch irgendwo ohne Benzin stehen blieb.

Aber nun ging es schnell, Hausen, Singen und über Bohlingen nach Horn. Sie atmete auf, als sie den Wagen am »Hirschen« abstellte. Der Tank musste fast leer sein, und es fielen die ersten dicken Schneeflocken. Und wie nicht anders zu erwarten, liefen sofort einige Kinder zusammen, die den Weg zur Kirche hochrannten, um dort oben die dicksten Schneeflocken einzufangen.

Maria sah der jauchzenden Schar nach und freute sich darüber. Es erinnerte sie an ihre eigene Kindheit, sie und ihre Schwestern waren auch nie zu bändigen gewesen, alles lockte zum Spielen, obwohl sie kaum Spielzeug hatten.

»Gott sei Dank bist du da.«

Maria fuhr aus ihren Gedanken hoch, Karl kam die Stufen herunter. »Alles in Ordnung?«, fragte er.

»Ja«, sagte sie, und weil sie ihn nicht enttäuschen wollte, gestattete sie sich eine kleine Notlüge: »Die Arztpraxis war nur leider so voll«, sagte sie, »dass der Doktor keine Zeit für mich hatte. Dafür habe ich eine kleine Spritztour gemacht.« Sie strahlte ihn an. »Das war wunderbar, Karl, dein Käfer schnurrt wie eine glückliche Katze!«

Karl musste über den Vergleich lachen.

»Schön, wenn du Freude hattest!«, sagte er und legte seinen Arm um ihre Schultern. »Komm! Wir haben das Regal fertig. Der Raum wird richtig schön, das muss ich dir zeigen!«

Zuversicht

Es hatte die letzten Tage stark geschneit, und nun hofften alle, dass das winterliche Wetter über Weihnachten anhalten würde. Die Vorhersagen standen gut, das schrieb zumindest die Zeitung, während die alten Bauern in Horn der gegenteiligen Auffassung waren.

Sie hatten allerlei Sprüche parat, doch am Stammtisch punktete Josef mit seiner Bauernregel: »Im Dezember Schnee und Frost, das verheißt viel Korn und Most.«

Da die Straßen frei waren, die weichen Hügel der Höri im Schneekleid funkelten und schon die Fahrt nach Horn verlockend schön war, zog das Geschäft wieder an. Von der Kirche aus genossen die Gäste den weiten Blick über den Bodensee im Winterkleid, bevor sie zum Essen in den »Hirschen« gingen. So war die Wirtschaft am Sonntagmittag proppenvoll, und Maria brauchte nicht nur Hilde zur Unterstützung, sondern auch Emml. Hilde hatte es sogar noch geschafft, für den Nachmittagskaffee zwei Kuchen zu zaubern, einen Apfelkuchen mit Zimt und einen Honigkuchen.

»Wo kommen denn die Leute so plötzlich her?«, hatte Emml ungläubig gefragt. »Erst wochenlang nichts – und dann das!«

»Uns hilft das Wetter!« Maria freute sich. »Und Dezember, da geht halt niemand vor die Tür.«

»Stimmt!« Hilde nickte. »Ich am liebsten auch nicht!«

Die Stimmung in der Küche war gut, alle freuten sich, wieder etwas zu tun zu haben, beieinander zu sein, sich zuarbeiten zu können.

»Fleißige Frauenhände«, tönte es plötzlich von der Küchentür, und Maria und Hilde, die beide gerade am Herd arbeiteten, drehten sich nach der Stimme um.

Der Schuhmacher Ernst Götzner stand auf der Türschwelle und lüpfte seinen dunklen Hut. »Guten Tag, die Damen«, sagte er freundlich. »Ich will nicht stören, nur auf ein Wort.«

Hilde warf Maria einen schnellen Blick zu, die legte sich das Küchentuch, mit dem sie gerade einen Bräter aus dem Backofen gezogen hatte, über die Schulter und ging zu ihm.

»Herr Götzner«, sagte sie, »wollen Sie helfen? Sind Sie gelernter Koch?«

Er verstand es als Spaß und lachte.

»Ja, ich koche öfters mal mein eigenes Süppchen«, bestätigte er, »aber andere auch.«

Maria reichte ihm die Hand und wies mit dem Daumen hinter sich.

»Wir sind leider gerade sehr beschäftigt. Haben Sie schon einen Tisch?«

»Ich bin mit der Familie da. Karl hat uns einen schönen Platz am Fenster angeboten.« Er setzte etwas leiser hinzu: »Meine Schwiegertochter hat große Ohren.«

»Haben Sie …«, fragte Maria leise.

»Ich habe mich am Freitag schon etwas schlaugemacht. Sie können, wenn Sie wollen, mit stern und Spiegel drohen. Falls Sie dem Herrn auf die Pelle rücken wollen.«

Maria spürte, wie sie vor Freude rot wurde. »Sicher?«, fragte sie.

»Sicher weiß ich es am Dienstag, wurde mir versprochen. Dazu brauch ich aber auch noch etwas mehr Fleisch an den Knochen. Sie haben von einer Liste gesprochen?«

»Ja. Sie bekommen die Liste. Aber, das ist auch klar, die

haben wir nie offiziell überreicht bekommen. Das war, wenn Sie so wollen, eine geheime Unternehmung.«

Götzner grinste. »Sie machen sich gut als Mata Hari.«

»Die wurde aber hingerichtet!« Maria verzog kurz das Gesicht.

»Stimmt, und auch das, was Sie vorhaben, könnte gefährlich sein«, warnte Götzner.

»Im Leben einer Frau ist vieles gefährlich.« Maria zuckte mit den Schultern. »Kinderkriegen zum Beispiel. Daran sind schon mehr Frauen gestorben als an Spionage.«

Götzner nickte. »Ganz wie Ihre Mutter, ich sag's ja.« Er machte einen Schritt zurück. »Ich gehe wieder an unseren schönen Tisch.«

»Und Sie sind mein Gast.«

Götzner winkte ab. »Das regeln wir ein anderes Mal. Heute ist es die Einladung meines Sohnes!«

Drohung

Maria hatte am Abend zuvor mit Karl und ihrem Vater beratschlagt, wie es am besten ablaufen sollte, und schließlich hatte sie sich mit dem Vorschlag, den sie sowieso schon seit Längerem im Kopf hatte, durchgesetzt.

Vier Tage vor Heiligabend fuhr sie in einem gut sitzenden Kostüm und halbhohen Schuhen mit Karls Volkswagen zum Bauamt. Vor dem Gebäude holte Maria tief Luft und hoffte, durch ihre aufrechte Haltung Stärke zu vermitteln.

Der Sekretärin, die sie im Vorzimmer nach ihrem Termin fragte, erklärte sie, sie brauche keinen Termin. Herr Schulz würde sie kennen.

»Herr Doktor Schulz«, präzisierte die Sekretärin, worüber Maria nur still lächelte.

»Melden Sie Maria Amann vom ›Hirschen‹ in Horn!«

Die Frau stand auf, sichtlich nervös, wie es Maria schien, strich ihren schmalen Glencheck-Rock glatt und ging an die gepolsterte Tür, um am hölzernen Türrahmen zu klopfen.

»Herr Doktor Schulz«, zwitscherte sie, und auf sein unwilliges: »Was ist denn?«, öffnete sie die Tür einen kleinen Spaltbreit.

»Da ist eine Frau Amann, die Sie sprechen will.«

»Ich habe keine Zeit. Sagen Sie ihr, sie soll im neuen Jahr wiederkommen.«

Maria stand bereits hinter ihr.

»Sagen Sie ihm, dass ich jetzt komme«, sagte sie und schob an der Sekretärin vorbei die Tür auf.

»Was erlauben Sie sich!«

Ein beleibter Mann in zerknittertem grauen Anzug sprang auf.

»Wer ist diese Person?«, herrschte er seine Sekretärin an, die neben Maria den Kopf einzog.

»Diese *Person* heißt Maria Amann vom ›Hirschen‹ in Horn«, erklärte Maria kühl. »Der Name dürfte Ihnen über Ihren Freund Fried Bertschinger etwas sagen!«

Sie drückte sich an der Sekretärin vorbei über die Schwelle und machte die Tür hinter sich zu.

»Verschwinden Sie aus meinem Büro!«

»Wenn Sie Christoph Schulz sind, verschwinde ich nicht!«

»Was soll das, was wollen Sie von mir?«

Maria zog ihre Liste hervor.

»Ich verschwinde nicht, weil Ihr Name hier auf meiner Liste steht. Eine Liste, an der die großen Zeitungen einiges Interesse haben.«

»Was soll das für eine Liste sein?«

Er richtete sich drohend auf, sein beträchtliches Doppelkinn schwang im Zorn mit.

»Es ist die Liste *der* Männer in Radolfzell, die in der SS nachweislich schwere Verbrechen begangen haben und nun wieder auf ihren alten Posten sitzen.«

»Es war Krieg!«

»Sie waren nicht an der Front, sondern hier in Radolfzell in der SS. Und wie so manche Ihrer Kameraden«, sie hob die Liste etwas hoch, »sind Sie bisher nicht zur Rechenschaft gezogen worden.«

Er stemmte beide Fäuste auf die Schreibtischplatte.

»Ich will diese Liste sehen!«

»Gern!« Maria ging ein paar Schritte näher und legte sie vor ihn auf die grüne Schreibtischunterlage. »Es ist eine Kopie!«

Schulz warf nur einen Blick darauf.

»Woher haben Sie die?«

»Das tut nichts zur Sache. Sie werden auf den ersten Blick anhand Ihrer Kameraden erkennen, dass sie echt ist.«

Schulz holte tief Luft, und seine Schweinsäuglein richteten sich auf Maria. Maria mochte sich nicht vorstellen, auf wie viele unschuldige Menschen sie sich schon so gerichtet hatten.

»Ihr Freund Fried Bertschinger aus Horn hat seine Baugenehmigung schneller bekommen, als er seinen Bauantrag stellen konnte.«

»Wie bitte?« Er legte seinen Kopf schief. »Sprechen Sie Deutsch, Mann!«

Maria kniff die Augen zusammen.

»Erstens, ich bin eine Frau. Zweitens, Ihre schnelle Baugenehmigung ist ein Freundschaftsdienst unter ehemaligen Kameraden.«

»Kamerad bleibt man sein Leben lang!«, sagte er automatisch, mit den Gedanken offensichtlich ganz woanders.

»Umso schlimmer!«

Schulz lachte los. »Sie wollen mir drohen? Glauben, mich durch so einen Wisch einschüchtern«, er prustete, »oder erpressen zu können?«

Er nahm das Papier, zerriss es in der Luft und ließ die Teile zu Boden fallen.

»Das ist das, was ich mit Gegnern mache!« Er funkelte sie an. »Sie sind eine Lachnummer!«

»Das ist das, was Sie mit unschuldigen Menschen gemacht haben«, Maria nickte, »genau das. Danke, dass Sie mir diese anschauliche Demonstration geliefert haben.«

Sie drehte sich um. »Sie sind heute noch so wie damals. Das wird die Journalisten freuen!«

Sie war noch nicht an der Tür, da war er hinter ihr und zog sie von der Klinke weg.

»Warten Sie!«

»Nehmen Sie Ihre Finger weg!«

Er ließ sie los, und Maria strich sich mit ihren Fingerspitzen leicht über ihren Oberarm, als wolle sie Schmutz loswerden.

»Wer sagt mir, dass Sie tatsächlich die Presse hinter sich haben?«

»Das werden Sie sehen, wenn Sie in den entsprechenden Blättern stehen. Einer der Nazi-Verbrecher, die wieder auf ihren alten Posten sind und dabei auch noch ihre alten Kameraden begünstigen.«

Schulz atmete heftig, schließlich sagte er:

»Was wollen Sie von mir?«

»Baustopp! Ich möchte einen Baustopp bei den Bertschingers, bis die Bauanträge alle vorschriftsmäßig eingereicht und geprüft sind.«

»Das kann Monate, vielleicht sogar Jahre dauern.«

Maria zuckte mit den Schultern. »Das ist nur recht und billig. Bringen Sie es Ihrem Freund Bertschinger bei. Und sollte er ein krummes Ding drehen ...«, sie lächelte Schulz in sein inzwischen rot angelaufenes Gesicht, »dann mache ich *Sie* dafür verantwortlich!«

Sie nahm die Klinke der gepolsterten Tür in die Hand.

»Ich denke, Sie haben mich verstanden!«

Bevor sie öffnete, senkte sie ihre Stimme: »Und noch was. Sagen Sie Ihrer Sekretärin, dass Lauschen von schlechten Manieren zeugt!«

Und damit öffnete sie mit einem Ruck die schwere Tür.

Kaum hatte Maria die Eingangstür zum »Hirschen« hinter sich geschlossen, da drehten sich ihr Vater und Karl, die am Tresen auf sie gewartet hatten, nach ihr um.

»Ob er darauf einsteigt?«, wagte ihr Vater zu bezweifeln, »ob er es überhaupt glaubt? Aber sicher warst du überzeugend.«

»Ich denke schon!« Maria lächelte in der Erinnerung. »Er war jedenfalls erst ziemlich wütend … und dann einigermaßen ratlos.«

»Wir werden ja sehen, was passiert!« Karl nahm Maria in den Arm. »Ich bin jedenfalls stolz auf dich!«

»Vielleicht hat er auch Angst, der Bertschinger könne ihn zusammenschlagen lassen, und sagt ihm gar nichts?«, überlegte Marias Vater. »Immerhin hat der Bertschinger nicht nur eine große Familie, sondern auch ein paar Angestellte, die für Geld alles tun würden, wie es aussieht.«

»Warten wir einfach ab«, erklärte Maria. »Er hat es ernst genommen, sehr ernst, denn die Auflistung seiner Taten kann ihm den Hals brechen, wenn sie in die richtigen Hände kommt.«

»Ob der Götzner da so viel Einfluss hat?«, zweifelte August.

Maria lächelte die beiden Männer an. »Ich glaube, der kennt mehr Menschen, als wir uns vorstellen können. Und vielleicht hilft mir nun mal einer von euch aus dem Mantel, Ihr Herren Kavaliere?«

Noch vier Tage bis Weihnachten – und die würden voller Arbeit sein, stellte Maria fest, während sie sich in ihrer Kammer umzog. Die Wirtschaft war gut gebucht, zu den Übernachtungsgästen zu Silvester waren für die Zeit nach den Weihnachtsfeiertagen noch weitere Anfragen gekommen.

Das Haus ist voll, dachte sie zufrieden und kramte die Geschenke aus ihrer Kommode hervor, die sie übers Jahr für ihre Familie gesammelt hatte. Und auch für Karl hatte sie noch rechtzeitig etwas Passendes gefunden. Bevor sie in die Küche ging, wollte sie sie noch hübsch verpacken, denn wenn es während der nächsten Tage so richtig hektisch wurde, würde ihr dazu bestimmt die Zeit fehlen. Während sie Weihnachtspapier, Schleifen und Schere parat legte, ließ sie ihre Gedanken noch einmal zu ihrem Gespräch mit Schulz zurückschweifen und war sicher, dass er angebissen hatte.

Dann war der Tag da, der 24. Dezember 1950, Heiligabend. Das erste Weihnachten als Wirtin im »Hirschen«. Und als verheiratete Frau. Für Maria war das ein komisches Gefühl. Es war viel passiert in den letzten Monaten.

Am Anfang, nach dem Tod ihrer Mutter und der Frage ihres Vaters, ob sie kommen könne, hatte sie sich dem nicht gewachsen gefühlt, sah all die vielen verschiedenen Aufgaben vor sich, die der »Hirschen« mit sich brachte. Die Fußstapfen ihrer Mutter waren ihr damals entschieden zu groß erschienen. Doch nun hatte sie langsam das Gefühl hineinzuwachsen, zu wissen, was zu tun war. Und sie hatte Frauen um sich, die ihr halfen.

Das hatte ihre Mutter, als sie 1922 den »Hirschen« übernahm, weiß Gott nicht. 22 Jahre war sie damals alt gewesen. Sie selbst, Maria, gerade mal zweijährig. Unglaublich, was ihre Mutter da geleistet hatte. Manchmal, wie gerade jetzt, wurde ihr bewusst, in welche Zeit ihre Mutter damals hineingestoßen worden war. Und wie sie kämpfen musste, um bei den Hornern Anerkennung zu finden.

»Ach, Mama«, sagte sie, während sie den Weihnachtsbaum schmückte, »du hättest ein schönes, gemütliches Alter verdient gehabt. Mit Papa an deiner Seite, der dich so lange lieben wird, bis er wieder bei dir ist.«

Bei diesem Gedanken kamen ihr die Tränen, und sie setzte schnell den Engel mit den goldenen Flügeln und dem Kleid aus rotem Samt auf die Tannenbaumspitze. Damit war ihr, als würde ihre Mutter zumindest ein bisschen dabei sein.

Maria hatte alle Familienmitglieder eingeladen, aber ihre Schwestern Cecil und Trudi wünschten sich, Heiligabend mit ihren Kindern zu Hause zu verbringen, was Maria gut verstehen konnte. Am Ersten Weihnachtstag wollten sich dann alle zur Kaffeezeit zusammenfinden.

So hatte Maria den geschmückten Christbaum als kleinen Sichtschutz zum übrigen Wirtsraum vor den festlich gedeckten Familientisch gestellt, ganz so, wie es ihre Mutter immer getan hatte. Und nachdem sie mit allem fertig war und ihr Werk begutachtete, freute sie sich auf den Abend und auf die Christmette.

In diesem Jahr schienen sich alle Wünsche zu erfüllen. Die schöne Schneelandschaft auf der Höri blieb durch die andauernde Kälte bis Silvester erhalten, die Weihnachtstage waren harmonisch verlaufen, alle Familienmitglieder hatten sich über ihre Geschenke gefreut, und auch Maria fand, dass Karl mit dem schönen, warmen Schultertuch das passende Geschenk gefunden hatte. Maria war rundum glücklich, alle Gäste hatten ihr Essen gelobt, und die Übernachtungsgäste waren mit ihren Unterkünften zufrieden.

»So kann es ins neue Jahr gehen«, sagte sie an Silvester um Mitternacht zu Karl, und er schlang die Arme um sie.

»Und wenn wir bald zu dritt sind, freue ich mich ganz besonders.«

Sie standen draußen auf der Kirchgasse und stießen mit allen Gästen zum letzten Glockenschlag auf das neue Jahr an.

Einige der Nachbarn waren zu ihnen gestoßen, die Stimmung war ausgelassen, und erst, nachdem der frostige Wind den einen oder anderen wieder in die warme Stube getrieben hatte, fasste auch Maria ihren Mantelkragen enger und flüsterte Karl zu: »Ich glaube, nun können wir auch wieder rein.«

Einer der Männer, die ein Stück weiter oben auf der Gasse Feuerwerkskörper angezündet hatten, kam auf dem Rückweg nah an Maria vorbei.

»Fried weiß, wem er das zu verdanken hat«, raunte er ihr zu und ging weiter.

Maria blieb wie vom Donner gerührt stehen und starrte ihm hinterher. Sie sah aber nur seinen Rücken in einer dicken Jacke, eine dunkle Hose und eine schwarze Mütze und konnte ihn nicht erkennen. Sie wollte ihm sofort nachlaufen, doch da war er schon um die Ecke des »Hirschen« verschwunden. Und ihm in die Dunkelheit zu folgen schien ihr zu gefährlich. Und Karl? Der stand fröhlich auf den Stufen und unterhielt sich mit einem der Hausgäste.

Es hatte wie eine Drohung geklungen, dachte Maria, und das sollte es vermutlich auch sein.

Jedenfalls war klar, dass sich Schulz mit Bertschinger in Verbindung gesetzt hatte. Das war die gute Nachricht. Die Lunte brannte jetzt.

Schlagabtausch

Es hatte kräftig weitergeschneit, und langsam war der Schnee keine Attraktion mehr, sondern wurde vielen zur Last. August schippte wieder einmal Schnee, was er gern tat, wie er behauptete, denn schließlich sei dies eine seltene Tätigkeit und erinnere ihn an seine Kindheit in der Schweiz. Maria liebte den Schnee auch. Sie hatte ihn zwar am Bodensee selten so intensiv erlebt wie in diesem Jahr, aber sie wusste aus den Erzählungen ihrer Mutter, dass sie oben am »Kraftstein«, ihrem Elternhaus, lange und schwere Winter gehabt hatten.

Sie wollte gerade hinausgehen, um ihren Vater zu fragen, ob er zurechtkomme, da blieb sie unter der Tür stehen, weil sie den Jeep von Fried Bertschinger erkannte, der an der Hausecke stehen geblieben war. Schneller, als sie reagieren konnte, war Bertschinger ausgestiegen, auf August zugelaufen und hatte ihn am Kragen seiner Jacke gepackt. August, der eben noch seine Schneeschippe geschoben und ihn nicht bemerkt hatte, richtete sich blitzschnell auf und stieß seinen Widersacher von sich.

»Du willst mir mein Geschäft vermiesen?«, fauchte Bertschinger, sein Gesicht nah an dem von August. »Sieh dich vor! Einen Bertschinger greift niemand an!«

»Im Moment greifst du doch wohl eher mich an!«

Sie standen sich drohend gegenüber, und Maria hielt den Atem an.

»Der Schulz hat mir vom«, er spuckte das Wort förmlich

aus, »*Besuch* deiner Tochter erzählt. Bertschinger gegen Ruggli! Wenn du das brauchst, dann sollst du das haben!« Er spie neben August auf den Boden.

»Spar dir deine Worte. Bertschinger gegen Ruggli gibt es doch schon seit 1922. Was soll daran neu sein?« August hatte sich gefasst und war einen Schritt zurückgetreten.

»Bisher war es vielleicht nur Spiel …«

»Spiel? Eine Horde auf mich loszulassen, die mich halb tot prügelt, die verunglückten Pferdekutschen, der Brand? Es hätten damals noch Menschen im ›Hirschen‹ sein können, als er lichterloh brannte. Das nennst du Spiel?«

»Das behauptest du, dass ich das war. Du kannst es nicht beweisen!«

»Das ist der Unterschied«, erklärte August und verschränkte die Arme. »Wir können beweisen, welch ekelhafte Verbrechen dein Freund Schulz und seinesgleichen begangen haben. Und vielleicht finden wir auch etwas über dich, Fried Bertschinger. Und dann wird die Baustelle dein kleinstes Problem sein!«

Bertschinger schnaubte und schob seine Schiebermütze nach hinten.

»Auf alles, was du anzettelst, bekommst du eine Antwort, darauf kannst du gefasst sein!«

»Du brauchst dich nicht aufzuregen«, erklärte August mit ruhiger Stimme. »Du brauchst deine Unterlagen nur ganz ordnungsgemäß einzureichen, so wie jeder andere Bürger auch, und dann bekommst du deine Baugenehmigung, ganz genau wie jeder andere Bürger auch.«

Bertschinger holte aus, doch August duckte sich, sodass seine Faust ins Leere ging.

»Ach so«, August richtete sich auf und lächelte, »du bist kein normaler Bürger, entschuldige, das habe ich ganz vergessen!«

Sein schneller Schwinger saß, traf Bertschinger am Kinn, der einige Schritte nach hinten taumelte. Er fasste sich ans Kinn, lachte schräg und zeigte mit der geballten Faust auf August.

»Das letzte Wort ist noch nicht gesprochen! Du und deine Mischpoke hättet nie nach Horn kommen sollen.«

»Nun sind wir aber da«, entgegnete August und griff in aller Ruhe nach seiner Schneeschippe. »Was willst du noch tun, was du nicht schon längst getan hast?«

»Das wirst du früh genug sehen«, schnaubte Bertschinger und ging einige Schritte in Richtung seines Wagens. »Nimm dich bloß in acht!«

»Schönen Tag auch«, rief ihm August hinterher und wartete, bis er davongefahren war, dann drehte er sich Maria zu, die noch immer im Eingang stand. »Was für ein Idiot!«, sagte er.

Maria nickte. Ja, das war er. Aber gerade solche Leute schreckten vor nichts zurück.

»Willst du einen Schnaps auf den Schrecken?«, fragte sie.

»Es war kein Schrecken«, erklärte August und grinste. »Nach so vielen Jahren war mir das eine Genugtuung!«

Er stellte die Schneeschippe an die Hauswand und rieb sich die Faust. »Trotzdem ist ein Schnaps eine gute Idee. Wenn du einen mittrinkst, denn immerhin war dein Besuch bei Schulz ja der Auslöser für diesen Auftritt.«

Maria hielt ihrem Vater die Tür auf. »Vielleicht schüttelst du mal den Schnee von deinen Kleidern ab, bevor du alles hineinträgst?«

»Wie deine Mutter! Ich sag's ja, genau wie deine Mutter!«

Der Plan

Vier Tage später, Maria war gerade mit den Gästezimmern fertig geworden, hatte die Betten der abgereisten Gäste neu bezogen und gemeinsam mit Emml die Zimmer gründlich geputzt, klingelte das Telefon schrill durch die Wirtschaft. Maria, die die schmutzige Bettwäsche eben auf einen großen Haufen im Flur geworfen hatte, ging zum Tresen, wo das Telefon seit Jahr und Tag an der Wand hing, und meldete sich mit »Hirschen«.

»Maria?«

»Ja, Maria Amann, Gasthof ›Hirschen‹.«

»Maria, hier ist Götzner. Ernst.«

Maria fand, dass seine Stimme seltsam klang.

»Ja, Herr Götzner? Gibt es etwas Neues?«

»Heute Morgen hat der stern angerufen, heute Nachmittag der Spiegel – sie haben abgelehnt. Beide. Offensichtlich mussten die Redakteure, denen ich den Tipp gegeben hatte, das noch mit höheren Stellen besprechen … und sind gescheitert.«

Maria spürte ihr Herz schneller schlagen.

»Gescheitert? Und warum?«

»Kein Interesse, es gibt zu viele solcher Fälle. Überall in Deutschland. Selbst hochrangige Politiker, die wieder in Amt und Würden sind. Denen gehe man jetzt nach.«

Maria schluckte. Und jetzt? Alles umsonst? Dann kam ihr ein Gedanke.

»Herr Götzner«, sagte sie, »ich habe Ihnen doch von meinem

Besuch bei Schulz erzählt. Schulz hat es geschluckt. Und Bertschinger auch. Er hat deswegen meinen Vater attackiert. Und die wissen ja nicht, dass keine Veröffentlichung droht.«

Es war kurz still.

»Stimmt!« Er klang schon wieder optimistischer. »Nun muss man sie irgendwie in dem Glauben bestärken. Wie könnte das gehen?«

»Sie haben meiner Mutter doch mal Weihnachtsgäste geschickt, die gar keine richtigen Gäste waren, nur damit ihr Ansehen in Horn steigt ...«

Ernst Götzner lachte. »Ja, das war damals ein richtiger Coup. Und hat bestens funktioniert.«

»Dann schicken Sie mir jetzt doch einen falschen Journalisten!«

Auf der anderen Seite war es kurz still.

»Und wo soll ich den herkriegen?«, fragte er nach.

»Wo haben Sie damals diese beiden Ehepaare aus Frankfurt und Erlangen herbekommen?«

»Sie sind ganz schön gewieft«, meinte er nach einer kleinen Denkpause. »Ich habe da einen Kollegen in Rottweil. Sieht aus wie ein Journalist, etwas ungepflegt und in zerknitterten Anzügen, raucht wie ein Schlot, ist aber keiner.«

»Was ist er dann?«

»Schuhmacher, wie ich. Kommt aber ursprünglich aus dem hohen Norden. Und wenn der redet, glaubt ihm das jeder.«

»Na, also. Freie Kost und Logis. Und fragen Sie ihn, was er sonst noch will.«

»Gut, und was soll er tun?«

»Ein bisschen herumschnüffeln. Fotos machen ... Hat er eine Kamera? Bertschingers Hof, die Baustelle. Und so. Leute befragen. Eben das, was neugierige Reporter so tun.«

Schlimme Nachricht

Dass die Arbeiten an Bertschingers Baustelle nicht mehr weitergingen, fiel in Horn niemandem auf. Es war Winter, der Boden hart, und es lag noch Schnee. Wer sollte da in der gefrorenen Erde buddeln?

Doch am 10. Januar machte eine Nachricht die Runde und erreichte über einen Stammtischbruder auch schnell den »Hirschen«.

»Es gibt eine Leiche!«, rief Hans am leeren Tresen vorbei in die Küche. Und da er dort niemanden antraf, lief er weiter zum kleinen Ladenlokal, wo Maria und Karl die Regale nachfüllten.

»Habt ihr gehört?«, rief er und schüttelte sich die Schneeflocken aus den Haaren, »es gibt eine Leiche!«

»Eine Leiche?« Karl stellte die Gläser ab, die er gerade in der Hand hielt, und auch Maria drehte sich nach Hans um.

»Ja, oben am Weiler. Im Schnee. Die Polizei ist da und nimmt alles unter die Lupe.«

»Dort oben?«, fragte Karl nach. »Was meinst du?«

»Na, der kleine Weiler, kennst du doch, die paar Höfe dort hinten«, er machte eine unbestimmte Bewegung in eine Richtung.

Maria wurde es augenblicklich heiß. »Weiß man schon … wer es ist?«

Hans schüttelte den Kopf. »Es wird viel gemunkelt, aber ich halte das für Altweibergeschwätz.«

»Gemunkelt?« Karl runzelte die Stirn. »Was wird *gemunkelt?*«

»Na ja«, Hans wand sich sichtlich. »Dieser seltsame Kerl dort oben, der sich Maler nennt. Der leistet hier doch nichts … außer«, ein schneller Seitenblick streifte Maria, »außer, dass er die Weiber verrückt macht.«

Maria runzelte die Stirn.

»So ein … Kaspar Hauser«, setzte er schnell hinzu. »Der war ja auch plötzlich da, und keiner wusste so genau, woher er kam. Und der Kaspar wurde ja auch ermordet.«

»Ich glaube, da bringst du ein bisschen was durcheinander«, sagte Maria, trotzdem war ihr die Farbe aus dem Gesicht gewichen, und Karl legte seinen Arm um ihre Schultern.

»Jetzt mal langsam«, begann er. »Offensichtlich ist ja noch überhaupt nicht klar, wer der Tote ist. Könnte ja auch ein Bauer aus der Region sein. Bei solcher Kälte erfriert man schnell, vor allem, wenn man nachts den Weg nicht nach Hause findet!«

»Ich wollte es euch nur sagen, mehr nicht. Das halbe Dorf weiß es ja sowieso schon.«

»Wann ist es denn passiert?«, hakte Karl nach.

»Gefunden wurde er heute Morgen. Da war er wohl schon steif gefroren.«

»Du bist gut informiert«, stellte Karl, leicht ironisch, fest.

»Ich fische ja nicht zum Spaß«, erklärte Hans, und sein Ton wurde leicht säuerlich. »Als ich heute Morgen meinen Fang verkauft habe, war es schon Dorfgespräch!«

»Danke dir jedenfalls für die Information!« Karl schob ihm eines seiner begehrten Gläser zu. »Leberwurst«, sagte er. »Kommt ihr heute Abend zum Jassen?«

»Es werden sich wohl einige zusammenfinden.« Hans steckte das Glas in die Innentasche seiner Jacke. »Danke!«, rief er und drehte sich im Gehen noch einmal nach den beiden um. »Es heißt, er sei Jude gewesen!«

»Jude?« Maria starrte ihn an.

»Falls er es überhaupt ist, der dort oben liegt.« Hans machte eine kleine, unbestimmte Handbewegung, griff noch einmal sichernd nach dem Glas unter seiner Jacke und eilte davon.

Maria stand stocksteif und war zu keinem wirklichen Gedanken fähig. Horst, tot? Jude?

Nichts machte Sinn. Sie zuckte heftig zusammen, denn in diesem Moment meinte sie, die erste Bewegung in ihrem Bauch zu spüren. Ein leichtes Pochen.

»Was ist?«, fragte Karl und musterte sie.

Sie schloss kurz die Augen und legte die flache Hand auf ihren Bauch.

Karl legte seine Hand auf ihre. »Dann bist du jetzt sicher? Unser Kind?«

Maria nickte. »So muss sich das Leben anfühlen.«

Er küsste sie auf die Stirn. »Meine Freude ist groß, auch wenn es jetzt vielleicht ein unpassender Moment ist!«

Maria lehnte sich an ihn und schüttelte den Kopf. »Und trotzdem. Verrückt! Ein Mensch geht, einer kommt.«

»Das ist der Lauf der Dinge.«

»Was hältst du davon?«, wollte Maria wissen.

»Von unserem gemeinsamen Kind sehr viel! Das weißt du. Von dem hier …« Karl zuckte mit den Schultern. »Bisher scheint nichts wirklich klar zu sein. Abgesehen davon, dass dort oben wohl jemand tot im Schnee liegt, sind alles Vermutungen.«

Maria nickte. Aber sie machte sich ihre Gedanken. Wenn Horst tatsächlich ermordet wurde, hatte das dann etwas mit ihr zu tun? Oder mit der Bertschinger-Tochter? Und dass er Jude sein sollte, glaubte sie nicht, denn er hatte ja in Berlin Kunst studiert, und sein Vater war angeblich Rechtsanwalt. Die wären im Krieg doch längst ausgewandert. Oder nicht mehr da. Aber sie hatten die Juden im Krieg umgebracht, warum sollten sie jetzt damit aufhören? Man sah doch überall, dass sich zwar die Farbe der Kleidung geändert hatte, die Gesinnung aber noch die gleiche war.

»Geht es dir nicht gut?«, fragte Karl. »Ich mach mir Gedanken.« Und zögernd setzte er hinzu: »Liebst du ihn noch?«

»Es hatte nichts mit Liebe zu tun«, erklärte Maria. »Eher mit einer Illusion, weil er anders war als alle Menschen, die ich bisher kannte.«

Und sie hielt erschrocken inne, weil ihr auffiel, dass sie in der Vergangenheit gesprochen hatte.

Was Ernst Götzner mit seinen Kontakten nicht geschafft hatte, geschah nun durch diesen Mord: Plötzlich meldeten sich Journalisten im »Hirschen«, die vor Ort recherchieren wollten und ein Zimmer brauchten.

Inzwischen war klar, dass es tatsächlich Horst war, der morgens im Schnee gefunden wurde. Und auch, dass er sich im Schneesturm nicht einfach verlaufen hatte, sondern erschlagen worden war. Da er gut zweihundert Meter von seiner Haustür entfernt auf dem nahen Feld neben der schmalen Straße gelegen hatte, war vieles noch ungeklärt. War er hinausgelockt worden? War er auf dem Heimweg gewesen? War die Leiche dorthin geschafft worden? Da er angeblich nur eine dünne Jacke und leichte Schuhe getragen hatte, war sogar möglich, dass der Mord in seinem Haus geschehen und die Leiche anschließend zum Fundort geschafft worden war. Doch warum hätte sich der Mörder diese Mühe machen sollen?

Es gab mehr Fragen als Antworten, und offiziell liefen die Ermittlungen auf Hochtouren. Inzwischen waren Horsts Eltern angereist, die auf die Freigabe der Leiche ihres Sohnes drängten, um ihn in seiner Heimatstadt beerdigen zu können. Doch das Medizinische Institut hielt die Leiche noch zu weiteren Untersuchungen zurück.

Zwei Tage nach dem grausigen Fund kam Maria abends in die Wirtschaft, um Tische einzudecken, und blieb stehen, denn der Anblick war zu seltsam: An ihrem großen Kachelofen stand ein Mann mit ausgebreiteten Armen und wärmte sich den Rücken.

»Guten Abend?«, sagte sie fragend, worauf er ihr den Kopf zuwandte.

»Herrlich!«, fand er. »Ein Kachelofen, wie meine Großeltern ihn hatten. Wie oft habe ich als Kind auf der warmen Ofenbank geschlafen!«

Maria nickte und ging auf ihn zu. »Ja, ich habe ihn auch geliebt!« Sie zögerte. »Ich liebe ihn noch immer, bloß kommt einem vielleicht das kindliche Glücksgefühl abhanden?«

»Ich habe es gerade wiedergefunden«, sagte er, löste sich von den warmen Kacheln und streckte ihr die Hand hin. »Ulrich Petersen aus Hamburg, vom stern. Ich habe hier mit meinem Fotografen für zwei Nächte gebucht.« Er musterte sie kurz. »Ich nehme an, Sie sind die Wirtin?«

»Ja, Maria Amann.«

Sie schüttelten sich die Hand, dann lehnte er sich wieder an den warmen Ofen.

»Es ist einfach zu schön!« Er grinste. »Und ganz ehrlich, ich bin auch einfach zu durchgefroren. Ich dachte immer, bei uns oben im Norden sei es kalt, aber das hier übertrifft alles!«

»Ja, die Minusgrade wollen einfach nicht weichen. Für die lange Zeit ist das in dieser Gegend eher ungewöhnlich.«

»Das hört sich wenig verheißungsvoll an, aber gut, dass ich Sie gleich kennenlerne«, sagte er, und Maria fand, dass er nun gar nicht wie ein Journalist aussah. Zumindest nicht wie der, den Götzner als typischen Reporter beschrieben hatte – leicht ungepflegt, zerknitterter Anzug, Kettenraucher. Der hier hatte einen dicken blauen Wollmantel an und darunter einen hellblauen Rollkragenpullover, kurz geschnittenes, welliges Haar und ein offenes Gesicht mit auffallend blauen Augen.

»Ja, wieso?«, fragte sie, »wegen der Zimmer? Die zeige ich Ihnen gleich, wenn Sie wollen.« Sie ließ kurz ihren Blick durch den leeren Raum schweifen. »Und Ihrem Fotografen später?«

»Er holt noch seine Kameras aus dem Wagen.«

Petersen zeigte zum Fenster. »Es schneit schon wieder«, er schüttelte den Kopf. »Sind wir hier im Voralpenland?«

»Nein«, Maria musste lachen, »das ist eigentlich das allseits geschätzte gemäßigte Bodenseeklima!«

»Na, danke!« Petersen löste sich mit einem Ruck von dem Ofen. »Haben Sie kurz Zeit?« Er wies auf den kleinen Tisch in ihrer Nähe. »Man sagt doch immer, in den Wirtschaften laufen die Dorffäden zusammen. Neuigkeiten, Klatsch, Spekulationen …«

»Manchmal.« Maria überlegte, ob sie Karl und August dazu rufen sollte, entschied sich aber dagegen. »Möchten Sie etwas trinken?«

»Haben Sie einen Glühwein für mich?«

Es sollte wie ein Witz klingen, doch Maria stimmte sofort zu.

»Kein Problem. Wir haben alles dafür in der Küche, ich kann Ihnen rasch einen machen.«

»Vielleicht zwei? Für meinen Kollegen auch einen?«

Das gab Maria Zeit, sich manche Dinge zu überlegen. Konnte sie Bertschinger als Verdächtigen Nummer eins ansprechen? Seine Rache an ihr nach ihrem Besuch bei Schulz? Allerdings war ja nichts bewiesen. Und immerhin war Horst ja nun mit seiner Enkelin liiert gewesen. Oder war dies vielleicht auch ein Grund, ihn loswerden zu wollen – ganz im Gegensatz zu seinen laut tönenden Floskeln, die Bertschingers vertrügen einen Künstler in der Familie?

Sie wusste es nicht.

Doch dieses anfängliche Geschwafel, Horst sei Jude gewesen, als ob das einen Grund liefern könnte – war das nicht auch ein Hinweis auf ganz bestimmte Kreise? Auf Bertschinger und seine Ewig-gestrigen-Freunde? Maria hatte sich noch keinen Plan zurechtgelegt, als sie mit zwei bis zum Rand gefüllten Tassen in die Gaststube zurückkam. Inzwischen hatte sich ein zweiter Mann niedergelassen, offensichtlich weniger verfroren als sein Kollege, denn er hatte seine Jacke bereits an die Garderobe gehängt und saß in einem einfachen karierten Hemd da.

»Glühwein!«, sagte er und warf seinem Nachbarn einen spöttischen Blick zu. »Das sieht dir ähnlich!«

»Magst du keinen?«, fragte Petersen im selben Ton zurück.

»Er duftet jedenfalls schon mal gut.«

Maria verteilte die beiden Tassen, woraufhin der Fotograf aufstand und ihr die Hand reichte.

»Willy Mayer. Man nennt mich auch den rasenden Fotografen.«

Maria setzte sich den beiden Männern gegenüber hin.

»Ein rasender Fotograf dürfte es bei diesen Schneeverhältnissen schwer haben«, sagte sie mit einem Lächeln.

»Tja, die Schneeverhältnisse bringen uns auch gleich zum Thema«, Petersen schloss seine Hände um den heißen Becher, »es hieß, einige Stunden später wäre die Leiche durch die heftigen Schneeverwehungen überhaupt nicht mehr zu sehen gewesen.« Er sah hoch. »Meinen Sie, das könnte Absicht gewesen sein? Dann hätte ihn erst das Tauwetter wieder zum Vorschein gebracht und der Todeszeitpunkt wäre schwer zu bestimmen gewesen.«

Maria musste schlucken.

Petersen hatte es bemerkt.

»Kannten Sie ihn?«

»Ich habe eine lebhafte Fantasie, und ihre Beschreibung gerade eben …«

»Ja, unschön …«

»Was sagt denn die Polizei?«, wollte Maria wissen.

»Die hält sich bedeckt. Aber einer meiner Kollegen hatte in der Konferenz einen Vorschlag zu einer Reportage, der allerdings abgelehnt wurde, aber mit genau dieser Gegend hier zu tun hatte.«

»Ging es dabei um SS-Leute, die auf ihren alten Posten sitzen, ohne jemals für ihre Verbrechen büßen zu müssen?«

Petersen und Mayer warfen sich einen kurzen Blick zu.

»Sie wissen von der Sache?«, wollte Petersen wissen.

»Es gibt eine Liste, die von einer Besatzungsmacht angefertigt ...«, begann Maria.

»Ja«, Petersen richtete sich auf. »Von so einer Liste hat der Kollege auch gesprochen. Die Mehrheit meinte zu dem Zeitpunkt allerdings, ganz Deutschland habe noch mit diesem Problem zu kämpfen, nicht nur die Gegend am Bodensee.« Er nahm einen vorsichtigen Schluck, setzte den Becher aber gleich wieder ab: »Ui! Noch verteufelt heiß!« Er fuhr sich mit dem Handrücken über die Lippen. »Ja, deshalb hieß es, sich besser auf *die* Männer in der Regierung zu konzentrieren, die ihre Vergangenheit ebenfalls bisher erfolgreich verschleiert haben.«

»Aber jetzt«, Mayer nahm seine Tasse hoch und pustete vorsichtig über den heißen Wein, »mit diesem Mord sieht es natürlich anders aus. Zumal die Dörfler ja vermuteten, der Tote sei ein Jude gewesen.«

»Umso schlimmer!« Maria schüttelte den Kopf. »Als ob das je eine Rechtfertigung hätte sein können, andere Menschen umzubringen. Religion, Hautfarbe, was soll das. Wir sind doch alle gleich! Ich werde das nie verstehen können!«

»Dieser Fanatismus«, gab Petersen ihr recht, »entspringt leider oft aus einem Minderwertigkeitsgefühl. Man fühlt sich unten, möchte sich aber über die anderen erheben. Und das kann man am besten unter seinesgleichen. Plötzlich ist man wer, hat man Macht! Und dann gibt es kein Halten mehr.«

Maria holte tief Luft und spürte plötzlich wieder die Bewegungen ihres Kindes. Sie legte ihre Hand auf ihren Bauch und hielt kurz inne.

Die Augen der beiden Männer ruhten auf ihr.

»Sie kannten ihn, stimmt's?«, fragte Petersen teilnahmsvoll.

»Ja! Er war ein Außenseiter, voller Ideen, kreativ und ein Freigeist, so jemanden findet man sonst in einem Dorf wie Horn nicht ...« Maria stockte. »Die Enkelin des Großbauern von Horn, Fried Bertschinger, war seine Geliebte. Ausgerechnet, kann man da nur sagen, denn Bertschingers Freundeskreis sind genau die Leute, die auf dieser Liste stehen. Und Bertschinger selbst dürfte in genau die gleiche Kerbe schlagen, wenn er auch nicht aktenkundig ist.«

»Von dem und seinem Hotel-Vorhaben haben wir heute Mittag schon gehört«, erklärte Petersen. »Der Polizei hat dieser Herr Bertschinger gesagt, er habe diesem mittellosen Maler helfen wollen und ihm einen Malerauftrag für die Hotelhalle versprochen. Das sei alles gewesen.«

Maria zuckte die Achseln. »Vielleicht konnte er seiner Enkelin den Umgang auch einfach nicht verbieten und hat das schräge Bild auf diese Weise geradegerückt.«

»Sie denken also in Richtung von diesem Bertschinger und seinen Freunden? Aber was könnte das Motiv zu so einem Mord sein?«

»Rache?«, fragte Maria leise.

»Rache wofür?« Petersen horchte auf.

»Vielleicht müsste ich ein paar Jahre zurückgehen, wenn ich Ihnen die Geschichte nun erzähle. Danach können Sie sich ihr eigenes Bild machen.« Maria erhob sich. »Aber zuerst hole ich mir einen Tee und Ihnen die Liste. Und stelle etwas Gebäck auf den Tisch – wir haben noch etwas von Weihnachten übrig. Mögen Sie Lebkuchen?«

Beide Männer nickten, und im Vorbeigehen fasste sie kurz an den Kachelofen.

»Und nachlegen muss ich auch. Trinken Sie mal so lange in Ruhe Ihren Glühwein, ich bin gleich wieder da.«

Die nächsten Tage fieberte Maria dem Artikel entgegen.

»Hast du uns nicht dabeihaben wollen?«, hatte ihr Vater gefragt, nachdem sie beim Abendessen davon erzählt hatte, und Maria, die auf diese Frage vorbereitet war, sagte nur kurz: »Dann hätte mich vielleicht der Mut verlassen.«

So wussten sie also alle nicht, was dieser Artikel auslösen würde, ob er sich vielleicht sogar gegen sie selbst richten würde? Gegen den »Hirschen«? Hatte Maria zu viel offenbart?

Der Artikel

Am Donnerstag, dem Erscheinungstag des stern, ging schon früh das Telefon. Maria, die in der Küche gerade das Frühstücksgeschirr von Elli, August, Karl und sich selbst abspülte, rieb ihre nassen Hände kurz über ihre Kittelschürze und ging hinaus zum Tresen. Karl war in aller Frühe nach Bohlingen gefahren, um dort zu arbeiten und neue Ware zu bringen, und ihr Vater wollte das Schuppendach überprüfen, nachdem der schwere Schnee endlich zu schmelzen begann.

»›Hirschen‹«, meldete sie sich und war auf alles gefasst.

Es war Ernst Götzner, der Lob aussprach: »Das haben die sehr gut gemacht«, sagte er. »Sehr rund, die ganze Geschichte, von allen Seiten beleuchtet. Von der Polizei, von der Gerichtsmedizin, von einigen Dorfbewohnern, selbst einen Kommentar der Eltern haben sie bekommen. Und den Sohn recht gut beschrieben, ich nehme mal an, diese Beschreibung stammte von Ihnen?« Er machte zwar eine kleine Pause, ließ Maria jedoch nicht zu Wort kommen. »Auch Bertschinger, sein Bauantrag, das Verhältnis zum Bauamtsleiter, dessen Vergangenheit, alles sehr sachlich, neutral und fundiert.« Wieder eine kurze Pause. »Mit diesem Petersen habt ihr Glück gehabt!«

Maria holte tief Luft, ihr fiel ein Stein vom Herzen.

»Ich bin richtig froh«, gestand sie. »Ich hatte im Nachhinein ziemliche Befürchtungen. Ich hätte ja auch unseren ›Hirschen‹ ruinieren können.«

»Mit Reportern, die nur auf Sensationen aus sind, kann so etwas passieren«, gab ihr Götzner recht. »Aber das war ein seriöser Mann von einem seriösen Blatt.«

»Karl ist in Bohlingen. Ich hoffe, dass er irgendwo einen stern auftreibt.«

»Und wenn nicht, bringe ich Ihnen höchstpersönlich einen vorbei!«

Maria dankte und überlegte kurz. »Wie ist denn der Ermittlungsstand? Was schreibt Petersen darüber?«

»Die Polizei geht von einer Tat im Affekt aus, jedenfalls im Haus des Ermordeten. Und um die Sache zu verschleiern, hat ihn der Täter weggeschafft.«

»Dass das niemand gesehen hat?«

»Im Dunkeln, bei Schneetreiben, eher unwahrscheinlich!«

»Dann war es zumindest keine Frau«, schlussfolgerte Maria. »Horst war ja kein Leichtgewicht.«

»Oder es waren zwei Täter ...«

Maria nickte still vor sich hin.

»Jedenfalls sind die Spuren dürftig, wie ich gelesen habe, gibt es keine konkreten Anhaltspunkte. Auch die Tatwaffe ist nicht gefunden worden. Ob das je aufgeklärt wird, ist fraglich, steht in dem Artikel.«

»Vielen Dank!«, Maria entwirrte die Telefonschnur, die sie vor Aufregung geknotet hatte, und fügte eine »Hirschen«-Einladung hinzu. Und dann rief sie sofort Karl in Bohlingen an und bat ihn, unbedingt einen stern zu kaufen. Am besten sogar gleich mehrere, denn sicher sei er schnell vergriffen.

Abends war der »Hirschen« rappelvoll. Manche, die keinen Sitzplatz mehr bekommen hatten, standen, die meisten hatten einen stern in der Hand. Auch Ludwig und Christine waren gekommen und setzten sich mit Heinz, ihrem Sohn, als eine der Ersten an den Stammtisch.

»Na, das wird ja spannend«, rief Kurt, der neben Josef, Paul, Herbert und Hans ebenfalls noch einen Platz bekommen hatte, August zu, der gemeinsam mit seinem Schwiegersohn ein Bier nach dem anderen zapfte. »Erst euer Kräftemessen da in der Kirchgasse und jetzt das hier!« Und damit hob er den stern in die Höhe.

»Was war in der Kirchgasse?«, wollten andere wissen, und in kürzester Zeit waren das Stimmengewirr und der Lärmpegel im »Hirschen« so hoch, dass man kaum noch seinen Tischnachbarn verstand.

»Jedenfalls«, Ludwig legte seine Hand auf Marias Arm, die ihm gerade eine hausgemachte Sülze servierte, »hast du das gut gemacht!«

Maria sah ihn fragend an, und Ludwig meinte: »Na, vieles hast du ja mit deinem Besuch bei Schulz angestoßen. Und die ausgewogene Berichterstattung in diesem Artikel ist sicher auch auf dich zurückzuführen.«

Maria überlegte, ob das zutraf. Sie war sich nicht sicher.

»Jedenfalls ist es schlimm, dass Horst zwischen alle Fronten geraten ist und deshalb sterben musste.«

»Das meinst du?« Ludwig schüttelte den Kopf. »Obwohl ich dem Bertschinger vieles zutraue, aber dass er diesen Maler in seinem Atelier hat ermorden lassen, das erscheint mir doch ziemlich verwegen.«

Maria bückte sich etwas zu ihm und senkte die Stimme.

»Ich habe gute Erinnerungen an ihn und seine Ansichten, und die werde ich mir bewahren!«

Christine schob sich näher an Ludwig, offensichtlich hatte sie es gehört.

»Ja, eigentlich bräuchte die Welt mehr Menschen wie ihn, ein bisschen spinnert vielleicht, aber doch friedvoll!!«

Maria zog kurz die Stirn kraus, denn sie erinnerte sich sehr gut an Christines eindrückliche Rede damals am Seeufer.

»Aber nichts zum Heiraten«, sagte sie deshalb leicht süffisant.

»Paradiesvögel brauchen Paradiesvögel«, erwiderte Christine. »Und geerdete Wesen brauchen geerdete Wesen.«

Der Frühling kam, und obwohl alle in Horn auf eine weitere Eskalation zwischen August und Fried warteten, geschah nichts. Der Bauamtsleiter Schulz war mit seiner Familie weggezogen, wie man hörte, Bertschingers Baugrube wurde wieder zugeschüttet. Sein Sohn hatte sich einen Bauplatz in Wangen gekauft, direkt am See, wie es hieß. Er wollte mit den Machenschaften rund um das Bauvorhaben in Horn nichts zu tun haben.

Maria fühlte sich zunehmend unbeweglich, ihr Bauch wuchs schneller, als sie gedacht hatte, und ausgerechnet jetzt, wo auf den Feldern gesät, Zuckerrüben und Kartoffeln gepflanzt wurden und in ihrem Gärtchen Erbsen, Karotten, Spinat, Salat und vor allem ihre Bülle-Zwiebeln gesetzt werden sollten, kam sie sich schon morgens wie eine unbewegliche Tonne vor. Alles fiel schwer, wurde mühsam.

Karl nahm ihr vieles ab, dafür stand sie für ihn hinter dem Ladentisch, denn mit zunehmend warmem Wetter wurde auch die Terrasse wieder hergerichtet, Tische und Stühle aus dem Schuppen geholt, geputzt und aufgestellt. Fast jeden Tag war die Terrasse voll. August überlegte schon, erneut anzubauen, aber Maria war dagegen. Viele Plätze bedeuteten ja auch viel Arbeit, und wer sollte das alles bewerkstelligen können? Sie und Hilde, Emml und die Frauen, die sich halbtags abwechselten, waren so schon voll ausgelastet.

Dazu kam, dass Horn plötzlich berühmt geworden war.

Urlauber strömten nach Horn, und manche der Gäste sprachen davon, man solle hier doch einen »Hitchcock-Film« drehen, der Ort habe ja sowieso schon etwas Besonderes mit der Kirche auf dem Hügel und dem Friedhof zum See, die Leiche im Schnee, das schreie doch geradezu nach einem Gruselfilm.

Maria versuchte eher gar nicht mehr daran zu denken, denn es war gekommen, wie es die meisten prophezeit hatten: Der Fall wurde nicht aufgeklärt. Es waren keine Spuren gefunden worden, in Horsts Atelier gab es angeblich ein Durcheinander, aber ob dies von einem Kampf oder eher von Nachlässigkeit herrührte, vermochte niemand zu sagen. Und dass sein Tod auf Antisemitismus zurückzuführen war, erschien den Ermittlern eher unwahrscheinlich, denn wer würde einen Menschen nur deshalb umbringen, und schließlich stellte sich heraus, dass er getaufter Katholik gewesen war. Alles sehr schleierhaft, und so verlief die Ermittlung im Sand.

Vielleicht brüstet sich ja mal einer damit, hatte der Hauptkommissar gemeint, der sich während seiner Ermittlungsarbeit gern bei einer Tasse Kaffee im »Hirschen« aufwärmte. Wenn jemand stolz auf seine Tat sei, rücke er früher oder später damit heraus, setzte er nach, oder sei zumindest bei der Spurensicherung eifrig dabei. Aber am Tatort war niemand aufgefallen, und bisher prahlte auch niemand mit der Tat.

Maria hatte, nachdem sich die ersten Blumen aus der Erde gewagt hatten, auf der Wiese Schlüsselblumen gepflückt und den kleinen Strauß an der Stelle abgelegt, an der sie sich manchmal getroffen hatten. Dort, an der Kirchenmauer, hatte sie ein stilles Gebet gesprochen, Horst versichert, wie leid es ihr tat und dass sie ihm die Erfüllung seiner Künstlerträume gewünscht hätte. Und damit hatte sie für sich das Kapitel Horst abgeschlossen.

Unfall

Es war Mai geworden, und die Natur zeigte nicht nur ihr schönstes Kleid, sondern es war für die Jahreszeit auch schon ganz schön heiß. Maria war kurz nach Sonnenaufgang aufgestanden, um die Kühle des Morgens auszunützen, nun stand sie am Hintereingang und hielt für einen Augenblick inne. Die Wiese mit unzähligen blauen und weißen Farbtupfern lag wie ein Gemälde vor ihr, in den Blättern der Bäume glitzerten die Tautropfen, und zwischen den hohen Halmen spannten sich unendlich viele silbrige Fäden, von fleißigen Spinnen über Nacht gesponnen. Kleine Kunstwerke, über und über mit winzigen Diamanten behangen. Überall wuchsen Blumen, die sie nicht gesät hatte, und entfalteten ihre Schönheit, streckten ihre Kelche dem Himmel und der Sonne entgegen. Und da waren sie auch schon, die fleißigen Bestäuber, ringsherum summte und brummte es, und Maria lehnte sich gegen den hölzernen Türrahmen, um diesen Moment einfach zu genießen. Viel zu selten, dachte sie und sah zum Himmel auf. In der warmen Jahreszeit gab es keine Zeit zum Verweilen, dazu war einfach zu viel zu tun.

Maria strich sich über ihren Bauch, der sich nicht nur nach vorn wölbte, sondern auch in die Breite ging. Sie traute der Aussage ihres Arztes nicht so ganz, ihrem Gefühl nach waren da mindestens drei Kinder, die sich ihren Bauch teilten. Wie war das eigentlich bei ihrer Mutter gewesen? Immerhin hatte sie fünf Schwangerschaften dicht nacheinander. Doch Maria konnte sich nicht erinnern, in ihren Augen war Anna immer gleich schlank gewesen.

Sie stand noch einen Augenblick, nahm das Bild in sich auf, auch den blauen Himmel mit den weißen Wolken, die über den See trieben, dann riss sie sich los und ging hinüber zum Anbau, um nach der Wäsche zu sehen. In der Ecke lag ein großer Berg Schmutzwäsche, Tischdecken, Stoffservietten, aber auch Bettwäsche und Handtücher, denn drei Zimmer mussten frisch gemacht werden. Ein Teil der Wäsche war bereits über Nacht in den Kesseln eingeweicht worden, wenn nachher ihre Hilfen kämen, würden sie die Wäsche in der Lauge langsam kochen und dann mit viel Kraftaufwand auf das Arbeitsbrett hieven, um sie anschließend mit Wurzelbürste und Waschbrett zu schrubben. Danach spülen, in die Wringmaschine und schließlich aufhängen.

Es war Knochenarbeit, und Maria war froh, dass sie von Anfang an Helferinnen gehabt hatte, die das für sie erledigten.

Aber nun kam der Fortschritt, hatte Karl kürzlich erklärt, sobald es die erste richtige Waschmaschine für ihre Zwecke gäbe, würden sie die kaufen. Maria hatte schon Reklame in einigen Magazinen gesehen, aber so richtig überzeugt war sie noch nicht. Die schienen viel zu klein zu sein, und außerdem waren sie sehr teuer.

Trotzdem wird es vorangehen, dachte sie, immer ein Stückchen weiter. Sie sog den Geruch nach Kernseife ein, den sie mochte, und ging wieder hinaus, um nach den Wäscheleinen zu sehen. Sie waren straff, alles war für den großen Waschtag gerichtet.

Zufrieden ging sie zu ihrem Gärtchen hinüber und blieb am Zaun stehen. Das schnell wachsende Unkraut schrie nach Karl, dachte sie, aber auch der war heute sehr früh aufgestanden und nach Bohlingen gefahren. Aber den Salat, die Frühlingszwiebeln, den Spinat und die Radieschen konnte sie schon mal ernten. Sie war gerade zurück im Haus, um Messer und Korb zu holen, als Karl in die Küche kam.

»Schon zurück?«, fragte sie erstaunt, doch er ging gar nicht darauf ein.

»Hast du August gesehen?«

»Um diese Uhrzeit?« Maria schüttelte den Kopf.

»Er wollte mit mir zum Viehmarkt fahren, und normalerweise ist er doch sehr verlässlich – aber er ist nicht gekommen.«

»Viehmarkt?« Maria runzelte die Stirn. »Was wollt ihr denn beim Viehmarkt?«

»Na, Augusts alte Geschäftsidee, Viehhändler passt gut zu einem Metzger. Ergibt Sinn!«

»Karl!« Maria richtete sich auf. »Das darf jetzt nicht wahr sein, ihr habt … Wo willst du denn die Zeit hernehmen?«, fragte sie einigermaßen ungehalten, »oder ich?«

»Du hast damit gar nichts zu tun«, beschwichtigte Karl. »Das ist Männersache!«

»Männersache!« Maria musste aufpassen, dass sich ihre Stimme nicht überschlug. »Und das, wofür du als Mann dann gar keine Zeit mehr hast, ist Frauensache! Sehe ich das recht?«

»Maria, reg dich nicht auf.«

Er trat ein paar Schritte auf sie zu.

»Lass mich!«, funkelte Maria ihn an. »Also jetzt auch noch Viehhandel. Typisch! Mein Vater sagt was, und du springst gleich! Du bist doch nicht sein Hampelmann!«

Karl sah sie kurz durchdringend an, drehte sich um und warf die Küchentür hinter sich zu.

Maria blieb stehen, dann lief sie ihm nach.

»Karl! Nun warte doch! Was ist mit Vater?«

Er war schon an der Eingangstür angekommen, drehte sich aber nach ihr um.

»Ja, das war das eigentliche Thema«, erklärte er ungehalten. »Dein Vater ist nicht gekommen. Sein Wagen ist weg, aber er ist nicht bei mir in Bohlingen angekommen. Das gefällt mir gar nicht.«

Maria schoss direkt ein Stich ins Herz.

»O nein«, sagte sie und fasste sich an die Brust. »Nicht schon wieder!«

»Du denkst …«, Karl beugte sich etwas zu ihr hinunter, »an einen Hinterhalt?« Er überlegte. »Der Bertschinger ist jetzt einiges über siebzig, was will er …«

»Erinnere dich an die Auseinandersetzung im Dezember«, unterbrach ihn Maria. »Da ist er auch auf Vater losgegangen, den juckt doch das Alter nicht!«

»Wir müssen ihn suchen!«

Karl wies zu seinem direkt vor dem Eingang abgestellten Auto.

»Und wo?«, wollte Maria wissen.

»Sag's du mir!«

»Wenn er zu dir wollte … Er nimmt da immer so eine Abkürzung …«

Kurz darauf saßen sie im Wagen, und Maria lotste Karl, kaum aus Horn heraus, über schmale Feldwege, ausgefahrene Sträßchen und an mehreren verwitterten Holzkreuzen vorbei in Richtung Bohlingen.

»Das darf nicht wahr sein«, stöhnte Karl über das laute Geholper hinweg. »Da ist man über die normale Straße sehr viel schneller am Ziel. Und ohne Reifenpanne … noch dazu!«

»Ihm macht es Spaß. Mit seiner Rostbeule. Er fährt selten offizielle Straßen«, Maria wollte gerade noch etwas über den Eigensinn ihres Vaters hinzufügen, da rief sie: »Stopp! Da, siehst du?«

Karl bremste und versuchte ihrem Fingerzeig zu folgen.

»Ich sehe nur hoch stehendes Getreide!«

»Fahr rechts rum, gleich hier!« Aber bevor er fahren konnte, hatte sie schon die Beifahrertür geöffnet und war hinausgesprungen. Sie hatte sich nicht getäuscht, um die Kurve herum lag im hoch stehenden Roggen der Jeep auf der Seite, zwei Räder in der Luft, an einem stand ihr Vater, der ihnen zornig entgegenblickte.

»Ich krieg ihn nicht zurück gekippt!«, schimpfte er.

»Vater!« Maria lief durch das Getreide auf ihn zu. »Was ist denn passiert?«

»Na, ich würde mal sagen, das war eine ziemlich schwere Landmaschine, die mich da aufs Korn genommen hat!« August wies auf den Jeep. »Von alleine fällt der nicht um!«

»Hast du dich verletzt?«

Die Abschürfungen in seinem Gesicht konnte sie sehen. Aber sonst? Er hielt sich noch immer an dem Rad fest.

»Etwas flügellahm«, erklärte er, fasste mit der rechten Hand nach seinem linken Arm und hielt ihn etwas hoch. »Bin wohl unglücklich auf die Schulter gekracht!«

Inzwischen war auch Karl dazugekommen.

»Hätte schlimmer ausgehen können«, meinte er mit Blick auf den Jeep. »Du könntest drunterliegen!«

»Das hat Gott verhütet. Wozu stehen hier alle paar Meter Kruzifixe, ich habe mir schon immer gedacht, dass das was zu bedeuten hat.«

»Zeit für Späße, dann kann es ja nicht so schlimm sein!« Karl tätschelte das Rad neben August. »Und wie kriegen wir das Monstrum wieder auf die Beine?«

August zuckte die Schultern.

»Zwei starke Pferde schaffen das leicht.«

»Und weißt du, wer dich hier geschnitten hat?«, fragte Karl.

August kniff unter dem Schild seiner Schiebermütze die Augen zusammen.

»Zumindest muss der Trecker vorn irgendeine Vorrichtung gehabt haben, sonst wäre mein alter Jeep nicht einfach umgekippt. Ich habe schon gerätselt, was es war.«

»Aber es muss mit Vorsatz passiert sein, sonst hätte er doch angehalten«, schlussfolgerte Karl.

August nickte. »Lassen wir doch den Wagen erst mal hier liegen, er kann schließlich nicht weglaufen. Dann bringen wir Maria heim und fahren auf den Markt. Zeit ist noch genug!«

»Vater!«

Maria schüttelte nur den Kopf. Das ganze Szenario hier mitten im Getreide, das war einfach unbeschreiblich. Und ein verletzter Vater, der auf den Viehmarkt wollte.

»Oder, Maria?«, fragte ihr Vater freundlich, »willst du vielleicht mit?«

August wollte das nicht an die große Glocke hängen, diese Genugtuung gönnte er dem Bertschinger nicht, denn wer sollte es sonst gewesen sein? Immerhin war er weit und breit der Einzige, der überhaupt im Besitz eines Treckers war. Und von seinem erhöhten Sitz hatte er bequem über das Getreide spähen und rechtzeitig Gas geben können.

Aber egal, hatte August entschieden und seine treuen Freunde gefragt, und so rückten später am Abend Ludwig und sein Sohn Heinz mit ihren Pferden an und stellten den Jeep gemeinsam mit Karl und seinem angestellten Metzger Otti wieder auf die Beine.

»Und, o Wunder«, sagte August, »er läuft noch!« Und so fuhr er langsam, weil eines der Räder eine starke Unwucht hatte, nach Radolfzell in die Werkstatt, um ihn wieder richten zu lassen.

»Wie alt ist der Wagen jetzt?«, wollte Karl wissen, der ihm hinterhergefahren war.

»Na, es ist ein Laffly«, erklärte August, »und deshalb unzerstörbar. Der hat es vor dem Krieg getan, während des Kriegs, und der wird es noch lange tun.«

»Inzwischen hat er mehr Beulen als alles andere«, wandte Karl ein, was August mit einer Handbewegung abtat.

»Was ihm gut steht. Es ist ein echtes Männerfahrzeug!«

Karl zog nur kurz eine Augenbraue hoch und ließ das so stehen.

Zurück in Horn sah Maria, als die beiden durch die Tür kamen, dass ihr Vater sein linkes Bein leicht nachzog, außerdem hatte er offensichtlich Schmerzen in der Schulter.

»Du hättest nicht nur den Wagen zum Doktor bringen sollen, sondern dich gleich dazu«, sagte sie, während sie Bier für eine kleine Gruppe junger Frauen und Männer zapfte, die den sonnigen Maitag für einen Ausflug genutzt hatten.

»Mich bringst du zu keinem Doktor«, entgegnete August. »Ein paar Tage, dann ist das wieder vergessen. Und dann verpasse ich dem Bertschinger ein blaues Auge, wenn er mir über den Weg läuft!«

»Oje!« Maria verzog das Gesicht. »Hört das denn nie auf?«

»Ich fand, wir waren quitt! Nach unserer letzten Begegnung!«

»Du bist sicher, dass er es war?«

»Er wusste, dass heute Viehmarkt ist. Und er kennt meine Schleichwege. Und er ist der Einzige, der einen Traktor hat.«

Maria nickte.

»Aber woher konnte er wissen, dass du gerade heute Morgen mit Karl zum Viehmarkt fahren wolltest?«

August fuhr sich mit dem Zeigefinger leicht über den aufgeschürften Wangenknochen.

»Ja«, sagte er, »das gibt mir auch zu denken.« Er betrachtete die Fingerkuppe. »Na also. Da bildet sich schon eine Kruste. Also alles halb so wild!«

Freudentag

Anfang Juli fand Maria, die Saison könne gern schon rum sein, so viel Arbeit hatten sie durch das beständig schöne Wetter. Die Bauern klagten über die Trockenheit, am Stammtisch ging es wieder vermehrt um Politik, vor allem um die Landwirtschaft, die nichts mehr einbringe.

»Im Krieg alle Mäuler zu stopfen, dafür waren wir gut«, polterte Paul. »Und jetzt hungern sie uns aus. Zum Dank! Das ist unsere Politik!«

»Nun sind wir Verbündete gegen Sowjetrussland!« Hans hob sein Bierglas. »Das ist doch was!«

»Das soll was sein? Was soll das denn sein?« Paul ließ sich schwer in seine Stuhllehne krachen. »Kannst du mir erklären, was das sein soll? Da, der Karl war Kriegsgefangener in Sibirien. 1941 waren wir auch gegen die Russen, Operation Barbarossa – soll das ewig so weitergehen?«

»Nun kämpfen sie halt in Korea!«

»Korea!«, mischte sich Josef ein. »Am anderen Ende der Welt. Das interessiert mich so viel, wie wenn mir in der Scheune ein Sack Hafer umfällt!«

»Immerhin hast du noch Hafer!« Paul fingerte eine Zigarette aus einer zerknitterten Packung und hielt sie hoch, bevor er sie anzündete. »Ein Streichholz genügt, und alles steht in Flammen, so dürr ist alles!«

»Dann pass besser mal drauf auf!« August kam mit einer

Runde Schnaps vom Tresen. »Der ›Hirschen‹ ist schon mal abgebrannt!«

»Ja, aber schöner wieder auferstanden«, grinste Josef.

»Du hast gut reden! Erstens hatten wir kaum Geld, zweitens sind uns ständig die Bauanträge verwehrt worden, es gab Auflage um Auflage, es hat sich ewig hingezogen …«

»Na, du hast halt auch keinen Freund im Bauamt gehabt …«, warf Hans ein, und alle grinsten.

»Aber so einen hätte ich auch nicht haben wollen!«, erklärte August bestimmt und verteilte die Schnapsgläser. »Und was ist jetzt? Wollen wir spielen oder nicht?«

Maria hörte zu, während sie die Getränke aufs Tablett lud. Gerade war wieder ein Tisch gekommen, dabei hatte sie nach den Bettlaken an den Wäscheleinen sehen wollen, die hoffentlich schon trocken waren. Ausgerechnet heute war eine ihrer Waschfrauen ausgefallen, und Hilde stand auch schon seit dem Morgen in der Küche. Ihre Hoffnung war, dass Elli heute etwas früher aus Radolfzell kommen würde, dann hätten sie eine Kraft mehr. Für morgen, dachte sie, musste sie Emml anfragen, denn fürs Wochenende war schönes Wetter gemeldet worden, und sie konnte sich schon ausmalen, wie voll die Terrasse sein würde. Aber zumindest am Sonntag konnte sie dann auf Elli zählen und sicher auch auf Lotti.

Während sich Maria Gedanken machte, wie sie alles schaffen würde, auch nebenher den kleinen Laden zu bewirtschaften, falls Karl in Bohlingen gebraucht wurde, ging sie schnell durch den Garten zu der Wäsche. Ein schneller Griff zeigte ihr, dass sie trocken war. Also abhängen, bevor die Abendfeuchte kam.

Sie streckte sich gerade zu den Wäscheklammern des Bettlakens, als ihr ein heftiger Schmerz durch den Körper fuhr. Erschrocken ließ sie die Hände sinken und blieb erst einmal ruhig atmend stehen, doch dann spürte sie eine Flüssigkeit zwischen ihren Beinen und wusste, dass es losging. Im unpassendsten Moment überhaupt wollte ihr Kind offensichtlich kommen. Sie stand und horchte in sich hinein, aber weiter passierte nichts. Kein Schmerz, kein Ziehen, nichts.

Hatte sie sich getäuscht?

Sie fuhr mit der Hand zwischen ihre Beine, doch, kein Zweifel, das war Fruchtwasser. Es sah so aus, und es roch auch so.

Also, Maria, was jetzt?, dachte sie und ging erst einmal langsam zur hinteren Küchentür.

»Wo bleibst du? Die da draußen rufen schon …«, sagte Hilde, und als sie keine Antwort bekam, presste sie gleich ihre Finger vor den Mund.

»Es geht los! Geh rauf ins Zimmer, alles andere regle ich. Ich informiere die Hebamme, und dein Vater soll Karl rufen.«

Sie ließ die Kartoffeln, die sie eben geschält hatte, in den Topf plumpsen, trocknete sich die Hände an ihrer Schürze ab und ging auf Maria zu.

»Das kriegen wir schon hin, nur Mut.«

Und nahm Maria in ihre Arme.

Den Mut hatte Maria schon, aber dann wurde doch alles schwieriger, als sie gedacht hatte. Der neue Erdenbürger lag nicht richtig, und zwischendurch dachte Maria, dass sterben einfacher wäre, als dieses Kind zur Welt zu bringen.

Doch für die Hebamme war dieses Problem nicht neu, sie hatte schon so vielen Kindern auf die Welt geholfen, da würde es auch bei diesem gelingen.

Karl hatte alles stehen und liegen lassen und hielt nun Marias Hand, aber er stand nur im Weg herum. Und als er das viele Blut zwischen Marias Beinen sah und seine Gesichtsfarbe wechselte, folgte er dem Rat der Hebamme, besser draußen zu warten. Maria hörte vor Schmerzen kaum noch etwas, sie hoffte einfach, dass es bald vorbei wäre, so oder so.

Hilde, deren beide Buben, wie sie sagte, herausgeflutscht waren, stand ihr bei, stützte sie, holte frisches Wasser zum Trinken, dann wieder warmes Wasser für das Kind und versuchte, Zuversicht zu vermitteln, obwohl es ihr, wie Maria an ihrem Gesichtsausdruck leicht erkennen konnte, selbst angst und bange war.

»Pressen, fest, fest, noch mal, komm!«, rief die Hebamme und: »Jetzt, jetzt!« Dann zog sie ein Wesen hervor, das über und über mit weißer, cremiger Substanz überzogen war.

»Es ist da«, triumphierte die Hebamme, »es ist da!«

Sie schnitt die Nabelschnur durch, packte das kleine Geschöpf an den Fesseln, hob es kopfüber in die Luft, verpasste ihm einen Klaps auf den Po, und als es zu brüllen anfing, nickte sie zufrieden.

»Alles gut, alles dran, jetzt waschen wir die Käseschmiere ab, und dann bekommst du dein perfektes Kind in die Arme, Maria. Recht groß für die zu frühe Geburt, aber es hat ja auch einen strammen Vater.« Sie lachte. »Und übrigens, es ist ein Bub!«

Maria, die sich aufgerichtet hatte, sank erschöpft in ihre Kissen zurück, und Hilde fiel ihr um den Hals.

»Du hast es geschafft, es ist überstanden!«

Sie wirkte mindestens so glücklich wie Maria, die außer dem wunderbaren Gefühl, keine so starken Schmerzen mehr zu haben, noch zu keinen weiteren Empfindungen imstande war.

»Ein hübscher Brocken, der Kleine!« Die Hebamme hatte ihn gewaschen, in weiche Tücher gewickelt und legte ihn nun Maria in den Arm.

»Herzlichen Glückwunsch!«

Hilde, die mit einem warmen Waschlappen den Schweiß von Marias Gesicht gewaschen hatte, strahlte.

»Was bin ich froh«, sagte sie. »Herzlichen Glückwunsch, ihr beiden!«

Beide sahen sich nun das rosige kleine Gesicht an, und Maria öffnete die Tücher etwas, um ihn sich genauer ansehen zu können.

»Kaum zu glauben«, sagte sie, »dass so etwas Perfektes in einem Bauch wachsen kann!«

»Jedes Mal ein Wunder«, stimmte die Hebamme zu und begann, die blutigen Leintücher unter Maria wegzuziehen. »Ich glaube, wir betten sie jetzt mal frisch«, sagte sie zu Hilde, »dann fühlt sie sich auch gleich wohler. Und dann legst du den kleinen Mann mal an, Maria, damit er weiß, wo seine Nahrung herkommt.«

»Und danach sollte ich wohl runter, sonst bleibt die Küche heute kalt«, Hilde grinste. »Wie soll er denn eigentlich heißen?«

»Klaus«, sagte Maria. »Eigentlich Elisabeth, aber nun eben Klaus!«

Sie lachten alle drei.

Lotti kam aufgeregt in Marias Kammer gestürzt, gratulierte überschwänglich und hielt Maria dann ihre Hände entgegen.

»Darf ich ihn mal nehmen? Karl hat uns alle angerufen, und Herr Fischer hat mich von seinem Auslieferer direkt herfahren lassen.«

Maria übergab ihr den Winzling, und Lotti wiegte ihn in ihren Armen.

»So winzig«, rief sie und versuchte, durch die vielen Tücher hindurch sein Gesicht zu erkennen. »So klein, dabei war dein Bauch doch so dick«, sie warf einen Blick auf Maria, »entschuldige, aber ich dachte, du bekommst Drillinge.«

»Ich auch!« Maria, die sich wegen der Geburt und schmerzendem Unterleib noch kaum bewegen konnte, schüttelte den Kopf. »Und es hat sich bei der Geburt auch wie Drillinge angefühlt.«

»Wieso müssen Frauen überhaupt Kinder kriegen?«, rief Lotti aus, »die sollen doch einfach vom Storch gebracht werden.«

Die Hebamme, die eben mit der gereinigten kleinen Wanne zurückgekommen war, stimmte zu. »Ja, das wäre eine feine

Sache. Oder wie die Kängurus, die legen das Embryo in ihren Beutel und lassen es erst wachsen, wenn die Umstände für das neue Leben geeignet sind.«

»Tatsache?«, staunte Lotti, »das wusste ich gar nicht. Da sind die Kängurus uns ja voraus.« Sie fuhr mit der Kuppe ihres Zeigefingers sacht über Klaus' Gesicht. »Hübsch ist er«, stellte sie fest. »Und hat sogar schon Wimpern. Und kleine Fingernägel!« Sie blickte auf. »Aber noch keine Haare. So ein bisschen ein heller Flaum. Was meint ihr, wird er mal blond?«

Maria hob eine Augenbraue, sollte er wirklich …? Doch die Hebamme winkte ab.

»Der Flaum fällt bald aus. Manche kommen direkt mit vielen Haaren auf die Welt, andere nicht.«

»Und die Augen? Blau? Ich kann es nicht richtig erkennen.«

»Die meisten Säuglinge haben tiefblaue Augen, das hat nichts zu sagen.«

Lotti seufzte. »Aber dass er ein Junge ist, das wissen wir genau?«

Maria musste lachen, hielt sich aber sofort mit einem kleinen Seufzer den Unterleib.

»Tut es noch arg weh?« Lotti, die ihren blauen Rock und die weiße Bluse aus dem Geschäft trug, beugte sich über Maria und streichelte ihre Wange. »Ist so etwas überhaupt auszuhalten?« Sie richtete sich wieder auf. »Na, mal sehen, ob mir das auch irgendwann blüht …«

Maria nickte ihr zu. »Irgendwann wirst du bestimmt auch Kinder wollen … was ist denn mit deinem Alain?«

»Ob er mein Alain ist, weiß ich noch nicht genau, wir waren aber schon ein paarmal miteinander aus.« Sie lächelte. »Jedenfalls ist er ein netter Kerl, und mein Französisch wird immer besser.«

»Ein Franzose?« Die Hebamme legte ein paar frische zusammengefaltete Laken auf den Hocker neben Marias Bett.

»Ja, ein Franzose!«, antwortete Lotti etwas trotzig.

»Sind ja schnittige Burschen, diese jungen Franzosen.« Sie lächelte etwas schief und rückte ihre weiße Haube wieder zurecht. »Und Sie sollten den jungen Mann nun aber an die Mutter zurückgeben, er will sicher trinken!«

Lotti nickte, drehte sich aber noch mit einem suchenden Blick zur Tür um. »Wo ist eigentlich Karl?«

»Er war da«, erklärte Maria, »er hat meine Schmerzen und das viele Blut aber nicht ertragen, musste raus.«

»Tststs«, machte Lotti und gab Maria den Säugling zurück. »Ein Metzger!«

Die Hebamme lächelte verständnisvoll. »Es war schon tapfer, dass er überhaupt dabei war. Die wenigsten Männer stehen das durch.«

»Aber in den Krieg ziehen!«, sagte Lotti.

Die Hebamme nickte, strich Maria kurz über die Wange und schloss dann ihren ledernen Hebammenkoffer.

»Das haben Sie jedenfalls gut gemacht«, sagte sie zu Maria. »Sehr tapfer und sehr gut mitgeholfen. Genießen Sie die ersten Tage mit ihrem kleinen Klaus, bleiben Sie gesund, Gott segne Sie beide – ich muss jetzt weiter.«

Lotti wollte Maria gerade fragen, ob sie etwas trinken oder essen möchte, als hinter ihr die Tür aufging und Karl, ihr Vater und ihre Schwester Elli hereinkamen. Karl trug einen Krug mit Wasser, Elli einen Vase mit bunten Wiesenblumen, ihr Vater hatte eine Schnapsflasche und Schnapsgläser dabei.

»Herzlichen Glückwunsch, ich bin stolz auf dich!«

Karl stellte den Krug ab und küsste Maria, die ihr Neugeborenes saugend und schmatzend an der Brust liegen hatte. »Und herzlich Willkommen, kleiner Sohn, ich freu mich unbändig, dass du da bist!«

»So ein Wonneproppen!«, auch Elli umarmte ihre Schwester und gab ihr einen Kuss, »herzlich willkommen, kleiner Erdenbürger!« Sie drehte sich zu Karl um, der Maria nun ein Glas frisches Wasser einschenkte.

»Ich dachte, ihr hättet euch auf einen Mädchennamen geeinigt, jetzt ist es ein Sohn?«

Karl musste lachen.

»Ja, stimmt. Da ihr lauter Schwestern seid, dachte ich das eigentlich«, er warf August einen Blick zu und reichte Maria das Wasserglas, »aber jetzt ist eben aus der Elisabeth ein Klaus geworden.«

»Ich habe damals aus der kleinen Elli einen Elias gemacht«, gab August zum besten und stupste Elli leicht an. »Weil mich alle aufgezogen haben – nach unseren vier Mädchen.«

Elli lachte. »Ja, ich kenne die Geschichte. Du hast die Hebamme bestochen, und Mama hätte dich deshalb fast verlassen!«

»Hat sie gedroht, stimmt!« Er hielt die Flasche hoch. »Einen Schnaps auf den Kleinen!«

»Auf Klaus!« Maria schenkte ihrem Vater ein Lächeln. »Ja, eigentlich habe ich auch mit einem Mädchen gerechnet.«

»Hauptsache, es ist alles an ihm dran, und ihr beide seid gesund!«

»Und da die Familie gerade so schön versammelt ist, habe ich auch noch eine Neuigkeit«, erklärte Lotti.

»Du verlobst dich«, sagte Elli sofort.

Lotti lachte.

»Nach dir, liebe Schwester!«, spöttelte sie und spreizte ihre schmucklosen Finger in die Höhe. »Nein, viel spannender!«

Nun hatte sie die volle Aufmerksamkeit.

»Frau Bertschinger war heute bei uns im Geschäft. Zu Frau Fischer sagte sie, sie suche ein *ganz besonderes Kleid*«, machte Elli eine affektierte, hohe Frauenstimme nach, »für einen *ganz besonderen Anlass.*«

»Hoppla!« Karl, der die Ersatzlaken weggeräumt und sich auf den Hocker neben seine Frau gesetzt hatte, richtete seine dunklen Augen auf Elli. »Hast du auch mitgekriegt, welcher Anlass ansteht?«

Lotti grinste. »Frau Fischer fand, dass ich sie am besten beraten könne … Und die Bertschinger hat mich nicht erkannt.«

»Sehr gut!« Elli warf ihrer Schwester einen Seitenblick zu. »Und konntest du sie fragen? So als Angestellte, geht das bei euch in eurem feinen Laden überhaupt?«

Lotti zuckte die Achseln. »Das war gar nicht nötig. Sie redete wie ein Wasserfall. Sie sei sehr mitteilungsbedürftig, meinte später auch Frau Fischer.«

»Und *was hat sie* mitgeteilt?« August hatte Schnapsflasche und Gläser zur Seite gestellt und richtete sich gespannt auf.

»Um es kurz zu machen: Fried Bertschinger will in die Politik!«

»Was?« August und Karl sahen sich an.

»Was will *der* denn in der Politik?«, wollte August wissen. »Hat sie das verraten?«

»Es geht um die Volksbefragung Anfang Dezember. Die Altbadener wollen ein wiedervereinigtes Baden in den Grenzen von 1933, hat sie gesagt, allen voran Leo Wohleb. Der will, dass Südbaden Baden bleibt. Der andere aus Württemberg-Hohenzollern, Gerhard Müller, will aber einen südwestdeutschen Raum.«

Lotti kramte einen Zettel aus ihrer Rocktasche.

»Ich habe mir das heimlich notiert, während sie in der Kabine war.«

Sie warf einen Blick darauf. »Also dieser Müller spricht von einer großen Chance, dass das Volk nun selbst einen entscheidenden Beitrag zur Neuordnung des deutschen Bundesgebietes leisten könne, denn bisher sei das im Laufe der Jahrhunderte vier Mal durch Gewalt von außen geschehen.« Sie ließ den Zettel sinken.

»Das hat sie gesagt?«, staunte Maria. »Das hätte ich ihr gar nicht zugetraut.«

»Es klang wie auswendig gelernt«, sagte Lotti. »Vielleicht hat sie an mir noch mal geübt.«

»Genau an der Richtigen«, grinste August.

»Und ob! Gut gemacht, Lotti.« Elli nickte ihrer Schwester zu. »Übrigens findet auch unser Bundespräsident, dass Schwaben und Badener miteinander leben müssen.«

»Der Heuss wohnt ja auch nicht hier«, brummte Karl.

»Und was will der Bertschinger da jetzt machen?«

Lotti drehte ihren Zettel um.

»Also, dieser Wohleb findet, dass die politische Lage im Südwesten unhaltbar sei und dass 52 Prozent aller Südbadener die Wiederherstellung des Landes Baden wollen.« Sie blickte auf. »Und dann geht es um den Landesverband der Arbeitsgemeinschaften der Badener als Gesamtbadener Volksbewegung … also«, sie steckte den Zettel wieder ein, »die wollen alles daransetzten, dass Baden Baden bleibt!«

»Na ja«, Karl fasste nach der Hand seiner Frau, »Leo Wohleb ist Staatspräsident des Landes Baden. Kein Wunder, dass er sich für Baden einsetzt, er spielt ja hier in der Politik auch eine zentrale Rolle.« Er runzelte die Stirn. »Ich versteh bloß nicht, was der Bertschinger dort will.«

»Schon klar!« August verschränkte seine Arme. »Er will sich wichtigtun. Wahrscheinlich will er in den Landesverband der Arbeitsgemeinschaften der Badener eintreten. Oder ist es schon.«

»Das ist eine politische Organisation.« Elli runzelte die Stirn. »Bisher war er einfach Großbauer, intrigant und gewalttätig. Was will so einer in der Politik?«

Sie merkte sofort, dass sich alle Blicke auf sie richteten und musste lachen. »Ja, gut, schon verstanden. Die Frage sollte lauten: Versteht er überhaupt etwas von Politik?«

»Und wozu braucht seine Frau deshalb ein neues Kleid?«

»Na, wahrscheinlich denkt sie, dass der Chef dieser Organisation bald nicht mehr Wohleb, sondern Bertschinger heißt.

Und an der Seite eines so wichtigen Politikers muss eine Frau natürlich gut gewandet sein«, spöttelte Karl.

»Gut zu wissen, danke, Lotti. Da hat unser Bertschinger also plötzlich ganz neue Ambitionen.« August nickte seiner Tochter zu.

»Wie steht *ihr* denn eigentlich dazu?«, wollte Maria wissen und rutschte etwas tiefer in ihre Kissen. »Baden oder Südweststaat?«

»Die Badener sorgen sich um ihre Identität, um ihre Kultur, und denken, dass sie von den Württembergern einfach geschluckt werden«, sagte Elli. »Das Thema kocht ja schon seit einiger Zeit hoch. Und am 9. Dezember kommt die Volksabstimmung.«

»Da hat er ja noch ein bisschen Zeit, um sich einzuschleichen, der gute Bertschinger«, sagte August. »Das Positive ist, dann hat er bald neue Feindbilder, und wir sind ihn endlich los!«

»Und bist du für Baden oder Zusammenschluss mit den Württembergern?«, fragte Maria nach.

»Die Württemberger sind die Schaffer, die Badener die Genussmenschen. Also ist es prima, wenn die Württemberger in Zukunft unseren Genuss finanzieren«, sagte er, und Elli schüttelte den Kopf.

»Ist das Stammtischgeschwätz?«

»Nein, schau, ich bin Schweizer. Ich kann das neutral sehen, und ich finde, dass ein Südweststaat Vorteile bringt.«

»Da bist du ja schon wieder auf einer anderen Seite als der Bertschinger!«

»Das will ich auch hoffen!« August nahm die Schnapsflasche wieder in die Hand. »So, aber jetzt lasst uns endlich mal auf den kleinen Klaus und seine stolzen Eltern trinken und vor allem, dass Maria alles gut überstanden hat!«

Muttergefühle

In den folgenden Tagen stellte Maria fest, dass ein Kind im Bauch sehr viel praktischer war als ein Säugling, der sofort nach der Geburt eigene Bedürfnisse entwickelte, die zeitraubend waren und ihr kaum eine Pause ließen. Das war ihr bei ihrer Mutter nie so aufgefallen. Vielleicht weil die Älteren sich um die Jüngeren gekümmert hatten. Aber sie war auch mal das erste Kind gewesen.

Ihre Mutter hatte die Dinge einfach besser im Griff gehabt, stellte Maria zum wiederholten Mal fest. Und sie hatte von ihrer Mutter zu wenig gelernt.

Hilde wusste Rat. So, wie ihre Mutter Christine schon für Anna ein Lichtblick gewesen war, war es nun Hilde für Maria.

»Erstens kannst du den Klaus auch einfach mal liegen lassen«, erklärte sie, nachdem sie Maria beobachtet hatte, wie sie mit Klaus in der Wirtschaft auf und ab lief, um ihn zum Schlafen zu bringen, »und zweitens hören wir uns jetzt mal nach einem geeigneten Mädchen um. So wie mich damals.«

»Dich gibt es eben nur einmal«, antwortete Maria schnell. »Und drittens«, fügte sie noch hinzu, »beschweren sich die Wäscherinnen, weil es durch die vielen Windeln noch mehr Arbeit gibt.«

»Dann, viertens«, sagte Hilde und stopfte sich ihre Haare unter ihr Kopftuch, bevor sie in die Küche ging, »gibst du ihnen einfach ein bisschen mehr Geld! Ich denke, das wollen sie mit dieser Klage ausdrücken.«

Ja, das konnte gut sein. Sie legte Klaus in die Wiege, worauf er sofort zu schreien begann, und warf Hilde einen hilfesuchenden Blick zu.

»Er ist frisch gewickelt«, sagte sie, »er ist satt, er hat sein Bäuerchen gemacht … also stell ihn unter den Apfelbaum, da hat er Schatten und kann sich ein bisschen mit den Vögeln unterhalten, die dort herumhüpfen.«

Maria nickte. Vielleicht stellte sie sich ja auch dumm an, dachte sie, es war ja ihr erstes Kind. Auf der anderen Seite hatte Hilde nach der Geburt ihrer beiden Kinder ihre Mutter gehabt, die ihr mit Rat und Tat zur Seite stand. Sie hatte höchstens ihre Schwestern Cecil und Trudi, aber die führten im Vergleich zu ihr ja auch ein gemütliches Hausfrauenleben.

Maria trug die Wiege mitsamt dem Säugling durch den Hinterausgang hinaus in die Wiese, suchte ein schönes Plätzchen und stellte ihn dort ab.

»So, Klaus«, sagte sie, »deine Mutter ist ganz in der Nähe, und du darfst jetzt ein bisschen die frische Luft genießen!«

Und wenn er dazu nicht noch viel zu klein gewesen wäre, hätte sie gemeint, dass er ihr einen vorwurfsvollen Blick zugeworfen hatte.

So ging sie aber in die Küche zurück, wo ihr Hilde einen Zettel zuschob. »Heute klingelt das Telefon pausenlos. Ich weiß auch nicht«, sagte sie leicht vorwurfsvoll, »früher sind die Leute einfach gekommen und haben sich irgendwo hingesetzt, heute wollen sie genau den oder jenen Tisch zu genau der oder jener Uhrzeit reservieren!« Sie schüttelte den Kopf. »Das macht wirklich viel Mühe.«

»Hilft mir aber auch beim Einkauf«, gab Maria zu bedenken, »dann weiß ich so ungefähr, wie viele Leute kommen, und bei manchen Namen kenne ich ja auch die Vorlieben. Rinderschmorbraten«, sagte sie weiter und tippte auf einen Namen. »Die Blums. Jedes Mal! Ich muss mal nachschauen, was überhaupt noch an Fleisch da ist, sonst muss ich Karl in Bohlingen anrufen.«

»Der ist nicht in Bohlingen«, sagte Hilde und zog eine Augenbraue hoch.

»Wo ist er dann?«, wollte Maria, misstrauisch geworden, wissen.

»Er verfolgt mit deinem Vater seine neue Geschäftsidee. Sie sind zusammen auf dem Viehmarkt.«

Maria stemmte die Hände in die Seiten und hörte ihre eigene erboste Stimme: »Metzgerei, Landwirtschaft, Schnapsbrennerei und jetzt auch noch Viehhandel! Nur weil mein Vater ihm das seit Wochen einredet! Und wer kümmert sich dann um seinen Laden hier im ›Hirschen‹?«

»Da fragst du noch?«

Die Wochen vergingen, und Maria erschien es wie ein immer gleicher Trott.

»Ich komme mir wie ein Uhrwerk vor«, sagte sie eines Abends auf dem Bett sitzend, während sich Karl seinen Schlafanzug anzog. »Ich kann schon die Uhr danach stellen, wann ich was mache … außer die Nächte natürlich, wenn Klaus hungrig ist.« Sie wies mit dem Kinn auf das Kinderbettchen in der Ecke des Zimmers. »Aber sonst habe ich das Gefühl, dass ich einfach nur noch funktioniere. Und nicht mehr lebe.«

Karl zog den Bändel seiner Schlafanzughose zu, knotete eine Schlaufe und setzte sich neben sie.

»Ich dachte, dir macht deine Arbeit Spaß? Der Umgang mit Menschen liegt dir doch?«

»Außer Hilde sehe ich ja kaum Menschen, ich stehe in der Küche. Morgens sehe ich vielleicht jemanden im Ladengeschäft, wenn jemand kommt. Oder wenn ein Gast etwas mitnehmen will. Das sind kurze Gespräche, da bin ich Dienstleisterin. Oder es ist eine Hornerin und irgendein dümmlicher Tratsch, der mich nicht interessiert. Ich verblöde, Karl. Mein Kopf kennt nur noch Rezepte, Zahlen und immer gleiche Aufgaben. Früher habe ich jeden Morgen die Tageszeitung gelesen … selbst dazu komme ich nicht mehr. Oder ich bin mal nach Stein am Rhein oder mit dem Schiff nach Schaffhausen gefahren.« Sie seufzte schwer. »Und nun ist der Sommer fast rum, und ich war kein einziges Mal baden. Mein Leben ist so … eintönig geworden. Alles hat sich verändert!«

Karl legte seinen Arm um ihre Schultern, und sie lehnte ihren Kopf an ihn. »Ich will mich ja nicht beklagen, aber … es gibt einfach keinen Lichtblick mehr.«

Maria merkte, dass Karl nicht recht wusste, wie er reagieren sollte. Wahrscheinlich ist er jetzt überfordert, dachte sie.

»Wir haben doch einen kleinen, wunderbaren Sohn«, sagte er und deutete zu dem Kinderbett. »Freut dich das denn gar nicht?«

»*Ich* habe einen wunderbaren kleinen Sohn«, korrigierte sie. »Du bist ja nie da. Hast du ihn seit der Geburt schon mal im Arm gehalten?«

»Er ist doch noch so klein.« Karl zog Maria enger an sich. »Ich könnte ihm wehtun.«

»Nein«, korrigierte sie, »Äpfel, Zwetschgen, Mirabellen, die kleinen, süßen Kirschen, alles ist wichtiger!«

»Die sammeln wir für den Schnaps, Maria. In diesem Jahr gibt es eine gute Ernte, also auch viel Schnaps. Den brenne und verkaufe ich für uns, Maria. Das bringt uns Geld!«

Maria nickte und verzog das Gesicht. »Ich bin 31 Jahre alt und fühle mich wie 61!«

Karl küsste ihren Scheitel.

»Vielleicht hast du recht«, überlegte er. »Vielleicht sollten wir uns tatsächlich eine kleine Pause gönnen.« Er streichelte ihr über den Rücken. »Ein Ausflug – was würde dich denn freuen, wo würdest du denn gern hin?«

»Wann hätten wir denn Zeit … für so einen Ausflug?«

Karl zuckte die Schultern. »Das müssten wir eben gut planen.« Er küsste sie noch einmal auf ihren Scheitel. »Komm, leg dich auf den Bauch, ich kraule dir ein bisschen den Rücken.«

Und nachdem sich Maria langsam umgedreht und er seine Hand unter ihr Nachthemd geschoben hatte, flüsterte er leise: »Und vielleicht können wir ja auch bald mal wieder … was meinst du?«

Steckborn

Es war September geworden, und Karl hatte Wort gehalten. Als Maria am Morgen in den Volkswagen stieg, freute sie sich wie ein kleines Kind. Sie hatte gleich gewusst, wohin sie wollte, dorthin, wo sie geboren worden war, nach Steckborn in die »Krone«.

Sie hatte schon vor Tagen in der »Krone« angerufen und zu ihrer Überraschung direkt Isolde Faiker am Telefon gehabt. Wie alt sie jetzt wohl war? Da waren doch bestimmt knapp dreißig Jahre Altersunterschied zwischen ihr und ihrer Mutter gewesen. Also musste sie jetzt um die achtzig sein. Doch sie war absolut rege, wie Maria gleich feststellte, denn sie erinnerte sich sofort an sie, daran, dass Maria immer mit dem kleinen Bruno, ihrem Enkel, gespielt hatte. Der sei vor ein paar Tagen dreißig geworden, erfuhr Maria, und sei ein hervorragender Koch. Sie werde das gleich Johanna und Urs erzählen, ihr Mann sei leider im letzten Jahr verstorben.

Und nun waren Karl und sie tatsächlich auf dem Weg nach Steckborn. Maria hatte ein neues geblümtes Kleid angezogen, denn die alten waren ihr noch immer etwas zu eng. Die Pfunde wollten nicht so schnell purzeln, wie sie nach der Geburt gedacht hatte.

Der kleine Klaus war bei Christine, die sich angeboten hatte zu helfen, und selbst ihr Vater war von dem Ausflugsziel angetan.

»Magst du nicht mit?«, wollte Maria von ihm wissen, aber ihr Vater hatte nur den Kopf geschüttelt.

»Geht ihr nur. Ohne Anna würde mich das zu sehr schmerzen. Zu viele Erinnerungen an schöne Tage.«

Und so fuhren sie nun an einem milden Herbsttag nach Konstanz, von dort aus über die Grenze und langsam am Seeufer entlang, bis sie die vier markanten Spitzen des Turmhofes sahen, von denen ihre Mutter immer wieder erzählt hatte.

»Hier war sie also damals unterwegs«, sagte Maria, »das ist ein ganz komisches Gefühl.«

Karl nahm eine Hand vom Steuer und legte sie ihr aufs Knie. »Das glaube ich gern. Vor allem, dass deine Mutter mit dreizehn Jahren hierherkam. Eigentlich unvorstellbar jung!«

Maria nickte. Das war tatsächlich unvorstellbar.

»Sie war eine Kämpferin«, sagte sie. »Und dabei war sie auch noch eine gute Mutter. Ich weiß nicht, wie sie das geschafft hat.«

»Wir werden das auch schaffen«, sagte er. »Wir sind auch noch jung, und wir haben sehr viel bessere Voraussetzungen als damals deine Eltern.«

»Und den Bertschinger sind wir jetzt auch los«, versuchte es Maria mit einem Scherz. Karl stieg darauf ein, lachte, und sie stellten sich vor, was Bertschinger wohl in der Politik alles anstellte.

Vor der »Krone« stellten sie den Wagen ab und stiegen aus, blieben Hand in Hand vor dem achteckigen Brunnen mit dem Löwenkopf stehen.

»Von dem hat Mama manchmal erzählt. Viele hatten Angst vor ihm«, sagte Maria. »Ich erinnere mich nicht mehr so genau. Aber er ist ja tatsächlich gewaltig. Und irgendwie angsteinflößend.«

Karl nickte, dann glitt sein Blick zu der schönen Fassade der »Krone« und zum großen Hoteleingang.

»Ein schönes Haus«, sagte er. »Direkt am See. Besser geht es nicht!«

»Wenn meine Eltern den ›Hirschen‹ nicht gekauft hätten, wäre ich hier wohl aufgewachsen.«

»Aber dann wärst du wahrscheinlich keine selbstständige Wirtin, und wir hätten uns nicht kennengelernt.«

Maria nickte. Ja, das stimmte natürlich. Weder Alois noch Horst oder Karl … Sie fand es nicht schlimm, es wäre einfach ein anderer Mann geworden.

»Komm«, sagte Karl. »Die Zeit passt genau.«

Es war ein Uhr, sie waren pünktlich angekommen. Karl hielt Maria die Eingangstür zur »Krone« auf, und dann blieben sie erst einmal im Eingang stehen.

An der Rezeption stand eine ältere Frau mit grauem, hochgestecktem Haar, sie schaute hoch und kam ihnen um den Tresen herum entgegen. Sie sah genau so aus, wie Anna sie in ihren Schilderungen beschrieben hatte, sehr schlank und elegant in einem ausgesucht schönen blauen Kostüm.

»Maria? Habe ich recht, und Herr Amann? Welche Freude!«

Sie streckte ihnen beide Hände entgegen.

»Die kleine Maria! So hübsch wie ihre Mutter. Gott hab sie selig!«

Sie ließ ihre beiden Hände kurz um Marias Rechte geschlossen und sah ihr in die Augen. »Es war eine schöne Zeit mit Ihrer Mutter. Sie war uns wie eine Tochter. Wir wollten sie unbedingt hierbehalten, aber sie folgte dem Ruf ihres Herzens … nach Horn!«

Ihre Augenbraue ging hoch, und sie lächelte, dann gab sie Karl zur Begrüßung die Hand.

»Kommen Sie, wir haben den schönsten Tisch auf der Terrasse für Sie reserviert, Johanna und Urs werden auch gleich kommen, und ihr kleiner Spielkamerad Bruno kocht Ihnen heute zur Feier des Tages ein exzellentes Menü. Er kommt nachher auch dazu.«

»Mama hat oft von einer Köchin gesprochen, die wie ich hieß …«

»Die Maria? Sie hat auf ihre alten Tage noch einen Verehrer gefunden. Das kam fast zur gleichen Zeit mit Brunos Meisterprüfung. Nun lebt sie in Stein am Rhein.«

»Oh«, begeisterte sich Maria, »darüber hätte sich Mama nun ganz besonders gefreut. Sie hat immer wieder von Maria erzählt, von ihrer harten Schale und dem weichen Kern.« Maria lächelte in Erinnerung an die Erzählungen. »Und ihrer Zielgenauigkeit, wenn sie dem Arbeitseifer ihrer Küchenhilfen mit Wurfgeschossen wie Kartoffeln oder Zwiebeln nachhalf.«

Frau Faiker schmunzelte. »Nun kommen Sie aber, Ihr Tisch wartet – und übrigens«, unterbrach sie sich selbst, »falls Sie doch eine Nacht bleiben wollen, wir hätten das schönste unserer Zimmer, das Zimmer Nr. 1, Eckzimmer zum See, im Moment frei. Dazu würde ich Sie gern einladen.«

Maria schüttelte den Kopf. »Vielen Dank, aber wir haben einen kleinen Sohn, er ist erst zwei Monate alt und wartet zu Hause auf uns.«

»Ich verstehe«, Isolde Faiker nickte, »herzlichen Glückwunsch!« Dann ging sie den beiden voraus auf die Terrasse.

Offensichtlich war sie erst vor Kurzem renoviert worden, der gläserne Windschutz zum See sah modern aus, und Karl sah zu der fortschrittlichen hellen Markise hoch, die sich mit einer kräftigen Kurbel aus- und einfahren ließ.

»Toll!«, sagte er zu Frau Faiker.

»Ja, mein Schwiegersohn ist Neuerungen gegenüber stets sehr offen.« Sie lächelte etwas hintergründig und ging zu einem Ecktisch voraus, der mit weißen Stoffservietten eingedeckt worden war und in dessen Mitte eine kleine Blumenvase mit einer einzelnen roten Rose stand.

»Kleine Aufmerksamkeit von Johanna«, sagte Isolde Faiker, und Maria fiel auf, dass sie das Wort »Tochter« umgangen hatte.

Sie kannte die Geschichte aus den Erzählungen ihrer Mutter.

»Ich denke, dass Johanna und Urs gleich kommen werden«, meinte die Wirtin, während Karl den Stuhl für Maria zurechtrückte. »Leider kann mein Mann diesen Moment nicht mehr erleben«, sie lächelte etwas schmerzlich. »Er hätte sich über Ihren Besuch sehr gefreut. Er mochte Anna sehr gern.«

»Ja«, Maria setzte sich und sah zu Frau Faiker auf, »meine Mutter hat viel von Ihnen beiden, dem Hotelbetrieb und Steckborn erzählt. Sie war sehr gern hier, das hat sie immer wieder betont.«

»Ich weiß, dass sie es drüben nicht leicht hatte.« Isolde Faiker machte eine Kopfbewegung zum gegenüberliegenden Ufer. »Nach dem Ersten Weltkrieg hatte es in Deutschland niemand leicht und«, sie hielt den Kopf etwas schief, »ich denke auch, dass die Horner ein eigenes Völkchen sind.«

Maria bestätigte das aus vollem Herzen.

Isolde Faiker lächelte und ging zurück an den Empfang. Maria blickte ihr kurz nach.

»Eine bemerkenswerte Frau«, sagte sie.

»Sehr beeindruckend«, gab Karl ihr recht. »Aber auch beeindruckend, wie gut hier alles in Schuss ist. Schau, der Boden. Neue Steinfliesen, die sehen italienisch aus. Und auch die Stühle sind solide aus Stahl und Textil. Die ganze Terrasse wirkt sehr edel.« Er sah auf. »Das muss einiges gekostet haben!«

»Es ist ja auch gut besucht, und schau, die leeren Tische haben ein ›Reserviert‹-Schild.«

»Ja, es ist gut gemacht und an alles gedacht!«

»Und der Blick über den See ist einfach gigantisch. So nah am Wasser, unbeschreiblich schön!«

Maria ließ den Blick über den See hinüber nach Gaienhofen schweifen, betrachtete den Schilfgürtel und das dahinter ansteigende hügelige Gelände.

»Es ist ein paradiesisches Plätzchen.« Sie griff nach Karls Hand. »Danke«, sagte sie, »danke für diesen Ausflug!«

Er drückte sie. »Es war ja auch längst überfällig.«

»Und schau, wie das Wasser flussaufwärts glitzert, es ist einfach wunderschön!« Maria war so in ihre Betrachtung versunken, dass sie Johanna erst bemerkte, als sie sie begrüßte: »Herzlich willkommen, liebe Maria, in der zweiten Heimat Ihrer Mutter!«

Johanna war an den Tisch getreten, ein Tablett mit zwei Gläsern Sekt in der Hand.

»Zwei Cüpli zur Begrüßung, später, wenn Sie gespeist haben, werden wir eines mittrinken.«

Maria stand auf und reichte ihr die Hand.

»Mama hat viel von Ihnen erzählt«, sagte sie. »Ich habe Sie mir auch ganz genauso vorgestellt, wie Sie jetzt aussehen!«

Johanna lächelte mild. »Na ja, damals, als Anna kam, war ich Mitte zwanzig. Nun bin ich runde 60.«

»Trotzdem«, beharrte Maria. »Ich habe Sie immer genau so vor mir gesehen.«

»Ihre Mutter hat viel erzählt?«

»Ich glaube, indem sie uns so vieles aus ihrer Vergangenheit erzählt hat, war die Gegenwart in Horn erträglicher für sie.«

»Wir haben damals …«, begann Johanna und unterbrach sich, als ein Mann schnellen Schrittes auf sie zukam. »Darf ich meinen Mann vorstellen? Urs.«

Karl, der inzwischen auch aufgestanden und um den Tisch herumgegangen war, reichte beiden die Hand.

»Und wo haben Sie Ihren Vater gelassen?«, fragte Urs, »den Mann mit der beneidenswerten Mähne?« Er fuhr sich kurz über seinen kahlen Schädel, »ich hatte gehofft, er könne mir noch etwas abgeben«, scherzte er.

Maria lachte. »Ja, eine Mähne hat er immer noch, die wächst

ständig in alle Richtungen unter seiner Schiebermütze hervor. Allerdings ist sie hier und da schon etwas silbergrau.«

Urs lachte mit.

»Wir werden uns später zum Kaffee alle zusammensetzen«, versprach er und machte eine Handbewegung zu den anderen Gästen auf der Terrasse, die bereits interessiert zu ihnen herüberblickten.

»Noch ist es etwas zu viel Betrieb«, er legte einen Arm um Johanna, »aber ohne Ihren Vater hätte ich mein Lebensglück nicht gefunden, das steht fest. Ich hätte mich dem Willen meiner Eltern gebeugt und mein Leben«, er hauchte eine Kuss auf Johannas Stirn, »auf gut schweizerisch … versaut!«

Johanna lächelte.

»Ja, Ihre Eltern haben sich sehr für unser Glück eingesetzt. Aber jetzt erst mal auf Ihr Wohl! Und dann genießen Sie das fünfgängige Menü, das unser Sohn für Sie vorbereitet. Zur Feier des Tages!«

Es war Abend geworden, als Maria und Karl glücklich und zufrieden wieder in ihr Auto stiegen, um in Richtung Stein am Rhein weiterzufahren. An dem kleinen Modegeschäft, das kurz nach der »Krone« kam, bat Maria ihren Mann anzuhalten.

»Ein neues Kleid?«, fragte er, denn im Schaufenster stand unter dem auffälligen Schild »Neue Mode aus Paris eingetroffen« eine Schaufensterpuppe, die ein eng anliegendes Kostüm zu einem großem Hut trug. Besonders das Wickeloberteil fand Maria schön, und Karl, ganz in Geberlaune, schlug sofort vor hineinzugehen.

»Es ist das Geschäft, von dem Johanna vorhin erzählt hat«, erklärte Maria. »Früher gehörte es Edda, nun führt es ihre Nichte.«

»Sieht dem Kostüm von Frau Faiker irgendwie ähnlich«,

fand er, und Maria nickte. »Ja, jetzt wissen wir, wo sie noch immer einkauft.«

»Scheint schlechtere Plätze zu geben. Komm, Maria, zur Feier des Tages kaufen wir nun auch dort, wo deine Mutter schon gekauft hat.«

»Sie hatte zwei wunderschöne Kleider von Edda. Ein grünes und ein blaues.«

»Dann wird die Nichte ja vielleicht noch ein drittes haben?«

Maria zögerte. »Ich weiß, dass Edda nicht ganz günstig war…«

»Und nun weißt du auch, wofür unser Viehhandel gut ist!« Karl lächelte und klopfte auf seine Hose. »Alles bar!«

»In der Hosentasche?«, fragte Maria entgeistert.

»Wo denn sonst? Da greift mir zumindest niemand rein, da bin ich mir sicher.« Er blinzelte ihr zu.

Doch Maria lehnte ab. »Schenk mir das, wenn ich meine Pfunde los bin«, sagte sie, »das wäre ein schöner Anreiz!«

»Wenn bis dorthin nicht schon wieder neue Baby-Pfunde drauf sind«, er duckte sich, um Marias spielerischer Ohrfeige auszuweichen.

»Gut«, stimmte er zu, »du sagst mir, wenn es so weit ist, und wir werden sofort über den See fahren.«

»Mit meinem Vater und seinem Freund Hans-Ueli?«, fragte Maria, und sie mussten beide lachen.

»Apropos dein Vater«, Karl deutete nach vorn, »gleich kommen wir an der Nähmaschinenfabrik vorbei, in der er früher gearbeitet hat und mit der die beiden noch heute gute Geschäfte machen, wie er mir verraten hat…«

»Ja, kein Wunder«, stimmte Maria zu. »Cecil hat die neueste Bernina-Zickzack-Nähmaschine, und sie ist vollauf begeistert!«

»Bernina?« Karl runzelte die Stirn. »Ich dachte Gegauf?«

»Ist immer noch die Gegauf-Familie, sagt Vater, sie haben sie nur umbenannt.«

»Und du hast keine?«, wollte Karl wissen.

»Ich bin völlig unbegabt, was Nähen anbelangt. Dafür habe ich meine Schwester.«

»Und Fischer und Eddas Nichte.« Karl grinste und legte seine Hand auf Marias Oberschenkel. »Ach, Maria, ich bin so froh, dass du meine Frau bist. Es war ein wirklich schöner Tag heute, so etwas machen wir jetzt öfter. Und«, er sah ihr in die Augen, »ich liebe dich!«

»Ich liebe dich auch«, sagte sie und dachte, dass ihr Herz diesen vier Wörtern immer näher kam.

Neue Energie

Maria wachte mit einem Glücksgefühl auf und hoffte, dass sie die kommenden Tage davon würde zehren können. Und es war nicht nur der wunderschöne Ausflug gewesen, sondern auch die Nacht mit Karl. Sie hatten sich in dieser Nacht so richtig gefunden. Nicht wie sie sonst miteinander schliefen und auch nicht wie in der Nacht der Franzosen, sondern ein Geben und Nehmen, bei dem sie sich fühlten und ertasteten. Damit hatte sich nun vielleicht eine Tür geöffnet, ganz so, wie Christine es gesagt hat, und es entwickelte sich etwas, das sie Karl von ganzem Herzen lieben ließ. Und nicht nur, weil er der richtige Mann für sie und ihre Situation war.

Sie nahm sich Zeit für ihren kleinen Sohn und legte sich noch im Bett liegend Klaus an die Brust, während sich Karl von beiden mit einem Kuss verabschiedete. Er habe sich mit August verabredet, erklärte er, und müsse ihm unbedingt vom gestrigen Tag in der »Krone« und von deren neuer Terrasse erzählen. Maria dachte zwar, dass das nicht zu vergleichen sei, ging aber gut gelaunt mit Klaus im Arm in die Küche, legte ihn in die Wiege und richtete das Frühstück.

Hilde, die etwas später mit einem Korb frischer Pflaumen kam, fand, sie müsse sich so einen Ausflug häufiger gönnen.

»Das hat dir richtig gutgetan«, sagte sie, während sie die Pflaumen für den nachmittäglichen Kuchen ins Waschbecken legte, »und mir tut es auch gut, wenn du gut aufgelegt bist.«

»Oh!« Maria sah betroffen über den Herd hinweg zu ihr hinüber. »Bin ich so schrecklich?«

»Nein, nicht schrecklich, sondern traurig. Das ist noch schlimmer!«

Maria wies auf Klaus' Wiege, die auf der Schwelle der offenen Hintertür stand. »Ich bin kürzlich meiner Hebamme begegnet und habe sie gefragt, warum ich mich ständig so niedergeschlagen fühle, wo ich doch glücklich sein müsste so als frischgebackene Mutter …«

»Und?«, Hilde packte die gewaschenen Pflaumen zum Abtrocknen in ein Leinentuch, »was hat sie gesagt?«

»Es gäbe so etwas wie eine Schwermut nach der Geburt. Das sei aber eine schwere Erkrankung. Bei mir sehe sie eher Heultage, so hat sie es genannt. Das kann einen nach einer Geburt auch erwischen.«

»Aha?«

»Ja, hat mit Hormonen und der ganzen Umstellung zu tun, sagt sie. Ist eine vorübergehende emotionale Verstimmung, so hat sie es ausgedrückt.«

»Hatte ich nicht …«

»Na ja«, Maria zuckte die Achseln, »vielleicht ist es ja jetzt auch vorbei. Zwei Monate sind schon lang genug.«

»So lange fühlst du dich schon elend?« Hilde richtete sich auf.

»Du hast es gespürt, oder?«

Hilde nickte. »Weil ich dich gut kenne, Maria. Nach außen hin warst du ganz die alte.«

»Wie eine Maschine, die gut funktioniert.« Maria nahm ein Huhn vom Arbeitstisch, um es zu rupfen. »Das habe ich Karl auch gesagt.«

»Und er?« Hilde suchte sich aus den Messern ein geeignetes heraus. »Was meinte er dazu?«

»Dass wir uns öfters mal eine Pause gönnen werden, zumindest hat ihm unser Ausflug gestern nach Steckborn gut gefallen.«

»Na, ist doch auch schon was!« Hilde begann, die Pflaumen zu entkernen. »Und jetzt musst du mir genau erzählen, wie es gestern war.«

Maria fühlte sich von Tag zu Tag besser, und obwohl die Arbeit nicht nachließ, hatte sie nun die Energie, das alles bewältigen zu können. Klaus fühlte sich draußen, unter seinem Baum, offensichtlich am wohlsten und wurde erst mäkelig, als der Herbst kam, die Blätter in seine Wiege wehten, und es draußen für einen Säugling einfach zu kalt wurde. Nun stand seine Wiege in der Küche, und er protestierte anfangs lautstark, fügte sich aber doch recht bald in sein Schicksal, auch weil immer eine der Frauen, die im »Hirschen« arbeiteten, Zeit fand, sich kurz mit ihm zu beschäftigen. So kam der 9. Dezember, der große Tag der Volksabstimmung.

Volksabstimmung

Am Abend war der Stammtisch übervoll. Jung und Alt saßen im ›Hirschen‹ zusammen, Männer und diesmal auch Frauen, denn alle hatten ihre Meinung zum Südweststaat, der vielen wie ein Damoklesschwert über den Köpfen hing.

»Was soll's«, hatte Josef gesagt, »werden wir halt schwäbisch.«

Daraufhin brach ein gewaltiger Sturm los, den er nicht hatte entfachen wollen, denn es war als Scherz gemeint gewesen. Aber das Für und Wider wurde nun lebhaft diskutiert, und mit zunehmendem Alkoholpegel gab es böse Kommentare gegen Andersdenkende.

Schließlich meinte August eingreifen zu müssen und stellte sich mitten in der Wirtschaft hin, eine Kuhglocke am Arm, die er heftig läutete.

»Mal langsam, Leute«, begann er, nachdem sich alle Augen auf ihn gerichtet hatten und es still geworden war. »Bevor ihr euch hier die Augen auskratzt, die Damen, und euch meine Bierkrüge an die Köpfe werft, die Herren, möchte ich sagen, dass das Endergebnis erst in drei Tagen feststehen wird. Was ihr hier also so temperamentvoll beschwört, sind reine Vermutungen, nichts weiter. Deshalb sage ich, als neutraler Schweizer, es kommt, wie es kommt, und gebe eine Runde Schnaps aus. Für alle! Und wenn die Badener dann vielleicht doch mit den Schwaben in einen Bottich geworfen werden und der Südweststaat entsteht, dann saugt den Schwaben doch einfach das

Blut aus, soll heißen, das Geld aus der Tasche. Für irgendwas sind die ja auch gut!«

Es gab großes Gelächter, und alle riefen: »Ein Hoch auf dich, August!« Und als um Mitternacht die Letzten recht fröhlich nach Hause gingen, klopfte Maria ihrem Vater anerkennend auf die Schulter.

»Das muss man schon sagen, du hättest Diplomat werden können.«

»Ob ich da so viel Spaß gehabt hätte?« August nahm seine Tochter in den Arm. »Ein seltener Moment, dass ich das mal tun kann«, sagte er zu Karl, der zu ihnen getreten war.

»Wo war eigentlich Lotti? Heute ist Sonntag, sie hätte doch dabei sein können?«

Maria schmunzelte.

»Ich glaube, sie ist gerade anderswo dabei«, flüsterte sie ihrem Vater zu.

»Wird das was Ernstes mit ihr und diesem Franzosen?«

»Dann hätten wir drei Nationalitäten in der Familie«, antwortete Maria. »Schweiz, Frankreich und Baden.«

»Südweststaat«, korrigierte August, und Karl ergänzte: »Warten wir es ab.«

Erkenntnisse

Die Südbadener hatten mit 53 Prozent gegen eine Einverleibung durch die Württemberger gestimmt, aber schon die Nordbadener hatten das anders gesehen, so hatte Leo Wohleb auch nach der Wahl mit all seinen Protesten keine Chance. Nun waren Schwaben und Badener in einem gemeinsamen Bundesland vereint.

Nachdem das Ergebnis bekannt war, fanden auch die Horner, dass der Wahlabend im »Hirschen« zwar spannend gewesen war, aber nun hatte man anderes zu tun, als nachträglich zu protestieren. Einzig die Frage, was denn nun aus Fried Bertschinger geworden war, trieb den Stammtisch im »Hirschen« noch um.

»Also, bei den Verlierern mag er nicht sein«, erklärte Kurt. »Egal, welche Seilschaften er bei den Arbeitsgemeinschaften geknüpft hat, die wird er jetzt schnellstmöglich wieder loswerden wollen.«

»Du meinst, er ist fahnenflüchtig?«, wollte Herbert grinsend wissen. »Aber ob die Schwaben einen entlaufenen Südbadener wollen?«

Alle lachten, und Maria, die gerade Bier für einen anderen Tisch zapfte und zugehört hatte, musste mitlachen.

»Ja«, sagte sie, »da hat er doch mal ganz offensichtlich aufs falsche Pferd gesetzt.«

Josef drehte sich nach ihr um. »Ganz richtig. Den hätte ich auch abgeworfen.«

»So än Schwobeseggel«, setzte Hans eins drauf, und alle wieherten und grölten vor Lachen.

»Perfekt«, rief Herbert, »darauf gebe ich eine Runde aus!«

August, der mit am Tisch gesessen hatte und nun zu Maria hinter den Tresen ging, sagte laut: »Mal wieder Herbert, der einen ausgibt. Ein spendabler Junge, der Herbert!«

Maria, die ihren Vater gut genug kannte und schon argwöhnte, dass sich dahinter etwas verbergen könnte, warf ihm einen fragenden Blick zu.

»Ist dir schon mal aufgefallen, dass der Josef noch nie bezahlt hat? Noch nie nie, meine ich?«, sagte er leise, während er die Schnapsgläser füllte. »Er ist immer ganz vorn dabei mit seiner Klappe und beim Mittrinken, aber für eine eigene Runde ist er zu geizig.«

Maria nickte. »Und jetzt?«, fragte sie.

»Und jetzt habe ich einen Plan …« August grinste und ging mit dem Tablett zurück an den Tisch.

»Ich finde, wir brauchen ein neues Spiel«, sagte er, während er die Schnapsgläser am Tisch verteilte.

Alle horchten sofort auf.

»Wie!«, sagte Paul. »Ist Jassen nicht mehr gut genug?«

»Doch, es geht gerade ums Jassen«, erklärte August. »Heute ist Samstag. Ihr habt Zeit, nichts drängt. Also zahlt derjenige die gesamte Zeche, der als Erster die Karten auf den Tisch legt und geht.«

»Oha!«, sagte Herbert, »da müsste ich vorher meiner Frau Bescheid geben, damit sie nicht auf mich wartet.«

»Meiner Frau Bescheid geben«, äffte Hans ihn nach. »Das junge Gemüse!«

»Ich bin dabei«, sagte Josef sofort. »Meine Frau ist froh, wenn sie mich nicht sieht.«

Alle lachten, und nachdem sie mit Herberts Schnaps angestoßen hatten, beugte sich Paul vor.

»Na, dann lauf mal schnell rüber zu ihr. Du weißt ja, ein Mann, der nachgibt, wenn er unrecht hat, ist klug. Ein Mann, der nachgibt, wenn er recht hat, ist verheiratet.«

»Und deshalb bist du nicht verheiratet?«, zog Hans ihn auf.

»Ich muss zumindest nicht nachfragen, wann ich heimkommen darf, soll oder muss.«

Alle nickten zustimmend.

»Na, gut.« August legte die Karten auf den Tisch. »Wird nun bis zum Umfallen gejasst oder nicht?«

Maria brachte das Bier an den hinteren Ecktisch und ging in die Küche, wo Hilde schon die Wurstsalate vorbereitet hatte.

»Jetzt spinnen sie total«, meinte Maria, während sie die Teller nahm.

»Am Stammtisch?«, fragte Hilde, und auf Marias Nicken meinte sie, »die anderen warmen Gerichte übernimmst du bitte. Sie müssen deine Handschrift tragen, finde ich. Erzähl schnell, was hecken sie denn aus? Ich muss gleich auf die Terrasse schauen, vorhin sind zwei Autos vorgefahren.«

»Neugierig geworden?« Maria schilderte kurz die Idee ihres Vaters, doch Hilde war nicht überzeugt.

»Und August meint, das trifft dann den Josef? Da wäre ich nicht so sicher ... Der findet schon noch ein Mauseloch.«

Hilde zog ihre Kittelschürze aus, ging hinaus und kam gleich darauf mit den Bestellungen der neuen Gäste zurück, während Maria schon anfing mit dem Bräter zu hantieren.

»Die drei am Ecktisch wollen das deutsche Nationalgericht am Wochenende, Hähnchen mit Kartoffelbällchen.«

»Dachte ich mir«, sagte Maria. »Und die Sonntags, die später kommen, haben schon mal gebackene Felchen vorbestellt.«

»Dann fehlt ja nur noch die obligatorische Kalbsbrust. Ich mach dir nachher die Pommes frites dazu.« Hilde wollte schon rausgehen, drehte sich aber noch einmal nach Maria um. »Dann sind wir doch gespannt, wie es am Stammtisch weitergeht ...«

August hatte mit der Ausdauer und dem Sitzfleisch seiner Stammtischfreunde selbst nicht gerechnet. Keiner wollte nachgeben. Schon aus Prinzip und Ehre nicht, aber auch weil die Zeche mit Essen und Trinken über die Stunden ganz schön angewachsen war.

Gegen Mitternacht wollte auch Maria ins Bett, ihre Küche war geschlossen und gereinigt, die letzte Brotzeit hatte sie mitten auf den Stammtisch gestellt, Karl war schon eine gute Stunde früher mit dem tief schlafenden Klaus im Arm nach oben gegangen.

»Ob das so eine gute Idee war?«, flüsterte sie ihrem Vater zu, aber der winkte ab. »Das wollen wir jetzt wissen! Ich halte das durch!«

»Aber es gibt doch keiner nach«, gab sie zurück, und tatsächlich gähnten alle und rieben sich die Augen, aber sie tranken und hielten ihre Karten weiterhin gut gefächert in der Hand.

Maria wünschte allen eine gute Nacht, dann ging sie die Stiege hinauf in ihre Kammer, wo Karl schon schlief. Während sie sich beim Licht einer kleinen Lampe auszog und noch einen Blick in die Wiege warf, fiel ihr auf, was sie bisher nur im Schlaf wie von weither wahrgenommen hatte: Karl hatte offensichtlich Albträume. Sie konnte sein Gesicht nicht sehen, deshalb hob sie das Licht etwas höher, und tatsächlich waren seine Gesichtszüge äußerst angespannt, sein Mund ein schmaler Schlitz, seine Kaumuskeln bewegten sich, er hatte die Augen geschlossen, aber, so schien es Maria, unter den Lidern rollte er mit den Augen. Was ging in ihm vor? Sollte sie ihn wecken, aus diesem Traum erlösen?

Sie stellte die Lampe wieder ab, streifte ihr Nachthemd über und blieb reglos auf der Bettkante sitzen. Waren das Kriegserlebnisse? Träumte er von seiner Gefangenschaft in Sibirien? Er sprach nie darüber, aber offensichtlich beschäftigte ihn das Erlebte.

Aber was hatte er erlebt? Sie wollte ihn am nächsten Morgen danach fragen. Es würde ihm sicher helfen, über diese schrecklichen Erlebnisse zu reden.

Im Gegensatz zu ihrem Vater war er eher ein ernsthafter Mann. Aber war er vor dem Krieg schon so oder es erst durch den Krieg geworden? So unbeschwert wie ihr Vater, der in seinem Leben ja auch viel durchgemacht hatte, war er jedenfalls nie.

Maria schlüpfte vorsichtig unter die Decke, lag eine Weile still auf dem Rücken und lauschte. Sie wusste noch immer nicht, was sie tun sollte. Schließlich drehte sich Karl auf die Seite. Gleich darauf suchte seine Hand nach ihr und legte sich schwer auf ihren Bauch.

Tat er das im Schlaf, oder war er nun aufgewacht? Maria blieb einfach auf dem Rücken liegen und hoffte, so einschlafen zu können. Doch da kam aus dem Kinderbettchen zuerst ein klägliches Wimmern und gleich darauf der erste Schrei. Sie musste sowieso aufstehen.

Augusts Streich

Marias Kopf fühlte sich dumpf an, so als sei er in Watte gepackt, und nun aufzustehen war Schwerarbeit gegen den eigenen Körper. Alle ihre Muskeln drängten sie, noch im Bett zu bleiben. Zumindest eine Stunde. Doch es war sechs Uhr vorbei, der Tag hatte begonnen, auch wenn es draußen noch dunkel war. Sie hörte den Hahn krähen, auch der hatte sich heute verspätet, dachte sie und überlegte, was heute vor ihr lag. Es ging auf Weihnachten zu, es hatten sich für die nächsten Tage einige Gäste angesagt.

»Weihnachtsfeiern« nannten sie das nun, auch Firmenchefs mit ihrer Belegschaft. Das brauchte viel Planung, die Tische mussten für die Gruppen platziert und festlich eingedeckt werden, und zum Schluss benötigte sie auch Leute, die servierten, wenn Hilde und sie in der Küche standen.

Wenn die Feiertage doch nur schon vorbei wären, dachte sie, während sie die Beine unter der Decke hervorzog und ihre bloßen Füße auf den kalten Boden stellte. Außerdem fehlten für ihr eigenes Weihnachtsfest noch die Geschenke – und, das fühlte sie genau, sie war wieder schwanger. Ihr war leicht übel.

Sie sah sich nach Karl um, er schlief noch, rundherum in seine Decke eingewickelt, es waren eigentlich nur seine dunklen Haare zu sehen. Da fiel ihr sein Albtraum von letzter Nacht wieder ein, und sie erinnerte sich an die Späßchen ihres Vaters. Ob sie noch immer unten saßen und jassten?

Der Gedanke weckte sie vollends auf, sie zog sich leise an und schlich am schlafenden Kläuschen vorbei hinunter in die Küche. Der Stammtisch war verlassen, alle Gläser gespült. Doch als sie in die Küche ging, saß da ihr Vater am Küchentisch und schlürfte einen starken Kaffee.

»Das glaubst du nicht«, sagte er, ohne sich nach ihr umzudrehen.

»Stell mich auf die Probe«, entgegnete Maria und goss sich ebenfalls einen Kaffee ein. »War Elli schon da?«

»Ich glaube, ich habe sie gestern gar nicht gesehen«, antwortete August, und Maria dachte, stimmt. Ist mir aber vor lauter Arbeit gar nicht aufgefallen.

»Sie ist alt genug!« Ihr Vater zuckte mit den Schultern.

Na ja, dachte Maria, zumindest konnte sie von Lisa nicht schwanger werden.

»Also brauche ich ihr auch kein Frühstück zu richten.«

»Auch dazu wäre sie alt genug«, brummte ihr Vater.

Maria setzte sich mit ihrer Kaffeetasse zu ihm an den Tisch und musterte ihn. »Na? Spät geworden?«

Er sah auf, und das altbekannte schelmische Glitzern war in seinen Augen zu sehen. Die Augen lachten schon, nun folgten die Mundwinkel, die nach oben gingen.

»Sie haben nicht lockergelassen, die alten Haudegen. Und mittendrin Herbert, der immer mal wieder zur Uhr schielte. Aber gehen konnte er ja auch nicht!«

»Und wer ist dann als Erster gegangen?«

Maria wärmte sich die Hände an ihrem Becher und trank einen kleinen Schluck.

»Es war drei geworden«, sagte August und musste gähnen, »ich hab schon an meinem genialen Plan gezweifelt, ich war nämlich todmüde. Also bin nur mal raus, um frische Luft zu schnappen, da kam doch gerade Josefs Frau ums Eck, die nach dem Rechten sehen wollte.«

»Josefs Frau?« Maria runzelte die Stirn. »Sorgt sich um ihren Mann? Von ihr hätte ich es zu allerletzt erwartet.«

August grinste. »Sie hat mich gefragt, wie sie ihn da herausbekommt, wenn er freiwillig nicht mitwill?«

Er legte eine Kunstpause ein, und seine Lachfalten um Augen und Mund vertieften sich.

»Nun sag schon!« Maria schüttelte den Kopf. »Lass dir nicht jedes Wort aus der Nase ziehen!«

»Nun, ich habe ihr vorgeschlagen, sie soll in zehn Minuten wiederkommen, hereinstürzen und rufen, dass die Kuh kalbt, dann würde er bestimmt direkt aufspringen und hinausstürzen.«

»Und war's so?«

»Genau so war's! Es war ein sehr guter Plan, fand seine Frau. Und er hat auch funktioniert. Er kam herausgerannt, und draußen bin ich mit der ganzen Zeche gestanden.«

»Und da war er nicht sauer?«, fragte Maria verwundert, »ich meine, der hat doch gleich gemerkt, dass du ihn hereingelegt hast!«

»Nein, erstaunlicherweise hat er den Spaß mitgemacht.«

Maria trank noch einen Schluck. »Meinst du, er kommt jemals wieder an den Stammtisch?«

»Es gibt keinen anderen. Wo soll er sonst hin?«

Heiligabend

Wie im Jahr zuvor war es heute ruhig. Und Maria hätte auch keinen Gast angenommen, der Heilige Abend war ihr wirklich heilig. Mit dem Beisammensein, mit dem Christbaum, mit der Christmette, mit allem, was diese Stille Nacht ausmachte.

Und so saßen August und seine Kinder Elli, Lotti und Maria zusammen, Karl und Kläuschen, der mit seinen sechs Monaten schon munter dabei war. Sie zelebrierten es wie früher, hatten, genau wie zu Annas Zeiten, Wiener Würstchen mit Kartoffelsalat vorbereitet, zündeten die Kerzen am Baum an, sangen Weihnachtslieder, wobei Karl mit schöner Tenorstimme herausstach, und schließlich kam die Bescherung. Jeder hatte für die anderen eine Kleinigkeit, einen Schal, Handschuhe oder eine Mütze, nur Karl legte vor Maria einen großen weißen Karton hin.

»Für mich?«, fragte Maria verdutzt, »So etwas Großes?«.

Karl sah sich im Raum um.

»Ich glaube schon«, sagte er dann. Maria blickte von einem zum anderen, denn sie hatten einen Kreis um sie gebildet.

»Wisst ihr etwa Bescheid?«, wollte sie wissen, doch als sich niemand dazu äußerte, zog sie die breite rote Schleife auf und hob den weißen Deckel vorsichtig an. Darunter lag etwas in dünnes Papier gehüllt. Maria schaute noch einmal in die Runde, doch wieder schwiegen alle.

»Bitte«, sagte Karl.

Maria faltete vorsichtig das feine Papier auseinander. Auf den ersten Blick wusste sie, was es war.

»O Karl!«, sagte sie und umarmte ihn liebevoll. »Dass du daran gedacht hast!«

Er lächelte. »Es ist kein Weihnachtsgeschenk, nur ein verspätetes Geschenk. Zu Weihnachten schenken wir uns ja nur Kleinigkeiten, haben wir gesagt.«

Er zog eine feingliedrige goldene Kette aus der Tasche seines dunkelblauen Jacketts.

»Das hier ...«

Maria sah ihn ungläubig an.

»Das ist wirklich nur eine Kleinigkeit«, sagte er, »und wenn du dich mal umdrehst, kann ich sie dir anlegen, bevor du weiter auspackst.«

»Du verwöhnst meine Kleine«, sagte August, der sich einen dunklen Anzug angezogen hatte und beim Friseur gewesen war.

»Das stimmt nicht«, entgegnete Karl. »Weil sie so herzensgut ist, verwöhnt sie nicht nur die Gäste, sondern auch uns.«

Alle stimmten ihm zu, und Elli klatschte sogar Beifall.

»Stimmt«, sagte Lotti, »Maria ist unsere Lebensader.«

»Zumindest die Lebensader des ›Hirschen‹«, bekräftigte August, »da hat Karl schon recht!«

»Aber nun pack schon weiter aus«, sagte Elli und deutete auf den Karton, »ich will doch unbedingt wissen, was darin ist!«

Maria, vor Rührung den Tränen nahe über das Gesagte wie über ihre Geschenke, nahm das Kostüm aus dem Paket, das sie in dem Steckborner Modegeschäft im Schaufenster gesehen hatte.

Das gewickelte Oberteil, der schmale Rock, beides in einem warmen Braunton.

»Wunderschön«, sagte sie, und ihre beiden Schwestern stimmten ihr zu.

»Wirklich toll!« Lotti nahm ihr das Oberteil aus der Hand und begutachtete es fachmännisch. »Diese Marke führen wir nicht. Aber: très chic, très chic, würde Frau Fischer sagen!«

Maria legte Karl die Arme um den Hals.

»Ich weiß nicht, was ich dazu sagen soll, es ist einfach wunderschön.«

Sie gab ihm einen Kuss.

Karl lachte und glomm innerlich vor Glück.

»Und nun müsste es dir auch passen«, erklärte er, »denn du wolltest ja zuerst abnehmen. Und das hast du!«

»Aber ich«, sagte sie leise und sah ihm dabei in die Augen, »werde auch bald wieder zunehmen!«

Fasnet

Die fünfte Jahreszeit war angebrochen. Die Fasnet war nicht nur dazu gedacht, den Winter auszutreiben, sondern auch, um sich einmal völlig frei zu fühlen, weg von allen Zwängen, hinter einer Maske genau das sein zu können, was man sich im Alltag nicht traute. Und so tobten auch in Horn wilde Wesen durch die Gassen, trugen kleine Kinder Fantasiekleidung und waren für einen Tag lang Rotkäppchen oder ein Cowboy, je nachdem, was einem besser lag – und was die Mütter nähen konnten.

August, als gebürtiger Schweizer, kannte die rauen Gesellen, die im Berner Oberland mit ihrem Schabernack den Winter austrieben, meist Kerle, die in zotteligen Verkleidungen wie Urviecher aus einer andern Zeit daherkamen. Für ihn waren die Späße im Februar stets auch ein bisschen Erinnerung an seine Kindheit in Kandersteg, bevor der Felssturz seine ganze Familie ausgelöscht hatte. Schöne und traurige Erinnerungen zugleich. Das hatte Anna und ihn schon zu Beginn ihrer Liebe zusammengeschweißt. Beide hatten als Jugendliche stark sein müssen, beiden war im Leben nichts geschenkt worden.

Nun hatten am »Schmotzigen Dunschtig« die Narren frühmorgens das ganze Dorf schon mit Trommelwirbeln geweckt, und anschließend tobte alles durch die Gassen, was laufen konnte und etwas zum Verkleiden hatte. August und Karl hielten die Stellung am Tresen, während Maria und Hilde in der Küche ohne Unterlass Schmalzgebäck buken.

Selbst die Franzosen, wusste Elli am Nachmittag zu berichten, hatten sich dem Treiben angeschlossen, nachdem sie einer der Radolfzeller mit zu den Veranstaltungen der »Narrizella Ratoldi 1841« mitgenommen hatte.

So ging alles einen von Jahr zu Jahr althergebrachten Gang, und nachdem auf der Basis des berühmten Artikel 131 des Grundgesetzes alle Beamten, die bei der »Säuberung« nicht als Hauptschuldige oder Belastete eingestuft worden waren, ab April 1951 wieder verbeamtet wurden, fanden sowieso alle, es sei alles ganz genau wieder so wie früher.

Maria fand das nicht.

Sie hatte sich das im Südkurier einige Male durchgelesen, aber ein Schulz, der nun wieder rechtmäßig Geld vom Staat bezog, also ihr Steuergeld? Das konnte nicht sein. Der Mord an Horst war nie aufgeklärt worden, alles war in Vergessenheit geraten, ganz Deutschland schien von einer Amnesie befallen zu sein, manche meinten sogar, es habe nie einen Krieg gegeben.

Maria hingegen wusste sehr wohl, dass es einen Krieg gegeben hatte. Sie wusste auch sehr wohl, dass Alois jung und mit großen Zukunftsplänen gefallen war, und sie wusste sehr wohl, dass Karl nachts von Albträumen geplagt wurde. Und sie schenkte all den Berichten über die Gräueltaten der Deutschen Glauben, denn die Gier nach Herrschaft und Reichtum war in ihren Augen die Auslöser für alles Böse in dieser Welt. Und daran konnten auch die Zehn Gebote nichts ändern.

»Was ist mit dir?«, fragte Hilde, die ihre steinerne Miene beobachtet hatte.

»Ich denke nach«, erwiderte Maria, während sie die kleinen Teigtäschchen im siedenden Öl frittierte.

»Und worüber denkst du nach?«, wollte Hilde wissen, die das goldgelbe Fettgebäck auf ausgebreiteten Tüchern abtropfen ließ.

»Darüber, was war und wie schnell wir alles vergessen, nur weil es so bequemer ist. Wie viele Menschen sterben mussten, nur weil ein Land die Herrschaft über andere wollte. Dass Menschen plötzlich zu Richtern über Leben und Tod wurden. Dabei predigen sie doch in der Kirche, das könne nur Gott!« Maria sah zu Hilde. »Aber auch viele Pfarrer haben mitgemacht. Wo war Gott denn da?«

Hilde schaufelte die fertigen Küchlein zu den anderen in die große Schüssel.

»Ich glaube, diese Frage darfst du nicht stellen. Sonst müsstest du immer zweifeln. Bei jedem Säugling, der nach der Geburt stirbt, bei jedem Kind, das verunglückt, bei jedem Erwachsenen, der einer schweren Krankheit erliegt. Auch der Tod ist Gottes Plan.«

Maria schüttelte den Kopf. »Komischer Plan, wenn man allmächtig ist, trotzdem Menschen foltern und sterben zu lassen, nur weil andere das beschließen – weil sie stärker sind. Eigentlich müssten doch die Starken die Schwachen beschützen!«

Hilde seufzte.

»Maria, wie kann ich dich von diesen Gedanken befreien? Es ist Fasnet! Vergiss die Schwere des Alltags, das tun wir zur Fasnet doch alle!«

»Also gut, ich vergesse!«, sagte Maria wenig überzeugt und schnitt neue Rauten aus dem ausgerollten Teig.

»Dann erzähle ich dir, was ich heute Morgen im Südkurier gelesen habe«, sagte Hilde. »Kein Fasnachtswitz, sondern Tatsache!«

»Ahhh … Mist, das spritzt!«, rief Maria dazwischen, wischte sich mit der Schürze das heiße Fett von ihrem Handrücken und ließ kaltes Wasser darüber laufen.

»Immer wieder passiert mir das! Dabei sollte ich es inzwischen doch wissen!«

Sie schüttelte den Kopf über sich selbst. »Ich glaube, heute kann ich was Lustiges gut gebrauchen.«

»Na, lustig?«, sagte Hilde zurückhaltend, »eher verrückt! Also, pass auf. In einer Hausruine in München haben Passanten Kinder beobachtet, die aus einem Sack bündelweise Schlangen und Eidechsen herausholten und damit spielten. Die Passanten riefen eine Funkstreife, und die nahm den Kindern das Spielzeug weg, was nur unter großem Geschrei geschah.« Hilde musste lachen. »Ich kann mir das lebhaft vorstellen. Till hätte sich auch gewehrt ... also, jedenfalls waren es achtzig Schlangen, sogar Giftschlangen und südamerikanische Echsen. Die Polizisten haben sie wieder eingefangen und in den Münchner Tierpark gebracht. Alle haben sie allerdings nicht erwischt, wie auch immer, des Rätsels Lösung ...«, sie wartete gespannt, ob Maria überhaupt zugehört hatte, »... seltsame Geschichte. Jedenfalls war dieser Sack am Morgen zusammen mit einem Koffer aus dem Auto einer Frau in Frankfurt gestohlen worden.«

»In Frankfurt! Was wollte die denn in Frankfurt mit den ganzen Viechern?«

Hilde zuckte die Schultern. »Die Vermutung der Polizei war, dass der Dieb seinen Irrtum zu spät bemerkt hat und den Sack einfach in diese Hausruine geworfen hat.«

»Der muss ja völlig blöd gewesen sein. Ein Sack mit Gold fühlt sich ja wohl anders an als ein Sack voller Schlangen!«

»Und die Kinder entdeckten den Sack dann morgens.«

»Brrr!« Maria schüttelte sich. »Stand da auch, weshalb die Frau all diese Tiere in einem Sack transportiert hat? Und wohin?«

»Nein, das hätte mich auch interessiert.« Hilde zupfte ihr Kopftuch zurecht. »Haben wir noch Teig?«

Die Familie wächst

Anfang Juni erwartete Maria jeden Tag, dass nun ihr zweites Kind auf die Welt kommen würde, aber es ließ sich Zeit. Und Maria war sich irgendwann auch nicht mehr sicher, ob der Tag richtig ausgerechnet war, denn sie fühlte sich leichter als mit Klaus im sechsten Monat. Sie war längst nicht so unbeweglich und breit, sondern eher schmal mit Spitzbauch, sodass Karl schon zweifelte, ob das überhaupt ein Kind werden würde.

»Vielleicht trägst du ja eine Spitzmaus aus«, spöttelte er eines Abends, und Maria wischte ihm mit dem Geschirrtuch über den Kopf.

»Lieber eine Spitzmaus als einen Elefanten«, meinte sie und fasste sich an ihren Bauch, »jedenfalls ist es eine sehr bewegliche Spitzmaus, sie tritt heftiger, als Klaus es getan hat.«

»Der hatte ja wahrscheinlich auch kaum Platz zum Treten!«

Maria lächelte und richtete für Karl das große Vesperbrett, das er zum gemeinsamen Abendbrot in die Wirtschaft trug.

Es war ein ruhiger Tag, Montag, da erholten sich die meisten Leute vom Wochenende und hatten auch kein Geld mehr, um schon wieder in die Wirtschaft zu gehen. Maria genoss solche Tage, und heute schlug ihr Vater sogar vor, das Abendbrot auf die Terrasse zu verlegen.

»Was steht an?«, wollte er von Karl wissen, und während die beiden über ihre gemeinsamen Geschäfte sprachen, schaltete Maria einfach ab und sah über die Wiesen hinunter zum blauen Band des Sees, von dort aus weiter zum Säntis, der seine schroffen Felsen in den blauen Himmel streckte. Sie betrachtete die ziehenden Wolken und die Vögel, die weit oben in der Luft schwebten, sich einfach ohne einen einzigen Flügelschlag vom Wind dahintragen ließen. Sie hörte das leise Brummen der Bienen und Hummeln im Garten und dachte, was für ein wunderbares Gefühl es war, einfach so dazusitzen, nichts zu tun zu haben, die milde Sonne und die warme Abendluft zu genießen. Kläuschen, inzwischen schon fast ein Jahr alt, lag ein paar Meter von ihr entfernt auf einer Decke in der Wiese und war eingeschlummert, nachdem er die ganze Zeit mit den vielen Grashalmen um sich herum beschäftigt gewesen war.

Bald würde er laufen, dachte Maria, und bald hätte er ein Geschwisterchen. Aber nun genoss sie einfach diesen seltenen Augenblick, der ihr ganz alleine gehörte.

»Was sagst du?«, hörte sie Karl und merkte, dass er sie angesprochen hatte. Sie löste sich aus ihrer trägen Stimmung und wandte sich ihm zu. Beide Männer sahen sie erwartungsvoll an.

»Es kommt darauf an, was du gesagt hast«, sagte sie. »Ich habe nicht zugehört.«

»Dein Vater hat mich gefragt, ob du das neue Kostüm denn schon getragen hättest. Und ich musste ihm leider sagen, dass es bisher noch keinen Anlass gegeben hat. Aber ich habe soeben einen Theaterabend vorgeschlagen. Oder einen Abend in einem der feinen Restaurants, irgendwo, wo du in dem Kostüm glänzen kannst.«

Maria nickte ihm freundlich zu, wusste aber genau, dass es dauern könnte. Ein Säugling, ihre Pfunde, der kleine Klaus, das Geschäft. Sie war skeptisch, wann das je stattfinden würde, aber wenn er gern träumte, warum nicht.

»Ja«, sagte sie deshalb, »ich freue mich jetzt schon drauf.«

Sie blickten alle auf, weil ein Auto in den Kirchweg einbog und vor dem »Hirschen« stehen blieb.

»Montag«, murmelte August. »Geschlossene Gesellschaft!«

Maria verspürte auch keine große Lust, sich jetzt noch um Gäste zu kümmern.

»Ein Opel Olympia«, sagte Karl. »Nicht schlecht. Aber bitte nicht zu uns!« Auch er verdrehte kurz die Augen. »Sollen wir sie einfach wieder wegschicken?«

»Ach, lass mal«, August holte Luft, »ich mach das. Ein Getränk und kalte Küche.« Er legte seine schwielige Hand auf Marias. »Du bleibst mal schön sitzen!«

Aber dann kamen zu aller Überraschung Lotti und Alain Hand in Hand über die Terrasse auf sie zu.

»Meine Damen und Herren«, sagte Alain in vorzüglichem Deutsch und hielt vor ihrem Tisch Lottis Hand hoch, »darf ich Ihnen meine Braut vorstellen?«

Lotti, in einem frischen bunten Sommerkleid, lachte über die überraschten Gesichter.

»Aber natürlich nur«, fuhr Alain fort, der in Pullover und Stoffhose neben ihr stand und nun direkt zu August an den Tisch trat, »wenn der Vater seine Einwilligung gibt. Und deshalb halte ich nun in aller Form bei Ihnen, Herr Ruggli, um die Hand Ihrer Tochter Lotti an.«

Alle blickten stumm von einem zum anderen, bis August aufstand, Alain die Hand gab und Lotti einen Kuss auf die Stirn drückte.

»Meinen Segen habt ihr«, sagte er. »Ich freu mich darüber. Willkommen, Alain, in unserer Familie!«

»Oh!« Maria wollte aufspringen, sank aber gleich wieder zurück. »Was für eine wunderbare Neuigkeit«, sagte sie und versuchte es noch einmal etwas langsamer.

Karl klatschte Beifall und stand dann ebenfalls auf. »Schön zu hören«, sagte er. »Herzlichen Glückwunsch!«

Alain fasste Lotti um die Taille und bedankte sich zunächst bei August und dann bei Karl und Maria.

»Vielen Dank, das macht mich sehr glücklich!«, und mit einem Blick zu Lotti, »das macht uns beide sehr glücklich!«

»Schön!« August setzte sich wieder und bot den beiden Platz an ihrem Tisch an.

»Stören wir auch nicht?«, fragte Alain.

»An so einem Tag? Nach so einer Ankündigung?« August klopfte auf den Tisch, »Nein, ganz bestimmt nicht! Ein neuer Schwiegersohn. Wunderbar! Setzt euch doch!«

»Und nun ziehst du nach Paris?«, wollte Maria wissen, »oder wie ist es mit Alains Militärzeit hier in Deutschland?«

»Nun«, antwortete Alain förmlich, »seit der Gründung der Bundesrepublik Deutschland vor drei Jahren haben wir ja nur noch eine Kontrollfunktion. Marcel Dubois hat es Sie ja schon vor einem halben Jahr wissen lassen, dass er in seine Heimatstadt zurückkehren wird, und ich«, er warf Lotti einen verliebten Blick zu, »bin nun seit diesem Monat auch nicht mehr verpflichtet. Das Militär hat mich, wenn Sie so wollen, freigelassen.«

Karl dachte, wie gut er inzwischen Deutsch sprach. Ganz anders als er, der Französisch nach wie vor nur lückenhaft beherrschte, obwohl sie seit dem legendären Tanzabend häufig französische Gäste hatten.

»Und was heißt das nun für Ihre Zukunft?«, wollte er wissen, winkte aber sofort ab. »Egal, lasst uns darauf anstoßen! Auch auf das nun fällige ›du‹.« Er warf August einen Blick zu. »Eine Flasche Sekt?«

»Keine Frage!«, rief Maria. »Natürlich eine Flasche Sekt! Und Lotti, kannst du helfen?«

»Na, jetzt!«, Karl schüttelte den Kopf, »das schaffe ich doch wohl noch alleine.«

Als kurze Zeit später auch noch Elli dazukam, fand Maria, dass nun das Familienglück vollkommen war. Ihre beiden Schwestern Cecil und Trudi gehörten zwar auch dazu, aber sie waren eher seltene Gäste.

Und so tranken sie gemeinsam nicht nur eine, sondern zwei Flaschen Sekt und stärkten sich mit mehreren Vesperplatten, bis es langsam dunkel wurde.

Maria, die Klaus inzwischen auf dem Schoß hatte, der alle Vorgänge am Tisch still beäugte, fiel plötzlich ein, dass Karl in diesem Fall eine Mieterin verlieren würde.

»Mieterin ist gut«, lachte Lotti. »Ich durfte ja nie was bezahlen …«

»Aber Greta, die wird doch einsam sein, so allein in dem großen Haus«, fand Maria, womit sie bei Karl und Lotti nur ein mildes Lächeln auslöste.

»Was ist?«, wollte sie wissen, »hab ich was Falsches gesagt?«

»Nein«, Lotti griff nach ihrem Glas. »Ich denke nur, in dem großen Haus haben sich auch schon zwei gefunden.«

Maria kniff kurz verständnislos die Augen zusammen.

»Maria«, Karl stupste Kläuschen leicht in sein Bäuchlein, worauf der sofort vergnügt jauchzte, »unser junger Metzger, der Otti, wohnt doch auch in meinem Elternhaus, schon vergessen? Und die beiden arbeiten sehr gut zusammen und vertragen sich recht gut, wie ich das sehe.«

»Ohne Trauschein?«, fragte Maria. »Unter deinem Dach? Pass auf, dass du nicht der Kuppelei angeklagt wirst!«

Karl grinste und streckte die Arme nach Klaus aus. »Gib ihn mir mal, damit du Ruhe hast.«

»Könnten wir solche Montage nicht als Familientage einführen?«, fragte Elli.

»Das würde uns doch allen guttun! Und Cecil und Traudi könnten auch dazukommen.«

»Ja, stimmt«, August nickte. »Vor allem mir altem Knochen gefällt es, alle um mich herum zu haben.« Er sah kurz zur Kirche hin. »Und Anna würde es auch gefallen.«

Die Welt dreht sich

Maria spürte schon, wie sich ihr Bauch senkte, als sie frühmorgens mit Kläuschen im Arm zur ersten Tasse Kaffee in die Küche kam. Draußen platschte der Regen und trommelte gegen die Fensterscheibe, und Maria hätte sich für die Geburt ihres zweiten Kindes einen freundlicheren Tag gewünscht. »Da schickt man ja keinen Hund vor die Tür, und ich bekomme mein Kind!«, sagte sie zu ihrem Vater, der sich gerade ein Butterbrot strich.

Er betrachtete sie stirnrunzelnd.

»Nur so ein Gefühl, oder bist du sicher? Dann ruf ich nämlich gleich mal Karl an, der möchte heute Blutwurst und Bratwurst im Glas produzieren, hat er gesagt.«

»Hör auf, mir wird übel!«

»Von der Blutwurst?«

»Ich möchte jetzt nicht an Blut denken!«

Maria setzte Klaus ab, der sofort auf allen vieren quer durch die Küche fegte.

»Wenn der erst mal laufen kann, fangen wir ihn nicht mehr ein«, meinte August und sah ihm skeptisch hinterher. »Ganz schön munter, der kleine Mann, und ganz ordentlich gewachsen. Nur sein Haarschopf lässt sich Zeit.«

»Das kommt alles noch. Lass nur.«

»Dann mach ich dir erst mal einen Kaffee. Magst du auch ein Butterbrot?«

Maria nickte und setzte sich an den Küchentisch, um gleich wieder aufzufahren.

»Das Fruchtwasser! Ich hab's ja gewusst.«

»Geh hoch. Ich alarmiere Karl, rufe die Hebamme an und bring dir den Kaffee ans Bett.«

»Und passt du auf Kläuschen auf?«

»Und ob!« Ihr Vater nickte ihr zu.

Es war ein Mädchen. Und sie machte genau das, was Hilde von ihren Jungs erzählt hatte, sie flutschte einfach so heraus. Die Hebamme war kaum da, da kündigte sich das Kind auch schon mit ganzer Macht an.

»Mal langsam«, sagte die Hebamme und schob ihr Häubchen zurecht, »ich bin ja noch gar nicht so weit.«

»Ich hole warmes Wasser«, sagte Hilde sofort und griff nach der Waschschüssel, und als sie wieder zurück war, trennte die Hebamme gerade die Nabelschnur ab.

»Na, sag mal«, sagte sie zu Maria, »hast du überhaupt Wehen gehabt?«

»Ja«, bestätigte Maria, »aber kein Vergleich zum letzten Mal.«

»Das scheint mir auch so!«

Die Hebamme nahm das Neugeborene, hielt es an den Fesseln hoch, klatschte ihm auf den Po, was es nicht beeindruckte, denn es schrie nicht.

»Na, wirst du wohl?«

Erst beim zweiten Anlauf gab es einen Mucks von sich, aber längst nicht so wie Klaus, der aus Leibeskräften geschrien hatte.

»Ein Mädchen«, gratulierte die Hebamme. »Hübsch und alles dran. Zehn Finger, zehn Zehen, die Ohren, der Mund, alles in Ordnung. Und sie hat sogar schon Haare, wir könnten ihr einen kleinen Zopf machen!«

Hilde, die die gefüllte Schüssel auf der Kommode abgestellt

hatte, staunte. Und sie sah zu, wie die Hebamme der Kleinen die Schmiere abwusch.

»Hübsch ist sie«, sagte sie zu Maria, die sich aufsetzte.

»Und ein Mädchen«, freute sich Maria. »Eine Elisabeth.«

»Geht es dir gut?«, wollte Hilde mit einem skeptischen Blick auf Maria wissen, »dass du schon so rumturnst? Ruh dich lieber noch ein bisschen aus!«

»Nein, ich fühle mich wirklich gut«, beruhigte sie Maria, und die Hebamme scherzte: »Die Kleine hat die Geburt mit einer Schlittschuhbahn verwechselt.«

»Etwas früher, und sie wäre in der Küche auf die Welt gekommen«, sagte Maria.

»Kann ich da überhaupt ein Honorar veranschlagen?«, fragte die Hebamme, und die Frauen lachten.

»Ich denke, nach einem schweren Klaus darf es nun eine leichte Elisabeth sein«, sagte Maria. »Im Leben gleicht sich alles aus.«

»Ich geh dann mal runter und mach einen Rundruf«, sagte Hilde. »Brauchst du was? Ein Frühstück vielleicht? Es ist ja noch früh.«

»Einen Kaffee?«, Maria zeigte auf die Tasse, die ihr ihr Vater noch hingestellt hatte, »das wäre fein. Der ist kalt geworden.«

Eine Stunde später war Karl da, der vor Glück strahlte und sich den Hocker neben das Bett zog.

»Das hast du ja richtig toll gemacht! Ich hatte solche Angst, es wird wieder so eine schwere Geburt …«

»Nein, Elisabeth wollte in die Welt hinaus. Mit aller Macht!«

Elisabeth lag zufrieden an Marias Brust, und Karl streichelte ihr mit seinen Fingerspitzen über das kleine Köpfchen.

»Wie hübsch sie ist. Und«, er berührte das kleine rote Bändchen in ihrem nach oben gebundenen schwarzen Haar, »wirklich nicht zu fassen, ihr habt ihr ein Schwänzchen gebunden.« Er lachte. »Da wird Klaus aber neidisch sein.«

Jetzt wurde Maria doch allmählich müde, und Karl wollte gerade gehen, als August klopfte und mit Kläuschen im Arm hereinkam.

»Da kommen wir gerade rechtzeitig!«, sagte er zu dem Kleinen, »nun können wir der Mama gratulieren und dein Brüderchen willkommen heißen.«

»Es ist eine kleine Elisabeth«, sagte Maria und wollte ihrem kleinen Sohn das Neugeborene gerade zeigen, als ihr das Wort im Hals stecken blieb. Stattdessen runzelte sie die Stirn.

»Vater! Was hast du denn mit Klaus gemacht?«

»Wir waren beim Friseur, um uns für das Schwesterchen schick zu machen«, sagte er, zeigte seinen neuen Haarschnitt und die glatt rasierte Kopffläche seines Enkels.

»Das ist ja eine Vollglatze!«, empörte sich Maria. »Wo sind seine Haare?«

»Es waren keine Haare, sondern nur ein Flaum! Und der Friseur sagte, wenn man die abrasiert, wachsen ordentliche Haare nach!«

Maria ließ sich in ihre Kissen zurücksinken.

»Ich glaube, mich trifft der Schlag! Nun hat er gar keine Haare mehr! Wie konntest du das tun?«

August machte eine wegwerfende Handbewegung.

»Dafür hat seine Schwester doppelt so viel Haare, wie ich gerade sehe. Braucht sie ja auch, sie ist schließlich ein Mädchen!«

Diesmal spürte Maria keine seelischen Nachwehen. Sobald sie wieder aufstehen konnte, ging es ihr gut, nur Klaus war auf die kleine Schwester eifersüchtig, die nun so oft auf Mamas Arm war.

»Das gibt sich«, beruhigte Hilde sie. »Das war bei meinen auch so.«

»Nicht, dass er ihr in einem unbewachten Moment etwas antut«, befürchtete Maria, »es könnte ja immerhin sein!«

»Denk dich zurück, du hast mir doch erzählt, der kleine Bruno war auch ein Jahr jünger, und du hast mit ihm gespielt?«, erinnerte Hilde sie und nahm die Schüssel, um Fleisch aus dem Kühlraum zu holen.

»Aber er war nicht mein Bruder. Er hat mir nichts weggenommen ...«

»Das stimmt«, gab Hilde ihr recht, »aber du wirst sehen, es pendelt sich ein. Sobald er merkt, dass ihr auf beide Kinder gleich stolz seid und er sogar nun der Große ist, der auf die Kleine aufpassen darf, wird er das toll finden. So als großer Bruder.«

»Ich war auch die Älteste. Nach mir kamen noch vier ...«

»Und? Was hast du empfunden?«, fragte Hilde, die Türklinke schon in der Hand.

»Nichts«, versuchte sich Maria zu erinnern. »Oder doch eher Freude über jede neue Schwester. Und jedes Mal Enttäuschung, weil sie noch so klein waren und man nichts mit ihnen anfangen konnte.«

Hilde lachte. »Siehst du, so ist es mir auch gegangen!«

Doch eines machte Maria Sorgen, und deshalb ging sie an einem Nachmittag hinüber zu Christine. Es war Juli geworden, sie hatte Elisabeth im Arm und Klaus, der nun schon laufen konnte, an der Hand. Sie brauchte dreimal so lang wie sonst, denn Klaus war ein aufgewecktes Bürschlein und entdeckte an jeder Ecke etwas Interessantes, das er bestaunen und anfassen musste.

Christine, die mit zwei großen Schüsseln auf der Gartenbank am Haus saß und Mirabellen entkernte, sah ihr lächelnd entgegen.

»Na«, sagte sie, »da kommt ja die schicke Maria mit ihrer Kinderschar ...«

»Du hast gut lachen«, entgegnete Maria, die Klaus im sicheren Vorgarten laufen ließ. »Du hast das alles hinter dir.«

»Täusch dich nicht«, sagte Christine und legte das Messer aus der Hand, »sind die Kinder erwachsen, kommen die Enkel.«

»Schön wär's, wenn ich das von mir sagen könnte. So eine liebevolle Omi fehlt mir schon!«

»Und die Mutter von Karl?«

»Die ist zu weit weg. Und sein Vater hatte doch diesen kleinen Schlaganfall. Karl will sie immer mal holen, aber das ist schwierig.«

Christine nahm die Schüssel mit den entkernten saftig gelben Früchten und stand auf. »Magst du dich setzen? Dann hole ich uns einen Kaffee.«

Maria nickte. »Kann ich dir helfen?«

»Brauchst du nicht.«

Christine ging rasch ins Haus, und Maria dachte, dass sie ein großes Vorbild war. Nun war sie doch auch schon über sechzig, aber noch immer flink, und vor allem sah sie noch immer gut aus. Genau wie Hilde, die schien auch nicht zu altern.

»Da!«

Klaus hatte eine Weinbergschnecke entdeckt und kniete völlig begeistert neben dem Tier, das langsam seine Spur zog.

»Da!«, rief er noch einmal, etwas lauter, in Richtung Maria, damit sie dieses Wunder auch bestaunte.

Maria tat ihm den Gefallen, trat zu ihm und ging in die Hocke. Dann berührte sie die Schnecke leicht, worauf sich das Tier sofort in sein Häuschen zurückzog, was Klaus ein langes »Ohhhh!« entlockte. Als sich die Schnecke wieder hervorwagte, gluckste er vor Freude.

»Das wird ein richtiger Ziegenpeter!«

Christine kam mit einem Tablett heraus, zwei Kaffeetassen und einigen Keksen.

»Ihr hattet heute Morgen eine Beerdigung, stimmt's?«, wollte sie wissen, während sie das Tablett auf der Bank abstellte.

»Ja.« Maria seufzte, ging zu ihr und ließ Klaus mit seiner Schnecke alleine.

»In letzter Zeit haben wir mehr Beerdigungen als Hochzeiten. Mir wäre es umgekehrt lieber, es ist immer so … na ja, zuerst sind alle tieftraurig und nachher, wenn der Alkohol fließt, wird eine Art Volksfest draus.«

Sie setzte sich mit Elisabeth, die schlafend in ihrem Arm lag, neben Christine.

»Lass doch mal sehen, die kleine Prinzessin. Vier Wochen ist sie jetzt alt?«

»Ja. Und sie ist wirklich ein Seelchen von einem Kind. Entweder sie lacht, oder sie schläft.«

»Na, da hast du ja Glück!« Christine reichte ihr einen Becher. »Und nun sag, wo drückt der Schuh?«

Maria überlegte, wie sie am besten anfangen könnte.

»Ist etwas mit Karl?«, half Christine und trank einen Schluck, während sie Marias Miene musterte.

»Es ist …«, Maria holte kurz Luft, »ich glaube, er verarbeitet seine ganzen Kriegserlebnisse im Schlaf. Er stöhnt, knirscht mit den Zähnen, wälzt sich, ich liege schon manchmal direkt an der Kante und habe sogar überlegt, in ein anderes Zimmer umzuziehen, solange eines frei ist.«

»Und was sagt er dazu?«

»Das ist es ja eben, er spricht nicht darüber!«

»Hast du es schon angesprochen?«

Maria nickte. »Ja, aber er will nichts davon hören.« Sie sah Christine an. »Das ist nicht alles. Mir gegenüber ist er ein sanfter und liebenswürdiger Mann. Aber Lotti hat mir kürzlich eine ganz andere Seite von ihm geschildert.«

»Lotti?«

»Ja, sie wohnt doch noch in seinem Haus. Bis zur Hochzeit. Greta, du weißt, sie arbeitet in der Metzgerei, sagt, er könne auch recht hart und ungerecht sein.«

»Muss man das im Geschäft nicht sein?«, fragte Christine und strich sich eine ihrer grau melierten Haarsträhnen aus der Stirn.

»Ja, schon. Vielleicht ... aber«, Maria runzelte die Stirn, »weißt du, ich kenne ihn so nicht. Da schlummert etwas in ihm, was mir ganz und gar fremd ist. Und das macht mir Angst!«

»Hast du Angst, es könnte hervorbrechen und sich gegen dich richten?«

Maria legte den Kopf schief. »Ich hoffe nicht. Ich kann mit gewalttätigen Menschen nicht umgehen ...«

Sie beobachtete über ihren Becherrand hinweg Klaus, der offensichtlich das Interesse an der Weinbergschnecke verloren hatte und nun eine Margerite untersuchte.

»Denkst du wegen der Kinder?«

Maria wandte sich wieder Christine zu. »Du weißt, ich habe so wenig Zeit für sie. Während der Saison sowieso. Die Urlauber werden immer zahlreicher hier am See. Dazu die geschlossenen Gesellschaften, der Laden, der ja auch bewirtschaftet werden will, die Ernten, der Garten, die Wäsche, die ...«, Maria schüttelte den Kopf, »weißt du, ich bin ja noch jung und habe eigentlich auch Kraft. Aber kannst du dir vorstellen, dass ich vorgestern Abend am Kachelofen eingeschlafen bin? Im Sitzen? Einfach so?«

Christine legte ihr einen Arm um die Schulter und zog sie an sich.

»Meine kleine Maria«, sagte sie, »da hast du wahrlich eine schwere Last. Und nun auch noch einen Mann, der dich nicht schlafen lässt ...«

»Tagsüber hält mich die Arbeit auf Trab und nachts die Sorge, was mit seinen Albträumen ist. Er quält sich so.«

»Du bräuchtest einfach mehr Zeit für dich.« Christine drückte sie kurz. »Aber ich weiß, das sind heilige Wünsche!«

Maria seufzte. »Es tut so gut in deinem Arm. Mama hatte

ja auch selten Zeit für uns. Eigentlich warst ja immer du die Mutter für uns alle!«

»Magst du einen Schnaps?«, fragte Christine, »ich glaube, der täte uns jetzt gut. Mirabellenschnaps«, sie zeigte auf die noch volle Schüssel mit Mirabellen und lachte. »Wie passend! Und du weißt, Maria, hier ist immer deine zweite Heimat. Egal, was ist oder die Zukunft bringt, wir finden eine Lösung.«

Das Wichtigste war, fand Maria, dass alle gesund waren. Dass Anfang November 1953 aus dem Südweststaat Baden-Württemberg wurde, hatte in Horn kaum noch jemanden aufgeregt. Dafür umso mehr die weltpolitischen Konflikte und Veränderungen, vor allem die ersten Anzeichen des Kalten Kriegs, der am Stammtisch heftig diskutiert wurde. Besonders die jüngeren Männer wie Heinz, Kurt und Herbert lasen nicht nur die Tageszeitung, sondern auch Magazine wie den stern und den Spiegel, und oft prallten ihre Meinungen mit denen der älteren Stammtischbrüder Josef, Paul und Hans aufeinander.

Als Josef Stalin im März 1953 starb, fanden die einen, der Kalte Krieg sei damit beendet. Und tatsächlich trat unter seinem Nachfolger Nikita Chruschtschow ein kurzes Tauwetter ein. Und die Bürger der DDR gingen in einem Volksaufstand gegen die kommunistische Regierung auf die Straße, sie wollten sich gegen die drastischen Arbeitsnormerhöhungen und politischen Repressionen wehren, doch die sowjetischen Streitkräfte schlugen den Aufstand brutal nieder. Auch das führte am Stammtisch zu heftigen Reaktionen, denn viele Westdeutsche hatten Freunde und Familie im Osten.

»Die Russen!« Kurt rief zu Karl hinüber, der sich gerade mit August hinter dem Tresen leise unterhielt. »Karl, wie hast du das bei denen in der Kriegsgefangenschaft nur ausgehalten?«

Karl blickte auf, und Kurt wiederholte die Frage.

»Ich denke mal, jeder Kriegsgefangene, egal wo, war eine

arme Sau! Bei uns war es mörderisch kalt im Winter. Ich habe mir immer wieder gesagt, dass ich noch zu jung zum Sterben bin, dass ich leben will. Zurück in die Heimat!«

Alle am Stammtisch nickten.

»Schön, dass du da bist, Karl!«, sagte Hans nur. Was konnte man auch sonst sagen?

»Und was sagt ihr jetzt zum neuen amerikanischen Präsident?«, fragte Heinz.

»Wieso?«, wollte Hans wissen.

»Na, er will die nukleare Abschreckung verschärfen!«

»Solange uns das die Russen vom Hals hält ...«, Kurt zuckte mit den Schultern, »ist mir alles recht!«

»Wollen wir jetzt vielleicht auch mal Karten spielen?«, Herbert hielt die Karten hoch. »Oder nur politisieren?«

»Wo soll ich denn sonst über Politik reden, wenn nicht hier?«, fragte Hans. »Glaubst du, meine Fische interessiert das?«

»Oder meine Kühe?«, setzte Heinz eines drauf.

August kam hinter dem Tresen vor. »Ich habe mich schon gewundert. Alle Biergläser leer, dafür Chruschtschow und Eisenhower mit am Tisch.«

Er grinste.

»Darf ich mich auch noch dazusetzen, damit auch noch ein Ruggli am Tisch sitzt?«

»Aber nur, wenn vorher die Gläser gefüllt sind!« Josef hob sein Glas hoch. »Und wenn Karl noch eines seiner Leberwurstgläser springen lässt.«

Karl zog eine Augenbraue hoch. »Ein Glas für alle, das dürfte knapp werden.«

»Wer sagt denn für alle?« Josef grinste, und die anderen schüttelten nur ihre Köpfe.

»Typisch Josef«, sagte Hans. »Wie es deine Alte mir dir aushält, ist mir wirklich schleierhaft!«

Alefanz

1955 schien sich die Welt wegen der Genfer Gipfelkonferenz etwas zu entspannen. Maria verfolgte das, wie alle anderen auch, über die Berichte in der Tageszeitung. Aber all das tangierte sie nicht so sehr wie ihr Bauch, der täglich wuchs und zu dem ihr vierjähriger Sohn Klaus nur »Luftballon« sagte. Elisabeth, ein Jahr jünger, fand das lustig und wollte immer mal wieder hinfassen, um herauszufinden, wie sich so ein Luftballon anfühlte.

Inzwischen war Maria seit fünf Jahren die »Hirschen«-Wirtin, und wenn sie in einer der seltenen ruhigen Minuten darüber nachdachte, erschien es ihr unglaublich, wie schnell die Zeit vergangen war und in welche Ferne manche Dinge gerückt waren.

Wenn sie zu ihrer Mutter ans Grab ging, hatte sie Mühe, sich an deren Stimme zu erinnern. Konnte das sein? Im Kopf hatte sie viele Bilder von ihr, meist sah sie sie in ihrer Kittelschürze in der Küche stehen oder draußen im Garten arbeiten, ganz besonders hatte ihr sich aber der Brand eingeprägt, wie sie das Geld aus dem brennenden »Hirschen« gerettet und später bei ihren Eltern gestanden hatte, die fassungslos in die Flammen starrten. Und obwohl sie damals erst acht Jahre alt gewesen war, hatte sich ihr das alles wie ein Film eingeprägt. Die Verzweiflung ihrer Eltern, wie Cecil das Bein ihres Vater umklammert hatte, all das sah sie genau vor sich, nur die Stimmen, die Stimmen waren wie aus weiter Ferne.

November. Maria mochte diesen Monat zwar nicht, aber er brachte endlich ein wenig Erholung. Der Sommer mit den Gästen und Tagestouristen war vorbei, die Ernte eingefahren, Karl und August brannten Schnaps und überlegten, den »Hirschen« zu renovieren und für die nächste Saison in Schuss zu bringen.

Was die ganze Sache erschwerte, war das Wetter, der Winter kam früher als gedacht, kündigte sich kalt, stürmisch und schneereich an und lähmte das Leben auf den Straßen. Elli überlegte sich, vorübergehend ein Zimmer in Radolfzell zu nehmen, weil der Bus wegen der Straßenverhältnisse oft Verspätung hatte, zweimal blieb er sogar unterwegs stecken und kam gar nicht. Karl bot ihr das nun leer stehende Zimmer von Lotti an, die im vorletzten Jahr geheiratet hatte und mit Alain, der als Kaufmann bei Maggi arbeitete, in Singen wohnte. Gemeinsam träumten sie von einem kleinen Modeladen, nicht so hochpreisig wie Fischer, aber doch gut sortiert, am liebsten ein bisschen wie Eddas Geschäft in Steckborn, mit französischer Mode direkt aus Paris. Davon schwärmte Lotti jedes Mal, wenn sie im »Hirschen« war.

Maria zog sich an den warmen Kachelofen in der Wirtsstube zurück und hatte endlich Zeit für ihre Kinder. Sie erfand Spiele, malte mit ihnen und erzählte ihnen Geschichten, denn bald, das wusste sie, würde das Geschäft in Richtung Weihnachten wieder anziehen, dann würde diese himmlische Ruhe wieder vorbei sein.

Rein rechnerisch müsste der neue Erdenbürger Mitte November kommen, aber Maria verspürte noch keine Lust auf eine Geburt. Ihr Bauch war dicker als bei Elisabeth, und sie dachte mit Grausen an die Geburt von Klaus.

»Bleib einfach noch ein bisschen drin«, beschwor sie ihr Kind, aber Karl meinte dazu nur: »Das ist ein Fasnetskind, das macht sowieso, was es will.«

Damit hatte er recht, und vielleicht lag es auch daran, wie

es zustande gekommen war. Es war einer der Tage gewesen, an denen es in der Wirtschaft turbulent zuging und sie beide durch die närrische Stimmung und auch den Alkohol so aufgeheizt waren, dass sie in der Kammer regelrecht übereinander hergefallen waren. Und es hatte beiden gutgetan, sich jung und zügellos zu fühlen, fast schwerelos, so sahen sie es beide, als sie am nächsten Morgen aufgewacht waren und die Hände ineinander verschränkt hatten.

»Es war schön, wie im Rausch«, sagte Karl.

»Waren wir das nicht?« Maria musste lachen. »Ich meine, im Rausch? Wir haben doch mit all den Narren ganz schön mitgehalten.«

Karl beugte sich zu ihr hinüber und gab ihr einen Kuss.

»Ja, wir hätten aber auch einfach schlafen können. Haben wir aber nicht.«

»Nein, haben wir nicht, wir hatten Freude aneinander. Das ist doch schön, dass wir es so genießen konnten.«

»Könnten wir es noch einmal genießen?«

Karl führte ihre Hand etwas abwärts, und als Maria spürte, was sich da unter der Decke tat, drückte sie sich an ihn.

»Und wenn es nun ein Fasnachtskind wird«, sagte sie, »dann nennen wir es Maria!«

»Oder Karl!«

Und nun sollte es also auf die Welt kommen, dieses Fasnachtskind, pünktlich neun Monate später.

Und als am 15. November ihre Fruchtblase platzte, rief Maria zuerst die Hebamme und dann Hilde an und trug Kläuschen auf, er möge in den Anbau gehen und den Papa holen.

»Sag einfach, es ist so weit. Maria oder Karl.«

Klaus verstand zwar nicht so genau, was das heißen sollte, aber er ging los und murmelte vor sich hin: »Maria oder Karl!«

Es wurde ein Karl.

Schneller als Klaus, aber langwieriger als Elisabeth.

»Der geht seinen eigenen Weg«, meinte die Hebamme, nachdem sie Maria das Neugeborene in die Arme gelegt hatte. »Das gibt mal einen richtigen Alefanz, schau doch mal, wie er jetzt schon in die Welt schaut!«

Das stimmte, er sah irgendwie schelmisch aus, Hilde fand das auch, das Näschen, die offenen Augen, das ganze kleine Gesichtchen.

»Na«, Maria betrachtete ihn, »ein kleiner Schelm. Und die abstehenden, kurzen Haare passen auch dazu.«

»Wir machen alles frisch, und dann sage ich deiner Familie Bescheid«, schlug die Hebamme vor, die Karl nach seinem Schwächeanfall bei der Geburt von Klaus nicht mehr dabeihaben wollte, und Hilde küsste Maria auf die Stirn und scherzte, sie dagegen sei beim nächsten Kind auch wieder gern dabei, worüber Maria nur den Kopf schüttelte.

»Schluss«, sagte sie, »die Familie ist jetzt groß genug!«

Es klopfte kurz an der Tür, und Karl kam mit den Kindern herein, gefolgt von seinem Schwiegervater, der ebenfalls sein neues Enkelkind begrüßen wollte.

»Die Hebamme meint, es sei ein Alefanz«, sagte Maria direkt und hob den Säugling etwas an.

»Alefanz oder Alefänzin?«, fragte Karl.

»Ein Karl!«

»Verwechslungsgefahr«, warnte ihr Vater, fand aber auch, dass dieses Kind irgendwie schelmisch in die Welt blickte.

»Der ist ja total winzig!« Klaus war enttäuscht, aber Elisabeth meinte, dass er zumindest hübscher als ihre ziemlich ramponierte Puppe sei.

Maria war nur froh, es hinter sich zu haben, und als sie mit ihrem kleinen Karl endlich alleine war und er saugend an ihrer Brust lag, dachte sie, dass November zum Kinderkriegen eigentlich ein ganz guter Monat war. Im Gegensatz zu den beiden jüngeren Kindern konnte sie in aller Ruhe liegen bleiben und musste sich keine Gedanken machen, was nun ohne sie alles schiefgehen könnte.

Sie saßen gemeinsam am Tisch, die Kinder hatten sich nach ihrem Abendbrot auf die Ofenbank gelegt und spielten dort, der kleine Karl lag in Marias Armen, und der große Karl hatte den Weinkrug ein weiteres Mal gefüllt.

»Wir sollten vergrößern«, schlug er vor, nachdem er sich wieder gesetzt hatte. »Ich meine, richtig vergrößern. Wir könnten mit mehr Zimmern einiges mehr einnehmen.«

Aber August dachte mit Schrecken an die Zeit nach dem Brand zurück. Die vielen Bauanträge, die ständigen Verzögerungen, weil den Ämtern dies oder jenes nicht passte und nach den Absagen alles wieder von vorn begann.

»Nichts als Ärger bei diesen Baumaßnahmen«, sagte er. »Alles zieht sich ewig in die Länge, wir haben ohne ein Dach über dem Kopf erst bei Freunden und dann auf einer Baustelle gewohnt.« Er schüttelte den Kopf. »Und das alles mit den Kindern. Das möchte ich nicht noch einmal erleben.«

»Aber hattest du diese ständigen Einsprüche nicht dem Bertschinger zu verdanken?«, erinnerte Karl, und sein Schwiegervater verzog sein Gesicht. »Den Brand vielleicht auch. Und kaum stand das Haus, ging diese Nazizeit los. Zuerst kamen die Frauen mit Kindern aus den zerbombten Städten, dann die Flüchtlinge, schließlich haben die Soldaten unser Haus besetzt. Anna hat sich krumm geschuftet und das alles noch mit den Typen der Gestapo im Nacken, die jeden unserer Sätze auf die Goldwaage legten. Kein Mensch möchte so etwas mitmachen!«

»Und in Zimmer 4 den Jacob«, ergänzte Maria. »wenn sie den erwischt hätten, wärt ihr auch dran gewesen.«

Ihr Vater nickte. »Das war eine große Anspannung.«

Maria lehnte sich zurück. »Eine schlimme Zeit! Und wenn man es genau sieht, haben diese Kerle auch Mama auf dem Gewissen!«

Ihr Vater nickte. »Ja, sie hat sich in diesen schlimmen Jahren hier zu Tode geschuftet, und niemand hat uns damals geholfen. Sie hat das alles auch nicht so einfach wegstecken können, es hat sie sehr belastet, seelisch. Ihr Herz schlug für Frieden, und um sie herum waren nur Krieg und Vernichtung.«

Eine Weile war es still am Tisch, und Elisabeth kletterte mit ihrer Puppe im Schlepptau von der Ofenbank herunter, ging zu Maria und legte ihr die kleine Hand auf den Oberschenkel.

»Mama«, fragte sie leise, »bist du traurig?«

Maria strich ihr über das Haar. »Wir reden über früher, mein Schatz. Das war keine leichte Zeit für Oma und Opa. Aber jetzt ist alles gut.« Sie gab ihr einen Kuss. »Du kannst mit deiner Puppa wieder zurück zu Klaus.«

»Sie heißt Frieda.«

»Ja, genau. Geh mit der kleinen Frieda wieder zu Klaus, es ist alles gut!«

August griff noch einmal zu der Vesperplatte, die vor ihnen stand, und schnitt sich ein Stück Blutwurst ab.

»Aber um zu den Einsprüchen zurückzukehren«, sagte er, »jetzt hält sich der Bertschinger zwar raus, keine Ahnung, was mit ihm ist, dass er so zahm geworden ist, aber dafür gibt es weiß der Teufel wie viele neue Auflagen. Sicher ist das Bauen nicht leichter geworden. Und ob wir heute mehr Freunde bei den Ämtern haben, wage ich zu bezweifeln … Nach dem unrühmlichen Abgang von Schulz.«

»Im Dorf gibt es ja Bauern, die Fremdenzimmer vermieten. Wie wäre es, wenn wir die einfach dazu mieten?«, schlug Maria vor. »Das geht schnell, und die Gäste können dort schlafen und bei uns frühstücken und essen.«

Die beiden Männer sahen sich an.

»Das scheint mir eine gute Idee!«, meinte ihr Vater.

»Und da kann sich keine Behörde einmischen«, applaudierte Karl.

Im Mai hatten sie auf diese Weise einige Zimmer dazugewonnen, was nun aber für Maria noch mehr Aufwand bedeutete, denn sie musste, wenn sich Gäste anmeldeten, ja alles organisieren. Und solange es noch nicht richtig rundlief, hielt ihr Hilde im »Hirschen« den Rücken frei.

Am späten Abend, Hilde hatte sich schon verabschiedet und Maria war noch mit Vorbereitungen in der Küche beschäftigt, stand plötzlich ihre Nachbarin Mariele in der Tür, im Arm den kleinen Karl, der in seinen weichen Tüchern behaglich schlummerte.

»Jesses Maria!« Maria schrak zurück. »Wo kommst du denn her …« Und sofort fiel es ihr wieder ein. Sie hatte ihn in seiner Wiege am Nachmittag unter den alten Apfelbaum gestellt, unter dem schon so viele Kinder geschlafen hatten. Nur – sie hatte ihn vergessen!

»Er hat so geschrien«, erklärte ihre Nachbarin, »da habe ich mal nachgeschaut.« Sie hielt ihr das Kind entgegen. »Er ist satt, frisch gewickelt und zufrieden!«

»Ich habe ihn tatsächlich vergessen!«

Ihre Nachbarin schüttelte lächelnd den Kopf.

»Maria! Das ist doch nicht schlimm! Ich war ja da – und es hat mir nichts ausgemacht, mich um ihn zu kümmern.«

Maria schüttelte den Kopf über sich selbst.

»Einfach das eigene Kind vergessen, Mariele, das ist doch verrückt!«

»Nein«, sie schenkte ihr ein sanftes Lächeln. »Wem passiert das nicht einmal, wo du doch so viele Dinge um die Ohren hast. Und es ist ja nichts geschehen, er hat friedlich geschlafen, und als er sich bemerkbar gemacht hat, bin ich schon gekommen.

Schau, ich bin unverheiratet und kinderlos, ich nehme ihn dir gern öfter ab, wenn dir das hilft.«

Und so kam es dann auch. Was Maria nicht bedacht hatte, die beiden gewöhnten sich so aneinander, dass der kleine Karl bald lieber in der Obhut seiner »Tante Mariele« war, die ihn mit allem verwöhnte, als zu Hause im »Hirschen«, wo niemand wirklich Zeit für ihn hatte und seine älteren Geschwister keine Lust verspürten, auf den Nachzügler aufzupassen.

Ein später Gast

So ging auch dieses Jahr herum, und der April 1956 brachte, kurz vor Augusts sechzigstem Geburtstag, noch einmal den Winter mit voller Macht zurück.

Den ganzen Tag über hatte es schon Schneetreiben gegeben, und alle hofften, dass die Apfelblüten und die Triebe an den Weinstöcken keinen Schaden nehmen würden, denn der März war frühlingshaft warm gewesen und hatte viele Pflanzen schon zum Austreiben gebracht.

Durch das stürmische Wetter gab es im »Hirschen« ausnahmsweise einmal wenig zu tun, und so saßen August, Maria und Karl am Familientisch hinter dem Kachelofen, der gemütliche Wärme verbreitete. Sie ließen sich Zeit, auch mit dem Abendbrot, sahen Klaus und Elisabeth zu, die mit zwei Spielzeugautos durch den Raum sausten und Rennen spielten. Den kleinen Karl, nun fünf Monate alt, hatte Maria auf die Ofenbank gebettet, wo er im Moment friedlich schlummerte. Das Gespräch am Tisch drehte sich um den Kälteeinbruch und was es für sie wirtschaftlich bedeuten könnte, aber allzu große Sorgen machten sie sich nicht.

»Das gab es immer wieder, die Natur richtet es dann schon«, sagte August und stand auf, um für sich und Karl noch zwei Bier zu zapfen, während Maria lieber Wein trank.

»He, ihr wilden Rennfahrer«, rief er Elisabeth und Klaus zu, die laut lachend um seine Beine herumkurvten, »passt auf, dass ich nicht über euch drüberfalle.«

Die Kinder kreischten vor Vergnügen und verfolgten ihren Großvater, bis er seine Getränke abgestellt und sich wieder gesetzt hatte.

»Was macht ihr nur mit einem alten Mann«, scherzte er, als in diesem Moment die Eingangstür aufgerissen wurde.

Mit einem ordentlichen Schneewirbel, der sofort in den Raum stob, stand ein großer, dunkel angezogener Mann im Eingang, den sie zunächst nicht erkannten. Er stemmte sich gegen die schwere Holztür, um sie gegen den Sturm wieder zu schließen, und erst als er sich wieder umdrehte und ins Licht der Deckenleuchte trat, erkannten sie ihn unter seiner dicken Mütze und trotz seiner eingefallenen Gesichtszüge: Fried Bertschinger.

Keiner am Tisch sagte ein Wort, alle starrten die Gestalt nur an, als sei sie ein Geist, und selbst die Kinder ließen ihr Spielzeug Spielzeug sein und starrten ihn an.

Er klopfte sich den Schnee von den Schultern, dann sagte er:

»Ich bin gekommen, um meinen Frieden zu machen.«

»Deinen Frieden?«

August war der Erste, der die Sprache wiederfand.

»Ich bin über achtzig, ich werde demnächst meinem Herrgott gegenüberstehen, und ich möchte das mit reiner Seele tun.«

»Dann geh zur Beichte«, sagte Maria.

»Dort war ich schon. Aber es genügt mir nicht. Ich möchte mit dir, August, meinen Frieden machen. Von Mann zu Mann.«

Um seine Füße begann sich eine Pfütze zu bilden, und Maria dachte, dass er, wenn der dicke schwarze Mantel dies vielleicht auch verstärkte, noch immer ein sehr Respekt einflößender Mann war.

»Ich möchte mit dir reden. Frieden schließen«, sagte er noch einmal.

Bertschinger hatte sich noch keinen Millimeter gerührt. Es war klar, dass er auf eine Antwort wartete.

Maria war sich nicht sicher, wie August entscheiden würde. Würde er ihn hinauswerfen oder mit ihm an den Tresen gehen?

»Es fällt mir schwer, darauf nun eine Antwort zu finden«, sagte August schließlich, Bertschinger stand noch immer wie aus Stein gemeißelt.

»Ich weiß, dass ich dir«, Bertschinger machte eine kleine Handbewegung, »einiges angetan habe. Es war nie persönlich gemeint, es ging mir jedes Mal um die Sache.«

»Und die *Sache* war dies hier?« Augusts Kopfbewegung verdeutlichte, was er meinte.

Bertschinger nickte. »Dabei muss ich dir und euch, auch Anna, Respekt zollen. Ihr seid mutig gewesen.«

»Und du hinterlistig!«

»Es ist wie beim Schach. Einer macht den ersten Zug.«

»Das warst immer du!«

Maria stupste ihren Vater an.

»Er möchte sich aussöhnen«, sagte sie leise, »reiche ihm deine Hand.«

August runzelte nur die Stirn und schwieg.

Dann sprach er: »Hat er uns je die Hand gereicht? Eher hätte er unsere abgehackt.«

Bertschinger machte eine kleine Kopfbewegung. »Vermutlich hast du recht!« Er wandte sich zum Gehen.

»Vater! Lass diese Chance nicht verstreichen!«

»Geht dein Maler nicht auch auf sein Konto?«, fragte August zurück, »wie kannst du so nachsichtig sein?«

Maria warf einen kurzen Blick zu Karl, der tat, als hätte er es nicht gehört.

»Er kommt, um Abbitte zu leisten. Du kannst ihn nicht einfach so gehen lassen!«

August holte kurz Luft.

»Ich würde mir wünschen, Anna könnte das entscheiden.«

Dann stand er auf.

»Gut, Fried Bertschinger, du hast uns 38 Jahre lang zuleide gelebt, und jetzt willst du Frieden ... weil du gehen musst. Ich soll dich also vor dem Fegefeuer bewahren?«

Bertschinger drehte sich ihm wieder zu und wartete ab, was nun kam.

Und August fuhr fort: »Zieh deinen Mantel aus, und setz dich zu uns an den Tisch. Ich hole uns eine Runde Schnaps, trocken halte ich das nicht durch.«

Bertschinger nickte, hängte seinen dicken Mantel an einen Haken, die Mütze dazu, und ging schweren Schrittes an den Tisch.

»Guten Abend zusammen«, sagte er, bevor er sich an der Stirnseite niederließ.

Maria hatte ihn noch nie aus dieser Nähe gesehen. Sein kantiges Gesicht zeugte noch immer von Willenskraft, doch seine Gesichtshaut war fahl, fast wächsern, und von zwei steilen Falten durchzogen, die von seinen stahlgrauen Augen bis zu den Mundwinkeln reichten. Er sah wirklich krank aus, fand Maria. Vor allem, weil seine Lippen blutleer schienen und seine Augen in dunklen Höhlen lagen, als zeichne der Schatten des Todes sich dort schon ab.

»Danke!«, sagte er. »Ich weiß das zu schätzen!«

August kam mit vier Schnäpsen zurück und stellte sie vor jeden hin.

»Ich werde nicht mit dir anstoßen«, sagte er dabei zu Bertschinger.

»Es ist nicht der erste Schnaps, den wir miteinander trinken.« Bertschinger nahm das Schnapsglas hoch und betrachtete es nachdenklich.

»Der letzte dürfte im April 1922 nach unserem Einzug und der Einladung an alle Horner gewesen sein.«

»Stimmt!« Bertschinger nickte. »Am Sonntag nach dem

Kirchgang. Ihr wolltet euch den Hornern vorstellen, der Pfarrer hat den Tross die Kirchgasse hinunter angeführt.«

»Ja, er war einer der wenigen, die uns wohlgesonnen waren.«

»Möglich.« Bertschinger richtete seinen Blick über das Glas auf Maria. »Bier und Schnaps für die Männer, Kaffee und Likör für die Frauen. Meine Frau war neugierig, sonst wäre ich gar nicht mitgegangen. Aber widerspreche einer schon seiner Frau.«

Er grinste schmallippig.

»Sie trug einen Hut wie ein Wagenrad«, erinnerte sich August.

»Das fand sie damals schick.«

Er hielt das Glas noch immer in der Luft.

»Gut.« August nahm sein Glas nun auch, und Maria und Karl taten es ihm gleich.

»Du hast es mir zurückgezahlt. Mit Schulz und dem Baustopp!«

Er trank Maria zu und stellte das Glas ab.

»Das hast du damals schlau eingefädelt.«

»Ich weiß nicht«, sagte Maria. »So lange ich mich zurückerinnern kann, mussten wir uns ständig wehren! Immer kam das Unheil vom Bertschinger.«

Bertschinger nickte. »Ich weiß!«

»Es hätte ein Spiel sein können«, sagte August, »wenn es nicht so brutal, so tödlich gewesen wäre. Es waren immer nur Angriffe von dir auf uns.«

»Du hattest mir den ›Hirschen‹ vor meinen Augen weggeschnappt. Das war der Grund.«

»Der Vorbesitzer wollte ihn dir gar nicht verkaufen. Wir konnten also gar nichts dafür.«

»Ja, ich geb dir recht, der Plan war, euch den ›Hirschen‹ wieder abzuluchsen, euch auf irgendeine Weise aus Horn zu vertreiben.«

»Und jetzt?«, mischte sich nun Karl ein. »Nun sind wir schon in der dritten Generation da!« Er wies zu den Kindern.

Bertschinger folgte seinem Blick zu Elisabeth und Klaus, die wieder zu spielen angefangen hatten, und blieb am kleinen Karl auf der Ofenbank hängen.

»Ich habe auch Enkel, nun sogar schon Urenkel. Allen geht es gut, das ist wichtig. Und deshalb dachte ich an …«, er sah August an, »ich dachte an eine Art Wiedergutmachung.«

»Damit du nicht direkt in die Hölle fährst?«

Zum ersten Mal spielte ein kleines Lächeln um Bertschingers Lippen. »Ganz genau. Meine Familie hat mir das nämlich auch prophezeit.«

»Deine Familie? Ist gegen deine Spielchen?«

»Sie wollen nicht jede Woche eine Messe für mein Seelenheil lesen lassen müssen.«

August verschränkte die Arme. »Dann lass hören!«

»Wir haben, nicht weit vom ›Hirschen‹ entfernt, noch ein Haus. An der Ortseinfahrt, mein Schwager Wigald Maier wohnte darin, meine Schwester ist ja schon vor ein paar Jahren gestorben. Nun zieht Wigald nach Radolfzell, das Haus ist ihm zu groß.«

»Deinen Schwager kenne ich sehr gut, er hat damals den Kutschern, die mit Gästen zu uns wollten, Lügen aufgetischt.«

Bertschinger sah in sein leeres Glas. »Die nächste Runde geht auf mich.«

August und Karl sahen sich an, und nach einem kurzen Einverständnis stand Karl auf.

»Gut«, sagte August. »Und was sollen wir nun mit dieser Information?«, wollte er stirnrunzelnd wissen.

»Warten wir auf den Schnaps, dann könnt ihr entscheiden. Oder mich rauswerfen.«

Er blickte sich um.

»Jedenfalls ist der ›Hirschen‹ gemütlich«, sagte er. »Schade eigentlich, dass wir hier nie Gäste waren.«

»Das hätte uns noch gefehlt!«, rutschte es Maria spontan

heraus, was sowohl August als auch Fried Bertschinger ein leichtes Lächeln entlockte.

Nachdem Karl mit dem kleinen Tablett zurück war und die Gläser verteilt hatte, hob Bertschinger sein Glas.

»Also, sein eigenes Seelenheil kann man sich nicht erkaufen, hat der Pfarrer gesagt, aber man kann vielleicht etwas gutmachen.«

»Und das wäre?«, fragte August und hob sein Glas ebenfalls.

Erst nachdem alle vier ihre leeren Gläser abgesetzt hatten, fuhr Bertschinger fort.

»Nicht dir, August, aber deinen Enkeln würde ich dieses Haus vermachen. Für ihre Zukunft. Und ihr könnt ein Gästehaus draus machen, wie ich überall im Dorf höre, fehlen euch doch Zimmer!«

August kratzte sich im Nacken.

»Und du meinst das ernst, Bertschinger? Also keine Falle, kein abscheulicher Hintergedanke?«

»So wahr mir Gott helfe!«

»Und das hat in deiner Situation genug Gewicht?«, fragte Maria vorsichtshalber.

»Ich habe nicht mehr lang. Da darfst du mir glauben, Maria, dass ich nicht mit dem Teufel spiele, sondern lieber vor das Himmelstor trete.«

»Den Bertschinger Harfe spielend auf einer Wolke, das will ich sehen!«,

August grinste schräg.

»Dazu müsstest du nachkommen.«

»Na ja«, sagte August, »auch mich wird es irgendwann erwischen.«

»Gut!«, Bertschinger nickte. »Und was ist nun mit meinem Ablasshandel?«

»Da dies ja urkatholisch ist, würde ich einschlagen«, sagte August und wandte sich an Maria und Karl.

»Es sind eure Kinder. Was sagt ihr?«

»Die Hand geben kann ich dir trotzdem nicht, Fried Bertschinger«, sagte Maria, »dazu ist einfach zu viel passiert. Aber ich denke, es wäre im Sinne meiner Mutter, wenn wir an diesem Tisch Frieden schließen. Und die Idee, ihren Enkeln ein Auskommen zu bescheren, würde ihr mit Sicherheit gefallen. Also denke ich, dass wir dieses Angebot annehmen und ich die dritte Runde ausgebe. Und wie geht es jetzt weiter?«

»Wir beiden Alten gehen zum Notar«, sagte Bertschinger, »dort ist alle vorbereitet.«

»Und wir landen auf dem Weg dorthin nicht im Graben?«, wollte August wissen und zog eine Augenbraue hoch.

Bertschinger grinste und fasste sich kurz an sein Kinn.

»Solange du mir nicht wieder einen Schwinger verpasst, werden wir dort garantiert sicher ankommen!«

Die Geschichte hinter der Geschichte

Nachdem ich in *Hoffnung auf eine glückliche Zukunft* auf den Spuren der 13-jährigen Anna vom Hofgut »Kraftstein« in Steckborn und schließlich in Horn gewandert bin, beschäftigte mich ihre Erstgeborene, ihre Tochter Anni. Ich gab ihr den Namen »Maria«, um eine Verwechslung mit ihrer Mutter zu vermeiden.

Wie in ihrem realen Leben auch, muss Maria in *Traum vom besseren Leben* nach dem Tod ihrer Mutter Anna den »Hirschen« mit den jüngeren Geschwistern führen.

Ich habe versucht, mich in die Situation einer so jungen Frau hineinzuversetzen. Ihre eigenen Pläne und Hoffnungen sind schon durch den frühen Tod ihrer Mannes Alois zunichtegemacht worden, der kurz nach ihrer Hochzeit und kurz vor Kriegsende als Soldat der Wehrmacht den Tod fand.

Genau wie Annas Bruder Max im ersten Band.

Beide starben, leider nicht nur in den Büchern, den »Heldentod fürs Vaterland«.

Mein Buch hört auf, als Marias Kinder noch klein sind, weil ich ihnen keine Geschichten andichten wollte, die so nicht stimmen. Ihre Geburtstage habe ich meinem Zeitplan im Roman angepasst, denn es ist ja weder Biografie noch Chronik, sondern ein Roman, basierend auf wahren Familienmitgliedern – doch, Achtung, alle Begebenheiten um diese Menschen herum sind meine Erfindung. Einen Horst gab es nie – und somit auch keine entsprechenden Liebesnächte. Den Leserinnen und Lesern, die sich für die Geschichte der heutigen »Hirschen«-Generation interessieren, empfehle ich das Buch, das ich zu »200 Jahre Hirschen« für die Familie Amann geschrieben und mit meiner Schwester Karin (Grafikerin) gestaltet habe. Dort kommen alle Kinder von Karl und Anni (Maria) zu Wort, beschreiben ihr Leben mit dem »Hirschen« und ihr Verhältnis zu ihren Eltern – und auch die junge »Hirschen«-Generation gibt Einblicke in ihr Leben. Die Chronik, die ich damals geschrieben habe, gab mir den Anstoß zu den vorliegenden Büchern.

Während ich bei Anna in *Hoffnung auf eine glückliche Zukunft* vier Historiker zur Seite hatte, die die historischen Hintergründe kannten, waren es für dieses Buch die Erinnerungen von Karl Amann, Annas Enkel, dem heutigen Wirt vom »Hirschen«.

Außerdem half mir ein Besuch im Archiv des Südkurier, und das Blättern durch die Seiten von 1950 zeigte mir, wie die Geschichte sich doch wiederholt. Vieles, die kriegerischen Auseinandersetzungen, die Probleme der Landwirtschaft, der Kampf Tourismus gegen Naturschutz erschien mir wie aus einer aktuellen Ausgabe. Die Menschheit dreht sich im Kreise, dachte ich dabei. Aber es gab natürlich auch witzige Anekdoten, die ich zur Aufheiterung gut gebrauchen konnte, wie der Sack mit den achtzig Schlangen in München.

Uwe Schmidhäusler von der Deutsch-Französischen Freundschaft in Radolfzell konnte zu einigen meiner Fragen Zeitzeugen befragen, und natürlich half mir auch das Internet, wenn es um die Rolle der NSDAP und der SS-Angehörigen in Radolfzell und Singen ging oder um das Auftreten der Besatzungsmacht der Franzosen in der Bodensee-Region.

Und wie auch schon im ersten Band ist Dr. Tobias Engelsing, Direktor von vier Städtischen Museen in Konstanz, als promovierter Historiker meine erste Anlaufstelle und eine große Hilfe. Eine Frage, und sofort erhalte ich eine umfassende Antwort. Danke dafür.